LA
CHAMBRE
DE L'ÉVÊQUE

LINDEN MacIntyre

LA CHAMBRE DE L'ÉVÊQUE

TRADUIT DE L'ANGLAIS (CANADA)
PAR DOMINIQUE FORTIER

ROMAN

Une compagnie de Quebecor Media

Catalogage avant publication de Bibliothèque et Archives nationales du Québec et Bibliothèque et Archives Canada

MacIntyre, Linden

    [Bishop's man. Français]
    La chambre de l'évêque
    Traduction de: The bishop's man.
    ISBN 978-2-7648-0723-1
    I. Fortier, Dominique, 1972- . II. Titre. III. Titre: Bishop's man. Français.

PS8575.I655B5714 2011   C813'.54   C2010-942557-X
PS9575.I655B5714 2011

Titre original : *The Bishop's Man*
Traduction : Dominique Fortier
Édition : Miléna Stojanac
Révision linguistique : Marie Pigeon Labrecque
Correction d'épreuves : Annie Goulet
Couverture : Axel Pérez de León
Grille graphique intérieure : Axel Pérez de León, Marike Paradis
Mise en pages : Hamid Aittouares
Photo de l'auteur : © David Kaufman (1999)

Cet ouvrage est une œuvre de fiction ; toute ressemblance avec des personnes ou des faits réels n'est que pure coïncidence.

Remerciements
Nous reconnaissons l'aide financière du gouvernement du Canada par l'entremise du Fonds du livre du Canada pour nos activités d'édition.
Nous remercions le Conseil des Arts du Canada du soutien accordé à notre programme de publication. Gouvernement du Québec – Programme de crédit d'impôt pour l'édition de livres – gestion SODEC.

Publié avec l'accord de Random House Canada, une compagnie du Knopf Random House Canada Publishing Group, une division de Random House of Canada Limited.

Les Éditions Libre Expression
Groupe Librex inc.
Une compagnie de Quebecor Media
La Tourelle
1055, boul. René-Lévesque Est
Bureau 800
Montréal (Québec) H2L 4S5
Tél. : 514 849-5259
Téléc. : 514 849-1388
www.edlibreexpression.com

Dépôt légal – Bibliothèque et Archives nationales du Québec et Bibliothèque et Archives Canada, 2011

ISBN 978-2-7648-0723-1

Distribution au Canada
Messageries ADP
2315, rue de la Province
Longueuil (Québec) J4G 1G4
Téléphone : 450 640-1234
Sans frais : 1 800 771-3022
www.messageries-adp.com

À Carol

Livre un

*Fils des hommes,
jusques à quand ma gloire
sera-t-elle outragée ?*
PSAUMES

1

La veille du jour où tout s'est mis à dérailler, j'ai passé une bonne heure à faire le point sur ma situation pour finir par conclure que, tout bien considéré, je ne m'en tirais pas trop mal. À l'aube de la cinquantaine, seuil psychologique à peine moins effrayant que la mort, je ne me trouvais pas si différent de l'homme que j'étais à quarante, voire à trente ans. J'étais même en meilleure santé. La dernière décennie du siècle, et du millénaire, s'annonçait moins angoissante que la huitième – marquée par certains événements en Amérique centrale – et la neuvième, entachée par les scandales qui se sont fait jour au pays.

J'étais prêtre à une époque qui ne voit pas le clergé d'un bon œil. J'avais toutefois atteint à ce qui me semblait être une spiritualité stable, dont je savais parler avec un minimum de bondieuseries et d'hypocrisie. J'en étais même venu, et ce n'est pas un mince exploit, à accepter l'espèce de sordide obscurité entourant mes origines familiales, cela en un lieu où les gens se plaisent à célébrer les détails les plus insignifiants de leur arbre généalogique.

Je suis le fils d'un père bâtard. Ma mère était une étrangère, fauchée avant l'heure par la déception et la tuberculose.

J'ai été, dans le sens le plus littéral du terme, un enfant de la guerre. J'ai en effet calculé que ma conception a eu lieu quelques jours avant que le bataillon de mon père ne quitte l'Angleterre en direction des rives hostiles de l'Italie le 23 octobre 1943. On trouve dans ses papiers une référence sibylline à un procès sommaire et à une amende (cinq jours de paie) pour absence sans permission la nuit du 17 octobre. Je suis né à Londres, en Angleterre, le 15 juillet 1944.

L'isolement ? J'avais, quoique sans doute imparfaitement, maîtrisé le célibat, déni institutionnel du plus humain des commerces. J'étais et je suis toujours, jusqu'à un certain point, exclu du groupe de mes pairs, mes frères en religion, pour des raisons complexes qui deviendront bientôt manifestes. Mais à l'époque je croyais avoir découvert une vérité universelle d'importance : lorsqu'il est le fruit d'un choix volontaire, l'isolement devient don de solitude ; la discipline ennoblit la chair.

Dans ce furtif instant de tranquillité, je me sentais plutôt bien. Je vois ce moment comme une autre vie ; l'homme que j'étais, un étranger désormais.

J'avais passé la fin de semaine au Cap-Breton, dans la paroisse de Port Hood, afin d'y remplacer Mullins, qui s'était absenté avec ses charismatiques ou bien pour aller jouer au golf. Une évasion quelconque. Mullins n'aime pas se tuer au boulot. J'avais prévu d'étirer mon séjour d'une journée et de passer ce lundi à lire et à méditer. J'ai grandi dans la région, où j'avais toutefois peu de relations personnelles. Je pouvais faire semblant d'être un étranger, posture qui m'est confortable.

Grâce aux soins de Mullins et des bonnes sœurs plus haut sur la route, le presbytère était ordonné et accueillant. N'importe qui pouvait s'y sentir chez soi, comme dans un motel bien tenu. On y a une vue magnifique du golfe et d'un petit port de pêche, le long de la côte, du nom de Murphy's Pond. Le tout me changeait agréablement de l'agitation et du bruit incessants de l'université, à environ une heure de là, où j'occupais le poste de doyen à la vie étudiante. En vérité, comme feu mon père le répétait dans un rare accès d'ironie, il s'agissait moins d'un emploi que d'une position. D'autres que moi se chargeaient du vrai travail. Je me trouvais, en réalité, dans des limbes pastoraux, le temps de me remettre, ostensiblement, d'années de labeur rude et ingrat.

Le téléphone me réveilla ce lundi matin à Port Hood, et amorça cette histoire qu'il me faut maintenant, avec quelque réticence, partager.

« L'évêque a besoin de vous voir.

— Qu'est-ce qu'il veut, cette fois ? demandai-je.

— Il ne l'a pas précisé. Il a dit de venir ce soir. À l'évêché. »

Je sais maintenant que j'essayais d'atermoyer en roulant jusqu'à Little Harbour, un autre port de pêche, plus petit, situé à l'extrémité sud de la paroisse, auquel on accédait par une route secondaire.

Le port scmblait déserté. Parmi les détails frappants de cette matinée du mois d'octobre 1993, je me rappelle un héron bleu, immergé jusqu'aux genoux, fasciné par quelque chose dans l'eau calme comme de l'huile. Et puis j'entendis la sourde pulsation d'un moteur au diesel et, au même moment, j'aperçus une haute antenne radio fixée sur ce qui aurait pu être un crucifix. Elle se déplaçait lentement au-dessus d'une crête basse à une certaine distance. La croix en mouvement et le faible grondement ne semblaient pas liés jusqu'à ce qu'un bateau apparaisse tout à coup après avoir contourné l'extrémité crénelée d'un brise-lames. C'était un bateau de pêche de quelque douze mètres de long, hérissé d'antennes, avec un vaste espace derrière la cabine. Le nom, *Lady Hawthorne*, aurait pu être un présage, ou peut-être cst-ce simplement ce que j'imagine aujourd'hui, avec la clarté qu'offre le recul.

Le gamin debout à la proue avait environ dix-huit ans. Un cordage pendait négligemment de sa grande main gauche. Il portait l'uniforme de la côte – un jean, un pull décoloré dont le tricot s'élimait aux coudes, des bottes en caoutchouc qui lui montaient aux genoux. Une épaisse tignasse trop longue pour être à la mode dissimulait son front et son cou. Il avait le visage hâlé. Il regardait droit devant lui mais, à ce moment-là, il se retourna et hocha la tête, un instant de curiosité distraite tandis que le bateau glissait dans la longue gorge du port, l'étrave chuintante traçant un sillon bien net.

Il était autour de huit heures. Le soleil rouge sang suspendu derrière moi fit lever une légère brume et la maintint juste au-dessus de la surface de l'eau. Je sentis le premier souffle d'une brise. Le nom, ou peut-être quelque autre aspect de ce bateau, de même que la pose du gamin chassèrent mes angoisses pendant un instant. Il était si rare de voir un garçon de cet âge immobile, sombre. J'avais davantage l'habitude d'un bruyant enthousiasme adolescent. Ce jeune homme, compris-je, n'était exceptionnel qu'en raison des circonstances. Peut-être n'importe lequel d'entre eux, dans une situation semblable, aurait-il été pareil. Tranquille. Mais il a tout de même attiré mon attention et relié cet instant à des lieux douloureux dans ma mémoire. Garçons et hommes condamnés : en rétrospective, ils ont tous cette immobilité.

L'homme aux commandes, grand, charpenté, avait probablement mon âge. Ils étaient, à mes yeux, presque téméraires de s'engager ainsi à toute vitesse dans l'étroit passage devant une rangée de navires

13

similaires, blottis les uns contre les autres. Juste avant le quai, le moteur mis en marche arrière poussa cependant un rugissement d'accélération, et le *Lady Hawthorne* sembla pivoter en traçant un cercle serré puis dériver doucement pour venir s'insérer entre deux autres embarcations, la proue pointant vers la mer. Le gamin mit nonchalamment le pied sur le quai, tenant toujours le cordage. L'homme plus vieux était déjà à la poupe, occupé à enrouler une autre ligne, qu'il lança à terre.

Les deux pêcheurs étaient en train de hisser de grandes boîtes en plastique sur le quai à l'aide d'un treuil quand je revins à ma voiture. Père et fils, supposais-je. Ils n'avaient pas eu l'air de remarquer ma présence.

J'étais presque arrivé à l'auto quand le plus vieux prit la parole.

« Tout un matin, hein, mon père ? »

Je me retournai.

« Je n'oublie jamais un visage, lança-t-il. Père MacAskill, c'est bien ça ?

— Oui. »

Il se dirigea alors vers moi, me tendant une large main. Il avait le pas quelque peu incertain. Le gamin était retourné sur le bateau, où on ne le voyait plus.

« Dan MacKay, dit-il. Il me semble avoir entendu dire que vous veniez des alentours du détroit.

— Oui. Et vous ?

— Je suis un MacKay de la route de la côte. »

Ses cheveux couleur de sable étaient striés de mèches grises. Un nom affleura à ma mémoire.

« Danny Ban, dis-je. On vous appelait Danny Ban, si je me souviens bien. »

Il rougit. « Ça fait des années. Je préfère ne pas penser à ce que vous avez pu entendre. C'était probablement Danny Bad, plutôt. »

J'ai ri.

« Mais je ne vis plus ici maintenant. J'habite plus haut, à Hawthorne. J'y suis depuis des années. J'ai construit moi-même ma maison après la naissance du petit.

— Hawthorne, fis-je. J'ai remarqué… le nom sur votre bateau.

— Vous connaissez l'endroit ?

— J'en ai entendu parler. Mais je n'y suis jamais allé.

— Vous devriez venir faire un tour. Visiter la maison.

— Peut-être bien. »

Le gamin marchait vers le camion, nous ignorant.

« Le nom est sur la boîte aux lettres à l'entrée, précisa son père. MacKay. On est les seuls dans le coin.

— Merci. »

Il se retourna et se dirigea vers le camion, où le garçon l'attendait déjà au volant. Le moteur s'alluma avec un grondement d'impatience. Je m'interrogeai à nouveau sur sa démarche chaloupée. Cela vient d'avoir passé tant de temps sur un navire, ai-je songé. Un pas de marin.

Il avait à peine fermé la portière qu'ils étaient déjà partis, les roues de derrière dérapant dans le gravier. Le camion s'arrêta un court moment à l'endroit où la route du quai rencontre l'asphalte. On pouvait voir à leurs têtes penchées qu'ils étaient en train de parler. Dans leur langue secrète, le dialecte de l'intimité. Mots isolés et phrases obscures qui expriment tant de choses.

« Je suis un MacKay de la route de la côte », avait-il dit. Une courte biographie et, pour qui connaît l'endroit, une généalogie entière, tout ce qu'il vous faut savoir résumé en une seule phrase. Autrefois, j'aurais peut-être éprouvé quelque envie. Mais à un certain moment de mon parcours, l'identité a cessé d'avoir de l'importance, l'endroit d'où je viens est sans conséquence. Je suis devenu un homme d'Église. C'est tout ce que quiconque a besoin de savoir.

« Venez quand vous voulez, avait-il dit. Faire une visite. »

Et c'est ainsi que tout a commencé. Un besoin qui se donne des airs d'hospitalité.

Il y avait un cargo rouillé dans le canal auquel nous devons théoriquement notre statut d'île. Le pont tournant au bout de la digue longue d'un kilomètre et demi était ouvert ; voitures et camions pressés d'arriver à destination sur le continent avançaient pare-chocs contre pare-chocs. J'ai accueilli ce retard avec plaisir. L'évêque ne téléphone jamais sans raison ; il a toujours une tâche « particulière ».

J'ai souvent tenté de me rappeler comment les choses ont commencé, comment je suis devenu son… quoi ? Que suis-je ? Je suppose que c'est une question de perspective. Disons simplement que je ne suis pas le bienvenu à la porte des autres prêtres.

Les premières convocations de l'évêque avaient semblé plutôt inoffensives. Les détails m'en échappent presque complètement aujourd'hui, noyés dans des souvenirs autrement plus troublants, mais je me souviens de ce qu'il avait dit : « Je t'ai demandé de venir ici parce que tu as une bonne tête sur les épaules. »

Il souhaitait que je règle une affaire délicate. C'est ainsi qu'il les décrirait toutes. Des affaires délicates. Des situations qui exigeaient une bonne tête et une main sûre. C'était sans doute à la fin des années soixante-dix. Je venais tout juste de rentrer d'un séjour de deux ans au Honduras.

« Après ce que tu as vécu dans le Sud, avait-il dit, ça te semblera probablement de la petite bière. Mais les choses commencent à dégénérer ici. Ce cher vieux Jean XXIII, Dieu ait son âme… Il n'avait pas la moindre idée du pétrin dans lequel il nous mettait tous… »

Je me rappelle avoir écouté avec attention, en essayant de prévoir où il voulait en venir.

Il avait poussé un profond soupir. « Il y a un jeune prêtre… Tu le connais sans doute. »

Sans doute, à une certaine époque.

Je préfère ne pas identifier le lieu précisément. Imaginez simplement l'une des minuscules communautés fatiguées accrochées aux centaines d'anses et de baies qui jadis jouissaient du caractère d'irréprochabilité que leur conférait l'isolement. Le curé en question et sa jeune femme de ménage faisaient l'objet de commérages dans les environs. Je me souviens qu'elle avait un joli visage, un regard chaleureux et craintif, une bouche pleine qui tremblait quand je lui avais demandé si son curé était là. Mais, surtout, je me souviens de l'attitude du coupable. Sa suffisance, son air de supériorité entendu. Son évidente certitude d'avoir transcendé les mensonges et les affectations qui nous avaient emprisonnés dans le carcan de notre sèche inhumanité, nous, prêtres de moindre valeur. J'ai vu et entendu tout cela plusieurs fois depuis.

J'ai dit : « On dirait que votre femme de ménage a pris du poids. » J'ai souri, froidement, du moins l'espérais-je.

Il a ri. « Je sais déjà pourquoi vous êtes ici. Ce n'est pas la peine de tourner autour du pot.

— Je vous écoute », ai-je répondu en prenant une gorgée de thé.

Il m'a expliqué que, « en toute sincérité », la situation avait fait de lui un homme meilleur. Il le croyait vraiment. Je confesse que j'ai eu envie de le frapper. Je pense avoir fait les arrangements nécessaires pour qu'il aille à Toronto le temps d'une période de réflexion et, quelques semaines plus tard, il était parti. Quant à elle, je l'ai convaincue de se faire oublier pendant un certain temps. La vie est pleine d'absences temporaires, lui ai-je exposé. Ce n'était pas plus compliqué que ça. Mais ce n'était que le début, une triste répétition des missions à venir.

J'étais en proie à l'agitation quand j'arrivai au campus. Il est difficile de dire pourquoi exactement. La référence à Hawthorne ? Le gamin sur le bateau ? Compte tenu de ce que je sais maintenant, ç'aurait pu être l'un ou l'autre, mais c'était presque certainement, en partie du moins, en raison de la convocation de l'évêque. L'évêque ne téléphone que lorsqu'il y a un problème.

« Vous êtes au courant, pour l'évêque ? me rappela Rita.

— Oui.

— Et vous avez un rendez-vous à quinze heures cet après-midi. Un incident qui s'est produit pendant la fin de semaine.

— Un incident ? Quelle sorte d'incident ?

— Les policiers du campus ont trouvé un type sur le toit de la chapelle. Ils pensent qu'il serait préférable que vous vous en occupiez. » Elle sourit, avec sympathie, me sembla-t-il.

J'imagine que, à ce moment-là, une part de moi s'était faite à l'idée que j'étais devenu un spécialiste en la matière. En théorie, ce genre de choses relève du doyen, et je portais le titre officiel de doyen. En réalité, je ne possédais ni la formation universitaire ni le parcours professionnel pour occuper un tel poste. Simplement le caractère et, bien malgré moi, l'expérience pratique. J'étais un prêtre en poste dans une petite université qui se disait catholique parce que mon évêque ne savait pas trop où il aurait pu me mettre. C'est lorsque j'étais rattaché à la chancellerie du diocèse que j'avais su me montrer le plus utile, mais j'étais bientôt devenu trop controversé même pour cet endroit bourdonnant d'activité. Toxique, je suppose, n'est pas un terme trop fort. Mes collègues sont au fait de mon histoire, savent l'expérience que j'ai acquise à traquer les perversions et à châtier d'autres prêtres, et parfois des étudiants, quand il arrive qu'une affaire particulièrement sensible se présente. Ils m'appellent l'Exorciste. Dans mon dos, bien sûr.

Un étudiant sur le toit de la chapelle ?

« Il avait une scie à main.

— Une scie ?

— C'est tout ce que je sais. »

L'évêque m'attendait à dix-neuf heures. Je décidai de marcher. La ville était tranquille. Le lundi soir, les étudiants restent le plus souvent chez eux, parce qu'ils sont fauchés ou qu'ils ont la gueule de bois, ou les deux. Des serveurs désœuvrés traînaient à l'extérieur du pub silencieux, la fumée de leurs cigarettes s'enroulant comme de la brume autour d'eux dans l'air calme du mois d'octobre.

« L'hiver n'est pas loin », fis-je remarquer en passant devant eux.

Jadis, la réponse aurait fusé, prompte et pleine de respect. Oui, mon père. Main levée pour toucher la casquette. On sent déjà la neige dans l'air. Bonne soirée à vous, mon père. Aujourd'hui, ils se contentent de me regarder. Ils sont simplement suspicieux. De solides garçons coiffés de casquettes de baseball, bras croisés. Nous appartenons à une espèce déchue. De bizarres hommes en noir, rabougris sous le fardeau de nos secrets. Je souris. Et s'ils connaissaient toute l'histoire ?

J'essaie de me rappeler toutes les fois où j'ai ainsi traversé la ville à pied pour aller voir mon évêque. Passé la cathédrale massive, la salle de quilles, un restaurant du nom de Brigadoon. Nous avions des règles à l'époque. Lumières éteintes à vingt-trois heures. Debout et prêt à temps pour la messe de sept heures. Pas d'alcool ni de femmes dans les chambres. La vertu était l'essence du *statu quo*. La vertu était la norme, nous enseignait-on.

Les temps ont bien changé.

Je palpe la poche de mon pardessus à la recherche de mon rosaire. La récitation machinale aide toujours à surmonter l'angoisse.

Le premier mystère douloureux. L'agonie au jardin. Les petites perles lisses sont apaisantes au bout des doigts.

L'évêché est situé en retrait de la rue principale, entouré de sombres marronniers. Je ne sais pas pourquoi on le désigne du nom de « palais épiscopal » ; ce n'est qu'une maison, vaste, certes, et élégante, mais l'appellation de «palais» a sans doute plus à voir avec l'autorité du vieil homme qui l'habite qu'avec l'architecture.

Il vint m'accueillir à la porte. Je m'attendais à d'agréables effluves de cuisine, mais l'endroit semblait propre et vide, un peu comme la cathédrale de St. Ninian Street.

«J'avais oublié, dit-il. C'est son jour de congé. Je ne suis bon à rien dans la cuisine. Tu n'as pas mangé, n'est-ce pas ?

— Non.

— Eh bien, je meurs de faim. Commande une pizza. C'est moi qui invite. Prendrais-tu une goutte ?

— Oui, si vous insistez.

— Sers-toi. Je suis au téléphone. Il y a un menu de livraison sur mon bureau.»

Il disparut à nouveau et je me dirigeai vers le buffet dans son bureau, où les whiskies s'alignaient dans leurs carafes en cristal. Je me versai un verre puis je décrochai le téléphone. J'entendis quelqu'un parler de très loin, me hâtai de choisir une autre ligne afin de composer le numéro d'un restaurant du coin. Puis je m'assis pour attendre. Notre Sauveur, suspendu au grand crucifix au-dessus du pupitre, avait les yeux baissés vers moi. Il semblait dire : Encore toi ? Qu'est-ce que tu veux maintenant ? J'aurais bien voulu le savoir. Je pouvais distinguer la voix de l'évêque, faiblement, dans une autre pièce. Il parlait fort. Mais je perçus ensuite ce qui ressemblait à un rire.

Je suis sûr qu'il n'était pas aussi familier avec tout le monde. Mon passé singulier me valait un statut spécial. Je suppose que l'on pouvait mesurer ma vie d'adulte dans les intervalles séparant mes visites à ce petit bureau. Combien d'années depuis la première fois que je m'y étais assis, étudiant plein de gravité aux prises avec les affres de ma vocation, pétri de piété et de détermination ? Je le vois encore, assis, serein, sous ce crucifix.

«Je pense que je veux être prêtre», lui avais-je déclaré, le cœur battant.

Il avait écouté en silence, mais comme s'il en savait déjà beaucoup plus que ce que je lui disais. Il souriait, mais ses yeux n'exprimaient nul encouragement. «Pourquoi souhaites-tu être prêtre ?»

Je n'étais pas prêt pour cette question. J'avais présumé que l'Église était comme toutes les armées en temps de guerre, toujours à la recherche de recrues.

« J'aurais peut-être besoin de temps pour réfléchir avant de répondre, avais-je avancé prudemment.

— Bien. Prends tout le temps qu'il te faut. La réponse est importante. Elle pourrait un jour sauver ton âme. »

Il ne m'a plus jamais posé la question, ce qui est aussi bien, car même aujourd'hui je ne suis pas sûr de ce que je répondrais.

Mes yeux revinrent se poser sur le crucifix. La face du Sauveur exprime une sorte de lassitude que je peux aisément comprendre. Au bout du compte, songeai-je, je n'ai plus vraiment le cœur à châtier les prêtres indociles et les étudiants pris de boisson.

La porte s'ouvrit soudain. J'aurais envie de dire qu'il fit une entrée majestueuse. Vous pourriez imaginer un bruissement de soutane, des sandales soulevant un nuage de poussière médiévale. Mais il portait des chaussures de course, un pantalon de velours côtelé et un cardigan. Ses cheveux argent étaient en bataille. Il alla droit vers le buffet et se servit un double whisky. L'évêque a grandi dans un lieu du nom de Malignant Cove, l'Anse Maligne, et de toute évidence, il adore la réaction que cette révélation ne manque pas de provoquer. Vous riez comme si vous ne l'aviez pas entendu cent fois déjà.

« Tu étais à Port Hood pour le week-end.

— Oui, dis-je. Mullins a appelé sans crier gare. »

Il versait libéralement l'alcool. « Coïncidence, je discutais justement au téléphone d'une question concernant indirectement Port Hood. Et toi. »

Je tentai d'imaginer de quoi il pouvait s'agir.

« Tu te rappelles le père Bell… le célèbre Brendan Bell ?

— Oui », répondis-je, inquiet, en songeant : Voilà donc ce dont il s'agit… Brendan Bell. Qu'est-ce qu'il y a, cette fois-ci ?

« L'un de tes anciens clients, dit-il.

— Je me souviens. »

Bell était censé être le dernier – « la dernière station sur ta *via dolorosa* », voilà comment il avait présenté la chose. L'évêque était allé jusqu'à promettre. Ça devrait être le dernier, avait-il affirmé. Peut-être est-ce pour cela que je me rappelle cet entretien avec une telle netteté.

La première fois que je l'avais rencontré, Bell était assis exactement à l'endroit où je me trouvais maintenant. C'était à l'hiver de 1990. Il faisait un certain effet : Terre-Neuvien anglo-irlandais, un peu plus petit que moi, comme la plupart des gens, des cheveux foncés tirés vers l'arrière et attachés en une petite queue de cheval en forme de bouton, un sourire brillant qui semblait sincère, et absolument rien dans sa contenance qui pût trahir la misérable situation qui nous l'amenait. J'avais cependant vite découvert qu'il était dans l'embarras. L'évêque de St. John's demandait un menu service.

J'avais suggéré Mullins, à Port Hood.

« Port Hood va vous plaire, avais-je dit. Mais ils ne toléreront pas vos conneries, là-bas. »

Bell avait souri et hoché la tête. « Je vous reçois cinq sur cinq. »

« Tu sais sans doute qu'il vit à Toronto, dit l'évêque en humant son verre.

— C'est là qu'il est parti après Port Hood, répondis-je.

— Ton Brendan a déposé une requête pour défroquer. C'était Toronto au téléphone à l'instant. Voulait savoir si on pouvait glisser un mot en sa faveur. Il veut que sa demande soit traitée en priorité.

— Qu'est-ce qui presse tant ?

— Il dit qu'il est amoureux.

— Amoureux de quoi ?

— Il dit qu'il va se marier.

— Se marier ? Brendan ? »

L'évêque hocha la tête, un mince sourire fit tressaillir les commissures de ses lèvres.

« Se marier avec une femme ? fis-je, incrédule.

— C'est habituellement comme ça que ça se passe, quoiqu'on ne sait jamais, là-bas, à Toronto.

— Alors, qu'allez-vous faire ? demandai-je.

— J'ai dit que je donnerais un coup de main. Brendan marié, c'est bon pour l'image, tu ne crois pas ? »

La pizza est arrivée et nous avons gagné la cuisine. L'évêque portait nos verres et une bouteille de Balvenie neuve. Il a mis deux couverts sur la table, a déchiré des feuilles d'essuie-tout d'un rouleau.

« Tu as été ordonné il y a quoi ? Vingt-cinq ans, je pense. » Il parlait la bouche pleine.

« À peu près.

— Est-ce que tu planifies quelque chose… une petite fête pour marquer l'anniversaire ?

— Non.

— Je suppose, commença-t-il en mâchant consciencieusement, que tu n'as pas de famille à proprement parler. Je suppose que ce serait différent si tu étais dans une paroisse.

— Peut-être.

— Tu dois parfois te demander pourquoi tu n'as jamais eu ta propre paroisse. »

Je haussai les épaules. «Vous me l'avez dit plus d'une fois. Il me semble que vous faisiez référence à mon histoire familiale "asymétrique".

— Tu as déjà été vicaire.

— Assistant.

— Peu importe. Je t'ai envoyé en Amérique centrale. En 1975, c'est bien ça ?

— Oui.

— C'était le bon vieux temps, quand j'avais de la main-d'œuvre de reste. » Il secoua la tête et m'étudia pendant un moment.

«Mais ce n'était pas tout à fait une décision fondée sur une question de "main-d'œuvre", n'est-ce pas ? ajoutai-je, croyant qu'il ferait fi de mon commentaire.

— Tu as traversé une passe difficile, c'est vrai, concéda-t-il. Mais ça a défini ce don particulier que tu possèdes. Je déteste citer Nietzsche… mais… tu sais ce que je veux dire. Tu es un homme fort. Un survivant. Je l'ai toujours su. »

Je hochai la tête, mal à l'aise.

«Je considère cette période comme une petite… anicroche… dans un sacerdoce autrement exemplaire. » Il sirotait son scotch en méditant, songeais-je, à mon service exemplaire. «Le ministère peut prendre plusieurs formes. Tegucigalpa a révélé la tienne. Les voies du Seigneur ne sont pas toujours évidentes pour nous, simples mortels.

— Je suppose», rétorquai-je en risquant un sourire ironique.

J'avais éclusé trois verres et la moitié de la pizza avait disparu quand il en vint enfin aux véritables raisons de ma visite. Il annonça qu'il souhaitait, après toutes ces années, que je reprenne une paroisse. Un petit village. Rien de trop épuisant.

« Moi ?

— Le temps est venu de t'installer, expliqua-t-il. J'imagine que tu es prêt pour de nouveaux défis. Que penses-tu de Creignish ?

— Creignish, répétai-je.

— Oui.

— Je ne vois pas. Je n'aurais pas la moindre idée de ce qu'il faut y faire. Et je suis parfaitement heureux à l'université. »

Mais je savais que sa décision était prise. Il avait cet air malheureux qu'il affiche parfois quand il exerce l'autorité de Dieu.

« Avoir des prêtres à temps partiel à l'université est un luxe que nous ne pouvons plus nous permettre depuis longtemps. Les professeurs et administrateurs laïcs ne manquent pas. Regarde autour de toi.

— Mais le caractère catholique de l'université ? Des gens de partout au monde envoient leurs enfants ici pour qu'ils y reçoivent une éducation catholique.

— Nous sommes plus inquiets du caractère catholique du pays, les bastions comme Port Hood et Creignish. Malignant Cove. »

Je savais que j'étais censé rire. « Mais… »

Il tendit une main apostolique pour réclamer le silence, puis se leva et fit les cent pas dans la pièce. « Écoute, dit-il. Je vois en toi un clone de moi-même. Alors je vais te le dire sans détour. » Il prit la bouteille, nous reversa un verre chacun. « Je croyais que certaines… situations… étaient derrière nous. Mais il y a eu de nouveaux développements.

— Des développements ?

— Rien dont tu aies à t'inquiéter pour le moment. Mais l'an prochain pourrait être difficile. Très difficile. »

En un instant, une demi-douzaine de visages et de noms sont apparus devant moi.

« Pas Brendan Bell ?

— Non, non, non, fit-il d'un ton impatient. C'est de l'histoire ancienne. On dirait bien qu'on entre dans une nouvelle phase maintenant. Les avocats s'en mêlent. Je voudrais t'éloigner de la ligne de feu.

— Quelle ligne de feu ?

— Je veux simplement te mettre à l'abri. On ne sait jamais à quoi s'attendre, avec les avocats. Creignish me semble parfait. En retrait. »

Nous sommes restés assis, silencieux, pendant une minute entière tandis que la vieille maison craquait autour de nous.

«Vous allez devoir me dire de qui il s'agit, insistai-je. De qui il est question.»

Il tendit la main vers mon verre, qui était toujours à moitié plein. «Laisse-moi rafraîchir ça.

— Écoutez, j'aimerais avoir ne serait-ce qu'un indice… simplement pour savoir à quel point je dois m'inquiéter.

— C'est personne et c'est tout le monde. Tu peux respirer.»

Son visage et son ton n'étaient guère convaincants. Nous restâmes là à nous dévisager.

Enfin, il dit : «Ton nom a été évoqué.

— Mon nom a été évoqué.

— Tu sais comment ça se passe de nos jours. On voit des conspirations partout. Des opérations de camouflage. Toi, moi. Aujourd'hui, on fait comme si c'étaient nous les méchants. Où sont passés la confiance et le respect, sans parler de la foi ?

— Évoqué par qui ?

— Ces foutus avocats et leurs insinuations.

— Qu'est-ce qu'ils insinuent ?

— Ce ne sont que des spéculations sur la manière dont nous avons réglé certaines affaires. Ils ne parlent que de "responsabilité du fait d'autrui". As-tu déjà entendu une chose pareille ?» Il pencha la tête en arrière, regardant le plafond, les lèvres serrées. «Fait d'autrui mon œil.» Puis il soupira et prit une gorgée. «Tu as été mon roc. On dirait que la Providence m'a révélé tes forces au moment exact où j'en avais besoin. Mais le temps est maintenant venu pour toi de te plonger dans le travail paroissial et de prier pour que cette histoire se tasse sans nous mettre en banqueroute.

— Mais Creignish ?

— Tu n'auras pas de mal à t'acclimater. Tu es de la région. Ils sauront quel genre d'homme tu es, quoi qu'ils pourraient entendre, ou pas.»

Je le regardai. Je songeai : Il rêve. Mais il ne servait à rien de discuter.

«Pendant combien de temps ?

— Aussi longtemps qu'il le faudra.»

À la porte, alors que je m'apprêtais à partir, il se fit enthousiaste. J'allais adorer le travail paroissial, affirma-t-il. «Surtout à Creignish. De bonnes gens, à l'ancienne. Tu vas faire un boulot formidable. Tu seras un vrai curé, pour faire changement. Si quelqu'un te cherche, voilà ce qu'il trouvera. Le pasteur de Dieu, qui veille à ses brebis.

— Quand voulez-vous que je parte ? demandai-je.

— Le plus tôt sera le mieux.

— J'irai au printemps. »

Il paraissait peu convaincu.

« À moins, évidemment, que l'huissier ne soit déjà en chemin. »

Il ne réagit pas à mon ironie, se contentant de dire : « Comme tu veux… mais ne fais pas de vagues en attendant. » Avant de fermer la porte, il ajouta : « J'ai entendu parler du jeune sur le toit de la chapelle, l'autre nuit. Qu'est-ce qu'on va faire de lui ? »

Je haussai les épaules et j'attendis.

« On dit qu'il avait une scie ou quelque chose du genre, qu'il voulait s'en prendre à la croix…

— J'ai passé l'éponge, répondis-je.

— Bien. Tu sais qui est son père. »

Et il ferma la porte.

† † †

En rentrant chez moi par cette froide soirée d'octobre, j'avais à peine conscience de la ville, des petites grappes d'adolescents silencieux qui s'égrenaient dans les rues. Un crachin filtra dans les phares d'une camionnette en mouvement. Un néon clignotait dans un bureau et une autre fenêtre s'emplissait de ténèbres. J'étais désorienté. À cause de son humeur. Cette bonne humeur était fausse. Il avait été secoué par quelque événement important. Il m'envoie à nouveau au loin. Quand donc cela a-t-il commencé ?

Nous revoilà en 1968, je suis dans cette rue, marchant d'un pas déterminé dans l'autre direction, vers la gare de trains, valise et attaché-case à la main, contenant l'ensemble de mes effets séculiers. Marchant la tête haute vers un endroit que je n'ose plus nommer de crainte de réveiller un traumatisme qu'il vaut mieux oublier. C'est le mois de juin, un soir rempli de douceur, le lilas embaume l'air et des voix bourdonnantes, pleines d'espoir, parlent politique. Juin 1968, une sorte de renaissance, du moins pour moi. J'étais né une deuxième fois, prêtre.

Oh, oui. Cette fois-là aussi, il m'avait dit que l'endroit me plairait, cet endroit que je n'ose nommer aujourd'hui, au mitan de ma vie. Au fait, avait-il précisé, tu y retrouveras un vieux copain.

«Tu te souviens sans doute du professeur Roddie… Ton ancien maître de philosophie. Il sera là aussi. Il a dit qu'il veillerait sur toi. Vous pourrez passer les longues soirées d'hiver à vous lire la Summa.

— Le père Roddie?

— Je savais que ça te ferait plaisir. Il prend une petite année sabbatique. Enseigner à des étudiants de premier cycle l'a épuisé. Il aurait pu aller n'importe où… Je lui ai offert de partir à Rome. Mais il a insisté pour donner un coup de main dans une paroisse pendant un moment. Est-ce que ça n'est pas tout à fait lui?»

La rue était presque déserte. La bruine se réchauffait sous mes yeux, coulait comme des larmes chaque côté de mon nez. Le père Roddie. Je l'avais presque oublié. Une sourde appréhension s'éveilla en moi puis, tout aussi subitement, s'éteignit. Ce ne peut pas être le père Roddie cette fois. Il a probablement près de quatre-vingts ans. Je laissai échapper un rire.

«Père Roddie. Où êtes-vous rendu?»

Un étudiant passa rapidement près de moi, s'arrêta et se retourna. «Pardon?» dit-il.

Je pressai le pas.

Le campus était plongé dans un silence que troublait uniquement le rythme lointain de la musique en provenance des résidences. J'étais proche de la chapelle, aussi retournai-je vers les marches en pierre menant à ses doubles portes. Elles n'étaient pas verrouillées, mais s'ouvrirent avec réticence. Je plongeai les doigts dans l'eau bénite et me glissai sur un banc du fond. Les ténèbres palpitaient près de l'autel. Quelque part dans l'auditorium au sous-sol, quelqu'un faisait des gammes à la clarinette. Des notes lancinantes et dépourvues de mélodie donnèrent consistance aux ombres qui m'entouraient jusqu'à ce que j'aie l'impression d'être enveloppé dans un suaire suffocant, perdu dans l'infini carnage des jours depuis le moment où je m'étais embarqué pour ce voyage en territoire d'ambiguïté. Le tout n'est pas dépourvu d'ironie: autrefois, la beauté de la vie ecclésiastique résidait justement dans la promesse de certitudes.

La clarinette hésita. Un étudiant en musique qui se colletait à un passage difficile de *Rhapsody in Blue*. Le vent se leva dehors, frappant à la fenêtre.

Toc toc toc.
«Bonjour… vous êtes là?»
Toc toc toc.
«Père Roddie?»
La porte est entrouverte. J'entends un bruit. Quelqu'un qui bouge. Entre sans attendre, avait-il dit. Son ouïe n'est plus ce qu'elle était. Je suis entré sans attendre.

Un sanctuaire de vieux prêtre, tentures noircies, bruit étouffé par des rayonnages de livres, d'antiques tomes promettant la sagesse des âges.
«Père Roddie?»
Il est à son bureau, l'air calme et froid. «Et que puis-je faire pour toi.»
Ce n'est pas une question. Un commentaire.
«J'avais une question…
— À quel sujet?»
Et puis je vois son visiteur, le gamin, pétrifié. Blême de honte.

Je pense que je dois avoir dormi dans la chapelle pendant un moment. Il était tard quand j'ai regagné ma chambre. Puis je me suis souvenu: Creignish. J'avais une image mentale du lieu, le flanc d'une montagne basse portant le même nom, à quelques kilomètres de l'endroit où j'ai grandi. Oh, qu'importe.

Mon œil se posa sur un rayon de bibliothèque, s'arrêtant sur le dos noir d'un livre. *John Macquarrie / Existentialisme.* Je le pris, l'ouvris à la page titre où se lisait une écriture nette: *Tragédie et limites sont parts intégrantes de la nature humaine…* Puis: *Bon retour de sabbatique. J'ai trouvé ceci à Boston. Peut-être nos chemins se croiseront-ils avant longtemps. R.M.*

Et puis la signature griffonnée: *Roddie MacVicar. Décembre, 1977.*
Je fermai le livre, les paupières. Les images me submergeaient.

«Je me fiche de ce que tu penses avoir vu.»
Le cou de l'évêque frémit, une veine violette et palpitante enfle au milieu de son front, son nez outragé brille, couvert de roséole.

«Je sais ce que j'ai vu.

— Tu penses savoir.

— Je sais.

— Nos yeux nous jouent des tours.

— Je sais.

— Nous ne savons rien. Nous croyons. Nous avons la foi. C'est notre unique source d'espoir. Mais là n'est pas la question. Tu n'avais pas d'affaire à l'espionner, nom de Dieu.»

L'espionner? Je regarde devant moi.

«Je t'ai envoyé là-bas pour les aider, pas pour fouiner.»

J'esquive son indignation. J'étudie le crucifix au-dessus de son bureau.

«C'est d'un saint que tu parles», avait-il dit, reprenant contenance, non plus courroucé mais offensé. «Un saint. Un prince parmi les hommes. Je le connais bien. Je l'ai connu quand nous étions étudiants. Tu devrais aspirer à être un jour son égal.»

Enfin calmé, l'évêque avait déclaré que c'étaient mon «éducation asymétrique», ma «vie familiale dysfonctionnelle» qui étaient à la source de mes lacunes. Elles me portaient à voir le pire en chacun, me rendaient par trop enclin à m'imaginer des choses et puis à sauter à des conclusions erronées. La dynamique familiale échappe à ma compréhension, et tant que ce sera le cas, je ne serai pas le curé d'une paroisse. Une paroisse constitue une famille idéale, avait-il affirmé.

«Qu'essayez-vous de me dire?»

Il avait levé une main impatiente. «Ne nous perdons pas en arguties. Disons simplement qu'il te faut acquérir une certaine expérience pratique. Raison pour laquelle nous songeons à t'envoyer à l'étranger pour quelque temps.»

Nous?

«Nous songeons à un pays du Tiers-Monde, où les choses sont simples et sans détour. Un bon endroit pour connaître la richesse de la famille et de la vie paroissiale, et la foi intacte des petites gens.»

Le Tiers-Monde?

«Nous avons justement une entente avec l'archidiocèse de Tegucigalpa…

— Quand?

— Ils t'attendent la semaine prochaine.»

Je me versai un whisky que j'éclusai d'une lampée. C'était Tegucigalpa à l'époque, Creignish aujourd'hui. D'une certaine façon, c'était plus facile cette fois-ci, songeai-je. Rien dans ma vie, depuis ce temps-là ou au cours de celui qu'il me reste à vivre, n'a été ni ne sera jamais comme Tegucigalpa. Et cette fois, j'aurais des mois pour m'ajuster. Et puis, qui sait ? Les choses changent. Au printemps, nous serions peut-être tous différents.

J'examinai ma petite chambre. Si j'y vais, je n'aurai pas grand-chose à déménager. Surtout des livres. Quelques photos. Une maigre garde-robe. Un des avantages de ma vocation : on voyage léger.

2

Le soleil était en retard en 1994. La glace flottant sur le golfe du Saint-Laurent est restée longtemps, bloquant l'avancée du printemps quelque part dans les environs de Montréal. Le vent était encore froid, les collines m'entouraient d'un brun fauve, des taches de conifères sombres posées ici et là.

En traversant la digue, j'ai tout à coup eu besoin d'aller à la salle de bains et je me suis souvenu qu'il y avait des toilettes au comptoir d'information qu'on a installé il y a des années sur la côte de l'île, juste après qu'on eut complété le lien avec le continent. Le bureau était cependant verrouillé en attendant l'été et les étrangers pour lesquels il avait été aménagé, de même que les toilettes. J'ai fait le tour de la bâtisse pour me soulager derrière, tassé contre une cheminée de pierre afin d'échapper à l'attention des automobilistes et au vent du sud-est.

De l'autre côté du détroit, la pluie noircissait le flanc ravagé du cap, d'où l'on avait arraché suffisamment de roc pour construire le pont quarante ans plus tôt. Les eaux mauves du détroit lançaient des reflets d'argent dans le vent. Dans l'air flottaient l'odeur du soufre et des relents de poisson salé. De grands panaches de fumée fuyant devant le vent frais s'étendaient au-dessus de l'aciérie qui a transformé le lieu.

Au pied du cap se trouve maintenant un quai imposant, où était amarré ce jour-là un énorme vraquier de la Canada Steamship Lines, que l'on chargeait de pierre. Il paraît que le roc du cap fait un excellent asphalte, qu'on vient en extraire la roche qui servira à bâtir des routes dans des endroits lointains. J'ai cru jadis qu'on en ferait la route qui amènerait tous ces endroits jusqu'ici. Ou que ce roc paverait la voie me permettant de partir pour ne plus revenir.

1975. 9 novembre. quitté miami vers 3 h sur vol 801 taca. une escale, à san pedro sula. végétation fournie, montagnes et plantations aussi vertes que des terrains de golf. vergers de bananiers dotés de tuyaux d'irrigation d'où l'eau jaillit, de la fumée s'élève de petits feux… on appelle ça le tiers-monde. mais ça ressemble à un jardin. et ça sent comme à la maison. fumée et pourriture. presque familier.

Un brusque coup de vent a soufflé sur mon visage un nuage de gouttelettes froides et salées. J'ai rebroussé chemin vers la voiture. La route de la digue se divise en trois au sommet : la ville à droite, Creignish à l'extrême gauche et, à quelques kilomètres au milieu, un non-lieu qu'on appelle le Long Stretch, où j'ai grandi. Une route de campagne, pour l'essentiel. La vieille maison est toujours là. C'est le seul lien qui me rattache à cet endroit, à part les souvenirs. *Presque* le seul lien : car il y a un voisin, John Gillis, avec qui je partage une histoire trouble. Il a brièvement été marié à ma sœur, ce qui n'explique pas tout.

Ma sœur s'appelle Effie et elle est ma seule famille. Effie et sa fille, Cassandra, laquelle s'est transformée, dans le flou qui entoure le passage du temps, en jeune femme. Je ne pense pas que je la reconnaîtrais aujourd'hui. Elles vivent à Toronto.

Dès que j'ai eu une vue claire de Creignish, j'ai arrêté la voiture pour étudier, dans le lointain, la vieille église sévère dont le modeste dôme et la croix dominent, moroses, la baie étincelante et le continent se profilant au loin. On remarquait à peine Creignish avant de l'avoir passé. Quelques maisons accrochées au flanc d'une montagne basse, avec une vieille église et son presbytère à mi-hauteur de la pente rocailleuse. La paroisse s'appelle Stella Maris. L'étoile de la mer.

L'œil est attiré par la vaste étendue de St. George's Bay qui se déploie devant vous, rétrécissant en approchant du détroit de Canso vers le sud, s'étirant vers le nord-ouest en direction de l'Île-du-Prince-Édouard, qui reste invisible. Les contours sombres du comté d'Antigonish dessinent la côte du continent.

Creignish. *Creign* signifie «roc». Ça veut aussi dire «Pierre». Sur cette pierre, a dit Jésus, je bâtirai mon Église. Et l'église de Pierre se dressait là, solide comme le roc, sur les berges rocheuses de Creignish, symbole visible d'autorité et de permanence, telle l'Église mère. Imperméable à la mort, au temps et aux courants de l'histoire.

Je me suis rendu compte que je m'étais garé devant une entrée. Au sommet d'une colline basse, au bout de la rue, s'élevait une vieille maison tombée en décrépitude depuis la dernière fois que je l'avais remarquée, plusieurs années auparavant. Je me suis fouillé les méninges pour me rappeler un nom, quelque chose MacIsaac. Et je me suis aperçu que je connaissais jadis la plupart des gens des environs. Aujourd'hui, nous sommes des étrangers, séparés par le sacrement que j'ai prononcé en 1968.

Le vieux presbytère se dressait à droite de l'église, au bout d'une entrée escarpée. À gauche, un cimetière propret enveloppait une colline, un grand crucifix fiché à son sommet. La porte de la véranda était collée et j'ai dû donner un coup d'épaule pour l'ouvrir. À l'intérieur flottait une odeur humide, mélange familier de moisissure et de térébenthine. Le parfum de l'histoire. Les senteurs de mon enfance. La puanteur du Tiers-Monde. Fumée de bois et kérosène. DDT. Thé bouilli et vieux vêtements. Pourriture.

La porte de la cuisine n'était pas verrouillée et elle s'est ouverte toute grande pour révéler un intérieur stérile. Murs blancs. Sol recouvert de carreaux noirs et blancs alternés. Un Sauveur en argent suspendu à une croix noire au-dessus d'un cadre de porte intérieure. Une porte de garde-manger rongée par les souris. Un calendrier dont les pages n'avaient pas été tournées, janvier 1991. Vieux de plus de trois ans. Je l'ai arraché.

Je suis resté là, dans la cuisine froide, pendant ce qui m'a semblé un long moment, essayant d'instiller quelque chaleur à cet instant en songeant que j'étais chez moi, mais la mémoire n'offrait aucun réconfort. Je sentais la présence de tous les hommes seuls qui s'étaient tenus là avant moi, contemplant un avenir solitaire. S'agenouillant sans doute pour signifier qu'ils acceptaient leur sort.

Je me suis agenouillé.

Jésus. Je n'ai pas demandé ce qui m'arrive, mais aidez-moi à tirer le meilleur de la situation.

J'ai cherché les perles de prière usées dans la poche de mon veston.

l'aéroport de tegucigalpa est miteux, plein d'hommes maussades portant fusils. des inspecteurs fatigués s'en remettent à mon col. alfonso attendait. tenait une petite pancarte en papier où quelque chose qui ressemblait à mon nom était écrit en grosses lettres.
PERE MACKASGAL.

Je sonde les ténèbres de ce qui sera mon bureau. L'autre péril, ai-je songé, c'est le silence. J'étais si habitué aux bruits de la vie des gens qui m'entouraient à l'université. Les vieux prêtres qui toussaient et se traînaient les pieds dans des chambres voisines, en attendant leur récompense éternelle. Des cris, des portes qui claquaient. Des étudiants qui entraient et sortaient en trombe. De perpétuelles chaînes stéréo tonitruantes. De la circulation qui s'écoulait sans fin dans West Street. Plus de cela. Le silence désormais. Je dois y voir un changement bienvenu. Apprendre à travailler avec le silence. Le silence peut devenir un passage vers des ailleurs meilleurs.

J'ai gravi un escalier grinçant. Ce doit être la chambre de l'évêque, ai-je pensé en jetant un coup d'œil dans un vaste espace noir. Tous les presbytères possèdent une chambre d'invités réservée à l'évêque. Il flottait une faible odeur de papier peint humide. Je distinguais la silhouette sombre d'un lit et d'une commode sur laquelle étaient posés une grande cruche et un lave-mains. Je pouvais sentir la moiteur de la pièce laissée à l'abandon. Je me suis dirigé vers un rai de lumière et j'ai tiré les tentures pour exposer une fenêtre. Des grappes de mouches mortes gisaient entre les panneaux de verre. Le soleil commençait à percer faiblement les nuages translucides. La mer grise et agitée était constellée de petits bateaux de pêche. Dans la chambre, la lumière anémique révélait la face d'un Jésus cireux au mur. Sur un autre mur, la Vierge bénie, une main levée en signe de salutation, un enfant au visage d'homme mort dans le creux de son bras gauche.

J'ai allumé une chandelle sur la table de chevet dans l'espoir d'avoir raison de l'odeur de solitude. J'ai ouvert un tiroir qui collait. Encore des mouches mortes.

Plus loin dans le couloir se trouvait une chambre plus petite. Salle de bains. Deuxième grande chambre. Porte de garde-robe entrouverte, cintres de métal emmêlés. Une gravure décolorée de *L'Enfant bleu* sur un mur et un autre crucifix au-dessus du lit nu.

Redescendu au rez-de-chaussée, dans le bureau, j'ai découvert un imposant coffre-fort, inutilement verrouillé ; la combinaison était scotchée sur la porte. Il était plein de grands livres. Registres des naissances et des baptêmes, des mariages et des enterrements. Finances de la paroisse. Et des photographies de vieillards en habit noir et en vêtements sacerdotaux.

Tu n'avais pas d'affaire à l'espionner…

J'étudie un visage sévère, anonyme au-dessus du col romain. Pieux, légèrement arrogant. Il porte un chapeau même s'il est manifestement à l'intérieur. Pour dissimuler sa calvitie ? Un soupçon de vanité ? Était-il l'un de ceux dont les failles secrètes ont ébranlé le roc comme rien ne l'avait fait auparavant ?

Peut-être avaient-ils étudié ensemble, le père Roddie et lui. Ils se seraient connus. Des vieillards, censés être à l'abri des tentations de la chair.

J'ai fermé le coffre-fort.

Je ne suis pas à ma place ici.

Mais tu es un prêtre. C'est à cela que tu sers.

Mais ce n'est pas pour cela que je suis ici.

Il y avait une radio sur le bureau. Je l'ai allumée. La maison s'est emplie d'une musique country plaintive. J'ai déballé les quelques photos que j'avais apportées parmi celles qui ornaient les pièces que j'occupais à l'université. Il en est une qui m'a suivi partout. On y voit deux hommes en uniforme, dont l'un est mon père, et un troisième en vêtements de travail qui porte une carabine de chasse à la main, ainsi qu'un chevreuil mort étendu sur le capot d'un camion. Il y a quelques mots au verso : *Octobre 41. Retour de Derbert.* Trois hommes, de plusieurs dizaines d'années plus jeunes que je le suis aujourd'hui, le visage exprimant toujours l'innocence et la curiosité, avant d'être transformé par l'expérience. Mon père s'appelait Angus. Les hommes sur la photo étaient ses amis les plus proches : Sandy Gillis, dans son uniforme de soldat, et Jack, le frère de Sandy, qui tenait la tête du chevreuil, dont la face sans vie avait une expression entendue. Effie m'a donné le cliché. Il avait déjà appartenu à John. Il n'en voulait pas quand ils avaient fini par mettre un terme à leur mariage. La carabine que tenait Jack était celle dont son frère Sandy se servirait en 1963.

Cette photo est, d'une certaine manière, ma biographie : trois hommes qui ont façonné ce qui est devenu ma vie, créé ce qui deviendrait ma famille. Ma sœur Effie, brièvement mariée au seul enfant de Sandy, John Gillis. Et Sextus Gillis, fils de Jack, qui m'était autrefois plus proche qu'un frère, brièvement épris, comme son cousin, de ma sœur.

Sur une autre photo, Effie est enfant, cheveux roux indociles, en bataille. Et il y a un portrait plus récent, officiel, Effie MacAskill Gillis, Ph. D., ou Faye, ou *Oighrig nic Ill-Iosa*, comme elle se présente parfois maintenant qu'elle est une universitaire. La professeure d'histoire à la langue bien pendue, qui gratifie d'un rare sourire l'appareil-photo d'un étranger.

Et puis il y a la photo de Puerto Castilla. Trois vacanciers ordinaires. Moi plus jeune, grand, la mâchoire mieux définie, les cheveux plus longs. Jacinta dans le milieu, plus petite, les bras écartés pour nous attraper les épaules, nous tirant vers elle. Alfonso, sombre, à sa gauche, moi à sa droite. Nous sourions.

Dans l'une des sept boîtes pleines de livres, je trouve mon journal.

1975. 26 nov. des rêves rudes, l'humidité et le chant des coqs me tirent du lit de bonne heure. les aubes sont roses et brumeuses ici. les gens émergent des ténèbres comme des ombres avec leurs paquets et leurs enfants. babioles, fruits et légumes à vendre, des familles marchent vers la lueur du jour. une vieille femme prépare à manger au-dessus d'un seau plein de charbons de bois brûlants. par les portes ouvertes, je vois des femmes penchées au-dessus d'âtres ouverts et de tortillas. tout le monde est gentil avec le nouveau prêtre. et les chiens aboient après les coqs. la vieille femme au seau fumant m'appelle padre pelirrojo.

J'ai refermé le journal, que j'ai déposé avec les autres sur une valise vide. Il y en avait une douzaine. Archives soignées, codées, de mes années de ministère. Les archives de mon service sordide pour notre Mère sainte et éternelle, source d'autoaccusation, mais aussi de sécurité. À l'université, je les laissais bien en vue, pour rappeler qui je suis et pour qui je travaille. À l'université, mes visiteurs leur jetaient des coups d'œil inquiets. Ils ne signifiaient rien ici, sauf pour moi.

J'ai classé les journaux soigneusement, par année. Puis j'ai disposé les photos sur le manteau au-dessus d'un âtre condamné. Elles sont aussi étrangères que moi, me suis-je dit. Étrangères en ce lieu. Étrangères au passé révolu. Frissonnant, j'ai trouvé un thermostat, tourné la roulette et j'ai entendu le lointain grondement de la fournaise.

Dans la maison où j'ai grandi, j'ai une autre photo, prise juste avant cette première mission, au Honduras. Je ne l'ai pas vue depuis des années, mais je me souviens du moindre détail – l'expression rêveuse, la piété de l'innocence. Un jour, sa vue m'est devenue insupportable. Un rappel de toutes les contradictions. Je l'ai fourrée dans un tiroir. Je ne saurais plus la trouver aujourd'hui, même si je le voulais.

Ma sœur Effie a été la seule à remarquer qu'elle avait disparu, lors de l'une de ses rares visites à la maison.

«Qu'est-ce que tu as fait de cette jolie photo, le portrait de ton ordination?

— Je l'ai mise quelque part.

— J'ai encore la mienne, avait-elle dit. Elle est dans mon bureau à Toronto. Tout le monde passe des commentaires à son sujet.»

C'est l'innocence qui me dérangeait, je crois. La maturité a eu raison de mon optimisme palliatif.

ils m'appellent pelirrojo. padre pelirrojo. père rouge, à cause de mes cheveux roux. ils devraient faire attention avant de qualifier qui que ce soit de rouge dans les environs, dit alfonso. chez moi, au salvador, on me qualifiait de rouge. c'est pour ça que je suis ici. jacinta paraît inquiète. elle a des yeux verts singuliers.

La faible lumière du jour baissait rapidement à l'approche de la nuit. Je serais peut-être plus au chaud dans l'église, ai-je songé.

L'église était plongée dans la pénombre et une sorte de paix m'a envahi. Les ombres avalaient les contours, élargissant le possible, faisant apparaître les creux et les voûtes plus vastes que dans mon souvenir. Surfaces et angles s'adoucissaient. Une lampe témoin solitaire projetait des ombres palpitantes. J'ai remarqué que je n'étais pas seul. Parmi les ombres tremblantes, une silhouette noire et immobile était accroupie dans la prière devant les massifs de lampions à la droite de l'autel. Je suis resté à l'arrière. Au foulard couvrant modestement la tête, on devinait qu'il s'agissait d'une femme. Je suis demeuré assis, immobile, touché par sa dévotion.

Jadis, une balustrade séparait les fidèles de l'autel. Une petite clôture. Les femmes n'avaient pas le droit de la franchir sauf pour changer le linge, récurer les planchers. Je me souviens de femmes aux cheveux couverts travaillant en silence, avec diligence, de manière à minimiser le temps passé en zone interdite. Et je me souviens des dimanches, les fidèles agenouillés à l'extérieur du sanctuaire, les coudes posés sur le drap amidonné du balustre de l'autel, le visage enfoui dans des mains sèches et noueuses. Les fidèles attendant en file de recevoir le saint sacrement, les yeux brillants de dévotion et d'espoir. L'île du Cap-Breton, le Honduras – les détails se brouillent dans mon souvenir. Des gens fondus en une seule silhouette par les épreuves et la foi.

Une lueur a brasillé à l'avant. La chère femme allumait des lampions. Action de grâces ? Anxiété ? La lumière tremblotait maintenant dans un réceptacle rouge, jetant des éclats roses. L'éclat de la foi et de l'espoir.

Une ombre s'est levée. J'ai entendu le cliquetis d'une pièce de monnaie. Une autre lumière a scintillé brièvement. Un autre lampion. Un autre geste tandis qu'elle faisait le signe de la croix.

Elle doit être vieille, ai-je songé. À allumer ainsi des lampions, à prier pour quelque petite offense.

L'église a craqué comme un vent frais s'élevait dehors. Un silence suffocant est descendu des renfoncements du plafond plongé dans l'obscurité, tandis que des courants d'air froids coulaient au-dessus de ma tête. La femme est passée d'un pas rapide, tête baissée, les bras serrés en travers de sa poitrine, comme si elle portait un enfant. Elle ne m'a pas vu. La porte de devant s'est fermée derrière elle dans un chuchotement.

De retour au presbytère, j'ai trouvé un pain maison tout frais et un sac de biscuits secs sur la table. Accompagnés d'une note :

« If we'd known you were coming, we'd have baked a cake[1]*... »*

On avait dessiné de petites notes de musique autour des mots. Je me rappelais vaguement une vieille chanson. Ethel Merman qui chantait *« how'dya do, how'dya do, how'dya dooooo »*.

---

1. « Si on avait su que vous veniez, on aurait préparé un gâteau. » Toutes les notes sont de la traductrice.

« *This loaf of bread will have to dooooooooo* [2]. »

C'était signé Bob O.

Bobby O'Brian s'est présenté plus tard en personne afin de s'excuser pour le manque de préparation et pour la piètre condition du presbytère. Les femmes sont dans tous leurs états, a-t-il dit. Un nouveau prêtre qui arrive et les lits qui ne sont même pas faits. Je lui ai assuré que tout était très bien. Il m'expliqua qu'il était président du comité paroissial, mais comme il n'y avait plus de curé résident depuis quelques années, le comité avait cessé ses activités. Il n'était que suspendu, toutefois. Par manque de volontaires. Mais prêt à reprendre le collier maintenant que j'étais là. Je n'avais qu'à leur faire signe. Sa femme avait préparé ce pain afin d'exprimer sa contrition pour l'état du presbytère. L'une des priorités de l'endroit était d'obtenir une nouvelle résidence pour le curé.

Je lui ai redit que tout était très bien.

« Y avez-vous goûté ? Au pain ?

— Oui, ai-je menti. Il est délicieux.

— Je vais le dire à ma femme. Elle fait le meilleur pain du canton. »

J'ai souri.

Bobby était dans la cinquantaine, il avait un début de calvitie prématurée et un certain surplus de poids. C'était chouette d'avoir de nouveau un curé, a-t-il déclaré. De voir de la lumière à la fenêtre de la vieille maison.

« C'est assez dur à encaisser, ne pas avoir de curé. On était sûrs qu'ils allaient fermer la paroisse pour de bon, après tant d'années. Pouvez-vous croire qu'on était la seule église des environs, il y a des années ? St. James, qu'on s'appelait, dans ce temps-là. »

J'ai hoché la tête, souri, et dit que j'étais au courant.

Il a ajouté : « Bien sûr. J'oubliais, vous avez grandi dans le coin. J'ai fait mes devoirs. Vous avez grandi derrière Port Hastings. Sur le Long Stretch.

— Pas trop de devoirs, j'espère. »

Je me suis forcé à sourire encore une fois.

---

2. « Mais faute de gâteau, voici un pain. »

« *La colère qui doit venir…* » Ces sombres paroles d'absolution veulent tout dire, quand on y pense. Le sinistre avertissement dans la messe de *requiem*. Je crois que c'est lors d'une cérémonie de funérailles en 1970 que l'innocence a commencé de s'éroder sous une pluie battante. Je me souviens d'une journée d'orage, les entêtantes fumées d'encens qui me revenaient au visage, l'encensoir qui cliquetait sur ses chaînes, des ruisselets s'accumulant autour du gazon artificiel dissimulant la preuve boueuse de notre mortalité.

Pauvre Jack Gillis. Sa mort avait été aussi peu remarquable que sa vie. Il était mort subitement un soir en allant rendre visite à mon père.

Son fils unique avait les yeux vitreux. «Peux-tu m'expliquer ce que ça veut dire, calvaire? s'était écrié Sextus en montrant le cercueil du geste. Il n'y a rien d'autre que ça?»

Le départ soudain de Jack l'avait pris par surprise. Jack était relativement jeune. Il restait tant à dire, à faire; la mort devrait avoir un sens, non pas s'accompagner de cette impression de trahison, d'interruption. Sextus répétait les paroles d'incompréhension qu'on prononce habituellement à la suite d'un décès auquel on ne s'attendait pas, mais plus tard, calmé par l'alcool, il s'était laissé aller à l'analyse. Il avait raconté que son père, obligé de voyager pour le travail, avait été presque absent de sa vie; que leur coexistence occasionnelle avait toujours souffert de leur séparation anticipée. C'est ainsi qu'ont grandi la plupart des gens, dans cet endroit oublié de Dieu, en luttant pour survivre.

«Tu n'as pas besoin d'expliquer», lui avais-je assuré.

Il avait fini par avouer ce qui l'angoissait véritablement: la mort du père révèle la terrible tragédie de la conciliation qu'on défère. «Je ne parle pas de réconciliation, avait-il dit d'un ton farouche. Je parle de l'élémentaire. Je parle de ce que toi, personnellement, tu ne connais que trop bien.»

Je m'étais contenté d'écouter. C'est mon boulot, me disais-je. J'avais hoché la tête, saisi son épaule d'un geste rassurant. «Ça va aller.» Ça, j'en étais sûr.

Sextus s'en était remis rapidement, comme il l'avait toujours fait. Avant longtemps, il trouve toujours quelque analgésique douteux. C'est du moins ce qu'il me semblait à l'époque. Avec quelle facilité nos pulsions les plus viles s'emparent de nous et détournent le cœur du deuil. Je les vois encore, Sextus d'un côté de la tombe ouverte où gisait Jack;

ma sœur et son mari, John, debout l'un près de l'autre mais en quelque sorte séparés, le visage de John, de l'autre côté, changé en masque de douleur. Il adorait son oncle Jack. Ou peut-être qu'il sentait déjà cet autre lien, qu'il pouvait voir l'avenir se dessiner.

J'entends encore les paroles terribles : «Voici que je tremble et que j'ai peur, devant le jugement qui approche, et la colère qui doit venir.»

«*Ce jour-là doit être jour de colère, jour de calamité et de misère, jour mémorable et très amer quand tu viendras éprouver le monde par le feu.*»

Mes paroles sacerdotales flottent sur coup de vent. J'observe le regard fuyant de ma sœur, son sourire spectral.

«Je suis horriblement malheureuse, m'avait-elle dit.

— J'ai béni ton mariage, avais-je répondu. Vous trouverez la force. Toi et John, ensemble.»

Elle avait ri.

«Donne-lui le repos éternel, Seigneur.» Et sous la pluie battante, les endeuillés avaient murmuré le répons : «Et que la lumière brille à jamais sur lui.»

Peut-être John n'était-il pas conscient de la relation muette qui se nouait entre son cousin et sa femme. En vérité, je ne la vois qu'aujourd'hui, maintenant que je sais ce qui s'est ensuivi, cette monstrueuse trahison qu'elle a plus tard justifiée en lui donnant le nom de compassion.

«Sextus avait besoin de moi, a-t-elle dit. Pas mon mari.»

Après la messe, mon premier dimanche, j'ai dîné dans la salle paroissiale avec la Ligue des femmes catholiques. J'en reconnaissais certaines pour les avoir croisées à l'école secondaire, jeunes filles soucieuses de leur apparence que le temps avait transformées en matrones pieuses et rebondies. Je me demandais si elles se souvenaient de moi comme je me souvenais d'elles. Elles voulaient savoir si j'accepterais d'appuyer une campagne pour ramener la pratique consistant à réciter le rosaire à la maison. Pourquoi pas, me suis-je dit. Nous en avons besoin plus que jamais, m'ont-elles exposé, et j'ai opiné du chef.

Autrefois, nous récitions le rosaire en priant pour la paix, ai-je rappelé. Peut-être pourrions-nous nous concentrer sur les Balkans ou le Moyen-Orient. La Terre sainte en particulier. Elles semblaient mal à l'aise à cette idée, et ont plutôt proposé l'intégrité de la famille et le caractère sacré de la vie. Nous devrions prier pour avoir la force de nous opposer aux puissances déterminées à détruire les structures traditionnelles des familles. Et la vie même. Voilà où commencent tous les problèmes. Crimes et guerres y compris.

Encore plus de tradition, plus de religion, plus de tribalisme – tout juste ce dont la Yougoslavie a besoin, ai-je songé.

«Il va falloir que vous me donniez un coup de main, ai-je soupiré en levant les mains dans un geste d'impuissance. Je n'ai guère d'expérience paroissiale.

— Oh, nous allons prendre soin de vous», a dit l'une en minaudant.

Les autres ont rigolé comme les petites filles qu'elles étaient jadis.

Je me suis rendu compte que celle qui avait fait la coquette m'était vaguement familière, mais je n'arrivais pas à me rappeler son nom. Elle a repris son sérieux.

«Une famille qui prie ensemble reste ensemble. Il nous faut revenir à cette idée, et alors tous les autres problèmes vont se régler d'eux-mêmes.»

Elle avait dit s'appeler Pat. Une lointaine image m'est revenue en mémoire. Nous nous trouvions dans un lieu que j'avais oublié, Sextus et elle étaient ensemble. Un ciel bleu nuit au-dessus de la mer noire miroitant. Je me suis efforcé de me souvenir, j'ai fini par abandonner et promis d'aborder sous peu en chaire la question du rosaire.

Tandis qu'elles sortaient, j'ai surpris leurs chuchotements, elles parlaient de moi.

«Eh bien, il est différent», a soufflé l'une d'entre elles.

Les autres ont murmuré leur assentiment.

Sextus s'est présenté sans avertissement par un dimanche après-midi du mois de mai. Il a dit qu'il avait quitté Toronto pour une longue visite. J'ai eu du mal à cacher ma surprise, et j'ai soupçonné que quelque chose n'allait pas, car il m'a serré dans ses bras. Est entré sans hésitation les bras écartés et m'a attrapé.

«Tu as l'air en pleine forme, a-t-il déclaré. Peut-être que cette arnaque de célibat a du bon, finalement. Je devrais essayer.» Il était fébrile, gigotait sans cesse, passait en revue le maigre contenu de ma chambre austère. «Bénissez-moi, mon père, car j'ai péché… Il s'est écoulé au moins dix ans depuis ma dernière visite…»

Il souriait à ce moment-là, un genou légèrement fléchi, la tête un peu penchée. Il a dit que c'était étonnant de voir comme rien n'avait changé dans le coin. Il demeurait à la vieille maison des Gillis, au Long Stretch. Temporairement.

«La vieille maison.

— Ouaip, a-t-il acquiescé. John et moi, deux vieux croûtons, qui se préparent du thé l'un pour l'autre.»

J'imagine que mon visage devait trahir mon scepticisme.

«Je sais ce que tu penses, a-t-il dit. Effie prétendait que je devrais m'assurer qu'il n'y avait pas d'armes à feu dans la maison avant d'y mettre les pieds. Mais John et moi, il y a longtemps qu'on a fait une croix sur toutes ces histoires.»

Après un moment, il m'a confié qu'il avait eu des ennuis de santé. Il a parlé de «problèmes médicaux». Debout devant ma bibliothèque, il a pris un livre sur un rayon.

J'ai risqué : «Alors, il y a dix ans que tu n'es pas revenu à la maison ?

— Plutôt onze, a-t-il répondu distraitement. Macquarrie, hein ? Drôle de nom pour un existentialiste. Je pensais qu'ils étaient tous français ou allemands.» Il s'est assis, a tourné la page couverture. «Mille neuf cent soixante-dix-sept. C'est juste après ton retour de… là-bas. C'était qui, RM ?

— Un vieux prêtre. Un ancien professeur de philosophie.

— L'existentialisme, hein ?

— C'est un de mes intérêts.

— Un des miens aussi, ces derniers temps.

— Je ne savais pas.»

Il a soupiré. «Un jour, un docteur pakistanais te fout un doigt dans le cul et tu sais, juste à voir son visage. Ça augure mal, en termes d'existentialisme.»

Il y a eu un long silence.

«Alors c'était ça, les ennuis de santé, ai-je dit pour briser ce silence.

— Ça va. C'était une fausse alerte.

— Dieu soit loué.

— Je l'ai fait. C'est étonnant comme la foi revient vite.»

Avant de partir, il est resté un moment devant le manteau de cheminée à examiner la photo de ma sœur.

«Regarde-la un peu.»

J'étais incapable de déchiffrer son ton.

«Crois-le ou non, elle m'a beaucoup aidé quand… j'ai eu le moral à plat, pendant quelque temps.

— Je suis content de l'apprendre», ai-je assuré.

Puis il a pris ma photographie de Puerto Castilla.

«Qui c'est? a-t-il demandé en montrant Alfonso.

— Un gars que j'ai connu.

— Et la petite mignonne?

— Aussi une amie.»

Ensuite, ç'a été la photo de nos pères et de son oncle Sandy. «Il me semble que cette photo était à la maison, autrefois, a-t-il dit.

— John l'a laissée à Effie quand ils se sont séparés. Elle me l'a donnée.

— Savais-tu qu'oncle Sandy avait une photo de Gracie Fields datant de la même époque, juste avant leur départ pour l'Europe? Je me demande où elle est passée. Elle était autographiée. Elle vaut probablement quelque chose aujourd'hui. Au verso, elle avait écrit: *Souhaite-moi bonne chance en me disant au revoir*. Puis son nom. Griffonné, mais on pouvait le lire, aussi clairement que n'importe quoi.

— Je ne savais pas.

— Je me suis toujours demandé où il l'avait prise. C'était tout un numéro, hein, oncle Sandy. Je ne serais pas étonné d'apprendre qu'il s'est envoyé en l'air avec cette bonne vieille Gracie. Tu te rappelles comment il était?

— Oh, oui.

— Et regarde mon père. Pauvre vieux Jack.» Il a secoué la tête. «Ils n'avaient pas la moindre idée. Mais de toute façon…

— Je ne savais pas que tu devais revenir à la maison.

— Je voulais téléphoner, a-t-il dit, et il a souri. Mais tu sais comment c'est, comme le temps passe.

— Je sais.»

Maintenant que j'approche de la cinquantaine, les nuits sont toujours difficiles, il me semble. Je me retourne pour essayer différentes positions en attendant de trouver le sommeil, mais je ne fais que devenir de plus en plus alerte. Quand je réussis enfin à m'endormir, mes rêves me trompent en me faisant croire que je suis encore éveillé. Je me dis que j'ai peut-être besoin de pilules. Sextus racontait qu'il avait pris des médicaments contre l'insomnie pendant quelque temps. Affirmait que c'est très courant à notre âge. Surtout en période de stress. Et, bien sûr, le stress augmente avec le poids des ans. Mais il refuse désormais de prendre des médicaments, il préfère fumer de la marijuana. Disait qu'il pouvait m'en obtenir, n'importe quand. Il y en a partout en ville. C'est meilleur pour toi à long terme, affirmait-il.

J'ai fumé de la marijuana une fois. C'est Alfonso qui en avait. Où il se l'était procurée, je n'en ai aucune idée. Je me souviens d'avoir beaucoup ri, une innocente hystérie. Allongé seul ici, baigné dans le silence humide de la vieille maison, je pense à Alfonso aussi régulièrement que je pense à Jack et Sandy Gillis et à mon père. Que se passe-t-il dans notre tête quand tout à coup il nous faut affronter l'inévitable? Mort imposée ou mort choisie? Il arrive que les questions me tirent du lit; je me lève alors et je sors pour tenter de chasser ce sentiment de désespoir. À la fin de la vie, je me demande quel réconfort offre vraiment la croyance. Les a-t-elle aidés?

Parfois je me traîne les pieds jusqu'à la salle de bains, j'étudie le visage dans le miroir, les yeux pochés maintenant, la peau flétrie et amincie. Bientôt gorge et menton seront une seule masse de chair pendante. Les ravages d'un demi-siècle se révèlent pendant la nuit. Le temps, vampire, boit le suc de la jeunesse pendant notre sommeil. J'imagine les femmes de nos petites réunions pleines de sérieux, et les vois dans de semblables moments de solitude. Dans leurs glaces. Dans les yeux de leur mari. La nuit et le temps sont plus durs pour les femmes.

Les femmes m'avaient surnommé Pelirrojo.

La chevelure rousse semble maintenant poussiéreuse, usée comme tout le reste. Un bourrelet protubérant sous la cage thoracique. Et ça empire à partir de là. Après cinquante ans.

16 déc. alfonso se moque encore de moi aujourd'hui à cause de mon espagnol, ou de ce qui en tient lieu. prétend que je ne sers à rien ici sans ça. le seul mot que tu as appris, dit-il, c'est pelirrojo. je vais te confier à jacinta. gracias, je dis. il pourrait m'arriver pire.

† † †

Le médecin m'a déjà dit : Ne restez pas couché. Levez-vous. Faites quelque chose. Et cet été-là, je suivrais son conseil plus d'une fois, quittant la maison à la nuit tombée pour l'air humide et frais du dehors, le parfum des montagnes. La mer chuchoterait tandis que je marcherais dans les ténèbres pour me rendre à l'église silencieuse, où je m'agenouillerais devant la masse de lampions. Et je songerais à Jacinta, me demanderais où elle est. Et je ferais une prière à Alfonso, en me rappelant son sort. En me demandant ce qui lui était passé par la tête, si tant est qu'il ait pensé à quelque chose.

jacinta travaille à l'hôpital. spécialiste de la malnutrition, elle œuvre auprès des enfants. jolie, avec des manières modestes. des cheveux très foncés font ressortir le vert de ses yeux. les enfants sont bien différents, visages douloureux, muets et sombres, dents qui manquent, nez encroûtés de morve. fins cheveux de la couleur de l'argile. crânes galeux. côtes qui pointent à travers leur peau mince comme du papier. on se demande comment ils peuvent devenir comme ça. jacinta va m'apprendre à parler espagnol… couramment, dit alfonso.

Jacinta. Mon jardin secret, là où fleurit la compréhension.

3

Au début du mois de juin, Effie téléphona pour dire qu'elle revenait à la maison le temps d'une visite. Pendant un instant, je fus tenté de passer un commentaire sur le fait que, par une étrange coïncidence, elle et Sextus revenaient au même moment après si longtemps. Elle affirma que sa mission avait pour but de célébrer mon anniversaire marquant. Mes cinquante ans.

«Il faut que je voie ça», dit-elle.

Riant, je lui déclarai que l'âge n'est qu'un nombre, une commodité à l'usage des fonctionnaires, des bureaucrates et des comptables.

«Alors on célébrera ta santé, ta richesse et ton bon sens.»

Je lui offris la chambre de l'évêque, mais elle me répondit qu'elle dormirait à la vieille maison. «Si tu n'y vois pas d'objection.

— Ce n'est vraiment pas très confortable, dis-je. Encore pas mal rudimentaire.

— J'ai l'intention d'y remédier.»

Je lui indiquai donc où se trouvait la clef de secours, sous une pierre du seuil.

«Je sais ce que tu penses, ajouta-t-elle.

— Il y a des années que tu n'as pas vu l'endroit. Je n'y ai pas fait grand-chose depuis.»

Elle m'ignora. «La maison semblait solide à ce moment-là, pas de signe de dommages. Rien qui ne se répare pas avec un peu d'amour.

— Fais-toi plaisir», lançai-je.

Elle était revenue une fois auparavant, le temps d'un bref séjour en 1987, son premier retour en terre natale après qu'elle eut cruellement abandonné St. John's en s'enfuyant avec Sextus, à la suite de la mort du père de celui-ci, dix-sept ans plus tôt. Elle n'avait pas expliqué sa longue absence ni la raison pour laquelle elle y mettait abruptement un terme, se contentant de dire qu'elle voulait venir voir la vieille bicoque sur le Long Stretch. Notre ancienne maison.

« Souhaites-tu vraiment…

— Accepterais-tu de venir avec moi ? »

C'était la dernière chose que je désirais. « Bien sûr », avais-je répondu.

La tension montait tandis que nous approchions de la vieille maison ce jour-là en 1987. Effie était assise, en silence, bras croisés. Je lui jetais des regards à la dérobée, mais son visage était impassible. Et puis nous étions arrivés, avions garé la voiture sur l'accotement pour étudier la construction basse qui avait jadis été notre maison.

« Elle a bonne mine, avait-elle commenté. Avec ce revêtement de vinyle, elle a presque l'air neuve. Quand l'as-tu installé ?

— Il y a quelques années. Juste après le Honduras. J'ai pensé mettre des bardeaux, mais…

— Je suis contente que tu ne l'aies pas fait, avait-elle dit. J'aime le revêtement… Ça ressemble… je ne sais pas.

— À du plastique ? »

Elle avait haussé les épaules, froncé les sourcils.

Une fois sortie de l'auto, elle avait hésité. « Chez nous. C'était chez nous. » Elle avait poussé un profond soupir.

Elle était restée au bord de la chaussée pendant que j'ouvrais la porte. Elle se mordillait la lèvre inférieure, les bras toujours croisés.

« C'est peut-être trop à absorber tout d'un coup. Pourquoi on n'attendrait pas un peu ? » avais-je suggéré.

Elle avait secoué la tête. « C'est vraiment étrange, c'est tout. »

Elle était restée là, debout près de la voiture, pendant encore une minute paralysante. Puis elle avait commencé à avancer, lentement, posément.

Une fois la porte passée, elle s'était éloignée de moi, le visage absorbé. Je l'avais laissée aller, en imaginant ses pensées. J'avais entendu ses pas prudents et j'avais su qu'elle se dirigeait vers sa chambre d'enfant, ses talons hauts et durs claquant lentement sur les lattes nues. Et puis il y avait eu un silence. Je m'étais assis à notre ancienne table de cuisine pour la regarder.

«C'est étrange, avait-elle dit, de ne pas avoir de souvenir d'une mère. C'est comme un grand trou dans une vie.

— C'est peut-être aussi bien, avais-je rétorqué. Tu te rappellerais surtout la maladie et la peine.

— Peut-être. Mais je pense qu'il est toujours préférable d'avoir des souvenirs… de quelque chose. Bons ou mauvais.

— Peut-être.»

Elle était debout dans l'embrasure de la chambre exiguë. «Dans mon souvenir, elle était plus grande, avait-elle dit en entrant dans la pièce vide. Tu t'es débarrassé de mon lit.

— Les ressorts du matelas étaient complètement rouillés. Et il était d'une drôle de taille. On ne pouvait pas remplacer le vieux matelas. Alors je l'ai envoyé au dépotoir.»

Elle me souriait. «Tu n'as pas besoin de t'expliquer.

— Je pensais que peut-être…

— Non.» Elle s'était arrêtée un instant près de la fenêtre puis était allée dans le coin opposé de celui où se trouvait autrefois le lit. «C'est ici qu'il se tenait. Je peux encore voir briller la cigarette.

— Partons.

— Ça va. Je n'y ai pas pensé depuis des années.»

Je l'avais étudiée avec attention. Ma sœur. Si détachée de notre histoire, et pourtant consumée par elle. Pour la distraire, j'avais demandé:

«Gardes-tu le moindre souvenir de notre mère?

— Elle a toujours été un fantôme.

— Et de notre père?»

Elle avait ri. «Je me rappelle le jour où nous avons emménagé ici. Je devais avoir quoi, quatre ou cinq ans?»

Dans mon souvenir, j'entends tout à coup le grondement du train autour de nous. L'air est âcre à cause de la fumée de locomotive à l'extérieur et de la fumée de cigarette à l'intérieur. Notre père se penche à la fenêtre pour regarder dehors, le corps fluide, bougeant doucement au rythme du balancement du wagon. Le cliquetis du fer roulant sur l'acier a une cadence sommeillante. De temps en temps, j'entends un hululement urgent quelque part devant nous. Le train qui prévient du danger le paysage vide, les arbres maussades. Et je prends à nouveau conscience de la distance croissante qui nous sépare du monticule de terre que nous avons laissé derrière, dans le champ de hautes pierres blanches, et du fait que nous quatre, maintenant, ne sommes plus que trois.

Un camion était passé dehors dans un bruit de crécelle. J'avais jeté un coup d'œil vers la fenêtre. C'était John Gillis.

«Est-ce que c'était qui je pense? avait-elle demandé.

— Vas-tu aller le voir pendant que tu es ici?

— Je ne crois pas.» Elle avait étudié mon visage à la recherche d'un jugement ou d'une approbation. «Je peux sentir papa dans la pièce, avait-elle enfin dit. Tu n'as jamais eu peur de lui, non?

— Le paternel? Non. J'avais de l'antipathie pour lui. Je le jugeais. Puis, avec le temps, ça m'a passé… Mais tu ne le détestes plus aujourd'hui, pas vrai?»

Elle avait souri.

Cette fois, c'est John qui m'apprit son arrivée. Il téléphona un mercredi matin. «Il y avait de la lumière à la vieille maison hier. Je me demandais…

— Effie doit être là, expliquai-je. Elle m'a dit qu'elle venait.

— Ah. Et comment va cette bonne vieille Effie? N'a-t-elle pas changé son nom pour "Faye" quand elle est partie?

— Elle est redevenue Effie.

— Tant mieux. "Faye", c'était un peu faux. C'est ce qu'il me semble, en tout cas.

— Tu devrais passer. Dire bonjour.

— Peut-être.»

Au milieu de la matinée, le jour de mon anniversaire, qui tombait le samedi de cette semaine-là, le téléphone sonna. J'étais debout devant la fenêtre panoramique, à étudier la vaste baie étale, à interpréter les vaguelettes sur la surface bleu foncé en essayant de prévoir le temps.

«Bon anniversaire, lança Effie. Je t'attends à sept heures.

— Tu m'attends où?

— À la maison. Où croyais-tu?

— D'où téléphones-tu?

— De chez John. Je m'y suis arrêtée pour les inviter. John et Sextus. Je me suis dit que je ferais bien de te rafraîchir la mémoire.

50

— Je pense que je vais passer mon tour.

— N'oublie pas. Sept heures tapant.»

Puis elle raccrocha.

Peut-être pour en finir au plus tôt, je m'y rendis en avance. La vieille maison puait les produits nettoyants, odeur ennoblie par celle de la cire qui brûle. Des chandelles vacillaient et les stores étaient tirés pour se protéger du soleil couchant, ou peut-être pour éviter de révéler ce qu'Effie faisait à la maison.

«Tu vas prendre un verre de vin, ou peut-être quelque chose de plus fort.

— Quelque chose de plus fort», décrétai-je.

Elle me versa un scotch bien tassé. «Un petit toast à nous. Avant que les autres arrivent.

— Bien sûr. Les autres.

— Ne t'en fais pas», me dit-elle, et elle me donna un léger baiser sur la joue.

John est arrivé le premier. Il est plus jeune que moi et son corps a une minceur d'adolescent, mais je remarquai que ses cheveux étaient presque entièrement blancs. Apparemment, il jogge beaucoup, pour rester en forme et pour préserver sa santé mentale. Il attrapa la main d'Effie, pencha la tête vers elle. Leurs joues se touchèrent. Elle avait les paupières étroitement fermées.

Et puis Sextus entra en coup de vent dans la pièce en massacrant l'air de «Joyeux anniversaire», et me fit perdre l'équilibre en me serrant dans ses bras à m'étouffer. C'est en train de devenir une habitude, songeai-je, ces embrassades. Il avait une bouteille de vin dans chaque main et je les entendis s'entrechoquer dangereusement dans mon dos. Il me libéra puis déposa les bouteilles dans l'armoire d'un geste plein d'emphase. Il serra la main d'Effie avec une solennité feinte, fléchissant légèrement le tronc. Elle piqua du nez, le visage rose pâle. Puis il la prit dans ses bras, entama une valse lente dans la cuisine, chantant bruyamment : *«Can I have this… dunce… for the rest of my life…»*

John les regardait, sourcils levés, les commissures de ses lèvres tressaillant, en s'efforçant d'avoir l'air amusé.

«Je vois que tu as pris de l'avance», remarqua Effie.

Elle fit griller des steaks, prépara une salade verte et, en mangeant, nous naviguâmes à travers le temps, emportés par le vin, jusqu'à des lieux sûrs. John, qui ne buvait que de l'eau, parlait peu.

Une fois, il demanda abruptement : «Est-ce que c'est la même vieille table ?»

Effie répondit : «La seule et l'unique.

— Si elle pouvait parler», dit-il. Et il émit un grognement.

Après cela, nous sommes tous restés silencieux pendant un moment, chacun absorbé par des souvenirs qu'il valait mieux ne pas comparer. Je crois que de la musique jouait quelque part, une musique instrumentale aux accents lancinants. Irlandaise, je pense.

Et puis Sextus brisa le silence. «Tu ne leur as pas dit, non ?» Il s'adressait à John.

«Leur dire quoi ? demandai-je.

— Ma nouvelle. Je reste dans les environs. Pour un bout de temps, à tout le moins. J'emménage dans un appartement en ville. John est atterré.» Il rit en désignant son cousin du doigt.

Après avoir bu encore quelques verres de vin, je me suis remis au scotch. À un moment, Effie a proposé un toast. «Nous y voilà, dit-elle. Au fêté. Et aux meilleures années à venir. À tes cinquante ans. On dit que c'est le nouveau quarante.»

Nous avons bu.

«Et à tous mes gars», continua-t-elle, levant délicatement son verre, en souriant à ses deux ex-maris. À ce moment-là, elle aussi était un peu éméchée. Tous les deux avaient une expression idiote.

Et je me souviens d'avoir demandé à Sextus, plus tard : «Rien de tout cela ne te semble bizarre ?

— Bien sûr que c'est bizarre, a-t-il répondu d'une voix basse, en se penchant vers moi. C'est tordu. Qu'est-ce que ça peut bien faire, calvaire ?»

J'ai hoché la tête, plein d'une compréhension que seul l'alcool rend possible pour cette logique simple.

«Hé, tordu, c'est le nouveau normal», a-t-il dit. Puis il a ri et m'a serré la tête sous son bras. Le contenu de mon verre a éclaboussé mes genoux.

Je me suis débattu. «Ne fais pas ça, ai-je grogné, sous le coup d'une colère aussi subite qu'une décharge électrique.

— Quoi qu'il arrive, a-t-il dit en me lâchant, on est de la même famille, pour l'amour de Dieu. »

Malgré moi, j'ai été envahi par un sentiment de réconfort facile. Le reste de l'anniversaire m'échappe.

Mais je sais que la cuisine était en ordre et baignée d'une pâle lumière bleue quand je suis revenu à moi dans le salon. Il m'a fallu un moment pour me rappeler où je me trouvais, et on aurait dit que le paternel était encore là. Une ombre planant près de la porte au fond de la cuisine, où était autrefois la chambre d'Effie.

J'ai trouvé des chaussures. Les ai emportées dans l'éblouissante lumière du matin.

Dehors, l'air frais et humide résonnait du chant des premiers oiseaux. Quelque part au loin, le son déterminé d'un gros camion dont les pneus criaient sur l'asphalte froid.

En sortant du jardin, je me suis rendu compte que deux véhicules y étaient encore garés. La voiture de location d'Effie et la camionnette que conduit Sextus.

Le mois d'août arrive par des matins frisquets mais s'adoucit l'après-midi. Un dimanche ensoleillé, juste après le dîner, je me reposais sur la véranda, un bloody mary à la main, tout en repassant avec satisfaction le texte de l'homélie que j'avais prononcée le matin même. J'avais découvert qu'une paroisse est une tribune. Article quatre, *Presbyterorum ordinis* : « … appliquer la vérité permanente de l'Évangile aux circonstances concrètes de la vie ».

Pat s'était approchée de moi après la messe et m'avait serré la main un petit peu plus longtemps, me semblait-il, qu'elle ne l'aurait dû. Pat est divorcée. Les gens aiment à cancaner. Mais je n'étais pas mécontent de sentir la chaleur, le contact gracieux d'une main de femme.

« Je suis tellement d'accord », avait-elle dit.

J'avais vu de la sincérité dans ses yeux et j'en avais éprouvé quelque chose qui se rapprochait du plaisir. Je m'étais même demandé : Irais-je jusqu'à croire que je commence à me sentir plus optimiste ? Peut-être est-ce là ce qui arrive quand on touche la cinquantaine.

Ce matin-là, en m'inspirant de paraboles illustrées, j'avais pu y aller de quelques observations sur la notion de communauté. Montrer comment, en l'absence de communauté, nous devenons des étrangers les uns pour les autres, nous sommes victimes de l'aliénation univer-selle (sans utiliser exactement ces termes). Aliénés de nous-mêmes, nous cherchons à trouver notre identité dans ce que j'ai appelé les Super-Étrangers, les fausses personnalités et les modes qu'offrent le commerce et la célébrité. Les fausses idoles du monde moderne. J'en avais pris pour exemple Michael Jackson, Michael Jordan et moult autres Michael. Les archanges du mauvais goût, avais-je dit, qui répan-dent une vulgarité vile et universelle. En quel autre endroit aurais-je pu tenir ce discours et être écouté avec tant de sérieux ? Certainement pas à l'université.

« Ce n'est pas bien, avait dit Pat, la propagande publicitaire mêlée à toutes les autres ordures que colporte la télé. »

Le dimanche précédent, mon sermon consistait en une leçon à peine déguisée sur les ordures jetées le long des routes. Une campagne en pagaille est le signe d'une âme en pagaille, avais-je expliqué. Vérité éternelle et circonstances concrètes. Ma mission.

On me dit que le père Chisholm, de la paroisse St. Joseph's, parle souvent de justice. Mais quand je pense à la justice, je pense à Alfonso. Justice pour Aguilares, disait-il avec un sourire gêné. Là résidait sa véritable vocation, et ce qui s'est révélé être son destin. La justice. Depuis ce temps-là, il s'agit pour moi d'un mot vide. Le père Roddie dirait que ç'a toujours été mon problème, cette réaction émotive à un mot, que ça procède d'une banale bonne conscience. Alfonso avait une meilleure manière de décrire la chose : Les mots détachés de l'action sont dépourvus de signification. Un jour, j'oserai dire ça quelque part.

L'été tirait à sa fin, mais en ce dimanche après-midi du début du mois d'août, le ciel était d'un bleu minéral et vif qu'absorbait la vaste surface de l'eau, où se reflétait la lumière mouvante du soleil.

Pat vit avec sa fille adolescente et sa mère veuve. Elle est déjà allée jusqu'à me proposer un rendez-vous. Une invitation « platonique », avait-elle précisé, et je m'étais demandé si elle connaissait vraiment la signification du mot.

« Maman est d'une grande aide, avait-elle dit. Mais de l'avoir à la maison, ça limite un peu ma vie sociale, pas besoin de vous faire un dessin. Alors je fréquente Parents Sans Partenaires en ville, surtout pour avoir de la compagnie. Ce serait bien si vous y veniez un jour. Vous pourriez m'y escorter. » Et puis elle avait ri.

«Pourquoi pas, avais-je répondu.

— Je fais ma vilaine. Mais vraiment… j'aimerais vous y emmener un soir afin que vous rencontriez notre groupe. Peut-être que vous en tireriez des idées pour créer quelque chose ici.

— Il y a donc tant de célibataires?

— Vous seriez étonné. Des tonnes de célibataires. Même des gens mariés, qui vivent comme des célibataires… si vous voyez ce que je veux dire.»

J'ai remarqué que mon verre s'était mystérieusement vidé. J'en sentais l'effet. J'avais dîné de quelques sandwichs qui restaient après une cérémonie à la salle paroissiale la veille. Un dimanche après-midi entier pouvait s'écouler juste à fixer l'eau scintillante. Au loin, je voyais un petit bateau qui arrivait du nord, passant lentement la pointe de terre à laquelle Long Point doit son nom.

Peut-être un autre bloody mary.

En revenant de la cuisine avec mon deuxième verre, j'ai pris les jumelles oubliées par un ancien occupant. Un pasteur passé. Le télescope d'un pasteur passé. Essayez de dire ça après un *troisième* bloody mary. J'ai découvert, depuis que je prononce régulièrement des homélies, que j'ai une facilité pour les mots. Les idées surgissent de nulle part avec une étonnante fécondité et les mots suivent tout naturellement, comme le sillage derrière un bateau. La clef, ai-je songé, alors que j'étais debout en train de regarder à l'aide des jumelles l'endroit où je croyais que devait se trouver le bateau, est de garder un discours simple. De parler comme parle votre congrégation.

C'était un bateau de pêche Northumberland typique, élégamment incliné de la haute étrave jusqu'au tableau, doté de cet espace de travail particulièrement vaste à l'arrière de la cabine. En vérité, j'étais incapable à l'époque de distinguer un Northumberland d'un kayak. C'est un art que j'ai appris depuis. Une écume moussait à la poupe, derrière laquelle se déployait un gracieux sillage telle une traîne de mariée. Je pouvais compter cinq personnes: deux hommes assis sur les fargues, trois femmes qui semblaient être dans des chaises de jardin. Les hommes tenaient des bouteilles foncées à la main. Leurs bouches bougeaient en silence. Les femmes, la tête renversée en arrière dans un rire muet, avaient les cheveux qui volaient au vent. Hommes en polos, les bras bruns. Brunes épaules de femmes. Longues gorges de femmes.

J'ai senti un pincement inattendu. Je pourrais prendre du plaisir à cela, ai-je songé. Le bateau. L'eau. Il y a là-bas quelque chose de pur, là où est apparue la vie, s'il faut en croire Darwin. Quelque chose comme de l'envie a enflé en moi.

L'intimité.

C'est un mot que Sextus utilisait à tout bout de champ. C'est ce qu'on recherche à un certain stade de sa vie, disait-il. L'intimité. On la cherche parce qu'on en a besoin.

Sur le court de tennis près de la salle paroissiale, quelqu'un frappait une balle sur la clôture à mailles losangées, la prenait en chasse, la frappait à nouveau énergiquement. J'ai dirigé les jumelles vers le bruit. Une femme vêtue d'un short minuscule trottinait derrière la balle de tennis. Seule.

J'ai souri. Des shorts minuscules sur des courts de tennis. Et un terrain de softball. Une salle paroissiale neuve. Quelqu'un avait accompli quelque chose ici. Lequel de mes prédécesseurs en était responsable ? L'endroit avait bien meilleure allure que dans les années cinquante et à l'époque de père Donald Rankin. Que faut-il pour mobiliser les gens ?

C'était là le rêve d'Alfonso. Mobiliser les gens, car là réside le vrai pouvoir.

Que fais-tu du Saint-Esprit ?

Oui. Mais où crois-tu que vit le Saint-Esprit ? Dans le cœur des pauvres.

Plus beaucoup de pauvres à Creignish par les temps qui courent, ai-je songé. Tout étant relatif. Pas comme au Honduras. Même pas comme dans le temps de mon père. Tant d'hommes devaient s'exiler à l'époque, comme ce pauvre Jack Gillis, toujours à courir après un chèque de paie, laissant ses fils à la maison pour cultiver les inquiétudes. Mon père à la maison, anesthésié par l'alcool.

La femme à la raquette de tennis court comme un chevreuil, ai-je pensé, ses dents blanches lancent des éclairs comme l'écume derrière le bateau, au loin, tandis qu'elle pourchasse la balle à longues enjambées. Je me suis demandé : Est-elle mariée ? Des images ont refait surface, j'ai senti le doux mouvement dans ma poitrine. C'est pour cela que les poètes se concentrent sur le cœur.

J'ai de nouveau levé les jumelles en direction de la baie, repéré le bateau de pêche silencieux, me suis demandé où ses passagers pouvaient aller. Hommes et femmes fondus dans leur muette intimité, en route sans destination précise. La chaussée menant au continent bloque le détroit, dont la traversée est compliquée par le canal, le pont tournant. Ce sont des nuisances, ces bateaux, quand on doit patienter dans la longue file de voitures le temps qu'ils passent. Mais je pouvais comprendre comment il se fait que les gens en tombent amoureux.

Maintenant un homme et une femme se tenaient près de la poupe, le bras de l'homme autour des épaules de sa compagne, qui avait le visage caché dans son cou.

Autrefois, avant la construction de la digue et du pont, il y avait des navires et un quai au village. Des navires de haute mer glissaient sur l'eau, silencieux, sans entrave, vers les entrailles de l'Amérique du Nord. Et il y avait des bateaux de pêche ouverts dépourvus de tout instrument, des moteurs posés au milieu qui émettaient une sorte de *bang-bang* quand on les mettait en marche. L'automne, des vaisseaux plus grands qui ressemblaient à des schooners arrivaient de l'Île-du-Prince-Édouard chargés de sacs de pommes de terre et de bennes de hareng salé. À la saison du homard, il venait un grand bateau à moteur. Des hommes vivaient à bord. Je me suis souvenu des odeurs du quai, ça sentait le poisson pourri et le créosote, la toile et la transpiration. Et l'alcool. Et je me suis souvenu de la voix des hommes discutant sur le bateau des acheteurs de homards.

Et un homme m'avait demandé si j'étais le gars d'Angus MacAskill.

Et j'avais répondu oui.

Viens-t'en, avait-il dit. Viens rencontrer des gens qui étaient à la guerre avec ton papa.

Des hommes assis autour d'une petite table dans la cabine avant me regardaient d'un air sombre.

Voici le gars d'Angus MacAskill.

Ils avaient simplement continué à me regarder, et leur expression révélait qu'ils savaient quelque chose que j'ignorais. Il y avait une bouteille d'un alcool noir au milieu de la table.

L'un des hommes avait saisi la bouteille et me l'avait tendue. Une petite goutte pour le jeune?

Il avait l'air sérieux. J'avais refusé poliment.

S'il ressemble à son paternel, il pourrait boire du rhum dans le cul d'une vache.

Quelqu'un derrière moi avait ri. Et puis ils avaient tous éclaté de rire. L'homme et la femme se tenaient maintenant embrassés.

Le dernier dimanche des vacances qu'Effie a passées à la maison cet été-là, je me suis dit que j'irais lui faire une visite surprise. Elle était au comptoir de la cuisine, en train de tripoter une nouvelle cafetière. Sextus était debout derrière elle, les bras autour de sa taille, le visage niché dans son cou.

« Je n'ai pas entendu ton auto », a-t-elle bredouillé avec impatience en se lissant les cheveux. Elle était écarlate.

« Je ne voulais pas te surprendre.

— J'ai fait du café. Tu le prends comment ?

— Du lait, pas de sucre. »

Bien sûr, j'ai pensé : elle a recommencé à coucher avec lui. J'ai souri.

« Quoi ? » a-t-elle demandé d'un ton agressif. Prise de court.

« Rien.

— Me semble. »

Sextus a rempli sa tasse de café.

« Comment est le nouvel appartement ?

— Parfait, a-t-il dit. Il faut que tu passes faire un saut. Je suis encore en train d'emménager.

— C'est ce que je vois. »

Pat parle beaucoup de manque. De l'importance du compagnonnage.

« Du compagnonnage ?

— C'est une chose qu'on ne peut comprendre que si on l'a perdue, dit-elle. J'envie les prêtres à cet égard, je vous envie de ne pas être aux prises avec l'embrouillamini émotionnel. »

Le son creux et caoutchouteux d'une balle de tennis. Il y a quelque chose de triste à jouer au tennis avec une clôture. Ses jambes brunes et nues devenaient floues tandis qu'elle s'élançait à la poursuite de la balle qui fuyait devant elle, son généreux corsage blanc frémissant. J'ai déposé les jumelles.

Ce n'est pas une bonne idée de rester debout ici à boire des bloody mary, à regarder à la dérobée des corsages qui frémissent, des gens qui vaquent à leurs affaires personnelles sur des bateaux.

Était-ce vraiment la veille que John m'avait appelé pour me dire que ma sœur était encore partie ? Ça ne m'avait pas étonné. Elle a toujours détesté les adieux.

« Je n'ai pas vu de lumière hier soir. Je ne l'épiais pas, ni rien du genre. J'ai juste remarqué.

— Tu n'as pas besoin de t'expliquer.

— J'admire son cran, de rester là. La maison est pleine de souvenirs. Pas tous bons.

— Je pense qu'elle avait… du compagnonnage… de temps en temps.

— Tout de même.

— Je comprends ce que tu veux dire, ai-je dit.

— Un de ces jours… un de ces jours, on devrait prendre le temps de partager nos impressions.

— Sans faute. »

J'ai remarqué que la joueuse de tennis solitaire se dirigeait vers une auto. Le bateau était près d'une petite pointe, juste au sud de l'endroit où je me trouvais.

Je me suis étiré dans la fraîcheur soudaine… L'après-midi descendant vers le soir ? Ou cela pouvait-il être le début de l'inutilité ? J'ai entendu dire que c'est ce que craignent la plupart des gens à l'aube de la cinquantaine. Mais comment un prêtre peut-il devenir inutile ? Les besoins sont sans fin. Chacun des visages devant moi, qui me regardent depuis les bancs de l'église, chacun est une fenêtre opaque donnant sur un abîme d'angoisse. Je représente leurs espoirs. Comment puis-je me sentir exclu ? Je suis sûr que même Bobby O. a des problèmes, que je découvrirais si j'osais le lui demander. Peut-être la balle était-elle dans mon camp. Peut-être fallait-il que je m'immisce dans leur intimité involontaire. Peut-être attendent-ils que je leur manifeste quelque preuve de l'intérêt que je leur porte… peut-être attendent-ils que je fasse le premier pas.

Un dernier coup d'œil dans les jumelles. Le bateau avait presque disparu de l'autre côté de la pointe, l'homme et la femme à la poupe se tenaient maintenant à quelque distance l'un de l'autre, face à face, mains jointes comme s'ils prononçaient des vœux. Le souvenir d'un autre bateau a fait surface, un père et son fils. Et je me suis souvenu de ce qu'il avait dit : Vous devriez venir faire un tour. Visiter la maison.

J'avais répondu que j'irais peut-être. Un jour.

4

Ce n'est sans doute pas une vie si terrible, songeais-je en conduisant, la tête bourdonnante tandis que mon corps métabolisait la vodka. Les gens fouillent les expériences qu'ils ont vécues enfants afin de comprendre les conséquences qu'elles ont eues sur le reste de leur existence. Chagrin, pauvreté, catastrophe. Notre histoire personnelle sur le Long Stretch aurait pu être un véritable coffre aux trésors si nous avions cherché à nous disculper, un puits d'excuses pour justifier nos échecs d'adultes. Mais il semblerait, d'une manière ou d'une autre, que nous ayons survécu. Effie s'en est même tirée avec un caractère et une curiosité intacts, et est devenue professeure spécialiste des anciennes cultures celtiques. Je soupçonne que sa mission consistait à redorer le blason de notre patrimoine en miettes. Ma mission n'était pas aussi claire. Mais ça n'avait plus guère d'importance. J'étais devenu… l'habit.

J'ai ri en silence.

Tout est dans le regard qu'on porte sur les choses. Par une journée ensoleillée, les nuages n'ont aucune importance, même si les experts prétendent le contraire.

J'avais l'impression qu'il fallait que j'apprenne à bien connaître Bobby O. si j'avais vraiment l'espoir de pouvoir être de quelque utilité ici. Cet homme possède un naturel d'une générosité optimiste peu commune. Il affirme qu'il se souciera du lendemain quand *et si* le lendemain arrive. Dommage qu'il n'y en ait pas des dizaines comme lui. Il est semblable à la culture dans le yogourt, à l'origine d'une vie plus vaste. Quelques hommes de la trempe de Bobby O. suffisent à faire une communauté. Grâce à lui, je pourrais peut-être poursuivre ce que mes prédécesseurs ont commencé. De toute évidence, quelqu'un avait un secret pour mobiliser les gens, pour les inciter à s'intéresser à la paroisse à une époque de distractions séculières. Qu'attendait-on de moi ? Devais-je faire office de catalyseur ? Ou le rôle du clergé est-il plus passif de nos jours : un conduit symbolique vers un ailleurs meilleur… Une assurance que l'ici et le maintenant ne sont qu'un commencement ?

Le conseil paroissial, remis sur pied, était formé de femmes engagées dans le noble combat pour la famille, qu'elle soit constituée d'enfants vivants ou à naître. Il était sérieusement question de produire un bulletin paroissial, qui relèverait de ma responsabilité. Éditeur et censeur. Je leur ai dit d'emblée que je n'avais presque aucune expérience paroissiale à l'exception de celle que j'avais acquise lors d'un séjour au Honduras, qui ne comptait pas vraiment. Je ne leur ai pas expliqué pourquoi cela ne comptait pas et j'ai passé sous silence mon premier poste dans une paroisse, lequel avait marqué le début de ma prêtrise et avait failli en sonner le glas. Je leur ai dit qu'à plusieurs égards j'étais un novice.

« Pas comme une religieuse, évidemment… mais vous comprenez ce que je veux dire. »

Elles ont gloussé.

Rien au séminaire ni depuis ne m'avait préparé à ce avec quoi je me colletais désormais tous les jours. Montrer les liens qu'entretenait une obscure théologie avec les aléas de la vie contemporaine. Chercher assistance dans les méditations de grands penseurs du Moyen Âge aujourd'hui incompréhensibles, sauf lorsque traduites en paraboles dont il est évident qu'elles visent à manipuler, maintenant que les promesses et menaces autrefois destinées à influencer les esprits superstitieux ont été vidées de leur sens. J'ai songé à Pat et ri tout haut. J'ai songé à Sextus et à ma sœur. Il n'y avait rien dans mon expérience, qu'elle soit personnelle ou pastorale, pour m'aider à composer avec ces réalités.

Ça ne paraissait toutefois pas avoir d'importance. Ma présence semblait suffire. C'est un coup dur, m'a-t-on dit, quand un village perd une école, un bureau de poste, une identité. Perdre l'église serait la goutte qui fait déborder le vase. J'ai opiné du bonnet à tout : l'église est la gardienne de la vie même, une sentinelle solitaire. Je ne leur ai pas dit ce que je pensais réellement, à savoir que l'antenne parabolique a supplanté le clocher. Je n'ai pas osé leur dire ce que je pense du droit à la vie.

Ils n'écouteraient pas, de toute façon.

† † †

Je me suis rendu compte que je roulais vers le nord, sans but. Peut-être pourrais-je faire un saut chez Mullins, à Port Hood, pour y passer une heure. Pas d'angoisses pressantes chez Mullins, rien qui ne puisse se régler dans le temps qu'il faut pour envoyer dix-huit fois par un après-midi ensoleillé une petite balle couverte d'alvéoles dans un trou légèrement plus grand. Je pouvais rendre visite à Mullins. Me mettre au courant des plus récents potins. Mullins m'avait prêté main-forte lors d'une de mes affaires couronnées de succès. Brendan Bell. Le fugitif qui venait de Terre-Neuve. J'aurais pu l'envoyer n'importe où, mais Mullins semblait avoir de la sympathie pour lui. Mon Dieu, s'il avait connu la raison de la présence de Bell, Mullins, qui est tellement collet monté, aurait eu une attaque.

Mullins – a dit quelqu'un lors d'une retraite de prêtres il n'y a pas longtemps –, Mullins ne ferait pas la différence entre une minijupe et un sac de jute.

Grands éclats de rire.

Et puis Brendan est parti comme prévu, pas de souci, et il est sans doute marié maintenant. Son nouveau déguisement.

Marié.

Jésus-Christ.

L'image revient. Ces pathétiques Parents Sans Partenaires qui dansent un slow agrippés les uns aux autres en tentant de recouvrer ce que leur a dérobé le partenaire manquant. Des éclopés boitillant vers le refuge qu'offre momentanément un lit. Ne faisant sans doute que se rappeler l'un l'autre la fragile joie qu'ils avaient cru éternelle en ce lointain moment où ils se balançaient d'un pied sur l'autre, transpirant, et chantaient « *Could I have this dance for the rest of my life ?* »

Pat a même essayé de me convaincre de les rejoindre sur la piste de danse.

« Pas question. » J'ai ri, horrifié.

Oups. Qu'est-ce que c'est que ça ? Un panneau que je n'avais jamais remarqué indique une bretelle. Hawthorne Road, une étroite route secondaire en gravier, disparaissait passé une courbe. J'ai ralenti et tourné, sous l'influence d'une force surnaturelle. Ou de l'alcool. Mais tout de même j'avais l'impression d'être un intrus.

Passez quand vous voulez, avait dit Danny Ban, qu'on appelait jadis Danny Bad. Peut-être le temps était-il venu de visiter Hawthorne. De découvrir pourquoi.

Je demande à mon père : Où est Hawthorne ?
Il me regarde sans rien dire.
Est-ce que c'est loin ?
C'est loin, dit-il.
Loin comment ?
Qui a parlé d'Hawthorne ?
Personne.
Bien. Je ne veux plus entendre parler de ce satané
Hawthorne. Compris ?
Compris.

Je me suis engagé dans l'allée où se trouvait la boîte aux lettres des MacKay, avec l'intention de mettre la voiture en marche arrière, de faire demi-tour et de reprendre la route de gravier en sens inverse. Puis devant moi se dressait une grande maison à paliers multiples devant laquelle étaient garées deux voitures et une camionnette. Un chien a grogné. Une porte s'est ouverte. J'ai fait un signe de la main de l'endroit où je me trouvais, puis j'ai continué à avancer. L'allée était flanquée de part et d'autre de petits champs dont la périphérie était envahie d'épinettes courtaudes. Probablement de vastes prés, jadis, désormais étranglés par l'avancée de la forêt.

Et soudain je me suis souvenu, de manière saisissante, du monticule de terre fraîche, des fleurs mortes répandues. Maintenant Effie, notre père et moi étions seuls au bord d'une route étroite en bordure d'un quartier mal famé de la ville. La vaste aciérie crachait, chaotique, de la fumée, de la cendre et une fine poussière rouge.

« C'est ici qu'elle sera pour toujours, avait-il dit. Rappelez-vous, quand vous serez plus grands. Vous saurez toujours la trouver près de la fumée. »

Effie se cramponnait à une poupée minable, l'air sombre.

«Et par là, il y a votre grand-mère.

— C'était qui?

— Je ne sais pas.

— Elle était des environs?

— Non.

— D'où, alors?

— D'Hawthorne.

— C'est où?

— Ça n'a pas d'importance.»

La maison était relativement moderne. Derrière se trouvait une grange dangereusement inclinée, une grosse poutre appuyée contre l'un des murs pour l'empêcher de s'effondrer tout à fait. Ce qui semblait être la coque d'un nouveau bateau s'élevait non loin, optimiste, recouverte d'une bâche.

Danny Ban descendait d'une haute terrasse à l'avant de la maison. Il se déplaçait prudemment, se tenant d'une main à la rampe. Méfiant, le chien restait près de lui.

«La sclérose en plaques, c'est un foutu aria, a-t-il déclaré.

—Vous avez la sclérose en plaques? ai-je demandé, étonné.

— Ouiiii, a-t-il répondu d'un ton impatient. Mais il n'y a rien à faire à part prendre les choses comme elles viennent. Vivre tranquillement. C'est un gros changement pour moi.» Il a ri. «Content que vous soyez passé.

— C'est ma première fois. En fait, j'ai peut-être eu de la famille dans la région.

— Oh?

— Ma grand-mère.

— Et comment s'appelait-elle?

—À vrai dire, je n'en suis pas certain.

— Je vois.» Il a détourné les yeux pendant un moment. Puis, pour briser le silence qui s'était installé malgré nous, il a dit: «Venez. Laissez-moi vous montrer quelque chose.» Et il m'a guidé vers le nouveau bateau.

Il avait acheté la coque de fibre de verre sur le continent, a-t-il expliqué. Il était en train de construire la cabine avec le gamin, ils finissaient l'intérieur eux-mêmes.

«Ça va être comme un yacht. Rien que le meilleur bois et les plus belles garnitures. Un peu de confort, c'est pas de refus quand on travaille.»

Dans la maison, j'ai fait la connaissance de sa femme, Jessie. «Je vous ai vu à l'église, a-t-elle déclaré. Vous avez remplacé le père Mullins une ou deux fois.

— Je lui racontais comment je vous ai rencontré dans le port, l'autre jour, a fait Danny.

— J'imagine que vous aimez les bateaux, a dit Jessie.

— Pas vraiment», ai-je répondu, et j'ai ri.

Ils s'étaient rencontrés à Toronto, où il travaillait dans les années soixante. Elle était secrétaire. Il faisait des boulots pénibles dans des entrepôts, pelletait sur des chantiers de construction, creusait des fossés. Croyait qu'il avait gravi un échelon quand il avait décroché un poste à l'usine de peinture Glidden. Un esclavage, oui. Mais, à cette époque, il avait joint les rangs du syndicat des travailleurs de l'acier et avait commencé à recevoir un salaire décent. Avait travaillé sur le centre TD. La tour du CN. Un monteur-né, aux dires de tous. Il n'avait peur de rien quand il était perché en hauteur. Mais lorsqu'il avait entendu parler d'un vieux bonhomme qui vendait son matériel de pêche, dans l'Est, bateau et permis, il avait décidé de rentrer à la maison. Avait tout racheté au vieux Gillis, à Hawthorne. Son billet de retour.

Tout avait été pour le mieux pendant plus de vingt ans. La naissance du petit bonhomme avait été la cerise sur le gâteau. Puis, alors que tout semblait parfait, les choses avaient tourné au vinaigre. «Est-ce que ce n'est pas toujours comme ça?» a-t-il demandé.

Jessie nous a laissés avec notre thé et nos biscuits tandis qu'il m'expliquait sa maladie, le subit manque d'énergie qu'il avait éprouvé, il y a quelques années, et qu'il avait mis sur le compte de l'âge jusqu'au matin où il s'était réveillé et ne voyait plus.

«Complètement aveugle, a-t-il dit. J'ai failli en chier dans mes culottes, pardonnez-moi l'expression. C'est à Halifax qu'ils m'ont appris la nouvelle. Ça a été une sorte de soulagement. La cécité était temporaire. La sclérose en plaques était permanente, mais ça ne pouvait pas être aussi grave que la cécité. Du moins, c'est ce que je croyais… à l'époque.» Il s'est tu à ce moment-là, a siroté son thé.

On a entendu des pas lourds dans l'escalier donnant sur la section inférieure de la maison, puis le gamin est apparu. Il avait l'air plus grand, plus massif.

«Te voilà, a fait son père. Prends-toi une tasse.»

Le garçon tenait une casquette de baseball à la main. «Je pense que je vais sortir, a-t-il dit.

— O.K.», a répondu son père. Il m'a semblé qu'il avait un ton prudent. «Voici Danny. Danny *Beag*. Je te présente le père MacAskill.

— Tu peux m'appeler Duncan, ai-je offert. Il y a un bon bout de temps que tu n'es plus *beag*.

— *Beag*, ça veut dire "petit", a expliqué son père.

— Je sais, ai-je dit.

— Bien sûr que vous le savez! s'est exclamé Danny Ban. J'oublie tout le temps que vous êtes un gars des environs.»

Ce garçon était tout sauf petit. Il m'a serré la main en silence, avec un air de froideur. Intéressé, mais circonspect.

«Le curé est à Creignish, a expliqué son père.

— Il me semble que j'ai déjà entendu votre nom, a dit le garçon. Vous n'étiez pas à l'université?

— Oui.

— Vous connaissiez Brendan Bell, je crois.»

Je pouvais sentir le rouge me monter au visage.

«Un peu.

— Je suis pas mal sûr qu'il a déjà parlé de vous. Il a passé quelque temps ici. Il me semble qu'il a mentionné votre nom. MacAskill. C'est assez rare. Il vous connaissait, je ne sais pas trop comment.

— C'est possible.»

Son visage était indéchiffrable. Il s'est alors retourné vers son père. «Je vais peut-être rentrer tard.»

Je me souviens d'avoir demandé, presque mécaniquement: «Alors, tu connaissais bien Brendan?»

Le garçon s'est contenté de hausser les épaules et de détourner les yeux. «Tout le monde connaissait le père Brendan.»

Puis il avait disparu. Je pense que j'ai oublié de lui dire au revoir tandis qu'il s'en allait. J'avais du mal à me concentrer à cause de cette autre présence invisible dans la pièce. Brendan Bell. J'ai entendu le rugissement d'un camion s'éloignant sur les chapeaux de roue.

La visite s'est étiolée après ce moment. Dehors, alors que je cherchais un sujet sûr à aborder, j'ai demandé à son père : «Quand pensez-vous mettre ce nouveau bateau à l'eau ?

— Avant l'automne. On va lui installer un moteur bientôt. Je veux faire quelques tests, m'assurer qu'il flotte bien et que tout marche comme il faut. Je ne veux pas avoir de surprises au printemps.

— Et qu'avez-vous fait du bateau à bord duquel vous étiez quand je vous ai rencontrés, ce matin-là, sur la côte ? Le *Lady Hawthorne* ?»

C'était une question de pure politesse, mais elle a éveillé un nouvel intérêt. «Il est à vendre, a-t-il répliqué. Là-bas, au port. Un bon petit bateau.»

Et j'ai peut-être répondu quelque chose comme : J'ai toujours voulu un bateau, depuis mon enfance passée sur la côte.

Et il a dit : «Vraiment ?»

J'ai tenté de me soustraire à son enthousiasme manifeste, mais il était déjà en train de faire remarquer que nombre de vieux bateaux de pêche sont retapés et convertis en embarcations de plaisance et, pour peu que je sois intéressé, il serait trop heureux de faire un arrangement particulier.

Gêné, j'ai battu en retraite : «Seigneur Dieu, je ne connais rien de rien aux bateaux. Je ne saurais pas distinguer la proue de la poupe.

— Vous seriez étonné de constater comme c'est simple, a dit Danny Ban. Il n'y a rien comme un bon vieux bateau en bois.»

†††

Brendan devait être le dernier. C'est ce qu'avait promis l'évêque, et il avait tenu parole. Une dernière petite mission. Facile, comparée à tant d'autres. Une faveur personnelle pour l'évêque de St. John's. Les débarrasser de ce type pendant quelque temps, lui trouver un travail utile, un endroit où il pourrait filer doux et se faire oublier.

C'est moi qui avais pensé à Port Hood.

L'évêque m'avait prévenu : «Moins il y a de gens au courant, moins il y a de risques que quelqu'un laisse échapper quelque chose. Arrange-toi pour qu'on ait l'air de rendre un service au père Mullins et à sa paroisse. Sa tâche est plus lourde en raison du renouveau charismatique – ça enlèvera de la pression. Quoi qu'il en soit, Bell ne représente pas un grand risque. Il semblerait qu'il n'y ait eu qu'une incartade, un peu de tripotage une fois qu'il avait trop bu. Du moins, c'est tout ce qu'on sait. Comparé à certains des autres dans le coin, Bell est du menu fretin, sans quoi il serait en tôle, à sa place. C'est essentiellement un problème d'alcool. Là est leur problème à tous, certainement.

— Le père Mullins n'est pas tout à fait abstinent. Mais il tolère mal l'excès. En toute chose. Sauf en matière de sainteté. Et de golf, évidemment.»

L'évêque avait esquissé son juvénile sourire rusé. «Port Hood est une idée géniale. Mullins fait une nounou parfaite.»

Cette image nous avait tous les deux fait rire.

Et il n'y a pas eu le moindre incident tout le temps qu'il est resté là. Je passais à l'occasion. Je surveillais la situation scrupuleusement. Je dois admettre que j'ai eu un moment d'inquiétude quand j'ai entendu dire que Bell avait mis sur pied un groupe de jeunes. J'avais glissé à Mullins : «Brendan avait un problème d'alcool à Terre-Neuve. Espérons qu'il saura se montrer responsable avec les jeunes.

— J'ouvrirai l'œil, avait promis Mullins. Mais je ne pense pas qu'il y ait de raison de s'en faire. Je ne l'ai jamais vu prendre plus d'un verre ou deux au repas. Et les jeunes l'adorent. Il sait s'y prendre à merveille avec eux.»

Voilà tout. Pas le moindre signe d'inconduite.

En revenant vers Creignish, ce soir-là, j'ai réexaminé le comportement du jeune MacKay dans mon esprit. Avais-je décelé une insinuation dans ces yeux noisette ?

Peut-être étais-je plus agacé par l'expression qu'avait eue son père quand j'avais avoué que j'ignorais le nom de ma grand-mère. Je n'avais pas prévu de faire cette révélation. Ne pas connaître sa grand-mère ? Dans les environs, la plupart des gens de mon âge savent réciter quatre ou cinq générations au moindre signe d'intérêt. Cela a pour nom *sloinneadh*. Ça fait partie du patrimoine agonisant et, à mes yeux, on n'y perdra pas grand-chose.

Il y avait de la lumière au presbytère quand je suis rentré. J'avais branché une lampe à une minuterie après que Bobby O. avait dit qu'il aimait y voir un signe de vie, comme une lampe de sanctuaire suspendue au-dessus de l'autel. Mais je l'avais surtout fait pour moi. Les maisons plongées dans l'obscurité ont quelque chose qui me rappelle des souvenirs que je préfère oublier.

Vous connaissiez Brendan Bell, avait dit le gamin.

Trop bien, avais-je eu envie de répondre. Et je m'étais rendu compte que ce n'était pas nécessaire. Ces yeux inquisiteurs étaient capables de lire mon âme.

La baie est une surface d'étain étale, infinie, sous la lune qui se lève. Hypnotique. L'évêque m'avait communiqué son goût pour le Balvenie. J'en justifiais le coût en en faisant une consommation modérée. Assis dans le salon, une flaque d'ambre dans un verre en cristal, je retrouve en esprit le goût du rhum brun et âcre bu dans des tasses à café.

Peut-être était-ce le rhum qui incitait aux confidences. À part l'évêque, Alfonso était le seul à connaître la raison de ma présence à Tegucigalpa. Il écoutait comme un enfant, perplexe, sans juger.

Ce vieux prêtre… était avec un garçon ?

Oui.

Et tu es sûr de ce que tu as vu ?

J'avais ri. L'évêque avait posé la même question. Mais il l'avait fait sur un ton de défi : Comment peux-tu savoir ce que tu as vu ? Tu admets qu'il faisait sombre dans la pièce. Tu as des yeux de chat ?

Je m'étais moi-même posé cette question, plus d'une fois. Comment pouvais-je être sûr ? Je ne voulais pas que ce soit vrai. Le père Roddie. Professeur Roddie. Mon mentor, mon maître, l'impressionnant intellect qui me prenait au sérieux. Mais il n'y avait aucun doute possible. Quand j'ai croisé le gamin qui se hâtait de gagner la porte, la vérité se lisait sur son visage.

C'est donc pour ça que tu es ici. En exil de la vérité.

Oui.

Je me rappelle le rire amer d'Alfonso.

Et toi ? avais-je demandé.

Il avait fait un geste évasif et tendu le bras pour saisir la bouteille de rhum.

Même chose, d'une drôle de façon, avait-il dit. J'essayais de faire quelque chose pour les innocents qui se font baiser.

Je sirote le Balvenie en luttant contre la détresse qui se lève immanquablement quand je pense à lui, ce qui m'arrive plus souvent ces derniers temps.

5

C'est par un vendredi soir, à la fin du mois d'août, ce me semble, peu après la visite de ma sœur à Hawthorne, qu'on a frappé à ma porte. C'était le jeune Danny MacKay, vêtu d'un veston. Je pouvais sentir sa mousse à raser.

Je l'ai invité à entrer.

« Papa a dit que vous pensiez au bateau. »

J'ai ri. « C'est beaucoup dire. » Je lui ai offert une bière, qu'il a refusée d'un geste de la main.

« J'étais dans le coin, a-t-il expliqué. J'ai pensé faire un saut. Le paternel avait parlé du bateau. »

Il souriait. Il avait les yeux de sa mère, sombres, avec des paupières tombantes, les yeux de quelqu'un qui avait deux fois son âge.

« Vous êtes bien installé, ici, a-t-il remarqué.

— Ça va. C'est un peu trop grand pour moi. Ça a été construit à une époque où l'on avait des tas de femmes de ménage et beaucoup plus de visiteurs qu'aujourd'hui.

— J'aime les vieilles maisons. Celle-ci ressemble à ce que je voudrais avoir un jour. » Il regardait autour de lui, étudiait les détails. « Le paternel, papa, il disait que vous aviez l'air intéressé par le bateau… et comme j'étais dans le coin…

— Eh bien, ai-je répondu en éprouvant une panique soudaine, je pense que ce serait un peu ambitieux. Qu'en penses-tu ?

— Comme vous voulez. Mais si vous décidiez… on pourrait trouver un arrangement. » Il commençait déjà à s'éloigner, sa nervosité était palpable.

«Je ne connais rien de rien aux bateaux.

— C'est un jeu d'enfant. Je pourrais vous montrer.

— Je te tiendrai au courant», ai-je dit, et je me suis empressé de chasser cette idée de mon esprit.

En passant en voiture devant Little Harbour par un soir d'octobre frisquet, j'ai remarqué que le *Lady Hawthorne* était toujours là, dans la lumière blême qui s'attarde une fois que le soleil a disparu. Il y avait déjà des bateaux à terre, debout, appuyés sur des barils d'huile vides et des blocs de bois, créatures aveugles et larges d'épaules, prêtes à hiberner.

Ces bateaux muets, par ce soir d'octobre, avaient quelque chose d'irrésistible. Je ne sais toujours pas quoi. Peut-être était-ce le souvenir de ce dimanche après-midi du mois d'août, la qualité de vie que j'avais surprise sur un bateau.

Ce soir-là, j'ai téléphoné.

Je me dis que c'était un caprice. Quelques milliers de dollars pour un hobby. Danny m'a expliqué que le moteur à lui seul valait environ dix mille dollars. Il cherchait uniquement à s'en débarrasser et, pourtant, il était heureux de savoir que quelqu'un en profiterait. Ce serait amusant, a-t-il lancé, pour le jeune et pour lui-même d'aider un novice à apprendre à conduire un bateau.

«Vous avez dit que ce n'était pas difficile, ai-je rappelé.

— Nan, il s'agit simplement de s'habituer à deux ou trois trucs.

— Comme quoi ?

— Rien de compliqué. Il n'y a pas de freins, et on conduit de l'arrière. C'est comme une brouette.»

Je me suis dit que je redécouvrirais les environs. La baie était un nouveau monde, un sanctuaire potentiel.

«Ce serait peut-être bien pour le gamin d'apprendre à vous connaître», a dit Danny.

Rien n'est moins sûr, ai-je pensé.

J'ai répondu que je serais heureux de payer ce qu'il demandait. Un bateau, ça vaut ce dont vous croyez avoir besoin, a-t-il répondu. Quatre mille dollars, c'était plus que suffisant. L'affaire s'est conclue en dix minutes.

Le lendemain, le temps était chaud et ensoleillé. Debout sur le quai, contemplant mon acquisition, je tripotais la clef de contact dans la poche de ma veste. Toute ma vie j'ai vécu à proximité de bateaux, mais je remarquais à cet instant des détails qui m'avaient toujours échappé. Des cordages noués de façon particulière, le rapport du bateau avec les autres bateaux qui l'entouraient. La masse brute de la chose. Comment est-ce que ça démarre ? Comment fait-on pour le sortir de là ? Plus important encore, comment s'y prend-on pour le ramener dans un espace si exigu ? Comment immobiliser ce foutu truc s'il n'y a pas de freins ?

Le jeune Danny était à mes côtés. «Aimeriez-vous aller faire un tour avec ?

— Pas aujourd'hui, ai-je répondu rapidement. Je dois rentrer à la maison. J'attends quelqu'un. »

Ce n'était pas un mensonge. La jeune femme au téléphone avait dit qu'elle aimerait avoir un rendez-vous et demandé si elle pouvait passer dans la soirée. Le nom m'était familier, mais je n'arrivais pas à l'associer à un visage.

«Quand ça vous dira, a répliqué Danny. Mais il ne faudra pas tarder. On entre bientôt dans la saison des ouragans.

— Je suis très impatient de m'y mettre», ai-je dit. Et tout à coup, je le croyais.

À la maison, je me suis préparé un sandwich grillé au fromage et une tasse de thé. J'ai ouvert une boîte de spaghetti. On diffusait les nouvelles de dix-huit heures à la télé. Le monde était passé à de nouvelles horreurs. La Bosnie. Le Rwanda. La Palestine, toujours la Palestine. Il n'était jamais question du Sud ces jours-ci. Exit le Nicaragua, le Guatemala ou le Salvador. Il n'était jamais question du Honduras. L'intérêt des Yankees s'était émoussé, apparemment, avec le dégel de la guerre froide. Toutes les vilaines petites guerres livrées là-bas par procuration, désormais sans importance, avaient mystérieusement pris fin. C'était aussi bien. Trop de souvenirs pénibles. Alfonso et sa tragique mission de justice. Et Jacinta. Où était-elle maintenant ? Au cours des mois qui avaient suivi mon retour, j'étais accro aux nouvelles, à tout ce qui était susceptible d'offrir de l'information sur les luttes de libération qui avaient tant coûté à mes amis. Et puis… les nouvelles s'étaient rapprochées de la maison d'insupportable façon. Boston. Terre-Neuve. Trop de sales secrets bouillonnant sous la surface, menaçant d'éclater sous le projecteur des médias. Trop de Brendan Bell.

J'ai fermé le son de la télé et téléphoné à Sextus. « Tu ne croiras pas ce que j'ai fait aujourd'hui. »

Mais il n'était que modérément surpris. « C'est tout naturel. Toi avec un bateau. »

J'ai ri. « Je n'ai jamais rien eu à faire avec le moindre bateau de toute ma vie.

— Oh, je me rappelle, quand on était enfants, tu traînais toujours autour du quai. De toute façon, tu as besoin de quelque chose dans ce genre-là. Une évasion. Puisque ça ne peut pas être une vieille femme, peut-être qu'un vieux bateau fera l'affaire. Au moins, ton bateau ne te cassera pas les oreilles avec ses papotages. »

On a frappé timidement à la porte à dix-neuf heures trente. En ouvrant, j'ai tout de suite reconnu une jeune femme que j'avais vue à l'église tous les dimanches depuis mon arrivée. Une piété inhabituelle pour son âge, avais-je songé. Elle s'appelait Sally. Une MacIsaac. Elle a dit que je connaissais son père et j'ai acquiescé, même si ce n'est pas le cas. J'ai encore du mal à replacer les noms et les visages.

« Vous êtes originaire du coin, n'est-ce pas ?

— Oui et non », ai-je dit.

Elle a ri. « Comment est-ce que ça peut être les deux ?

— Ce n'est plus le même endroit aujourd'hui. Le lieu d'où je viens n'existe plus. Enterré sous tout ce neuf. »

Cette réponse a semblé la satisfaire.

« Alors, qu'est-ce qui vous amène par cette froide soirée ? » ai-je demandé.

Elle a passé une main fine dans ses cheveux et a détourné les yeux.

« J'ai un petit ami. Il n'est pas de la paroisse. Il veut qu'on se marie un jour.

— D'accord. Avez-vous une date en tête ?

— Oh, pas avant un an ou deux.

— D'accord. Alors… est-ce que votre… petit ami est catholique ?

— Oh, oui.

— Très bien, ai-je dit. Je ne vois pas de grave empêchement. Vous savez qu'on insiste de nos jours pour que les couples suivent des cours de préparation au mariage. Je ne sais pas pourquoi. Qu'est-ce que je connais au mariage ? »

Nous avons ri tous les deux.

« Et, de toute façon, il peut se passer beaucoup de choses en deux ans.

— Bien sûr. C'est pour ça que je voulais vous parler maintenant. » Elle buvait à petites gorgées à sa tasse de thé, se tortillait un peu. Je lui ai demandé si elle souhaitait que je la resserve. « Non, non », a-t-elle dit, puis elle m'a regardé pendant ce qui m'a semblé un long moment.

Mon visage trahissait probablement l'incompréhension qui m'habitait.

« Il n'y a pas de doute dans mon esprit, a-t-elle déclaré, et elle a souri.

— D'accord, ai-je répondu, attendant la suite.

— Mais quelquefois, je ne suis pas sûre de ce qu'il pense réellement… ou de le connaître suffisamment pour… pour une vie.

— Depuis quand le connaissez-vous ?

— Oh. Depuis toujours. On a fait toutes nos classes ensemble. Mais il a changé ces dernières années. Les gens disent que je suis en train de faire une erreur.

— Quels gens ?

— Mes parents. Mes amies.

— Je vois.

— Je me suis dit que peut-être vous pourriez me donner quelques conseils. J'ai entendu dire que vous avez occupé un poste à l'université. Doyen, ou quelque chose du genre. Peut-être que vous connaissez les garçons mieux que moi.

— Tout le monde change à l'adolescence, ai-je avancé.

— Je n'ai jamais eu d'autre petit ami, alors je n'ai pas de point de comparaison. »

Elle semblait gênée à ce moment-là, et j'ai su qu'elle regrettait d'être venue.

« Peut-être que je m'en fais pour rien.

— Écoutez, si jamais vous voulez parler, je suis toujours ici. Même si c'est juste pour prendre une tasse de thé. Amenez-le avec vous une bonne fois.

— Oui, a-t-elle répondu en se levant. Ils disent qu'il lui est arrivé quelque chose. Une mauvaise expérience. Ça l'a affecté.

— Quelle sorte d'expérience ?

— Je ne sais pas. Mais je me suis dit… peut-être qu'il accepterait de parler à quelqu'un comme vous. Quelqu'un à qui il pourrait faire confiance.

— Ce serait à lui de décider.

— Oui.

— Je suppose que je ne connais pas ce jeune homme ?

— En fait, oui, vous le connaissez. Je pense que vous lui avez acheté un bateau aujourd'hui. Ou à son père, en tout cas. »

Pendant une semaine, j'ai roulé jusqu'à la côte, où je restais à regarder aux alentours, jusqu'à ce que je me rende compte qu'on m'observait. J'ai fini par faire démarrer le moteur, mais la pensée de dénouer les amarres et de quitter la terre ferme m'emplissait de terreur, alors je restais là, à faire tourner le moteur au diesel dans un mélange d'extase et d'effroi. Il y avait habituellement deux ou trois hommes debout de l'autre côté, qui m'examinaient en silence, les mains dans les poches.

« Un de ces jours, ai-je lancé en partant.

— Pour sûr, ont-ils répondu. Pas de presse. » Ils souriaient.

Après une dizaine de jours, le jeune Danny m'a appelé pour s'informer du bateau et je lui ai dit que tout me semblait en ordre. Le moteur paraissait bien tourner. Rien qui clochait.

« Vous devriez vraiment aller faire un tour avec, a-t-il suggéré. Charger la batterie. Et avant de le remiser, peut-être changer l'huile. Je vais vous montrer comment.

— Le remiser ?

— Pour l'hiver.

— Bien sûr.

— En fait, papa disait que je devrais vous donner quelques trucs de conduite.

— Ça serait sans doute sage.

— Qu'est-ce que vous faites demain ? »

J'étais levé de bonne heure et la journée était chaude. J'ai bu mon café dehors et suis resté au sommet de l'entrée à regarder la baie, dans le lointain ; l'eau était noire et étale pour ce que j'en pouvais voir. J'ai remarqué une voiture près du court de tennis et j'ai marché jusque-là.

La femme avait la mi-trentaine, elle était svelte et, je suppose, jolie. Des cheveux d'un brun de miel, des yeux gris pénétrants, une moisson de taches de rousseur qui pâlissaient. Vêtue d'un pantalon de nylon léger et d'un pull à col en V foncé enfilé par-dessus un haut blanc, elle faisait doucement rebondir une balle de tennis. Quand elle m'a aperçu debout près de la haute clôture à mailles losangées, elle m'a salué et s'est dirigée vers moi. C'est à ce moment-là que je me suis rappelé l'avoir vue au mois d'août. Chemise blanche, jouant au tennis contre la clôture.

«Je pense qu'on m'a posé un lapin, a-t-elle dit. J'attendais quelqu'un. Voulez-vous jouer une partie?»

J'ai ri. «Je ne saurais pas comment.

— C'est simple. Je frappe la balle dans votre direction et vous la frappez pour me la renvoyer. Si je la frappe plus de fois que vous, je gagne.»

Elle avait un air familier. Quelque chose près des yeux, mais j'étais sûr de ne l'avoir jamais rencontrée.

«Je suis Duncan MacAskill, ai-je dit.

— Père MacAskill.

— Appelez-moi Duncan.

— Dans ce cas, appelez-moi Stella.»

J'ai ri. Stella. Stella Maris.

«Je sais, a-t-elle dit en levant les yeux vers l'église. C'est une vieille blague. Je suis une lointaine cousine de Roger, l'ancien joueur de baseball.

— Stella comment, alors?

— Stella Fortune.»

J'ai souri.

«C'est une longue histoire», a-t-elle lâché en roulant les yeux. Et j'ai pensé: Mon Dieu! Et suis resté silencieux un moment.

Enfin: «Je ne vous ai pas vue…

— Non, a-t-elle coupé. Le prénom Stella est la seule chose qui me rapproche de l'Église ces temps-ci. Parce que je suis une femme, sans doute. Je ne me sens pas… la bienvenue.

— C'est dommage.

— Je suis sûre qu'on vous dit ça tout le temps.

— Mais vous vivez ici.

— Oui, répondit-elle. En haut de la route de la montagne. La maison neuve. Je suis étonnée que vous ne le sachiez pas.

— J'aurais dû le savoir ?

— Mon partenaire de tennis est un ami à vous, je pense. Sextus Gillis.

— D'accord.

— On s'est connus il y a des années, à Toronto. Puis on s'est revus, en ville, à une soirée pour les gens divorcés et séparés. Les éclopés du cœur.

— Il assiste à ce genre de choses ?

— On y assistait tous les deux. Autrefois. On est tous les deux… célibataires. Du moins, c'est ce qu'il a prétendu. » Elle a ri.

« Je suis relativement sûr que c'est vrai », ai-je dit même si je n'en savais rien.

Il y a eu un autre long silence et nous nous sommes dévisagés. La clôture qui se dressait entre nous me rassurait. Je me suis rendu compte que je n'avais plus rien à dire et que j'aurais voulu partir, mais je ne voulais pas avoir l'air impoli.

« Comment est-ce que les gens vous appellent habituellement ? a-t-elle demandé.

— Mon père. Mais je m'efforce de briser cette habitude. »

Son visage exprimait une multitude de questions, mais elle a dit : « Très bien, alors. Duncan.

— Je suis certain que j'aurai l'occasion de vous croiser à nouveau.

— Si jamais vous êtes au sommet de la montagne, venez prendre un thé.

— Je le ferai.

— Je suis toujours là le soir et la fin de semaine. »

Elle a souri à ce moment-là, et je pouvais sentir le malaise qui fait immanquablement affluer le sang à mes joues.

« Au fait, a-t-elle ajouté, je pense que vous connaissez ma sœur.

— Oh ?

— Jessie MacKay, à Hawthorne. Mariée à Danny. Il paraît que vous avez acheté leur vieux bateau. »

J'ai souri. « Il n'y a pas de secrets par ici, il faut croire.

— Vous pouvez le dire. »

En montant la côte, j'ai entendu démarrer le moteur de sa voiture.

24 jan. il semblerait que je vais devoir interrompre les leçons
d'espagnol. ou me trouver un nouveau professeur. quelque chose
dans le comportement d'alfonso. je pense qu'il soupçonne quelque
chose ou bien il est jaloux. je ne suis pas sûr de savoir comment
composer avec cela. et, que dieu me pardonne, en mon for inté-
rieur, ses spéculations m'amusent.

Le jeune Danny m'attendait au port, le moteur tournait déjà. Il a
dénoué les amarres et donné un coup de pied pour nous éloigner du
quai flottant.

« O.K., a-t-il dit. Mettez le moteur en marche avant. »

J'ai hésité, poussé le mauvais levier. Le moteur a rugi, mais nous
n'avons pas bougé. J'ai imaginé des spectateurs, au bord du quai, ricanant.

Puis il était à mes côtés ; il a réduit les gaz et a mis le levier de vitesse
en marche avant. Le bateau a avancé lentement. J'ai voulu barrer, mais
le bateau a hésité un instant, comme s'il avait conscience qu'un étranger
se trouvait aux commandes. Puis, de mauvaise grâce, la proue a pivoté…
trop loin. Nous nous dirigions droit vers le flanc d'un énorme bateau
coûteux. Danny s'est de nouveau doucement interposé pour corriger
la position du gouvernail, puis il a fait un pas en arrière, bras croisés. Je
suais à grosses gouttes tandis que nous passions tranquillement devant
la file de bateaux à quai en direction d'un canal excessivement étroit
qui permettait de sortir du port.

« Vous vous en sortez très bien », a-t-il dit.

Une fois qu'on a été sortis du port, j'ai remis les gaz et mon pouls
s'est emballé en même temps que le moteur au diesel. Le bateau a fait
un bond en avant.

« Excellent ! » s'est écrié Danny. Puis il a tourné les talons, est allé à
la poupe, où il s'est assis, et est resté à regarder autour de lui.

Nous avons mis le cap vers une île qui semblait à environ huit kilomètres au large. « Henry Island », a-t-il crié en la montrant du geste.
Dans la cabine, le rugissement du moteur était assourdissant. Le bateau
était bien décidé à ne pas suivre une ligne droite et, quand il déviait en
raison du vent, il se heurtait avec violence aux vagues coiffées d'écume.
Après une demi-heure, j'ai rebroussé chemin. Le trajet a été moins
cahoteux. Danny a pris la barre et je suis sorti, puis j'ai grimpé en
direction de la proue en m'agrippant à une lisse au-dessus de la cabine.

J'ai été étonné par le silence presque complet qui y régnait. Le vent était glacial, et je claquais des dents. Peut-être pour réduire mon exposition aux éléments, je suis resté allongé, la tête par-dessus bord, à regarder le bouillonnement de l'eau. Des sillons mousseux s'écartaient proprement devant la proue évasée, la mer s'ouvrant derrière tel un champ labouré. Il m'a semblé entendre un murmure étrange et triste, une voix que je n'avais pas entendue depuis des années. Que me dis-tu ?

Alors qu'on approchait de l'entrée du port, Danny a ouvert une fenêtre et a lancé un cri, me demandant si je souhaitais prendre le gouvernail. J'ai secoué la tête. J'avais réussi à sortir du port de justesse, j'étais incapable de m'imaginer y entrer et manœuvrer jusqu'au quai. Il a réussi à tout faire à la fois, sans se presser : il a fait pivoter le bateau et l'a sagement aligné le long du quai, il a mis le pied à terre et noué les deux lignes, puis éteint le moteur. Je me suis contenté de le regarder.

Une fois à terre, j'avais les oreilles qui tintaient et le visage en feu. J'étais transi jusqu'à la moelle, mais je n'avais qu'envie de rire.

Juste avant de partir, j'ai dit : «Alors, tu connaissais Brendan Bell. »

Il a haussé les épaules. «Un peu. Tout le monde le connaissait un peu. Où est-ce qu'il a fini par aboutir ?

— J'ai entendu dire qu'il était à Toronto. Je pense qu'il a quitté la prêtrise. »

Nous nous sommes regardés pendant un moment. Puis il a repris : «Ça ne m'étonne pas. J'ai toujours eu l'impression qu'il était davantage fait pour un endroit du genre. » Il souriait, ce qui m'a désarmé.

«Faisais-tu partie du groupe de jeunes ? »

Il a hoché la tête.

«Alors, que pensais-tu du père Brendan ? » ai-je demandé.

Il a haussé les épaules, a brièvement détourné les yeux, puis m'a renvoyé la balle : «Qu'en pensiez-vous, vous ?

— Je le connaissais à peine. Je l'ai rencontré une fois à Antigonish. Puis à quelques reprises ici, quand je rendais visite au père Mullins.

— Mullins», a-t-il marmonné avec mépris.

J'ai concédé : «Eh bien, Mullins est parfois un peu *calleach*. Sais-tu ce que ça veut dire ? »

Il a ri. «Une vieille femme. Je suppose, mais quant à moi, c'est surtout un peu un salopard, Mullins. »

J'ai senti le rouge me monter aux joues. «Mettons que je n'ai pas entendu cela, ai-je fait.

— Mettons que je me contrefous que vous m'ayez entendu ou pas.»

J'avais détourné les yeux, mais je pouvais deviner à son ton qu'il me dévisageait encore. Alors, lui faisant face, j'ai plongé mon regard dans le sien et j'ai esquissé un sourire froid. Après tout, c'était ma spécialité. «Peut-être veux-tu m'exposer le fond de ta pensée. Peut-être veux-tu m'expliquer ce que tu reproches à Mullins.»

L'étincelle dans ses prunelles a palpité puis s'est éteinte. Il a baissé les yeux, s'est raclé la gorge et a craché. «Je n'aurais pas dû dire ça. En vérité, je n'ai rien à reprocher à Mullins. Ça n'a probablement rien à voir avec lui.

— Il y a quelque chose dont tu veux parler?

— Non, a-t-il répondu, trop rapidement.

— Si ça n'a rien à voir avec Mullins, avec qui, alors?

— Ça n'a pas d'importance, a-t-il murmuré en s'éloignant.

— Est-ce que ça concerne Brendan Bell? ai-je demandé.

— Qui?

— Brendan Bell.

— Nan, a-t-il dit en regardant son pied, qui creusait une petite tranchée dans la terre. Écoutez, je ferais mieux d'y aller. J'ai à faire, et vous aussi, sans doute.

— Oui.

— On retournera faire un tour avant de le remiser pour l'hiver, O.K.?

— Je l'espère.

— Écoutez, a-t-il ajouté, je...»

Mais il s'est retourné d'un coup et il s'en est allé.

Je suis resté assis longtemps dans la voiture avant de partir. Qu'est-ce donc qui attire les Brendan Bell de ce monde? Les prêtres d'autrefois étaient des figures paternelles. Que s'est-il passé?

Bell m'avait déjà dit d'un ton assuré: «Les gens voient dans un prêtre ce qu'ils ont besoin d'y voir. Un père, un sauveur, un motivateur, un défenseur, un psy. Un amoureux, même. Maintenant que les gens n'ont plus vraiment besoin des prêtres, ils ne nous voient plus du tout.

— Vous êtes en train de dire que nous sommes dépassés, avais-je répondu.

— Invisibles, plutôt.

— Alors pourquoi êtes-vous devenu prêtre ? »

Il avait haussé les épaules. « Choix de carrières limité. Piété infantile. Besoin de plaire. Qui sait ?

— Ou invisibilité ? »

J'avais cru que ce coup le mettrait K.-O.

« Ça aussi », avait-il concédé, sourire aux lèvres.

J'avais eu envie de dire : J'ai connu un homme qui est devenu prêtre pour sauver le monde. Son monde, à tout le moins. Son peuple. Un homme qui croyait que la prêtrise était une agence de justice. J'avais eu envie de dire cela et le moment semblait parfaitement choisi. Mais ç'aurait enlevé de la valeur à un souvenir précieux. Et ç'aurait été une invitation à l'intimité.

« Et toi ? avait demandé Bell.

— Je ne sais pas, avais-je fini par répondre.

— Je comprends, avait-il dit.

— Qu'allez-vous faire après ? »

Il avait réfléchi un instant puis haussé les épaules. Je me souviens que nous étions assis à la table de cuisine de Mullins à ce moment-là. « Peut-être que je vais simplement rester ici. Je commence à m'attacher aux gens. Je me sens plutôt comme chez moi. »

Et il avait souri.

Nous avons de nouveau pris la mer par une journée grise et maussade. Danny Ban nous accompagnait. Cette fois, j'ai écarté le bateau du quai et l'ai piloté pour franchir l'embouchure du port sans la moindre hésitation et sans aide aucune. Une fois sorti du port, le bateau s'est mis à tanguer et à se cabrer à la faveur d'une succession de vagues hachées. Et je me suis rappelé les conseils d'Alfonso quand je suis monté à cheval pour la première fois, au Honduras. Bouge avec lui, avait-il dit. Ne le monte pas, bougez ensemble. Intègre-toi à son mouvement. C'était vrai pour le bateau aussi.

J'ai mis les gaz et regardé autour de moi. Le jeune Danny et son père se tenaient à la poupe, souriant.

Le vent était mordant et, à chacune de ses plongées, la proue projetait des voiles d'eau glacée sur la cabine. Les deux Danny se sont avancés pour se protéger du vent et des douches imprévues, regardant derrière eux par-dessus la poupe. Profondément emmitouflé dans son manteau, Danny Ban tremblait.

J'ai effectué une large boucle et ai mis le cap sur le port. «Il fait trop froid, ai-je dit à voix haute.

— Froid? a crié Danny Ban. Vous trouvez que ça, c'est froid?»

J'ai laissé le jeune Danny piloter le bateau pour revenir au quai et, tandis qu'il l'y amarrait, son père a demandé: «Comment est-ce que vous pensez l'appeler?

— Appeler qui?

— Le bateau. Il va mettre l'ancien nom sur le nouveau bateau. Ils ne peuvent pas être deux à s'appeler *Lady Hawthorne*. Vous pouvez lui donner le nom que vous voulez. Celui d'une personne chère, peut-être. Votre mère, par exemple.» Il se frottait le menton en réfléchissant.

En passant près de nous, le jeune Danny a proposé: «Vous pouvez toujours l'appeler *Sinbad,* en l'honneur du marin du conte de fées.

— Quoi?

— Vous pourriez l'écrire *Sin,* virgule, *Bad*[3].» Il s'était arrêté et esquissait un léger sourire.

«Très drôle», a dit son père avec aigreur tandis que le garçon tournait les talons, rigolant de son bon mot. Puis, à moi: «Donnez-vous le temps d'y penser. C'est important, le nom qu'on donne à un bateau.

— *Jacinta,* ai-je soufflé en me rappelant la voix.

— Le *Jacinta*? Qu'est-ce que c'est?

— Quelque chose qui m'est venu à l'esprit, c'est tout. C'est un mot espagnol, le nom d'une fleur.

— Espagnol, hein?

— J'ai travaillé en Amérique latine pendant quelque temps. J'ai appris des rudiments d'espagnol.

— Oui. J'ai entendu dire que certains prêtres des environs avaient fait cela.

— Je pense que je vais l'appeler *Jacinta*.

— Ça va faire différent, a-t-il répondu. Le *Jacinta*.»

Je sentais la chaleur me monter au visage parce que j'avais prononcé le nom tout haut.

---

3. *Sin* signifie «péché», et *bad*, «mauvais».

«C'est souvent comme ça que naissent les meilleures idées, a-t-il continué. Elles se présentent à votre esprit, c'est tout. Oui, le *Jacinta*. C'est un bon nom.» Et, après un silence: «Et puis, comment est-ce que vous vous plaisez, là-haut, à Creignish, mon père? Ça doit faire changement, après l'université.

— Oui, c'est un gros changement, ai-je répondu en continuant de savourer le nom que je pouvais maintenant prononcer librement.

— Tous ces jeunes à l'université. Ça doit faire tout un changement, de vous retrouver tout seul à Creignish.

— C'était le temps d'un changement.

— Dites-moi, a-t-il chuchoté, vous n'avez pas eu l'occasion de parler au gamin?

— Pas vraiment. Il n'est pas très loquace.

— Ça aussi, ç'a changé. Avant, il jacassait sans arrêt. Sa petite blague, tantôt, sur le nom du bateau, *Sinbad*? Il était tout le temps comme ça. À plaisanter et à jouer des tours.

— Tous les gamins changent en grandissant. C'est normal.

— Nan. Ce n'est pas seulement ça. D'abord, il refuse maintenant de franchir le seuil d'une église. Jésus-Christ, il était plus pratiquant que moi! Servant de messe presque tous les dimanches. Mullins avait besoin de quelqu'un, à pied levé, pour un mariage ou des funérailles, il arrivait en moins de deux. Et du temps où ce jeune Terre-Neuvien était là… Brendan quelque chose… Danny était tout le temps rendu à l'église.

— Vous ne me dites pas.

— Et puis, *pouf*, il a arrêté. Peut-être que si vous lui parliez…

— C'est à lui de décider, ai-je dit.

— Je sais. Je sais.» Puis il a ri et, posant une grosse patte sur mon épaule: «Peut-être que vous pourriez glisser un mot en notre faveur, la prochaine fois que vous parlerez au Tout-Puissant.»

J'ai promis que je n'y manquerais pas.

Son fils l'a appelé: «Dépêche-toi», et a fait un signe de la main.

Il était debout près du camion. J'ai crié dans sa direction: «J'ai déjà hâte à l'été prochain.»

Il a crié en retour: «Il y aura beaucoup d'autres étés.»

C'est l'un des souvenirs auxquels je m'accroche aujourd'hui, pour réfuter ceux qui affirment que ce n'était qu'une question de temps. Il m'a dit lui-même, je l'entends encore : *Il y aura beaucoup d'autres étés.* Et il souriait en prononçant ces paroles. Il n'aurait pas menti. Pas à un curé.

6

Vers la fin du mois d'octobre, un fort vent du nord-est dépouilla la montagne de ses couleurs. Puis novembre arriva. Les journées pluvieuses d'automne qui écrasaient les champs et transformaient la terre en boue. La pluie avait lessivé le flanc de la montagne qui, dénudé, attendait la neige. Des feuilles chocolat, écarlate et limette s'agglutinaient dans l'entrée et sur le seuil de ciment de l'église. À cette époque de l'année, le pays revient à ses affaires. Fini les plaisirs, tous les touristes sont partis. De l'autel, je sollicitais des suggestions, des activités paroissiales susceptibles d'inciter les gens à s'impliquer. La moitié de la population semble recevoir une pension sous une forme ou une autre. Pension de vieillesse. Retraite anticipée de l'aciérie. Des gens qui ont du temps à tuer, aimait à répéter Sextus, avant que le temps ne les tue.

Mais mon appel de propositions est quasiment demeuré lettre morte. Quelqu'un a suggéré un bingo. J'ai décliné.

«Peut-être qu'on pourrait organiser quelque chose ici… pour les catholiques divorcés et séparés, a suggéré Pat.

— Si vous croyez que nous en avons besoin.

— En fait, a-t-elle dit, la plupart des gens préfèrent aller en ville.»

«Le changement, ça prend du temps», m'avait prévenu Bobby O'Brian.

Danny téléphona un dimanche après-midi. «Je suis désolé de vous déranger, mais je pense qu'on a besoin de conseils.

— D'accord.

— Je ne devrais peut-être pas vous demander cela. On ne se connaît pas si bien… Vous pouvez me le dire, sans détour, si…

— Que se passe-t-il ? demandai-je.

— Le gamin. Il s'est un peu mis dans le pétrin.

— Vraiment ?

— Je pense qu'il a fait du grabuge hier soir. Il y avait un match de hockey à l'aréna et j'imagine qu'ils ont un peu trop fêté après. Il a pris la camionnette et a semé la pagaille. Causé pas mal de dégâts.

— Est-ce qu'il est blessé ? »

Il a ri. « Oh, non. Mais sa mère est dans tous ses états. On se demandait si vous accepteriez de glisser un mot en sa faveur.

— Un mot ? À qui ?

— Au père Mullins. »

Mullins ?

Au volant de sa camionnette, le jeune Danny avait saccagé le terrain de l'église de Port Hood. Arraché le gazon, renversé la pancarte annonçant l'horaire des messes dominicales, et il s'affairait à détruire la pelouse devant le presbytère quand ses pneus s'étaient enfoncés dans la boue. Mullins l'avait pris sur le fait. Assis là à faire tourner ses roues, comme pris de folie. Au dire de son père, il avait failli avoir raison de l'embrayage de la camionnette.

Refusant de faire preuve de miséricorde, Mullins avait déjà alerté la GRC. Il avait l'intention de faire tout un raffut autour de l'incident.

« Tu ne connais pas ce garçon aussi bien que moi, dit Mullins d'un ton las quand je lui téléphonai. Il est en train de devenir une vraie peste. Peut-être qu'une période de probation lui ferait du bien. Je ne veux pas le faire mettre en prison ni rien de la sorte. Mais il lui faudrait peut-être un peu de temps pour réfléchir à ses actions. Honnêtement, je pense que le gros problème, c'est l'alcool. Peut-être même la drogue. »

J'écoutai avec attention, admettant que ces actes ne pouvaient rester impunis. Mais j'estimais que la tache que laissait un dossier criminel était peut-être excessive dans la mesure où le gamin n'avait causé que des dommages matériels.

« Dommages matériels, siffla Mullins. Il s'agit d'une propriété appartenant à la paroisse. À l'Église, pour l'amour de Dieu. »

J'ai remarqué le ton amer. Me suis rappelé le mot qu'avait employé le garçon : *salopard*.

«Allons. Ce n'est qu'une pelouse.

— C'est la pelouse aujourd'hui. Mais la prochaine fois? Avant long-temps, ils vont démantibuler le tabernacle. On entend raconter ce genre de choses. C'est du vandalisme.»

Je promis de parler à Danny, de tenter de le convaincre de rembourser les dommages. De faire réparation.

Mullins n'était guère impressionné, mais il dit qu'il allait y penser et qu'il attendrait quelques jours avant de porter plainte.

«Ce n'est pas un mauvais bougre, fis-je valoir. J'ai traité avec beaucoup de gamins comme lui à l'université.

— Tu en as encore long à apprendre, grogna Mullins. Ces gamins n'étudient pas à l'université. Ces gamins, ce sont ceux qui restent.»

Je ne l'ai pas remarquée avant la fin, au fond de l'église, ce dimanche-là, alors que j'étais à annoncer que je souhaitais que les jeunes de la paroisse viennent à la salle paroissiale le temps d'une brève rencontre le mercredi soir suivant. Je voulais apprendre ce qui les intéressait. Découvrir si, ensemble, nous pouvions mettre sur pied quelque activité susceptible de les stimuler. N'importe quoi sauf le bingo.

Nos regards se sont croisés et elle a esquissé un sourire. Tandis que j'étais debout à la porte en train de serrer des mains, elle s'est approchée et je lui ai dit que j'étais étonné de la voir là, ce à quoi elle a répondu que c'était la curiosité qui l'avait poussée à venir. Et puis, elle souhaitait exprimer sa gratitude pour ce que j'avais fait pour venir en aide à la famille. Je suppose que mon visage a dû trahir ma confusion.

«Le jeune Danny, a-t-elle précisé. Ce que vous avez fait a beaucoup aidé. Il n'est pas vraiment comme ça. Ça ne lui ressemblait pas.»

À ce moment-là, je me suis rappelé qu'elle était sa tante. La sœur de sa mère. Stella.

J'ai ri et dit quelque chose sur le fait que tout le monde était lié aux MacKay, et elle a répliqué : «Eh bien, vous êtes originaire du coin, vous savez ce que c'est. Tout le monde est plus ou moins parent avec tout le monde.

— Je comprends.

— Bonne chance avec les jeunes. Mais ça ne sera pas de la tarte. À moins que vous ayez les moyens d'acheter un tas de consoles vidéo.

— Ça ne peut pas être si tragique.

— La vie sociale gravite autour de l'école. L'école est en ville. C'est leur communauté maintenant. Ils ne viennent ici que pour manger et dormir.

— Je veux changer cela, ai-je déclaré.

— Peut-être avez-vous eu tort de faire une croix sur le bingo. »

Elle avait une étincelle dans l'œil.

« Dites-le-moi si je peux vous être utile », a-t-elle offert.

Je l'ai regardée s'éloigner, sa démarche avait une grâce involontaire. En entrant dans sa voiture, elle s'est retournée, a souri gauchement et m'a fait un petit signe de la main.

2 fév. hier soir jacinta m'a dit qu'elle doit lutter pour se rappeler que je suis un prêtre. elle riait en prononçant ces paroles. je ne sais que penser.

Le mercredi soir, j'ai attendu dans la salle paroissiale. La cafetière glougloutait. J'avais dit vingt heures, mais personne ne s'est présenté. À vingt heures cinq, une voiture dehors a fait crisser le gravier, mais, après un moment de silence, je l'ai entendue s'éloigner. Rien n'a changé, ai-je songé en me disant que personne n'aime être le premier. Personne ne veut avoir l'air désespéré.

À vingt heures trente, je pouvais sentir le café brûler.

Au Honduras, les gens venaient pour écouter des histoires sur les événements qui se déroulaient autour d'eux. Cherchaient l'espoir dans les nouvelles qu'apportait Alfonso. Agitation au Nicaragua. Réformes agraires au Salvador, d'où il était originaire. Des communautés chrétiennes, sous la direction de laïcs, prenaient le relais des prêtres tandis que ces derniers s'alliaient aux laïcs pour combattre la répression et affronter les puissants. Des prêtres en politique. Des gens ordinaires et leurs curés osant enfin tenir tête aux élites, à la poignée de familles fortunées qui semblaient tout posséder. Des gens risquant leur vie pour la justice. Exode 3, me rappelait sans cesse Alfonso. Tout est là.

Yahvé dit : « J'ai vu la souffrance de mon peuple qui est en Égypte, et j'ai entendu le cri que lui font pousser ses exacteurs, car je connais ses douleurs… »

Tenez tête aux pharaons, disait-il, et ils hochaient doucement la tête. Le Seigneur connaît nos douleurs. Le Seigneur est avec nous. Quand on sait que le Seigneur est de notre côté, tout devient possible.

Peut-être est-ce là le problème, ai-je songé. On manque de danger, ici. On est gâtés par le confort et la complaisance.

À vingt et une heures, j'ai éteint la cafetière et les lumières, et je suis parti.

Bobby O'Brian m'a conseillé de ne pas m'en faire. M'a expliqué qu'ils avaient commencé à perdre leurs jeunes dès qu'ils avaient perdu leur école. On ne peut plus les distinguer des jeunes de la ville. Ce que la communauté signifie pour eux, personne n'en sait rien.

«C'est ce que j'ai cru comprendre», ai-je dit.

Le message sur mon répondeur avait été laissé par Danny Ban. «Le gamin a quelque chose pour vous», disait-il.

Ils étaient assis à la table de la cuisine. L'air maussade, le garçon regardait ses grandes mains calleuses, une mèche de cheveux cachant partiellement ses yeux.

«Accouche», a tonné Danny Ban.

Le gamin a plongé la main dans la poche de sa chemise sans lever les yeux de la table et il a déposé un chèque devant moi.

Je l'ai pris. «Mille deux cents dollars. Eh bien…

— Nous avons demandé une estimation, a exposé Danny Ban. C'est le montant qu'on nous a indiqué.

— Vous le donnerez à Mullins, a grommelé le jeune Danny.

— Au père Mullins», a corrigé son père.

Le gamin a eu un semblant de rire.

«Je pense que tu devrais le lui donner toi-même.»

Il m'a regardé à ce moment-là, et je me suis rendu compte que ce que j'avais pris pour un air de défi était en fait du désespoir.

«J'aimerais mieux pas. Je ne veux pas me retrouver devant lui.

— Ça ne peut pas être si terrible, ai-je dit. Ça va être profitable tant pour toi que pour lui.

— Je ne l'aime pas», a-t-il répondu.

Sa mère a eu l'air choqué. «Danny.»

J'ai ri. «Tu n'as pas besoin de l'aimer. Tu n'as qu'à lui tendre un chèque et lui dire que tu es navré.

— Navré ?

— Eh bien, c'est ce qu'on dit quand on a… commis une erreur. »

Il secouait la tête. « Je ne lui dirai pas que je suis navré.

— Buté, a grogné son père. Trop orgueilleux pour comprendre ce qui est dans son intérêt, maudit.

— Peu importe, ai-je dit. Et si je t'accompagne ? »

Il m'a regardé, étonné, et j'ai pris conscience que, malgré sa taille, il n'était encore qu'un enfant.

« Qu'en penses-tu ?

— Je suis capable de m'en occuper tout seul.

— Très bien.

— Mais mon camion est encore au garage. Si vous pouviez me conduire, ça me rendrait service.

— Bien sûr.

— Quand, alors ?

— Pourquoi pas maintenant ? »

Il m'a dévisagé avec consternation.

† † †

En chemin, nous avons parlé des bateaux qui, pour la plupart, étaient maintenant à sec en prévision de l'hiver. Nous nous sommes demandé s'il neigerait beaucoup cette année et avons discuté des perspectives de pêche au printemps. Affalé contre la portière du côté passager, il fixait la route droit devant afin d'éviter de croiser mon regard, mais je continuais à parler.

« Les pêcheries sont l'objet de nombreuses spéculations pessimistes. »

Il a eu un rire amer. « C'est le moins qu'on puisse dire ! »

J'ai tenté de l'amadouer : « Qu'en penses-tu ?

— Ils veulent tuer cet endroit, a-t-il fini par affirmer. Pêches et Océans Canada… les responsables des pêcheries, qui sont censés être de notre côté, essaient de fermer les petits ports. D'interdire les pêcheries aux petits bateaux. Ils aménagent tout pour les grands chalutiers et les gens qui ont les poches profondes. Et les Américains et les Allemands achètent les terres et font monter les prix et les taxes si bien qu'un gars du coin n'a plus aucune chance… Si ce n'était pas du paternel qui possède un bateau et quelques permis, il y a longtemps que je serais parti. J'aurai sans doute sa maison un jour. Sinon…

— À t'entendre, les perspectives ne sont guère réjouissantes.

— Elles ne sont pas réjouissantes du tout.» Puis, après un long silence, il a annoncé : «Peut-être que le temps est venu d'une révolution.»

Mullins ne s'est pas montré bon joueur. Il a pris le chèque et a entrepris de prononcer une petite homélie sur la responsabilité personnelle, mais je lui ai lancé une œillade et il s'est interrompu.

«Ce n'était pas une question d'argent, a-t-il déclaré en pliant le chèque. Je voulais simplement que tu prennes conscience de tes actes. C'est vu ? Il faut accepter la responsabilité de ses choix. J'espère que tu as appris quelque chose.»

Danny a hoché la tête.

† † †

«Je suis content que ça soit fini», m'a-t-il confié sur le chemin du retour.

En remontant Hawthorne Road, je lui ai raconté que j'en connaissais un bout sur l'angoisse de la jeunesse. Et qu'il devait me voir comme quelqu'un à qui il pouvait parler franchement.

«C'est plutôt dur à croire», a-t-il dit en ouvrant la portière de la voiture pour sortir. Il souriait.

«Qu'est-ce qui est si dur à croire ?

— Vous et l'angoisse. Quand vous étiez jeune.»

Je me suis contenté de rire.

«J'entends toujours dire que les choses étaient tellement plus simples dans ce temps-là, a-t-il continué.

— Nous avions aussi nos angoisses, ai-je répliqué, conscient que cette réponse paraissait peu convaincante.

— Je suppose.» Il me regardait avec un intérêt nouveau. «Les gens pensent que de grandir dans le coin, à Hawthorne… ce n'est que… *bonach* et babeurre.»

J'avais envie de dire : J'ai grandi dans un endroit comme ici. Je pense que je comprends même ce que tu essaies de dire au sujet d'Hawthorne. Mais ce n'était pas de moi qu'il était question.

«C'est une bonne manière de présenter les choses, ai-je reconnu. Les jours de *bonach* et de babeurre sont depuis longtemps révolus.

— Ouais. Maman et papa ont déjà vécu à Toronto et ils prétendent qu'ils sont revenus ici parce que c'est censé être un lieu sûr pour élever des enfants.

— Tu n'es pas d'accord ?

— Il n'y a plus de lieux sûrs aujourd'hui. À supposer qu'il y en ait jamais eu.» Il était sorti de la voiture à ce moment-là, mais il s'est retourné et a dit que quelque chose l'intriguait. «Si je peux vous poser la question, c'est vrai que vous êtes celui qui a fait la chasse à tous ces prêtres homos il y a quelques années ?

— Pourquoi poses-tu cette question ?

— J'étais curieux, c'est tout. J'ai suivi l'affaire. Ce qui commence à filtrer à Terre-Neuve et aux États-Unis. Quelqu'un a dit que vous aviez quelque chose à voir avec ça là-bas.»

J'ai détourné les yeux, envahi par le vieux chagrin usé. «Ce n'est pas une chose dont je puisse vraiment parler, ai-je fini par dire.

— Je suppose que non. Mais je vous admire. Si j'avais été à votre place, j'aurais été tenté de faire bien pire.»

Livre deux

Éloignez-vous de moi,
vous tous qui faites le mal !
Car l'Éternel entend
la voix de mes larmes.
PSAUMES

7

Par un dimanche du mois de décembre, Bobby O'Brian me rappela que les gens s'attendraient à quelques attentions particulières dans le temps de Noël. Une scène de la nativité. Des lumières. Tout le bazar. Au cas où j'aurais oublié, après avoir passé les dernières années à l'université, où je laissais à d'autres le soin de s'occuper de détails aussi prosaïques.

«On prend encore Noël au sérieux dans le coin», expliqua-t-il.

Le défi m'a ragaillardi.

Bobby et sa femme attendaient leur fils, qui devait rentrer à la maison pendant le temps des fêtes. Il en était à sa dernière année d'université, m'annonça fièrement Bobby. Je me souvenais vaguement d'un dénommé O'Brian, un solitaire peu bavard errant sur le campus, ou bien assis tout seul au pub, quand je m'y mêlais à la foule dans le but de calmer les esprits. Puis : Peut-être qu'il viendra vous voir, m'avertit Bobby. Peut-être une petite discussion à cœur ouvert. Il essaie de décider ce qu'il va faire après.

«Envoyez-le-moi, dis-je. Je suis là pour ça.»

Le 15 décembre, les prévisions météorologiques étaient, comme d'habitude, imprécises. Cinq centimètres seulement, avait-on annoncé. La neige commencera vers midi. En revenant de la ville, j'aperçus les premières perles humides sur le pare-brise. Le ciel gris était suspendu bas au-dessus de la baie immobile. Le vent murmurait tandis que je transportais provisions, alcool et journaux de la voiture à la maison, et il me fit brusquement frissonner jusqu'à la moelle. Prépare-toi, disait-il.

En laissant tomber les sacs dans la cuisine, je jetai un coup d'œil au répondeur et, avec un étonnant pincement d'anxiété, constatai que personne n'avait téléphoné en mon absence. Je devrais être reconnaissant, me dis-je. Mais je n'arrivais pas à chasser un étrange sentiment de vide en regardant ce voyant qui ne clignotait pas.

Au milieu de l'après-midi, la colline au-delà de la maison disparaissait derrière de violentes bourrasques de neige. La tempête donne une raison d'être à mon oisiveté, songeai-je. Ou justifie son absence de raison d'être. Peut-être devrais-je penser à mettre sur pied un club pour les retraités. L'endroit fourmille de pensionnés depuis que l'aciérie a entrepris de réduire son personnel en offrant des forfaits de départ à la retraite. Trop d'hommes et de femmes valides qui n'ont rien d'autre à faire que de parler, ou de penser à mal. Je peux facilement m'identifier à eux. Oublions les jeunes.

Stella, qui travaille auprès des jeunes en difficulté dans le système scolaire, était d'accord. Elle assistait à la messe juste assez souvent pour pouvoir formuler des observations judicieuses sur ce qu'elle appelait le «profil démographique» de ces dimanches matin. «Le noyau des fidèles est entre deux âges ou plus vieux, m'avait-elle dit. Alors, il faut en tenir compte.»

Si l'on en croit la rumeur, les gens aimaient bien mes sermons, qui étaient courts et terre à terre, mais on me trouvait distant et peu sociable. D'autres prêtres s'invitaient dans leurs cuisines sans vergogne, pour se faire nourrir ou distraire. C'était leur façon de rester en contact avec leurs ouailles, affirmait Stella. De vraies plaies, à mon sens, mais elle me jurait que les gens adoraient ces visites inopinées. Ils sont sincères quand ils disent de passer quand vous voulez. Fini, les jours où l'arrivée du prêtre était signe de malheur – maladie, mort, problèmes conjugaux, demandes d'argent. Je devrais sortir davantage.

«Il faut que tu saches jouer aux cartes, disait-elle. Cinq cents, cribbage. Si tu ne sais pas, je vais t'enseigner. Je suis imbattable au crib.»

Depuis que j'avais eu affaire à sa famille d'Hawthorne, Stella me rendait régulièrement visite au presbytère.

«Les gens n'ont pas l'air d'avoir besoin de grand-chose de la part d'un prêtre, avais-je remarqué une fois.

— Tu serais étonné.» Il y avait de l'espièglerie dans la manière dont elle avait haussé son sourcil gauche.

Je l'avais distraite en lui demandant si elle avait vu son neveu Danny dernièrement, et son sourire avait disparu. «C'est une autre histoire.»

J'avais attendu qu'elle s'explique.

Elle n'avait rien dit d'autre que : «D'ailleurs… ne prends pas d'engagements pour le jour de Noël… après tout le reste.

— Pourquoi ?

— Réserve ta journée, c'est tout.»

Dehors, les ténèbres s'épaississaient. De gros flocons aux contours irréguliers tourbillonnaient de l'autre côté de la fenêtre, filaient telles des balles traçantes dans la lumière du lampadaire au bout de l'entrée. Un chasse-neige invisible passa en grondant. L'électricité vint à manquer au milieu des nouvelles de début de soirée.

Sextus m'avait prévenu : L'hiver est un long test. Je lui avais rappelé que j'avais passé plus d'hivers que lui dans le coin, mais il m'avait fait remarquer qu'en passant l'hiver seul dans une grande maison, je connaîtrais une sorte d'isolement qui mettrait à l'épreuve toutes les habiletés de survie que je croyais posséder. Voire ma foi. J'avais supposé qu'il blaguait. «Il va falloir que tu te trouves une petite amie, avait-il lancé en rigolant. Tu ne serais pas le premier.» Il m'avait assuré que je n'aurais probablement pas conscience de la solitude avant le milieu du mois de février. Ce soir-là, tandis que la tempête tambourinait contre la maison, j'étais submergé par une impression de vulnérabilité. Et l'on n'était encore qu'à la mi-décembre.

Est-ce cela qui fait perdre la tête aux prêtres ? Y a-t-il un lien entre déviance et isolement ? De combien de pasteurs déviants entend-on parler chez les protestants ? Selon Effie et Sextus, tout est à mettre sur le compte du célibat. Alfonso n'aurait pas été d'accord. La solitude, affirmait-il, est la peur naturelle de l'extinction. C'est aussi simple que cela. Nous sommes libérés de la solitude par la Résurrection, non pas par la procréation ou la société. La déviance est une perte de foi.

Je me rappelle lui avoir dit : Essaie donc d'expliquer cela comme si tu y croyais vraiment.

Il m'avait regardé, souriant à demi. Et toi, tu n'y crois pas, avait-il répondu. Ce n'était pas une question.

Aujourd'hui, je lui demanderais : Que fais-tu de l'oisiveté ? Que fais-tu du mélange empoisonné d'oisiveté et d'isolement ? Est-ce là que commence la déviance ?

Mullins a feint l'étonnement quand je lui ai avoué que j'avais du mal à me tenir occupé. « Toutes les fois que tu t'ennuieras, viens faire un tour, a-t-il proposé. Il y a beaucoup à faire ici. » Sa meilleure année a été celle que Brendan Bell a passée à ses côtés. « Ça m'a facilité la tâche de mille façons. Brisé la routine. Tu es mon invité quand tu veux. Mieux que ça, tu peux être mon vicaire.

— On vous a appris que Brendan n'en est plus ? Il est parti. Il a défroqué et s'est marié.

— Ça ne me surprend pas le moins du monde. C'était une créature trop sociable pour ce boulot, notre Brendan Bell. »

En vérité, a-t-il déclaré, il n'y a plus grand-chose à faire à moins de travailler fort à se rendre utile. Surtout dans un endroit comme Creignish, où il n'y a ni école, ni hôpital, ni prison. En l'absence de masse critique de misère, il faut se mêler aux gens. Découvrir leurs besoins. L'ennui est un luxe. « Bien que je ne sois pas surpris que tu trouves la vie tranquille ici, a-t-il ajouté, après tous ces drames auxquels tu as été mêlé. »

La neige qui fouette la maison oblitère le souvenir d'un temps plus doux. L'été reviendra-t-il jamais ? Je m'efforçai de me représenter le *Jacinta*, maintenant à sec, fièrement dressé parmi ses sœurs, la proue affrontant les durs vents du nord. C'est un soulagement de l'imaginer perché de la sorte sur la rive, à l'abri de la mer inconstante aux vagues démontées. Un bateau, c'est comme une maîtresse, j'imagine. Imprévisible dans ses humeurs et ses exigences physiques. Vous ne savez jamais quand il vous assaillira de quelque nouvelle demande d'attention ou de légitimité. Pas que je connaisse grand-chose aux maîtresses. Ni aux femmes en général. Ni aux bateaux.

Mais le nom est parfait. *Jacinta*.

8 fév. cinquième dimanche après l'épiphanie. a. a parlé ce soir de son enfance. trois frères et quatre sœurs. très pauvres, ils cultivaient un petit lopin de terre pour leur subsistance. ça remet ma propre enfance en perspective. mais je veux en savoir plus sur elle. elle est un mystère, dit-il. originaire des montagnes du salvador. il pense qu'elle a peut-être déjà été mariée dans son pays. el salvador, le sauveur.

Malgré moi, je commençais à éprouver du respect pour ce vieux Mullins. L'isolement ne le dérangeait pas. Il pouvait voir que, peut-être, j'avais plus que ma part de soucis. Peut-être, pensait-il, suis-je l'un de ces pauvres types qui pensent trop. Qui se complaît dans les remords. Il me l'a dit sans détour : Il faut être capable de comprendre les sentiments de beaucoup de gens, quand on est doyen. Ç'a été une époque difficile pour tout le monde. La façon dont les affaires se sont réglées n'a pas fait que des heureux. Mais j'aurais tort de m'en faire avec les persiflages sur les relations mystérieuses que j'entretenais avec l'évêque, sur le rôle mystérieux que j'avais joué dans certaines... disons, disparitions. « Tu sais comment on t'appelait ? a-t-il demandé.

— Oui. »

Il a ri en secouant la tête. « Alors tu comprends ce que je veux dire. Mais ne t'inquiète pas. Tout ça va finir par te servir un beau jour. Monseigneur MacAskill ? Ça sonne bien, tu ne trouves pas ? »

Mais qu'aurait pensé Mullins s'il savait ce qui m'était arrivé le matin même ? Alors que je marchais dans le centre commercial, luttant contre la marée humaine en proie à l'hystérie saisonnière, j'ai remarqué une jeune femme qui s'approchait parmi la foule des acheteurs. Nos regards se sont croisés un instant, mais je l'ai reconnue tout de suite. Elle a rougi soudainement, a détourné les yeux et est passée d'un pas rapide. Elle tenait un enfant par la main. Il soutenait mon regard tandis qu'elle le tirait en avant. Je me suis rendu compte que j'étais en proie à une sorte de paralysie. Debout immobile. Je me suis remis à marcher, empourpré et tremblant, plus très sûr de savoir où j'étais. Comme je me trouvais à proximité d'une boutique d'alcools, je suis entré.

Le commis semblait me connaître, et son visage avait quelque chose de familier. Son nom m'échappait.

« Vous avez grandi sur le Long Stretch, non ?

— Oui, c'est vrai.

— Je connaissais les Gillis là-bas. Vous êtes de la famille ?

— Non, c'étaient des voisins.

— C'est un nom pas mal répandu dans le coin, Gillis. Il y en a un qui vient de revenir après avoir vécu ailleurs.

— Sextus.

— Vous le connaissez ?

— Oui.

— Tout un numéro, ce Sextus.

— Je suppose. »

La femme et l'enfant attendaient quand je suis sorti, le sac de bouteilles tintant dans ma main.

Elle avait les bras croisés serrés contre la poitrine. Ses yeux étaient larges et secs, mais elle avait contracté les lèvres en une petite grimace pincée, sans doute pour empêcher sa lèvre inférieure de trembler. Tête penchée de côté.

Elle n'est plus jolie, ai-je songé, ses traits ont été usés par la vie qu'elle a connue depuis – en quelle année était-ce ? – juste après le Honduras. Était-ce en 1977 ou en 1978 ? Et puis je me suis souvenu du nom du prêtre et me suis rendu compte que je n'avais jamais connu le sien, même à ce moment-là. Je pense que je lui avais dit que la vie est pleine d'absences temporaires.

« Quand j'ai compris qu'il ne reviendrait pas de l'endroit où vous l'avez envoyé, j'ai su qu'il me fallait donner le bébé en adoption, m'a-t-elle annoncé. Je me suis dit que vous voudriez le savoir. »

J'ai regardé le petit garçon.

« C'est le fils de ma sœur, a-t-elle précisé. Il n'a que cinq ans. » Et puis : « Pensiez-vous vraiment… ? Pour l'amour du ciel, mon bébé aurait presque seize ans aujourd'hui. » Elle me dévisageait, une partie de son agressivité avait disparu.

« Je suis désolé. Le temps passe si…

— C'est pitoyable. »

Et puis elle a tourné les talons et s'en est allée, le bambin la suivant au petit trot.

Les prières apprises bourdonnent dans mon esprit dans des moments comme ceux-là, des moments d'oisiveté troublée. L'absence de stimulation extérieure laisse un vide qui doit être rempli par le souvenir et l'imagination. Les voix intérieures se font entendre dans le silence de la conscience. J'essaie chaque fois de les noyer dans la prière. Les anciennes formules apprises, ces mots que la répétition a fondus en stances rythmiques offrent, à tout le moins, une sorte de poésie.

L'esprit troublé flotte telle de la neige, remodelant des bancs de souvenirs.

Que penserait notre père s'il pouvait voir la vieille maison aujourd'hui ? La cuisine est d'un jaune ensoleillé. Des tapis orientaux recouvrent le sol. La chambre qu'occupait autrefois Effie, près de la cuisine, a été transformée en bureau. Il s'y trouve une table et une chaise rustiques dénichées chez un brocanteur. Un classeur. Ses livres et ses manuscrits, qu'elle a emportés de la ville dans des boîtes, avaient été empilés à la va-vite lors de son séjour de l'été dernier.

Un jour, je lui ai demandé : Que fais-tu des fantômes ? Que fais-tu des souvenirs ?

«Tu le sais aussi bien que moi, a-t-elle répondu avec ce sourire curieux qui illumine son visage.

— J'admire ta force.

— On acquiert la force par la résistance. Tu dois le savoir. Lutter pour survivre nous rend invincibles. Pour peu, bien sûr, qu'on réussisse à survivre.» Elle m'a touché la joue. «Qu'est-ce qu'il y a ? On dirait que tu vas pleurer.

— Tu plaisantes, ai-je dit. Moi, pleurer ?»

Le vent, le frimas et l'humidité dessinent dans les fenêtres d'exquis motifs semblables à de la dentelle, gravent des fougères cristallines dont les détails rappellent un visage humain. La tempête qui se lève martèle le silence hypnotique, et les fragments d'une vie se détachent.

Je me souviens que je ne m'attendais pas au téléphone de l'évêque en 1980. Il voulait que nous nous rencontrions, à l'évêché, pour discuter d'une affaire urgente et délicate. Encore une femme de ménage enceinte, avais-je songé. Ou un imbécile qui veut se marier. La génération de prêtres à laquelle j'appartiens a quelque chose d'instable, peut-être en raison des idées libératrices de Jean XXIII, le grand humaniste. Il a ouvert la porte aux romantiques, à des hommes qui nourrissaient une conception sentimentale de la théologie, animés d'élans amoureux adolescents. Ma cohorte au séminaire regorgeait de ces enfants-fleurs mystiques qui mêlaient charité et sainteté, élans charnels et altruisme. Destinés au désastre. Ça se sentait, mais on ne pouvait rien y faire. Ce sont eux qui se sont mis à plier bagage dans les années soixante-dix. Pour se marier et se reproduire en bons catholiques qu'ils sont.

Mais j'avais su tout de suite en arrivant à l'évêché que c'était plus sérieux. Ça se lisait sur son visage.

Après qu'il m'eut exposé la situation, je l'avais assuré que je ne me sentais aucune inclination pour ce dont il me parlait ni pour ce qu'il souhaitait que je fasse. Il se rappelait certainement pourquoi il m'avait exilé au Tiers-Monde.

«Bon Dieu de merde, tu n'as pas été exilé où que ce soit, a-t-il tonné, le visage empourpré. Je veux que tu t'enlèves ça de la tête une fois pour toutes.» Il a détourné les yeux, soudain gêné d'avoir juré.

Je suis resté là à attendre. Touché.

Le prêtre en question était un ancien compagnon de classe de Holy Heart. L'évêque m'a dit que j'étais le seul homme qui avait les tripes qu'il fallait pour régler cette affaire.

«Les tripes?

— C'est l'une des choses que tu peux être sûr que tu possèdes. Des tripes, des couilles. Appelle ça comme tu veux.»

Je ne l'avais jamais entendu parler de la sorte.

«Tu as ce qu'il faut, a-t-il dit en me frappant l'abdomen de son index. Je sais reconnaître un homme fort à un kilomètre.

— Et puis, j'ai l'expérience pratique. Ce n'est pas de cela qu'il s'agit?

— Je ne sais pas de quoi tu parles.» Il semblait sincère.

«Vous vous rappelez sûrement…

— C'est différent.

— Comment…

— Tu te trompais, cette fois-là. Tu te trompais du tout au tout. Mais passons. C'est une situation tout à fait différente.

— Qu'est-ce qui est différent?

— Un laïc a porté plainte. Quelqu'un qui veut causer des ennuis.

— D'accord, ai-je dit d'un ton las. Qu'est-ce que je dois faire?

— D'abord, il faudra mettre la famille de notre côté. Les convaincre que nous prenons l'affaire au sérieux et que des mesures appropriées suivront. Pour l'essentiel, c'est tout ce qu'ils ont besoin de savoir. Que nous prendrons des mesures fermes.

— Quelle sorte de mesures?

— Nous aviserons en temps et lieu. Nous ne possédons pas de protocole pour ce genre de choses. Et, si Dieu le veut, c'est la dernière fois que nous aurons à faire face à une telle situation.»

Je me souviens de m'être demandé : Pense-t-il vraiment ce qu'il dit ? Pense-t-il vraiment que je me trompais ?

« La loi canonique est claire, a continué l'évêque. Il ne faut pas quitter la balle des yeux. »

« Il faut que tu les voies comme des étrangers, a-t-il ajouté tandis que je m'en allais ce soir-là. Ils n'hésiteront pas à faire appel à n'importe quoi. La collégialité. La fraternité de l'habit. Souviens-toi : ils sont blessés, ils sont désespérés, mais tu as ton boulot à faire. »

Ce doit être l'expression de ses yeux qui m'a rappelé Calero, le policier au Honduras. Un ancien soldat, qui parlait d'assassinats avec une autorité impressionnante. Qui souriait gentiment, mais dont le regard avait une intensité effrayante. N'hésite jamais, disait Calero. Ne les regarde jamais dans les yeux, comme je le fais maintenant. Ne dis rien. Avance vers eux d'un pas rapide. Fais ta besogne. Lâche ton arme. Va-t'en. Il faut que tu fermes ton cœur et que tu le scelles pour l'isoler du geste. Il avait les yeux brillants. Ça sera bon à savoir dans plusieurs situations. Pour se débarrasser d'un mauvais employé ou d'une petite amie casse-pieds, ou bien pour éliminer un ennemi dangereux. Même chose. Il souriait.

Et je me souviens qu'Alfonso avait quitté la pièce sans rien dire.

« Qu'est-ce qu'il a ? » avait demandé Calero.

J'avais haussé les épaules.

Il avait ri. « Ce n'est pas vraiment enlever la vie. C'est un simple changement à l'horaire. On meurt tous un jour ou l'autre. »

L'évêque avait conseillé : « N'hésite pas à avoir recours aux insignes de l'autorité. Enfile tout ce que tu peux – l'habit noir, l'étole, le col romain. La chasuble, s'il le faut. Passe le crucifix autour de ton cou. Bien sûr, je blague. Mais fais en sorte d'attirer l'attention sur l'institution. Et n'oublie pas : c'est l'intégrité de l'institution qui est en jeu, une chose plus grande et plus importante que nous tous. »

Un seul coup d'œil à l'homme qui m'a ouvert la porte lors de cette première visite embarrassée à la famille en question a suffi pour me convaincre que les avertissements de l'évêque étaient fondés. Il avait les épaules larges, un ventre volumineux, et était, selon le dossier, opérateur de machinerie lourde. Manifestement hostile. S'attendant à rencontrer un autre pervers, peut-être. Mais en présence de l'habit, les rides qui sillonnaient son visage tanné par les éléments se sont bientôt adoucies et réorganisées pour former un douloureux masque d'incompréhension.

«Entrez», a-t-il dit.

Le gamin était dans le salon avec sa mère, qui fumait une cigarette, son visage n'exprimant que le mépris.

«Quand cela s'est-il produit?» ai-je demandé.

Son père a répondu. «C'était il y a environ cinq ans. Quand il était enfant de chœur. On ne s'est douté de rien à l'époque. C'est récemment que ç'a éclaté au grand jour. À l'école, chez le conseiller d'orientation.

— Quel âge avais-tu? ai-je demandé directement au garçon.

— Il n'avait que onze ans, bordel, a éclaté la mère.

—Vous connaissez sans doute le type, a dit le père. Il a à peu près votre âge.

— Te sens-tu assez à l'aise pour me raconter ce qui s'est passé?» ai-je demandé doucement, ignorant les parents.

Le gamin a haussé les épaules, rougi légèrement.

«Vas-y, l'a incité le père en allumant une cigarette.

— Il m'a fait des avances, a commencé le garçon. On était juste assis, en train de discuter de quelque chose. Comme proches l'un de l'autre. Et puis il s'est mis à me parler de sexe. À me dire que je n'avais pas à avoir honte si… vous savez. Que ça arrive même aux prêtres de temps en temps. Il a pris ma main pour me montrer et je n'ai pas pensé à mal. C'était un prêtre, pas vrai? Et puis je me suis rendu compte qu'il s'était mis à…»

J'ai senti une substance liquide s'agiter dans mes entrailles.

Le père l'a interrompu. «J'ai toujours su qu'il avait quelque chose de drôle, celui-là. Cette manie qu'il avait de toujours recevoir des jeunes au presbytère..De leur donner des trucs. Il allait jusqu'à leur prêter sa voiture. Et j'apprends qu'il les laissait même boire.

— Juste de la bière, a précisé le garçon.

— Il leur offrait de l'alcool, a renchéri le père.

— Peux-tu me dire jusqu'où ç'a été? ai-je demandé. Il a pris ta main…

— J'aimerais mieux pas, a répondu le gamin en jetant un coup d'œil inquiet à son père.

— J'ai réussi à le lui faire écrire.» Le père m'a tendu une enveloppe épaisse. «Ç'a duré pendant un bon bout de temps. Tout est là.

— C'est bien. Je vais le lire. Nous pourrons nous reparler. En attendant…

— Il voulait aller voir la police, a expliqué le père. Mais je l'en ai empêché. Me suis dit que ça ne donnerait pas grand-chose. Des flics qui s'en prennent à un curé ? Peu probable, hein. Je me suis dit que l'évêque était le mieux placé pour s'en occuper.

— Vous avez bien fait, ai-je confirmé.

— Je veux que ce salaud aille en prison, a lâché le garçon, les yeux soudain pleins de larmes.

— Ferme-la, a fait son père d'un ton tranchant. C'est quand même un curé. »

Je suis resté là un long moment, la tête baissée, les mains serrées devant mon visage, à lutter contre la honte et la nausée. La pièce était silencieuse. Aidez-moi, ai-je songé. Aidez-moi à trouver les mots et la sagesse pour naviguer à travers tout cela. Et puis j'ai senti la colère enfler en moi, en m'imaginant l'imbécile qui s'était exposé et nous avaient tous exposés à ce malaise potentiellement mortel. Une vague de ressentiment inattendue s'est levée contre cet adolescent plaintif assis devant moi, qui déterrait ces saletés pour esquiver Dieu sait quelle crise dans sa misérable existence.

« Au nom du Père, du Fils et du Saint-Esprit », ai-je dit en me signant.

Père, mère et fils ont immédiatement baissé le visage et joint les mains devant eux.

« Seigneur, viens-nous en aide dans ce moment de douleur et de détresse. Et accorde-nous la sagesse d'agir dans un esprit de guérison et de justice. »

Nous sommes restés ainsi pendant au moins trente secondes. Puis je me suis levé, tenant l'enveloppe accusatrice, je me suis approché du gamin et lui ai serré la main. « Je vais lire ça. C'est sage d'avoir tout mis par écrit. Mais il faut que tu saches que je n'ai aucun doute, absolument aucun doute, sur la véracité de ce que tu me dis. Je te crois. L'évêque va être mis au courant. Des mesures correctrices seront prises. La police ne peut pas faire grand-chose à ce stade-ci, mais, si cela change, je te promets que nous mettrons tout en œuvre pour nous assurer qu'une chose pareille ne se reproduise jamais.

— Je n'étais pas le seul, a dit le gamin.

— Laisse tomber, l'a interrompu son père. Le père vient de nous dire qu'il allait s'en occuper.

— Que Dieu vous bénisse tous», ai-je prononcé avec un geste bref de bénédiction.

À la porte, l'homme m'a confié que le garçon traversait une passe difficile. Il connaissait des problèmes à l'école. Ils avaient récemment trouvé des comprimés dans la poche de son manteau, comprimés qui s'étaient révélés être des antidouleur. Volés à sa grand-mère, atteinte d'un cancer au cerveau. Ils avaient toujours formé une famille ouverte, qui discutait de tout. Ils avaient décidé d'attaquer l'affaire de front. C'est à ce moment que les histoires au sujet du prêtre s'étaient fait jour.

«Je le crois, a continué le père. Mais je pense que ça s'inscrit dans quelque chose de plus grand.»

J'étais d'accord.

«Ils ont raison, ai-je confié plus tard à l'évêque. Je crois qu'il s'est passé quelque chose de grave.

— Je me suis toujours méfié de ce bonhomme, a répondu l'évêque. Toujours en train d'organiser des activités "pour la jeunesse" à l'extérieur de la paroisse. Grand amateur de sports. Que penses-tu qu'ils vont faire?

— Je ne pense pas qu'ils feront quoi que ce soit. Et la lettre?

— Je m'en occupe. Et notre camarade? Que devrait-on faire de lui?

— C'est à vous de me le dire.

— On va s'en débarrasser, a-t-il décidé.

— Comment?

— Je trouverai une solution. Tu as fait ce qu'il fallait pour l'instant.

— Pour l'instant?

— Il est préférable que ce soit toi qui lui apprennes la nouvelle. Vous êtes des contemporains, je crois?»

En traversant la ville silencieuse pour regagner le campus, je me demandais: Comment est-il possible que je n'aie pas su? Nous étions au séminaire ensemble. Je l'avais vu une douzaine de fois depuis l'ordination. Avais-je été aveugle? Ou bien la prêtrise l'avait-elle changé? L'évêque avait dit qu'il était content de me voir choqué. C'était un bon signe, selon lui.

J'aurais dû lui demander : Pourquoi est-ce une bonne chose d'être choqué cette fois-ci ? La dernière fois que j'avais été choqué, c'est *de moi* qu'il s'était débarrassé. Et puis je me suis rappelé ce que j'avais dit à la famille, au sujet de la justice. Quelque chose sur la guérison et la justice.

Tu as souillé le mot, ai-je songé. Quelle sorte de prêtre es-tu donc devenu ?

« Alors, quoi de neuf à l'église ? » demandait mon père.

Une question neutre, sans trace de moquerie. Il tenait une tasse de thé devant son visage, coude sur la table. Lorsqu'il portait la tasse à ses lèvres, je voyais ses mains trembler.

« J'ai parlé au père après la messe.

— Tu ne me dis pas. Pas de moi, j'espère. » Quand il riait, du thé dégouttait de la commissure de ses lèvres.

« Au sujet de ce que je vais faire après le secondaire, l'an prochain.

— Ah, oui. Tu crois vraiment que tu vas finir le secondaire ?

— De quelle région de l'Écosse ma mère venait-elle ? ai-je demandé, et son visage s'est assombri.

— Qui veut savoir ?

— J'ai besoin de savoir. J'ai besoin de son certificat de baptême. Et il faut que je sache où tu es né et où tu as été baptisé. Et quand. Et le nom de tes parents. »

Il a détourné les yeux. « Et pourquoi est-ce que le curé s'intéresse à notre arbre généalogique ? a-t-il demandé, le regard dans le lointain.

— J'ai besoin de savoir. »

Il a haussé les épaules. « J'ai une bible à l'étage. Ils l'ont donnée à ta mère quand elle est partie de la maison, dans le Vieux Continent. Je vais la chercher. Je pense qu'il y a une page de noms.

— Vraiment ?

— Quant à moi… » Il a ri. « Ça risque de prendre un peu plus de travail.

— Tu as dit que tu avais été recueilli. Adopté. »

Il m'a lancé un regard perçant, comme s'il s'apprêtait à dire quelque chose. Puis il a détourné les yeux. A pris une gorgée tremblante de sa tasse, qu'il a ensuite déposée. Entrepris de se rouler une cigarette.

« Alors, où es-tu né ? » ai-je insisté.

Il a soupiré. « En campagne.

— Où, en campagne ?

— Ça n'a pas d'importance.

— Et si ça en avait ?

— Pourquoi ça en aurait ?

— Je pense que je veux être curé.

— Tu veux être quoi ?

— Ils ont besoin de savoir. Il doit y avoir des dossiers pour les adoptions. »

Il a ri. « Des dossiers pour quoi ? Elle m'a abandonné. Je ne l'ai plus jamais revue. Je ne pourrais pas te dire à quoi elle ressemblait. Autrefois, ils disaient : "Il a jamais eu de mère. C'est sa tante qui l'a eu." Comique, hein ? Voilà ce qu'il fallait que j'endure.

— Mais…

— Tu diras à qui veut savoir que ce n'est pas de leurs foutus oignons.

— Tu m'as déjà dit que ta mère venait d'un endroit du nom d'Hawthorne.

— Je t'ai dit ça ? » Je m'attendais à de la colère, mais il avait les yeux tristes.

Je suis resté là, à le regarder.

Il s'est levé, a détourné les yeux et s'est dirigé vers la porte. Juste avant de la fermer, il s'est retourné et m'a dit : « Tu ne seras jamais curé. »

Immobile, j'ai continué à le dévisager.

« Ils ne laissent pas les fils de bâtards devenir curés. »

J'ai demandé à Alfonso : Pourquoi es-tu devenu prêtre ?

Parce que je suis un lâche, a-t-il dit.

Il pouvait voir l'incompréhension sur mon visage.

La prêtrise était un déguisement. Mon assurance vie. Mais, malheureusement, j'avais un besoin pressant de faire quelque chose.

Quel autre choix avais-je ?

Il a ri.

Une AK-47, peut-être ?

Les paroles de l'évêque me sont revenues : *Ce sont des hommes désespérés. Ils n'hésiteront pas à utiliser n'importe quoi.* Le policier au Honduras avait été clair : Il faut que ça se fasse vite et proprement. Et c'est ainsi que je m'y suis pris. Je me souviens que son visage s'est illuminé quand il a reconnu, debout sur le seuil, son ancien camarade de Holy Heart. Je n'ai pas souri. Une fois à l'intérieur, je n'ai pas hésité.

« Tu t'es mis dans un beau pétrin. »

Il a fondu en larmes. Les sanglots le secouaient de spasmes. « Ça va tuer ma mère, a-t-il dit. Tout ce qu'elle attendait de la vie, c'était de voir un de ses enfants ordonné prêtre. J'étais le plus jeune d'une famille de sept. J'étais sa dernière chance. Ils ont trimé comme des forçats, se sont sacrifiés pour payer mes études. Et maintenant ? »

J'ai fait de mon mieux pour garder le policier hondurien à l'esprit. Ne le laisse jamais t'attendrir. Le désespoir confère une grande force au condamné.

« On a fait le séminaire ensemble… »

Je l'ai interrompu. « Ta mère n'a pas à savoir. En fait, personne ne doit savoir.

— Mais elle saura.

— Tu aurais dû y penser il y a des années. Comporte-toi comme un homme pour une fois. »

Son regard était incrédule. Comme un homme ?

« Que Dieu te pardonne », a-t-il dit.

Me pardonne ?

L'évêque souriait tandis que je lui faisais mon rapport. « Il n'a pas à s'inquiéter pour sa pauvre vieille mère, dit-il. Nous l'avons prêté à Boston. Je me suis dit qu'avec les Ritals et les Irlandais là-bas, il se tiendrait tranquille s'il a pour deux sous de jugeote. »

Je me rappelle avoir éprouvé un sentiment de triomphe inattendu.

« Il faut être prudent, m'a prévenu l'évêque en m'entourant les épaules d'un geste amical. On ne doit pas trop s'attarder sur l'aspect homosexuel de la chose. La révulsion naturelle. » Il a grimacé pour appuyer ces paroles. « Il faut mettre un frein à son imagination. Laisser ses préjugés de côté. Ça n'a rien à voir avec le fait d'être homo. Ce serait la même chose s'il courait les filles. C'est de la violation d'un vœu sacré qu'il s'agit. C'est un geste de rébellion personnelle qui menace les fondations même de l'Église en ébranlant la foi des gens ordinaires. Le scandale, Duncan. C'est une question de scandale. Notre sainte mère l'Église souillée de scandale par la faute d'hommes mesquins. De faibles petits mésadaptés. Il nous faut les traquer. Si les gens apprennent l'existence de ces saletés… qui sait quel impact elles pourraient avoir. Tu sais toi-même combien tu as été troublé par ce que tu as seulement *pensé* avoir vu. Imagine quelqu'un qui en a fait l'expérience pour de vrai. »

Pour de vrai ?

J'ai ri. C'était une expression de surprise spontanée. Il a attendu que mon humeur soit passée.

La pièce m'a soudain paru exiguë et étouffante.

« Tu n'as pas l'air bien, a-t-il dit.

— Ça va », l'ai-je rassuré.

Alfonso m'a raconté qu'il était le premier de sa famille à continuer l'école passé la cinquième année.

Moi aussi, ai-je confié.

Les gens n'en revenaient pas, a-t-il poursuivi. Est-ce que je t'ai dit que mon père était métis ? Tout le monde croyait que j'étais un bon à rien. Un demi-Indien… descendant des Pipils.

— Des quoi ?

— Des Pipils… une ancienne communauté.

— Précieuse comme la pipil de tes yeux, ai-je lancé.

Il a regardé au loin et a soupiré. Très drôle, a-t-il commenté.

Contrit, j'ai dit que je n'avais pas de mal à le croire. Tout le monde pensait aussi que j'étais un bon à rien. Mon père était… illégitime. C'était un ivrogne. On ne voulait pas de moi, à cause de lui.

Il a pris ma main dans la sienne. Nous sommes des frères, a-t-il répondu. Vraiment.

Ils n'ont jamais vraiment voulu d'aucun de nous deux.

« Une vocation, a dit le père, serait une bénédiction pour la paroisse. Le dernier s'est déclaré avant mon arrivée. Le père Mac-Farlane, je crois. »

J'écoutais attentivement.

« Alors, quand tu verras l'évêque, insiste bien sur ta détermination. Sur la pureté de l'appel que tu as entendu. Des voix, même. »

J'ai hoché la tête.

«Tu as entendu des voix?»

J'ai secoué la tête.

«Ça arrive parfois. Tous les saints ont entendu des voix. C'est une preuve certaine de sainteté.»

Oui.

«Alors quand tu verras Son Excellence, il te faudra passer outre certains… trous dans la famille. Du côté de ton père.

— Oui, mon père.

— Insiste sur ton dévouement à l'endroit de la famille élargie. Ta vraie et sainte mère l'Église.

— Oui.

— C'est bien clair?

— C'est clair.»

J'ai dit à l'évêque: «Les registres ont été détruits dans un incendie. Vous comprenez ce qui s'est passé. Les vieilles églises de bois qui passaient au feu. Ça arrivait souvent dans l'ancien temps.»

Le soleil entrait à flots par la fenêtre, l'entourant d'un halo de béatitude. Dieu au ciel était amusé. On pouvait presque entendre de célestes chuchotements, mais ils disaient: Regarde un peu qui veut être curé! Écoute-le!

Son Excellence hochait la tête. C'était notre troisième rencontre. Il a dit qu'il était étonné de me revoir.

«Un incendie? a-t-il répété. Je suppose qu'il existe des documents faisant mention de cet… incendie?»

J'ai ignoré la question. «L'hiver, les gens bourraient le poêle la veille d'une messe. Quelque chose se mettait à surchauffer. Les cheminées prenaient feu.» J'ai haussé les épaules.

Il a soupiré. «C'était terrible, a-t-il murmuré, cette destruction qui est essentiellement le fruit d'une étourderie.»

Je me suis dit: C'est dans la poche.

«Les registres de la moitié des vieux du diocèse ont disparu, ai-je continué. Je suppose qu'on pourrait se procurer une déclaration sous serment.

— Une déclaration sous serment, hein? Tu devrais te diriger en droit canon», a-t-il dit, raillant à moitié. J'ai pris ces paroles comme un encouragement.

Je l'entends encore, assis là, sous ce crucifix menaçant, les mains croisées sur le ventre. Souriant d'un air songeur.

Il s'est secoué, comme s'il luttait contre l'ennui. «Nous exigeons normalement une certaine documentation. Question de prouver, à tout le moins, que tu es catholique. Baptisé. Confirmé. C'est également pratique d'avoir une idée de la qualité de la vie familiale. Je ne suis pas sûr qu'une déclaration sous serment suffise. Tu sais ce que je pense des déclarations sous serment.

— Non.

— Un type ment, un autre jure que c'est la vérité.

— Vous avez mon extrait de baptême. Ma mère est morte. Vous avez son certificat de décès. Pour le reste, il faudra faire preuve… de foi.»

Il a souri, saisi un document et l'a étudié. «La tuberculose, a-t-il dit en branlant la tête. Atroce, le carnage qu'elle a fait dans les environs. C'était comme dans le Tiers-Monde. Pas autrement.

— Elle était originaire d'Écosse. Une île dans les Hébrides. J'ai écrit à une paroisse là-bas. Mais ça va prendre un moment. De toute façon, j'ai entendu dire que tout le monde par-là est catholique. Là d'où elle vient. Je voudrais commencer l'automne prochain.»

Il ne semblait pas écouter. «Mais tu ne sais rien de la famille de ton père?

— Comme je vous l'ai dit, les registres ont disparu.

— Et lui ne sait rien?

— Il a l'obusite, ai-je répondu. Un truc causé par la guerre.

— Il a rencontré ta mère en Europe.

— Oui. En Angleterre. C'est là que je suis né, en fait.

— Ton père, a-t-il dit enfin, il était dans les CBH?»

J'ai hoché la tête. Oui. Les Highlanders du Cap-Breton.

«Il a servi en Italie?

— Et dans le nord-ouest de l'Europe. En Hollande.

— Il n'a jamais pu travailler après la guerre.»

J'ai hoché la tête.

«Je faisais partie des North Novies, mais j'étais jeune. C'était près de la fin. J'ai raté toute l'action. Ne m'en suis jamais approché de plus près que Camp Borden. Je l'ai toujours regretté. Je suis passé à côté de l'événement le plus important de mon époque.» Il a soupiré. «Alors tu ignores absolument d'où venaient les parents de ton père.

— J'ai entendu parler d'un lieu du nom d'Hawthorne. Dans la paroisse de Port Hood.

— MacAskill, ce n'est pas un nom très répandu dans les environs, pour un catholique. Voilà pourquoi je dois poser la question. Il pourrait y avoir des… empêchements. Tu comprends?

— Bien sûr. Vous ne pouvez pas simplement prendre tous ceux qui se présentent.

— On ne saurait si bien dire», a-t-il confirmé.

C'est à la fin de la quatrième visite qu'il m'a dit: «Je vais te donner le bénéfice du doute. Nous allons considérer la généalogie de ton père comme une petite… lacune, disons. Une petite anomalie.»

Il prononçait «anômalie», comme mon père. Et j'ai été soudain étonné de la ressemblance entre les deux hommes.

«Vous ne le regretterez pas», ai-je promis.

Au matin, je fus réveillé par le bruit d'un moteur dans l'entrée. La tempête avait pris fin, sans doute tard dans la nuit à en juger par les monticules de neige qui s'étaient formés dans les champs. Par la fenêtre, je voyais Bobby sur son tracteur, pelle baissée, qui creusait de grands trous dans les congères lisses bloquant la route. Il avançait de façon méthodique, attaquant l'épaisse barrière blanche qui avait brièvement offert une excuse à mon isolement.

8

Noël monopolise momentanément la mémoire. Et le souvenir rend chaque Noël doux-amer. Chacun des sens emmagasine des impressions identiques année après année. Nous entendons les mêmes bruits, contemplons les mêmes couleurs, humons les mêmes parfums. La langue de Noël demeure inchangée, teintée par un esprit de fausse célébration et une bonne volonté confinant à l'hystérie. Personnellement, je préférerais passer Noël dans le Tiers-Monde.

«Le Tiers-Monde!» Stella se moquait de moi.

Elle avait téléphoné deux jours plus tôt. La réception de Noël se tiendrait à Hawthorne, chez Danny. Il souhaitait que nous y assistions tous, Sextus y compris. Ils s'étaient connus dans leur jeune temps, alors qu'ils travaillaient tous deux à Toronto. Il a besoin de l'appui d'amis, ai-je songé. Il se débat avec sa maladie. Il prend conscience de sa propre mortalité.

J'avais dit à Stella que j'attendais ma sœur, qui devait venir passer les fêtes à la maison.

«Eh bien, amène-la aussi, avait-elle déclaré. Je serais ravie de faire sa connaissance. Sextus m'a tout raconté à son sujet.»

J'en doute, avais-je songé. Mais je m'étais borné à répondre: «Je te tiendrai au courant.»

«Je vais préparer une chambre, avais-je dit à Effie quand elle avait annoncé ses intentions.

— Ne te donne pas ce mal, avait-elle répondu. Je pense que je vais dormir en ville.»

Je n'avais pas insisté. Je savais ce qu'elle voulait dire.

«Et Cassie ?» avais-je demandé. La fille d'Effie, ma nièce.

«Elle s'organise de son côté pour le temps des fêtes. Elle s'en va au Mexique avec des amis journalistes, je pense. Noël à la chaleur. Je serais incapable de m'imaginer la chose. Mais c'est son choix. Alors, plutôt que de passer les fêtes seule, je me suis décidée. Sur un coup de tête.

— Tu vas louer une voiture, je suppose.

— Non. Sextus va m'attendre à l'aéroport.»

Stella avait dit qu'elle passerait me chercher à dix-sept heures. Ils prévoyaient de souper en début de soirée. Sa voiture était tiède et légèrement parfumée. J'ai pensé : Sa chambre sent probablement la même chose. La musique d'un disque compact murmurait dans la chaîne stéréo. Quelque chose de classique, mais sur un thème de Noël. L'obscurité se fit plus profonde tandis que nous roulions. De douces flaques de lumière rouge, blanche et verte métamorphosaient en sucre glace la neige accumulée devant les maisons flamboyantes. En cette journée singulière, songeai-je, on arrive à croire que tout n'est qu'harmonie et chaleur dans ces demeures inconnaissables, même si l'on sait pertinemment qu'il n'en est rien. Passé Long Point, une lune grasse luisait sur la baie aux eaux gonflées.

Nous roulâmes en silence, nous concentrant sur la route, mais une fois, je jetai une œillade à la dérobée et elle souriait légèrement.

En montant Hawthorne Road, elle dit : «J'ai toujours eu l'impression d'être une femme de la côte. Mais il y a quelque chose de spécial, ici. L'endroit a été baptisé en l'honneur de l'écrivain américain, tu sais.

— Je l'ignorais.»

Elle hochait la tête.

«Je pensais qu'on lui avait donné le nom de l'arbuste, repris-je. On raconte que la couronne d'épines qu'on a posée sur la tête de Jésus venait d'un buisson d'aubépine[4].

— Ça ne m'étonnerait pas. Aub*épine*, l'arbre à épines.»

Et puis nous arrivâmes chez Danny.

Sextus était déjà là, ainsi qu'Effie. Il paraissait être le barman officiel, versa un verre bien tassé, qu'il me tendit. Il coulait un regard salace vers Stella.

---

4. En anglais, l'aubépine est communément appelée *hawthorn*.

«Tu la connais, si je ne m'abuse, dis-je. Partenaire de tennis.

— Stella ? Oh, oui. La merveilleuse, l'impénétrable Stella.

— Qu'est-ce que tu veux dire par là ?

— Une femme pleine de mystères. Si tu arrives à y résister, tu es plus fort que moi. Elle a un revers redoutable. »

Il cligna de l'œil. J'eus un rire de dédain.

En attendant le souper, Danny et Sextus divertirent l'assemblée en racontant avec emphase comment ils avaient fait les quatre cents coups au temps de leur jeunesse, loin d'ici. Je regardais le jeune Danny, guettant sa réaction à ces anecdotes pleines d'exagération. Les joues rosies, il souriait avec une affection teintée de tolérance, l'air de quelqu'un qui aurait aussi des histoires à conter.

«Alors, vous êtes le nouveau curé de Creignish, me dit un homme dans la cinquantaine assis à mes côtés.

— C'est exact», répondis-je en essayant de me souvenir d'un nom. William quelque chose, me rappelai-je. Le cousin de Stella qui vivait avec sa tante. Il était grand, de ma taille environ, avait un ventre volumineux, un visage empourpré et des yeux vitreux qui laissaient deviner qu'il avait une longue habitude de la bouteille.

«Willie Beaton», annonça-t-il en tendant la main.

Je la saisis brièvement.

«Ils me font rigoler avec leurs histoires, dit-il en désignant Danny Ban d'un geste de la tête. De vrais zigotos, ces deux-là, si on croit la moitié de ce qu'ils racontent. Danny Bad, qu'ils l'appelaient, et ils avaient bien raison. »

Je me contentai de sourire.

«J'imagine qu'on aurait tous quelques histoires à conter, hein, mon père ?» demanda-t-il avec un sourire plein de sous-entendus.

Il faisait tout à coup trop chaud dans la pièce.

Les scènes présentaient une ressemblance monotone. On aurait dit que les pièces avaient toutes la même allure et la même odeur. Pot-pourri, nettoyant à tapis, ou les deux. Un mobilier robuste, sans doute acheté chez l'un de ces marchands vous-payez-quand-vous-voulez braillant dans leurs téléviseurs surdimensionnés. Des poêles à bois suédois. Des pièces surchauffées. De longs silences. Au début, la tension me remplissait de perplexité, mais j'ai fini par comprendre qu'elle émanait de la honte qu'éprouvaient ceux que nous désignions du nom de victimes.

Malgré tout ce que j'ai appris depuis, je m'interroge sur ce mot. *Victime.* Que nomme-t-il vraiment ? L'incertitude ? La culpabilité ? Victimes de qui ? Le prédateur ? Leur moi le plus faible ? Quel complexe tissu de circonstances ce terme prophylactique recouvre-t-il ?

« Ce n'est pas votre boulot, disait l'évêque. Les circonstances ? Laissez ça aux policiers et aux avocats. Il nous faut régler ces affaires avant que cette engeance s'en mêle.

— Et s'ils veulent de l'argent ?

— Nous réglerons la question si elle se présente. »

« Ma femme avait rendez-vous chez le médecin, avait dit l'homme en me tendant une tasse de café. Elle prend des médicaments depuis que ce bordel a éclaté. »

Il était assis devant moi, de l'autre côté d'une table basse. Il y avait un grand livre d'art près d'un cendrier rouge. On se rappelle les détails obscurs. Ils amortissent toutes les odieuses réalités. C'était un homme d'affaires, le jean qu'il portait semblait neuf et raide, comme s'il n'avait pas encore été lavé. Mon habit officiel, mon col ne signifiaient rien pour lui. Les circonstances faisaient de nous des égaux.

« Le gamin est à l'école. Je me suis dit qu'il valait mieux discuter de ça d'homme à homme.

— Oui. Mais je devrais le rencontrer.

— Vous le verrez. Il sera à la maison dans une heure environ. Comment a été le trajet depuis la ville ? »

C'est un trajet de deux heures en voiture, mais j'en avais mis trois à le faire. À cette époque-là, j'avais pris ces excursions en aversion. Je m'étais arrêté à un petit restaurant pour siroter un thé aussi longtemps que j'avais été capable de supporter les coups d'œil que me valaient mon habit noir, mon col romain.

« Ce n'est pas facile d'en parler, avait dit l'homme, mais je vais aller droit au but. Je veux que ce type disparaisse au p.c. Je me fous de savoir où il va. Mais je veux qu'il fiche le camp. Idéalement, qu'il quitte l'Église.

— Je comprends.

— Si c'était n'importe qui d'autre qu'un fichu prêtre, je le descendrais, excusez mon langage. » Le mépris qui se lisait sur son visage nous englobait tous. « Je vais vous le dire sans détour, et je ne veux pas que vous le preniez personnellement. Mais juste à vous regarder, assis là, j'ai un problème. Voilà ce qu'il a fait. Voilà ce qu'il m'a fait à moi, pour l'amour de Dieu. Je préfère ne pas penser au gamin et à ce qu'il doit ressentir. » Il avait esquissé un geste futile de la main dans ma direction avant de détourner les yeux. « Ce col romain… Bon Dieu, j'ai été enfant de chœur. Le col, ça voulait dire quelque chose. Il était porteur de plus d'autorité qu'un insigne de police. Et aujourd'hui ? Je serais capable de… vous l'arracher.

— Si ça peut aider, je…

— Non, non, bon Dieu. Ne faites pas ça. Pardon. »

À ce moment-là, l'histoire m'était devenue familière. Une famille dévote. Des garçons enfants de chœur. Des excursions. Pas le moindre soupçon. Puis un changement de personnalité. Le gamin semble renfermé, il ne parle plus, montre des signes de rébellion. On pense d'abord que c'est le chamboulement qu'entraîne la puberté. Puis on trouve de la marijuana ou des pilules, et ça explique tout pendant un certain temps. On lit que, consommée en quantité excessive, la marijuana rend les jeunes sujets aux sautes d'humeur, entraîne une chute de la performance scolaire. Il y a confrontation. À un moment donné, au milieu d'une crise de larmes, l'allégation qui glace le sang.

« J'imagine que c'est comme se faire tirer dessus, expliquait le père. Mon père a fait la guerre. Il a été blessé en France, quelques jours après le jour J. Il dit que d'abord on ne sent rien. La douleur vient après, graduellement. »

J'avais répondu que je comprenais.

« Je remercie Jésus-Christ qu'il ne soit pas là pour voir ça. Papa était très vieux jeu. »

Je buvais mon café, attendant la suite. Il faut que ça sorte.

« Ce qui me tue, c'est que lorsque j'entendais parler de ce genre de truc, je minimisais la chose. Je me disais que c'était un cas isolé. Une pomme pourrie. Ou bien on entendait parler d'une histoire qui s'était étalée sur des années, et je me demandais : Comment quelqu'un peut-il être une victime pendant des années… à répétition ? Encore et encore. Pourquoi n'y mettent-ils pas un frein ? Ils doivent, d'une manière ou d'une autre, être complices. Voilà ce qu'on pense. On oublie que ce ne sont que des gamins, aux prises avec l'autorité morale ultime.» Il avait paru faire une pause, pour s'éloigner de l'amertume où il s'apprêtait à sombrer. «Et puis ça vous arrive. Là, dans votre propre famille.

— Vous n'aviez pas tout à fait tort quand vous supposiez qu'il s'agissait d'"incidents isolés". Je dois vous assurer que ce...»

Il m'avait interrompu: «Holà.» Le feu lui était monté aux joues tandis qu'il levait la main en guise d'avertissement. «On est tous les deux des adultes. On ne se racontera pas d'histoires. J'ai suivi ce qui se passe. À Terre-Neuve. Au sud, aux États-Unis. Ce que les Indiens racontent au sujet de ces écoles.»

Il s'était levé, avait apporté ma tasse à la cafetière, l'avait remplie de nouveau. Le spasme de colère avait semblé passer.

«C'est un si bon garçon, avait-il dit en branlant lentement la tête. Dès le jour de sa naissance, on savait qu'il allait être de ces enfants pas comme les autres. D'un bon naturel. Intelligent. Spirituel d'une manière qu'on ne voit pas souvent chez les petits garçons.»

Je sentais revenir l'indignation.

Il avait allumé une cigarette, la tapotait pour en faire tomber les cendres avant même qu'elles ne se forment. «C'est la dernière chose à quoi je me serais attendu. On est prêt pour les petits accrochages, les sautes d'humeur, les cuites et la marijuana. Je veux dire, j'ai été jeune il n'y a pas si longtemps. Et nous avons déjà traversé tout cela, avec son grand frère. Je pensais que l'aîné avait perdu les pédales. Il buvait. Prenait de la drogue, même. Mais ce n'était rien comparativement à cela.»

Occasion stratégique. «Et où est-il aujourd'hui?

— Qui?

— Votre plus vieux.

— Il est à St. Mary's. Vous avez peut-être déjà entendu parler de lui. Il fait partie de l'équipe de football.

— Ah, avais-je fait en souriant, laissant entendre que le nom me disait quelque chose.

— On allait envoyer son frère à St. FX. C'est là que vous êtes, non?»

Je m'étais efforcé de voir si son visage trahissait quelque insinuation, mais en vain. «Est-ce que vous n'avez pas joué au football vous aussi... Il me semble me rappeler...?

— Au hockey. Vous avez une bonne mémoire. J'ai fait le camp d'entraînement pour Winnipeg. À l'époque de l'ancienne WHA. Mais je m'ennuyais de la maison. Je suis étonné que quiconque s'en souvienne. Comment est le café ?

— Très bien. »

Un silence s'était fait pendant un instant. Je supposais qu'il était retourné à Winnipeg en pensée.

J'avais fini par dire : « Je voudrais entendre tout ce que vous êtes prêt à me dire. Et je veux que vous sachiez que c'est uniquement pour mémoire. Nous n'avons pas le moindre doute quant à la véracité de ce que vous nous avez déjà raconté. Je veux que vous compreniez bien cela. Notre unique souci est le bien-être de votre fils. Et, bien sûr… c'est pourquoi je tiens à lui parler… de toute autre… victime possible. Il nous faut connaître l'étendue de cette… situation. »

Je savais que sa colère était calmée pour l'instant, mais que je devrais de nouveau en essuyer les foudres en temps et lieu. Lorsque les larmes seraient prêtes. La colère est moins à craindre quand les larmes pour l'éteindre sont proches.

« O.K., avait-il dit, et il avait pris une profonde inspiration. Bon Dieu, c'est dur.

— Prions un moment. Chacun pour soi, si vous voulez. Demandons assistance. Et justice. Au bout du compte, c'est ce que nous voulons. »

Il avait hoché la tête avec ferveur, baissé le regard et plaqué les mains sur son visage. En moins d'une minute, il avait fondu en larmes.

† † †

Une fois assis pour le repas de Noël, ils me demandèrent de dire le bénédicité et, quand j'eus fini, je remarquai que ce William me souriait encore. Ses yeux – à tout le moins dans mon imagination – recelaient une foule de secrets.

Stella était assise en face de moi. Elle me fit un clin d'œil.

La vieille dame près de moi était la mère de William, la tante. Peggy Beaton.

« J'imagine que vous n'êtes pas mécontent que Noël achève, me dit-elle en me poussant du coude. J'ai toujours eu pitié des pauvres curés pendant le temps des fêtes. »

Je souris. « Nous ne sommes pas aussi occupés que nous l'étions.

— Je suppose», fit-elle en reportant son attention vers son assiette.

Plus tard, la vieille dame me poussa de nouveau du coude, se pencha vers moi et déclara: «J'imagine que vous aimez le gaélique aussi.

— Le quoi? demandai-je, perplexe.

— Le gaélique de votre sœur est merveilleux, affirma-t-elle en désignant Effie d'un geste de la tête. Le maîtrisez-vous aussi?

— Oh, oui. Non. J'ai bien peur d'avoir oublié le mien. Comme tout le reste.» Je m'efforçai de rire.

Elle fit claquer sa langue en signe de désapprobation. «C'est comme la foi. Elle est partout diluée de nos jours. Quand elle n'a pas complètement disparu. Enfin, c'est l'époque où l'on vit, j'imagine.»

Elle soupira.

J'avais été choqué par la jeunesse du gamin. Ou peut-être faisait-il plus jeune que son âge, debout, là, aux côtés de son père, plus grand, qui l'avait escorté dans la pièce, un bras imposant entourant ses épaules.

«Voici le père MacAskill, avait dit celui-ci. C'est l'évêque qui l'a envoyé. Nous avons eu une bonne conversation. Il voulait te rencontrer.»

Le garçon était timide, sa poignée de main hésitante et douce. «Bonjour, mon père», avait-il murmuré.

Nous avions discuté en utilisant des termes soigneusement choisis. Le premier incident avait eu lieu pendant un voyage à Halifax, dans le cadre des séries éliminatoires de hockey, deux ans plus tôt. Ils étaient descendus à l'hôtel. Le père Al s'était présenté à sa chambre tard le soir. Pour jeter un œil, avait-il dit. Pour s'assurer que les gamins étaient tous là. Je ne voudrais pas en perdre un, avait-il lancé à la blague. Le père avait le don de vous faire rire. Mais il ne partait pas. Tu as l'air misérable, avait-il ajouté. Je pense que tu as besoin d'un câlin. Ça paraissait si naturel.

Comme il se trompait.

Et pourquoi n'avait-il rien dit plus tôt?

Il n'avait pas de réponse. S'était borné à hausser les épaules et à regarder son père.

Nous avions travaillé de concert afin d'atténuer le pire en usant de termes cliniques. Fesses. Pénis. Anus. Le gamin connaissait ces mots, mais il ignorait ceux qui désignaient les gestes en question, aussi avait-il fini par bredouiller et se taire.

Quand il s'était mis à renifler, son père avait perdu les pédales.

«Bon Dieu de merde! avait-il crié en donnant un violent coup de poing sur la petite table devant moi.

— S'il te plaît, papa», avait supplié le gamin.

Après souper, Effie me chuchota: «Je vois que tante Peggy et toi vous entendez comme larrons en foire.

— Tante Peggy?

— Leur tante, Peggy. Je lui ai parlé tout à l'heure.

— Oh, oui. Tu l'as grandement impressionnée.

— On est peut-être même parents avec elle, annonça-t-elle joyeusement. Je lui ai demandé de réciter son *sloinneadh*. Il y avait des noms familiers.

— Je n'en saurais rien, dis-je. Depuis quand es-tu une experte de notre arbre généalogique?

— Arrête un peu. Tu es aussi curieux que moi.

— De quoi?

— Du lien avec les Gillis. Peggy était une Gillis, à l'origine. Elle pense que notre grand-mère aurait pu aussi être une Gillis.

— Je ne connais qu'un lien avec les Gillis qui semble compter à tes yeux», dis-je d'un ton badin.

Elle me lança un regard dédaigneux et s'éloigna, les bras croisés.

Sextus remarqua la tension dans l'air. Son regard demandait: *Quooooi?*

Et puis William l'allusif était là, une tasse de thé tremblante à la main. Il regarda Effie passer. «C'est une femme magnifique, votre sœur, si je peux me permettre.

— Oui, je suppose.

— Je l'écoutais parler *gaidhlig* avec maman. C'était charmant de les entendre toutes les deux.

— Manifestement, vous le parlez aussi, constatai-je.

— Ah, vous savez. *Beagan droch ghaidhlig,* comme on disait. Mais, bien sûr, on disait qu'il n'y avait pas de "mauvais gaélique", pas vrai?

— C'est ce qu'on disait.

— Votre sœur dit que nous sommes peut-être parents très éloignés.

— Vraiment, elle dit ça?

— Elle n'a pas précisé exactement comment. Par votre grand-mère, je crois.

— Je me suis laissé dire que, dans le coin, tout le monde est plus ou moins parent», fis-je, et il hocha la tête.

Il y eut une soudaine agitation dans la cuisine. Des salutations lancées à voix haute, une bouffée d'acclamations et d'air froid, puis Sextus entra dans la pièce pour nous informer de l'arrivée d'un violoneux issu d'un groupe de jeunes musiciens qui étaient en train de se faire une réputation à l'étranger. Il dégageait encore une innocence juvénile, une chaleur qui prenait naissance dans les yeux et venait éclairer un sourire plein de dents. Près de lui se tenait la petite amie de Danny, Sally. Le violoneux était son frère, Archie, m'apprit-elle. Après nous avoir présentés, elle partit à la recherche de Danny.

«J'ai entendu parler de vous, me dit Archie. Je ne vais pas à l'église aussi souvent que je le devrais. Je passe beaucoup de temps sur la route. Mais il paraît que l'endroit renaît grâce à vous.»

J'ai ri et haussé les épaules. À ce moment-là, j'ai remarqué son ami, qui paraissait un peu plus vieux. Il me dit qu'il s'appelait Donald.

«Donald O'Brian, précisa celui-ci. Vous connaissez mon père, Bob. À Creignish.»

Cette voix rauque d'adolescent avait quelque chose de familier. Déjà entendue au confessionnal, peut-être.

«Je me rappelle vous avoir vu sur le campus, mais vous ne vous souvenez probablement pas de moi, dit-il. J'habite en ville.»

Je l'assurai que je me souvenais de lui. «Ton père est le pilier de la paroisse», ajoutai-je.

Il sourit largement. «Le paternel aurait dû être curé. Mais si ça avait été le cas... où est-ce que je serais?»

Nous nous mîmes à rire. Où, en effet!

Sextus se remit bientôt à faire la distribution de verres et le jeune O'Brian s'assit avec raideur à un vieux piano droit dans le salon. Le violoneux avait pris place à ses côtés sur une chaise de cuisine, et la musique devint une créature vivante qui dansait parmi nous.

Après, la vieille dame, Peggy, pria son fils de chanter une chanson. «Allez, Willie. *Gabh oran*. Chuste une.»

Willie, intimidé, refusa, mais Peggy insista et le silence se fit dans la pièce.

Il finit par céder : «Je vais juste en chanter une, alors.»

Je me rendis compte que je comprenais les paroles. L'âge rouvre des lieux oubliés dans la mémoire, songeai-je. Puis je surpris le jeune Danny MacKay qui m'observait. Je fus frappé par ce que sa posture avait d'agressif, un coude appuyé sur son genou, une main en coupe au bord du visage, la seconde serrant sa cuisse.

«Qu'as-tu pensé de la chanson?» lui demandai-je plus tard.

Il fit un geste moqueur.

Puis le chanteur s'accroupit près de sa mère, parlant à voix basse, et elle entreprit de se lever avec difficulté.

Stella alla rapidement à elle. «Vous ne partez pas», dit-elle avec un air de réprimande exagéré.

«Il se fait tard, répondit tante Peggy. Et la neige s'est remise à tomber. Willie commence à être inquiet.

— Mais il n'est pas tard du tout, répliqua Stella. Vous habitez juste un peu plus haut sur la route, et de toute façon il ne tombe que quelques flocons. Je peux voir la lune.

— Non, non», insista William, qui guidait déjà la vieille dame hors de la pièce, l'air tendu.

La vieille Peggy fit halte près de la chaise de Danny, et il se leva pour la serrer doucement dans ses bras un instant. William se tint en retrait, les regardant en silence.

Après leur départ, Sextus fit remarquer : «Voilà un bon argument contre la modération.»

Je demandai ce qu'il voulait dire.

«Une autre fois, dit-il. Tu es au courant de son titre de gloire?

— Non.

— Il n'a jamais traversé la digue.» Il pencha la tête de côté et leva les sourcils dans une expression de muette désapprobation.

«Alors, tu connais bien Stella? demandai-je.

— Pas assez bien. J'ai l'ai rencontrée la première fois qu'elle est débarquée à Toronto. Tu aurais dû la voir à cette époque.»

Elle entra brièvement dans la cuisine, sourit, ressortit de la pièce.

«Ohhhh oui, dit-il. Et puis je l'ai revue à un truc pour les célibataires en ville.

— J'ignorais que tu étais à ce point désespéré. Réduit à écumer les assemblées de célibataires.»

Il me regarda avec un soupçon d'hostilité. «Au fait, Effie et moi pensions partir bientôt. Et toi? Peut-être que tu veux attendre. De toute évidence, tu as quelqu'un pour te raccompagner.» Il fit un geste de la tête dans la direction de Stella.

«Je vais aller chercher mon manteau», déclarai-je.

† † †

Nous restâmes un moment en retrait près de la porte tandis que Willie et sa mère reprenaient leurs manteaux et enfilaient leurs bottes. En sortant, la vieille dame s'arrêta et prit ma main entre les siennes.

«N'oubliez pas de venir me rendre visite. Je parlais à votre sœur, Effie. Elle dit que nous sommes peut-être parents. Et elle dit que vous avez beaucoup de *gaidhlig*…»

J'ai ri et cligné de l'œil. «Nous verrons.»

Je me suis soudainement senti las. Après des mois d'inactivité, j'avais passé, au cours des jours avant Noël, de longues heures accroupi dans le confessionnal et fait de fastidieuses visites à des paroissiens cloués à la maison. Célébré une messe la veille de Noël. Une autre messe à minuit. Deux messes ce matin-là. Je sentais un grand poids. L'anxiété et la lassitude. Ou peut-être une soif.

Stella parut lire mes pensées: «Il faut vraiment que tu partes?
— Vraiment.
— Quelle escorte tu fais», dit-elle en pointant un doigt dans mes côtes d'un geste gamin.

Le vin, songeai-je. C'est le vin qui rend ses yeux aussi verts.

Et puis le jeune Danny apparut devant moi, un verre à la main. «Je peux vous apporter quelque chose, mon père?
— Non, je pense m'éclipser.
— Hé, ça vient à peine de commencer.»

Sa cordialité semblait naturelle maintenant, et je me fis la réflexion que là résidait peut-être l'essence de sa personnalité, la base de son amitié avec son père.

«J'ai fait quelque chose l'autre jour, dit-il. Je ne voulais pas vous embêter. Mais il y avait une vieille bâche dans la grange et je l'ai prise pour recouvrir l'arrière de votre bateau afin d'empêcher la neige d'y entrer. La neige est mauvaise pour les vieux bateaux en bois. Je me suis dit que ça ne vous dérangerait pas.

— Non. Merci», répondis-je.

Je décelais une hésitation dans l'expression légèrement amusée de son visage, comme s'il voulait ajouter quelque chose mais n'arrivait pas à trouver les mots.

«On dirait que vous êtes différent, fit-il enfin, enhardi par l'alcool. Pas le genre de curé dont j'ai l'habitude.

— C'est probablement une bonne chose, répliquai-je, peut-être trop vite.

— J'ai l'habitude de Mullins, dit-il, et il rit.

— Mullins n'est pas si mal, avançai-je prudemment.

— Je suppose. Si on lui en donnait la chance, il serait correct.» Et il se tut à nouveau, contemplant le contenu de son verre. «Mais je ne pense pas qu'avec Mullins il serait possible d'aborder… certaines choses. Vous comprenez ce que je veux dire?»

J'attendais qu'il continue.

«J'ai déjà essayé. De lui parler. C'était une grave erreur.

— Dommage, murmurai-je.

— Mais vous, je pense bien qu'il serait possible de vous parler de n'importe quoi. Non?

— Je l'espère.

— Peut-être un de ces jours.

— La porte est toujours ouverte.

— Très bien, alors», conclut-il, gauche tout à coup dans ses manières et ses mouvements.

Je désignai d'un geste de la tête les deux musiciens qui bavardaient à voix basse, maintenant qu'ils avaient fini de jouer. «Tu connais assez bien ces gars-là, j'imagine.»

Il se contenta de les regarder sans rien dire. Puis il se redressa. «Je suis plutôt vieux jeu. Ils sont un peu trop modernes à mon goût.»

Son sourire s'était évanoui.

«La charité, avait dit l'évêque. J'en ai des trous dans les genoux de mon pantalon à force de prier pour la charité. C'est une chose qui m'a toujours fait défaut. Je l'avoue sans honte. Rationnellement, je sais que les choses se règlent. Ils partent. Vont réfléchir. Remercier le

Tout-Puissant de leur avoir accordé une seconde chance. Et puis ils nous reviennent, prêts à servir… souvent meilleurs prêtres qu'ils ne l'étaient d'avoir été ainsi confrontés à leurs faiblesses. Plus à même de comprendre celles des autres. Rappelle-toi saint Augustin.

«Mais c'est là-dedans, avait-il dit en montrant sa poitrine osseuse, c'est là-dedans que ça me pose problème. J'ai du mal à passer par-dessus les sales détails. J'ai du mal à ne pas juger.

— Peut-être le jugement est-il légitime, avais-je avancé prudemment. Il se peut que la condamnation soit justifiée. S'il n'en tenait qu'à moi, on resterait tranquillement à l'écart, on se pincerait le nez et on laisserait les autorités appropriées s'occuper d'eux.»

Sa réaction avait été instantanée. «Les… *autorités* appropriées ? Tu crois que les flics et les avocats sont les autorités appropriées ? Tu as vu ce qui se passe ailleurs ? L'hystérie… tous les ennemis du catholicisme qui laissent tomber leur masque œcuménique de faux jetons pour se délecter des malheurs de notre mère l'Église. Les laïcs qui sautent sur la moindre occasion de promouvoir leurs idées anticléricales à nos dépens, et qui déblatèrent contre le célibat, pour l'amour de Dieu. Comme si le célibat était la source de toutes les perversions. Il faut que tu te rentres ça dans la tête, mon gars. Le monde n'est pas joli. Nous devons nous occuper de cela nous-mêmes. Empêcher que l'ennemi s'en mêle.

— Je ne dis pas le contraire. Mais nous ne pouvons pas oublier… l'autre… partie. Les gamins.

— Vas-y, dis-le, avait-il raillé. Les victimes ? C'est ce que tu essaies de dire ?

— Appelez-les comme vous voulez. Je constate des dégâts de ce côté-là.»

Il avait balayé ces paroles d'un geste de la main. «Ils vont s'en remettre. Ils sont jeunes. Si ce n'était pas ça, il y aurait autre chose. La drogue. Les autos. La promiscuité. La vie entraîne forcément des dégâts, mais n'oublie jamais le pouvoir réparateur des sacrements. Les sacrements minimisent les dégâts. On ne peut pas laisser une bande de mésadaptés et de pleurnichards saper les sacrements.»

Et je l'avoue aujourd'hui : à l'époque, il me semblait que le raisonnement se tenait.

Dehors, la nuit était éclairée par la neige immaculée, la lune qui se levait et le scintillement des étoiles. Dans l'air vif et cristallin, je décelai l'odeur piquante de la marijuana. Effie et Sextus attendaient dans la voiture, le moteur en marche.

Je restai là un moment en tapotant mes poches comme si je cherchais mes clefs. Ruse instinctive. Puis j'inspectai les alentours.

«Vous partez, mon père», me dit le violoneux. On voyait la lueur de son joint dans sa paume.

«Oui.»

Archie était détendu, mais Donald O'Brian, tapi en retrait dans l'ombre, avait l'air effrayé.

J'ai pensé à désamorcer la situation en passant une remarque désinvolte sur le joint, mais j'ai décidé de n'en rien faire. Il est trop tôt pour une telle familiarité, ai-je songé.

J'ai marché vers la voiture, la neige craquant sous mes pas.

Trop modernes, avait dit Danny.

J'ai souri.

Le retour à la maison m'a laissé à cran. Assis seul sur la banquette arrière, j'éprouvais un sentiment qui n'était pas sans ressembler à une déception enfantine. Peut-être, me dis-je, la faute en revient-elle à mon puritanisme fondamental. On me trouve collet monté. Partisan de la ligne dure, disait Effie.

20 fév. ce soir, j'ai touché son visage. je n'ai pas pu m'en empêcher. j'ai simplement posé mes paumes le long de sa mâchoire. sa joue est douce et tiède. mais je voyais bien que ça la troublait. elle a ôté ma main mais l'a tenue un moment. et, dieu me pardonne, je n'ai pas de regret.

Comme je savais que je n'arriverais pas à dormir, je me servis une rasade généreuse. On diffusait *A Christmas Carol* à la télé, et je me suis rendu compte que je n'avais jamais vraiment regardé ce film en entier, aussi m'installai-je pour le voir jusqu'à la fin. Il comprenait bien, ce vieux Dickens, songeai-je. Sa conception de Noël, l'unité du passé, du présent et de l'avenir, la libération rendue possible grâce à la générosité.

Comme Alfonso aimait à le répéter : l'Esprit saint habite en chacun de nous, riches et pauvres sans distinction.

Le fantôme des Noëls passés rappelait à Scrooge le bonheur oublié quand le téléphone me sortit de ma torpeur. C'était Effie.

« J'appelais juste pour être sûre que tu n'avais besoin de rien, dit-elle. J'espère que je ne t'ai pas réveillé.

— Non, non. Tout va bien ?

— Mais oui. Je me sentais simplement un peu coupable. J'ai été tranchante avec toi tout à l'heure. Et puis je t'ai vu entrer tout seul dans cette maison noire. Je devrais rester avec toi.

— Allons donc. Je carbure à la solitude.

— Bien sûr. C'est ce que je croyais aussi. »

Il y eut un long silence. Je pouvais entendre une musique lente en bruit de fond.

« Est-ce que quelqu'un a parlé à John aujourd'hui ? demandai-je.

— Nous avons essayé de téléphoner ce matin. Pour voir ce qu'il faisait. On n'a pas eu de réponse.

— Oh ?

— Sextus pense qu'il doit y avoir une femme là-dessous. Et je l'espère. Vous passez tous les deux trop de temps tout seuls. Ce n'est pas bon pour vous. »

J'ignorai cette remarque lourde de sous-entendus. Nous restâmes là, chacun à une extrémité de la connexion éphémère, à nous demander quoi dire ensuite.

Finalement, Effie répéta pour la millième fois qu'elle aimerait que l'Église ouvre les yeux et permette aux gens comme moi de trouver un partenaire, qu'on ne pouvait s'attendre à ce que quiconque vive dans un isolement émotionnel sans encourir de dommages.

« Je ne crois pas être si endommagé… Enfin, pas encore, tentai-je.

— Si tu me permets, je n'ai pas pu m'empêcher de songer combien ça semblait… naturel, toi et Stella, quand vous êtes arrivés ensemble. »

Étonnamment, je voulais en entendre davantage. De quoi avions-nous l'air, quand nous étions arrivés ensemble ? D'amis ? D'un couple ? D'un début de scandale ?

« Stella ? Tu as toujours été un peu romantique.

— Si tu veux parler…

— On devrait aller se coucher.

— D'accord. Je voulais juste être sûre que tu n'avais besoin de rien.

— Merci, dis-je. Bonne nuit.»

28 fév. je trace ces mots animé par un esprit de pénitence et par l'humiliation. loin d'elle, je suis incapable de me concentrer sur rien d'autre.

9

Telles que je me les rappelle aujourd'hui, ces journées maussades d'après Noël 1994 ont été marquées par la réapparition du sinistre spectre du doute. Au bout du compte, les paroles de Paul aux Corinthiens n'offrent qu'un réconfort limité : «Celui qui n'est pas marié s'inquiète du Seigneur, des moyens de plaire à Dieu.» Bien sûr. Il expliquait que si nous n'étions pas distraits par les besoins des femmes et des enfants, nous pourrions consacrer tout notre temps à honorer le Tout-Puissant. Et par conséquent atteindre à une forme de vie supérieure. Mais à ce moment le visage d'ivrogne rubicond de Willie machin d'Hawthorne me revint en mémoire. Combien de temps a-t-il passé à plaire à Dieu ? Si je me fie à ce que j'ai appris, les célibataires de son espèce n'ont pas leur pareil quand vient le moment d'inventer des milliers de manières tordues de se faire plaisir à eux-mêmes. Jusqu'aux hommes célibataires qui ont juré fidélité à notre sainte Mère, notre institution apostolique. Ils ne font pas que s'en prendre aux jeunes vulnérables.

Le combat ne cesse jamais... la lutte entre foi et raison.

«Ne vous êtes-vous jamais, pour votre part... jamais... écarté du droit chemin ?»

La question était formulée avec la confiance du damné. L'homme n'avait plus rien à perdre. En fait, je l'avais libéré d'un sentiment de sécurité pitoyable, corrosif, illusoire. Avant que je ne me présente à sa porte, il avait réussi à se convaincre qu'il pouvait passer inaperçu. J'avais mis un terme à cela. Le gamin a parlé, lui avais-je dit, et je le crois. Il ne s'agit pas de confronter sa parole à la vôtre. Il s'agit de limiter les dégâts.

Son visage révélait tout ce que j'avais besoin de savoir. Il en était désormais réduit à l'instinct primordial. Accuser l'accusateur, l'une de leurs tactiques les plus efficaces.

« Je parierais là-dessus. Vous aussi, vous avez des squelettes dans le placard, avait-il lancé.

— Là n'est pas la question. »

Piètre, piètre réponse. Je sais. Pitoyable, d'une certaine manière. Mais, en de telles circonstances, il ne faut pas tomber dans les pièges qu'ils vous tendent. Ils veulent vous entraîner en un lieu où il n'y a plus ni certitudes ni règles, où les luttes se gagnent purement grâce à l'inventivité.

« Dites-le-moi, avait-il insisté. Et n'essayez pas de vous en tirer par une pirouette. Dites-moi, en me regardant droit dans les yeux, que vous n'avez jamais, pas une seule fois, senti la tentation vous tarauder. Homme, femme, enfant, animal… quelque chose, quelque part doit avoir éveillé l'instinct le plus naturel de *votre* être frigide.

— Ce qui importe, avais-je répliqué, c'est que nous avons fait un choix conscient.

— Ah, allons donc », avait-il fait avec un geste impatient.

J'avais continué de marteler. On nous l'avait dit dès le départ. Explicitement. Choisissez entre les désirs du monde et une vie de sacrifices et de service. Personne n'a jamais prétendu que ce serait facile. En fait, on nous a dit que ce serait dur. Vous vous êtes avancé… avez accepté l'ordre…

« Mais on ne nous a pas dit à quel point ce serait dur », avait-il repris.

J'avais tenté de déchiffrer son expression afin de déterminer s'il était conscient du double sens. Il avait les yeux d'un joueur de poker. J'avais résolu d'ignorer le commentaire.

« De toute façon, avais-je rétorqué, ce n'est pas une question de droit canon. Cela relève du Code criminel. Vous pourriez vous trouver en plus mauvaise posture que vous l'êtes, là, devant moi. Remerciez le ciel que je ne sois ni un avocat ni un policier. Pire encore… si son père vous mettait la main dessus… Vous devriez fichtrement remercier le ciel. »

Il avait éclaté de rire, s'était frappé le front d'un geste théâtral. « Oh, oh. Là, je comprends. Voici une situation qui pourrait normalement être réglée par un passage à tabac ou, mettons, quelques années au pénitencier de Kingston. Et vous… par la vertu de votre compassion naturelle, vous allez m'épargner cela. Vous allez simplement me faire disparaître. Comme un magicien. *Pouf.* Oh. Merci beaucoup.»

Je pense qu'il s'était rendu compte qu'il était allé trop loin, s'était laissé emporter par un apitoiement qui a invariablement raison de la logique.

Je m'étais contenté de le regarder, le laissant absorber tout cela.

«Très bien, avait-il fini par dire. N'y allons pas par quatre chemins. Ce n'est pas comme si j'étais gai ou quelque chose du genre. Ce n'est pas comme si j'étais une pédale… comme si ça allait être un problème à long terme.

— Qu'est-ce que le fait d'être gai a à voir avec ça?

— Oh, monsieur est progressiste, tout à coup. Monsieur fait dans la rectitude politique. Allons donc. C'était une erreur idiote. Je regrette.

— C'était une série d'erreurs idiotes.

— Arrêtez deux minutes, pour l'amour de Dieu… Il était à la recherche de quelque chose. J'étais là, c'est tout. Je traversais une mauvaise passe, mentalement. Qui est la victime?

— C'est un gamin, pour l'amour du Christ, avais-je lancé. C'était encore presque un enfant quand vous l'avez approché la première fois. Vous l'avez exploité.

— Exploité? Je l'ai exploité? Avez-vous idée de la façon dont ç'a commencé? Je l'ai serré dans mes bras. C'est de là que c'est parti. Mais il était consentant. Vous l'avez vu. C'est un homme, pour l'amour de Dieu – peu importe l'âge qu'il a. Je l'ai serré dans mes bras. Il m'arrive souvent de serrer les gens dans mes bras quand j'ai l'impression qu'ils en ont besoin. Des gens qui grandissent comme j'ai grandi, sans recevoir la chaleur et l'amour dont ils ont besoin à la maison. On est passés de ça à une branlette. Ce n'est pas tout le monde qui a la chance que vous avez manifestement eue. Grandir en sécurité… bien entouré. Se faire serrer dans les bras. Être pétri de certitudes morales.

—Va chier», avais-je dit avant d'avoir eu le temps de me ressaisir.

Il avait détourné le visage, mais pas avant que je l'aie vu sourire.

†††

De mon salon, je peux voir au pied de la colline, juste en bas de la route, la nouvelle construction que l'on a érigée en remplacement de la vieille structure en bois à l'allure de grange où nous réalisions nos fantasmes enfantins il y a si longtemps, disciplinant nos désirs et nos envies dévorantes pour les exprimer par l'entremise de la danse. Rien à voir avec la simulation de coït qui passe pour de la danse de nos jours. La musique du violon exprimait les passions, et l'énergie physique des gigues et des rigodons éloignait les démons. On dansait pour le plaisir.

«Pour votre part, vous êtes-vous déjà… écarté du droit chemin?»

La réponse résonne dans ma mémoire. Je sens à nouveau le frémissement.

Sextus était venu à moi et m'avait annoncé: «Tu vois les deux filles, là-bas? Je les ai déjà approchées.

— Alors, qu'est-ce que je suis censé faire?

— Faire? Fais ce que mère Nature te dit de faire.»

Dans la voiture, l'épaule de la fille pressant fermement à l'intérieur de mon aisselle, j'avais ressenti une curieuse faiblesse qui frôlait la nausée. Je me souviens d'avoir pensé: C'est censé être excitant.

Sextus m'avait averti: «Ne m'attends pas avant au moins une heure. Pour le reste, à toi de jouer.»

Il avait cligné de l'œil. À la radio de l'auto, Elvis Presley chantait une nouvelle mélodie, *Treat Me Like a Fool*, comme s'il n'en pensait pas un mot.

La fille qui accompagnait Sextus serrait une couverture dans ses bras tel un enfant et me souriait. Et puis ils avaient disparu sur la grève.

Et si le salaud avait raison? Le problème, c'est le célibat. Le célibat n'est pas naturel et entraîne des comportements qui ne sont pas naturels non plus. Le Nouveau Testament se révèle à cet égard remarquablement peu utile. Quelques vagues références qui peuvent être invoquées pour défendre l'un ou l'autre point de vue. L'un des «clients» est allé jusqu'à tenter d'argumenter avec moi. Je me souviens qu'il avait sorti un livre, comme s'il s'était attendu à recevoir ma visite: «La reproduction est une fonction primaire, un droit inaliénable… qu'aucun vœu ne doit réprimer.» Il semblait tellement sûr de lui: essayer de réprimer des besoins fondamentaux mène à la maladie mentale ou, à tout le moins, à des comportements déviants.

Je n'avais pas de réponse. Juste un dossier contenant un billet d'avion et une lettre de présentation pour le chancelier à Toronto. L'itinéraire pour se rendre à un endroit du nom de Braecrest. Peut-être étais-je incapable de répondre parce qu'une part de moi était d'accord avec lui.

J'avais compris que cela était dangereux.

Quand nous nous étions retrouvés seuls, elle s'était inclinée vers moi et, son petit visage sérieux levé, elle avait soufflé : «J'ai entendu dire que tu allais devenir prêtre.»

La chaleur m'était montée aux joues. Elle sentait le parfum et la gomme à mâcher Juicy Fruit.

«Je ne sais pas, avais-je répondu, choqué par ma fausse ambivalence. Où est-ce que tu as entendu ça?»

Elle s'était contentée de détourner les yeux, distraite par la nuit, le doux murmure de l'eau léchant la pierre, un petit bruit de gravier.

«Qu'est-ce que tu veux faire? l'avais-je questionnée, voulant par là demander ce qu'elle voulait faire dans la vie.

— Pourquoi est-ce que tu ne m'embrasses pas tout simplement», avait-elle répondu.

Je l'avais regardée en songeant : Ça devrait aller. Pas de danger de ce côté-là. Et je m'étais penché vers elle.

Elle s'appelait Barbara.

Ça semblait tellement spontané, comme si tout cela était prédéterminé par quelque code primitif. Le baiser, où poser la main. Le souffle qui s'accélère. Des gestes nerveux, furtifs, des corps qui épousent des configurations primales comme s'ils étaient programmés par une puissance supérieure.

«Barbara, avais-je chuchoté.

— Hmmmm», avait-elle fait.

J'avais songé : C'est naturel. C'est ainsi que tout commence. Toute vie. C'est ainsi que l'espèce a survécu aux obstacles de l'histoire de l'humanité. C'est une bonne chose que j'en aie une expérience concrète. Nous réprimons cela à nos risques et périls.

Mais j'avais alors entendu un hoquet qui était presque un sanglot. Une brise fraîche avait soufflé entre nous telle une barrière. Et puis elle s'était rassise et avait regardé par la vitre de la voiture. Je m'étais dit qu'elle avait l'air troublé. La nuit du mois d'août était bleu pâle.

«As-tu entendu quelque chose?

— Je ne crois pas», avais-je menti.

Elle était redevenue silencieuse, avait de nouveau tendu l'oreille. «J'imagine que tu es fâché contre moi, avait-elle fini par dire.

— Non, non, non.

— Tout le monde pense... automatiquement... que je...

— Pas moi, avais-je protesté.

— Oui, toi aussi. Je sais ce que tout le monde dit à mon sujet. C'est pour ça que vous nous avez emmenées ici. Qu'est-ce que tu crois qu'ils font, là-bas?» Elle m'observait, pitoyable. «Je voudrais que tu sois vraiment un prêtre.

— Vraiment?

— Comme ça, je pourrais te faire confiance. Je pourrais au moins te parler.»

Le regret vient par vagues, comme sur la grève la ligne des eaux qui sans repos soupire et chuinte après le passage d'un lointain navire. Je me tourne vers la bibliothèque et mes vieux journaux, gardiens muets de mes secrets. J'en descends un. L'ouvre au hasard.

22 avril. après, elle a pleuré, pleuré, pleuré. mais quand j'ai voulu la consoler, elle m'a dit qu'elle était heureuse. elle a dit : ce sont des larmes de joie...

On frappa à la porte et Bobby O'Brian m'appela depuis la cuisine. J'allai à sa rencontre. Il se tenait là avec son fils, Donald, et me tendait un paquet.

«Un gâteau aux fruits, annonça-t-il. De la part de ma femme. La recette traditionnelle, avec du brandy. Il n'y a presque plus personne qui le prépare comme elle de nos jours. Je pense que vous avez déjà fait la connaissance de ce jeune homme. Donald.»

Nous avons tout de même échangé une poignée de main. Il souriait. La nervosité que j'avais remarquée la dernière fois que je l'avais vu s'était évanouie.

«Je me demandais si vous aviez quelques minutes, commença Bobby. Il y a quelque chose dont nous voulions vous parler. Quelque chose que nous aimerions que vous fassiez pour nous.»

Je les invitai à me suivre dans la salle de séjour.

«Je te laisse la parole, dit Bobby à son fils, lequel se racla la gorge et plongea les mains profondément dans ses poches.

— J'ai beaucoup réfléchi, déclara Donald. À la manière dont je veux passer le reste de ma vie. Ce que je veux faire, à long terme. Et je suis pas mal convaincu… que je veux devenir prêtre. Essayer, en tout cas.»

Je m'efforçai de ne pas avoir l'air surpris. J'avais davantage l'habitude de les voir partir, ou de les inciter à s'en aller avant qu'ils ne deviennent un fardeau pour nous tous.

«Quand as-tu décidé cela?

— J'ai toujours eu cette idée derrière la tête.

— Il a toujours été différent des autres gamins, expliqua fièrement Bobby. Je ne l'ai jamais encouragé ni dissuadé. C'est le genre de choses dont on rêve, mais l'expérience nous enseigne qu'on n'a pas d'influence là-dessus.

— Je suis sûr que tu y as bien réfléchi, dis-je à Donald.

— Oui, répondit-il avec ferveur.

— Mais tu dois avoir des questions.

— Des centaines. Peut-être qu'on pourrait se reparler. Seul à seul.

— On peut se reparler aussi souvent que tu le voudras», promis-je.

Il avait besoin d'une lettre de présentation pour l'évêque. Je dis que je lui en écrirais une et nous nous serrâmes la main de nouveau.

Après leur départ, je restai un long moment assis à laisser mon regard errer sur les champs gelés. Le jour terne et crayeux commençait à tomber. À ce temps-ci de l'année, on peut voir l'obscurité glauque s'élever comme un sédiment et salir la lumière du jour. Que dirai-je à ce Donald O'Brian? Que lui révélerai-je sur l'isolement? Sur le combat contre la spéculation oisive, ou pire? Sur la douleur de l'impuissance personnelle? La stérilité du pouvoir moral à une époque de célébrité séculière? Des luttes que je ne connaissais pas avant de devenir prêtre, ou alors abstraitement, et que j'étais capable de minimiser et de reporter à plus tard. Vivre seul, mais sans vie privée. Le fardeau de la confiance dénuée d'intimité. Regarder les nuits sans fin naître des cendres éparses d'innombrables journées solitaires. Lutter contre des rêves d'ordinaire.

Quelle part de tout cela devrait-il connaître, et quelle part de lui et de ses défis secrets devrions-nous connaître?

Je me versai un verre.

Et je me rappelai le père Roddie, le philosophe, et les paroles qu'il avait prononcées quelques jours avant mon ordination. Personne n'est parfait dans cette vie, mais nous devons montrer, par l'exemple, comment gérer les imperfections.

Le père Roddie ne m'a cependant pas révélé l'arme secrète pour gérer l'imperfection. J'ai dû l'apprendre par moi-même. J'ai dû apprendre l'hypocrisie tout seul.

La veille du jour de l'An, Stella téléphona, s'informant de mes plans pour la soirée. J'eus un petit rire. Pas de plans. Demain, c'est dimanche. Je travaille.

« Si tu n'as rien de mieux à faire, tu peux passer prendre un verre », dit-elle.

Je répondis que j'allais y penser.

La veille du jour de l'An. La fin de 1994. Après la messe du soir, je décidai de marcher jusque chez elle. Je songeai à couper par le champ derrière l'église, mais la présence possible de bancs de neige m'a fait reculer, aussi ai-je pris le chemin le plus long, suivant l'autoroute avant de monter la route de la montagne pendant environ un kilomètre. Il y a des années, dans un autre pays, j'avais marché de la sorte, ignorant encore les périls que recèlent les perceptions des autres, marché vers la chaleur de l'hospitalité, inconscient du danger qu'elle pouvait présenter.

Elle regardait la télévision. Il y avait un verre de vin près d'elle, mais aussi une bouteille de scotch dans l'armoire. Je m'en versai, irrité par la nervosité qui s'empare invariablement de moi dans de tels moments. J'enviais Sextus, et toutes ses certitudes. Je me servis un verre plus généreux que je ne l'aurais fait normalement.

« Je m'attendais à une fête, dis-je, et je le regrettai aussitôt.

— Santé, répondit-elle. Il n'y a que toi et moi. J'espère que ça ne te gêne pas. »

Elle portait un jean et un épais pull à col roulé, et était pieds nus. Une occasion de péché ? Nous avons regardé la télévision en silence. Pendant une pause publicitaire, elle m'expliqua qu'elle avait conclu depuis longtemps qu'elle détestait les fêtes du Nouvel An et toute cette fausse gaieté.

Je tombai d'accord avec elle.

L'émission recommença.

La tension s'atténuait grâce à mon scotch.

Nous passâmes la soirée ainsi, assis dans de gros fauteuils, à siroter nos verres, riant de temps en temps à cause de la télé, nous aventurant brièvement dans de vastes spéculations, évitant les sujets où nous aurions risqué d'être en désaccord. La maison dégage de la chaleur, songeai-je. Une chaleur vivante, en partie due à la façon dont Stella l'avait décorée. Les meubles. Les lampes. Les carpettes. Douce et pleine.

Pouvait-il vraiment en être ainsi? Je devais prendre garde d'éviter de tout gâcher.

«J'aime ta maison, dis-je.

— Merci.

— Il est question d'un nouveau presbytère.

— J'en ai entendu parler. Qu'en penses-tu?

— Ça m'importe peu. Je ne serai sans doute pas là assez longtemps pour en profiter.

— Qu'est-ce que tu veux dire?» demanda-t-elle vivement. Je me sentis étrangement titillé par l'anxiété que je percevais dans sa voix.

«Tu sais ce que c'est. Comme dans l'armée. On est tout le temps transféré.

— Pas nécessairement. Nous nous attendons à un engagement de ta part.

— Depuis quand est-ce que l'engagement du curé te tient à cœur? lançai-je d'un ton badin.

— Touché», dit-elle en levant son verre de vin.

À minuit, nous portâmes un toast à l'année qui s'amorçait et pendant un instant je songeai à la prendre dans mes bras. Dans une étreinte fraternelle, bien sûr. Mais je me ravisai par peur du malentendu. Ça peut commencer aussi simplement qu'en serrant quelqu'un dans ses bras.

«Je bois à l'an 1995 et à tout ce qu'il amènera.

— Toutes sortes de joies, renchérit-elle. J'ai un bon pressentiment pour 1995.»

Avant de partir, je mentionnai que j'avais reçu la visite des O'Brian, Bob et Donald.

«Ah. Ils sont venus te parler.

— Oui. Manifestement, tu sais pourquoi. »

Il y eut un long silence tandis qu'elle étudiait ce qui restait de son verre. « Un dernier pour la route, peut-être ? » Elle sourit.

« Ça va. »

Elle soupira. « Donald m'a dit, le soir de Noël, qu'il espérait te parler. Il était inquiet.

— Inquiet ! » J'ai ri. « Je ne vois pas pourquoi.

— Parce que tu l'as surpris en train de fumer un joint.

— Pense-t-il vraiment que, après toutes les années que j'ai passées à l'université, l'odeur de la marijuana me choque ?

— Bien sûr, tu te rends compte qu'il y a autre chose, dit-elle.

— Oh ? Et qu'est-ce que ça peut bien être ? »

Elle me dévisagea pendant un moment avant de reporter son attention sur le verre de vin, qu'elle inclina, faisant tournoyer le liquide consciencieusement. « Il est probablement gai. »

Je ris. « Qu'est-ce qui te fait croire ça ? »

Elle rougit. « C'est une impression que j'ai, c'est tout.

— Eh bien. Nous avons tous nos petits défis à surmonter. »

Je peux encore la voir pencher la tête de côté, sceptique, puis détourner le regard et sourire comme à un tiers invisible ailleurs dans la pièce.

Le temps était venu de partir, mais je m'attardais à la porte.

« Je suis contente que tu sois venu, me confia-t-elle. C'était la veille du jour de l'An la plus agréable que j'aie passée depuis des années.

— Oui, approuvai-je. Depuis des années. »

Je voulais en dire davantage. Mais j'ai brièvement attrapé sa main puis l'ai laissée, j'ai tourné les talons et je suis parti.

Il y avait un message sur mon répondeur. Effie et Sextus, qui me souhaitaient une bonne année et me demandaient si j'avais eu des nouvelles de John.

Assis seul dans mon salon plongé dans la pénombre, mon deuxième grand verre de whisky à la main, je me suis rendu compte qu'il me faudrait un jour tout leur dire. Sans doute pour mon propre bien.

29 avril. après la messe, ce matin, un homme posait des questions sur alfonso. type sympathique. bien vêtu. l'ai vu souvent à la messe. il y assiste tous les jours. parle un très bon anglais. dit qu'il a déjà été représentant régional pour coca-cola. a dit combien il admirait alfonso pour ses homélies sur la justice. calero, son nom. il dit qu'il est devenu officier de police. à cause de la direction qu'avait prise le pays.

10

En janvier, on ne peut repousser la réalité de l'hiver et ses trahisons ordinaires. On a l'impression que l'été et son joli frère, l'automne, sont disparus à jamais. On a le sentiment d'avoir été personnellement abandonné. C'est à ce moment que l'on se tourne vers l'intérieur dans l'espoir de trouver là quelque réconfort.

Tel était mon message du premier janvier de l'an 1995. Il me semblait que c'était une réflexion appropriée sur le sens de la naissance de Jésus et l'espoir éternel que son arrivée a entraîné parmi nous. L'extraordinaire promesse qui nous aide à traverser les jours sombres jusqu'à l'illumination de la Pentecôte et à la renaissance du printemps. Et la promesse que nous connaîtrons un jour un été sans fin. *Et cetera.*

Après, le jeune Donald O'Brian m'a dit que c'était super.

Quatre jours après le Nouvel An, Sextus m'a téléphoné pour me dire qu'il avait été tenté de partir avec Effie quand elle était rentrée à Toronto après son congé de Noël. «Maintenant je regrette de ne pas l'avoir fait. Je me suis habitué à l'avoir autour de moi. La maison n'est plus la même sans elle. Je ne comprends pas comment tu arrives à te débrouiller de la sorte, tout seul. Ce n'est bon pour personne. Toi, moi, notre copain, là-bas, à la vieille maison.» Puis, après une pause : «Au fait… si tu en as l'occasion, tu devrais aller prendre des nouvelles de John. Je pense qu'il a recommencé à boire.»

On frappa poliment à la porte avant que j'aie eu le temps de répondre. C'était le jeune O'Brian. Je dis à Sextus que je le rappellerais.

«Je pars demain, m'expliqua Donald. À Antigonish… Je me demandais…

— Ah oui, tu tombes à pic. »

Je venais justement d'écrire sa lettre pour l'évêque. Deux brefs paragraphes. Il était membre de la paroisse, baptisé et confirmé, histoire scolaire et familiale impeccable, famille solide, père impliqué dans les activités de la paroisse, etc.

Je l'invitai à entrer et à s'asseoir.

« Quand tu arriveras, tu n'as qu'à appeler au bureau. Il t'attend.

— Ah. »

Il avait l'air surpris.

« Quand j'étais dans l'armée, me dit l'évêque, ceux qui ont passé le plus mauvais moment étaient deux hurluberlus qui ne se quittaient jamais. Tout le monde a fini par les connaître. On ne les voyait jamais faire quoi que ce soit, mais on savait. On pouvait sentir les atomes crochus. »

À ce stade, je me contentais d'écouter.

« C'est drôle, comme on peut savoir. Il y a des gens capables de repérer à des kilomètres quelqu'un qui ne rentre pas dans le moule. Je me dis toujours qu'ils ne font de mal à personne. Mais tu peux comprendre que certains soient rebutés, qu'ils aillent jusqu'à se montrer hostiles. Ces deux pauvres types, dans l'armée… ils en ont vu de toutes les couleurs. » Il faisait tourner son verre, distrait tout à coup par les glaçons qui fondaient. « C'est un endroit où on ne s'attendrait pas du tout à les trouver, l'armée. » Il eut un petit rire. « Bien sûr, il y avait la guerre.

— Et dans la prêtrise ? Vous étiez-vous jamais attendu à tomber là-dessus dans la prêtrise ?

— Ahhhhh. Je n'aime pas y penser. D'un point de vue statistique, j'imagine que c'est inévitable. Et je suppose, théoriquement, que ça n'a pas d'importance, pas vrai ? Nous sommes tous plus ou moins des eunuques de toute façon. »

Il était impossible de savoir s'il blaguait.

« Pourquoi parlons-nous de cela, au juste ? » Pendant un instant, il sembla perplexe.

« Nous étions en train de parler d'O'Brian. Je ne suis pas sûr de voir le rapport… avec ces types, dans l'armée.

— Oui. O'Brian. Je l'ai vu, reprit l'évêque. Jouer du piano. Vous ne trouvez pas qu'il a l'air légèrement… efféminé ? On dirait qu'il est un peu poignet cassé, vous ne trouvez pas ? Pas que ça veuille dire quoi que ce soit.

— Je ne m'en ferais pas trop avec ça.

— Il a du talent, pas de doute. Doué pour la musique. Nous n'en avons pas de trop.

— Son père est le cœur et l'âme de la paroisse.

— C'est bien. Qu'est-ce qu'il lui faut ? »

Donald dit : « Aussi bien l'avouer, ça me rend un peu inquiet.

— À ta place, je ne m'inquiéterais pas, le rassurai-je. Ce n'est pas un crime si tu changes d'avis plus tard. »

Il ne répondit pas.

« Peut-être que tu me l'as déjà dit, mais à quel moment as-tu commencé à songer sérieusement à la vocation ?

— C'est une idée que j'ai derrière la tête depuis des années. Dites-moi quelque chose. Vous êtes prêtre depuis… combien de temps, maintenant ?

— Ça va faire vingt-sept ans.

— Vous avez vu toutes sortes de curés. En avez-vous déjà vu un qui s'approchait de… l'idéal ?

— Oui. Juste un. »

Il attendait, je suppose, que je donne des détails. Comme je n'en faisais rien, il dit : « C'est bon. Vous êtes chanceux. »

1ᵉʳ mai. alfonso est parti. ce soir, jacinta est venue me rendre visite pour que nous discutions en espagnol, elle ne s'était pas rendu compte que nous étions seuls. je lui ai demandé si elle voulait rester. j'ignore ce qui m'a pris. elle était choquée. je suis un imbécile.

† † †

Assis dans sa cuisine, vêtu d'une veste épaisse, John regardait droit devant lui. Il avait la barbe longue, le visage pâle, sillonné de rides profondes, les yeux creux plongés dans l'ombre. Il avait vieilli depuis la dernière fois que je l'avais vu, à la fête d'anniversaire. Il tourna la tête lentement, l'air de se concentrer. J'étais debout sur le seuil.

«Hé-hé», fit-il. Il avait un sourire chaleureux. «Je pensais justement boire une goutte.» Un paquet de cigarettes ouvert était posé sur la table. «Tu voudras peut-être te joindre à moi.»

Son élocution prudente et ses gestes affectés me laissaient deviner qu'il avait déjà bu une goutte, et davantage. Je restai debout où j'étais.

«Eh bien, tu vas entrer ou non?

— Les gens s'inquiètent», dis-je.

Il me regarda un moment, puis il rit. «Si c'est pas merveilleux.»

Je me débarrassai de mon manteau. «Je vais préparer du thé.

— Fais comme chez toi. Ou chez moi. Peu importe.» Il eut un geste pour attraper la bouteille au milieu de la table. Sa main tremblait. Puis il laissa échapper un long pet sonore. «Pardon.

— Ce n'est rien.

— C'est tout l'humour que connaissait le paternel, dit-il.

— Depuis combien de temps ça dure?

— Il lâchait un pet, et puis il disait: "C'est mieux que ça sorte par là que par les yeux." Ou bien: "Parle encore, ô bouche sans dents."

— John, depuis combien de temps ça dure?» répétai-je.

La pièce sentait mauvais, l'évier était plein de bols sales. Manifestement, il vivait de céréales, de rôties et de scotch.

«Allez, fit-il. C'est Noël.

— Noël, c'était il y a deux semaines.

— Tu ne me dis pas.» Il leva son verre: «Je bois aux filles de Toronto… on dit qu'elles ne connaissent pas la hont-o…»

Je tendis la main pour prendre le verre, mais il l'éloigna d'un geste vif.

«Fais pas ça», grogna-t-il. Et pendant un instant, je vis son père assis là, Sandy Gillis, sombre et dangereux.

Je me tournai vers la cuisinière pour laisser passer le moment.

«Alors, finit par articuler John. J'ai entendu dire qu'elle est venue pour Noël. Faye de Toronto.

— Ça fait longtemps qu'elle ne se fait plus appeler Faye. Et, oui. Elle est restée en ville cette fois.

— Je suppose, marmonna-t-il en tirant sur sa cigarette, que ce serait compliqué d'ouvrir la vieille maison à ce temps-ci de l'année.

— Ce n'est pas très bon pour le jogging», dis-je en montrant la cigarette d'un geste de la tête.

Il rit, fit tomber la cendre dans une soucoupe. « D'où ça venait, tu crois, ce nom de Faye ?

— C'était juste une phase. Elle était jeune. Elle se cherchait une nouvelle identité.

— Elle a eu son lot de phases, répliqua-t-il en rotant bruyamment.

— On dirait que tout ça te dérange. Qu'il soit revenu dans sa vie. Qu'elle fasse des séjours ici.

— Ça ? Christ, non. Je suis un homme moderne, moi. »

La bouilloire siffla. Je marchai vers la cuisinière.

« Je n'ai jamais cru que je vivrais assez longtemps pour la voir remettre les pieds dans cette vieille maison, continua-t-il.

— Où ranges-tu le thé ? »

Il fit un geste en direction d'une porte d'armoire. « Elle m'a dit des trucs, dans le temps, quand nous étions… jeunes. C'était pas mal troublant. » Il réprima un autre rot. « J'ai fait des choses dont je ne suis pas très fier. À cause de trucs qu'elle m'a dits. Pas que je la blâme pour quoi que ce soit.

— Je sais ce que tu veux dire. Nous avons tous…

— Non, tu ne sais pas. Personne par ici n'a aucune christ d'idée. »

J'ai versé du thé dans une tasse que j'ai déposée devant lui. Il l'a regardée comme s'il se demandait ce que c'était.

« Je vais m'en remettre, ajouta-t-il. En temps et lieu. » Il se parlait à lui-même, comme si j'étais déjà parti. « C'est fou comme on se démolit les uns les autres. »

Et puis il a fait tomber la cendre de sa cigarette dans la tasse de thé.

11

Le jeune Danny MacKay était en chute libre, à en croire Stella.

« Il faut que tu lui parles, me dit-elle. Ses parents ne savent plus à quel saint se vouer. Et il n'y a rien de pire que le stress pour la sclérose en plaques de son père.

— Quel est le problème ?

— Il a des sautes d'humeur. Il agit bizarrement. A des explosions de violence verbale, même à la maison. On raconte qu'il se bagarre en ville.

— Ça ressemble à une crise d'adolescence.

— Ils veulent *vraiment* que tu ailles lui parler.

— Ce n'est pas *vraiment* à moi de le faire. Il vit dans la paroisse de Mullins.

— Mullins, renifla-t-elle. Mullins est l'une des raisons qui font que l'Église ne sert plus à rien pour ceux qui en ont le plus besoin.

— Allons », fis-je.

Elle débarquait certains soirs sans prévenir, avec de quoi souper. Restait bavarder en buvant un verre. Et quand le froid et le silence qui semblaient parties intégrantes du vieux presbytère me donnaient le cafard, je me dirigeais instinctivement vers sa chaude et accueillante maison.

« Les gens jasent sans doute, a-t-elle dit une fois avec un sourire décontracté. Tu devrais faire taire les ragots en rendant visite à d'autres personnes aussi.

— Tu crois que ça marcherait ?

— Ça ne coûte rien d'essayer. »

Ses yeux gris ne cillaient pas et je voyais qu'elle attendait que je poursuive cette prudente conversation. J'ai souri.

Elle détourna le regard. «Pauvre Danny. Et puis il y a sa relation avec Sally. Elle m'inquiète, et ses attentes aussi. Certaines personnes sont incapables du genre d'engagement dont Sally a besoin. C'est une chose qu'on apprend uniquement avec l'expérience. Quelque chose qu'on apprend le plus souvent quand il est trop tard. Après l'échec.

— Est-ce qu'il venait d'ici ou… de là-bas? Ton échec.

— De là-bas, répondit-elle sans marquer de pause. Je ne sais pas si tu comprends cela… à propos de l'engagement…

— Bien sûr que oui. Bien sûr que oui.» Enfin, je demandai : «Qui était-ce? Ton… échec.

— Lui? Personne d'important. Un gars de la Marine. Je l'ai rencontré à Halifax. Il m'a persuadée de déménager à Toronto. C'est une vieille histoire. On voyait ce qu'on voulait bien voir. On n'a pas vu l'évidence, avant qu'il ne soit trop tard.»

J'ai attendu, mais apparemment il n'y avait rien d'autre qui vaille la peine d'être dit. Puis elle rit nerveusement.

«Mais je me sens en sécurité avec toi», me confia-t-elle.

Ils débarquèrent sans prévenir. Si Danny était en chute libre, il n'en laissait rien paraître. Il semblait tranquille et plein de confiance. Sally se confondait en excuses. Ils n'arrivaient pas à s'entendre sur quelque chose, expliqua Danny, et comme ils me voyaient tous deux comme un adulte facilement approchable, il avait suggéré de me soumettre la question. Il s'était dit que je ne m'en formaliserais pas.

«C'est comme si on était un peu parents, de toute façon, lança-t-il d'un ton jovial. Vous êtes propriétaire de mon vieux bateau, tout ça. C'est comme si vous étiez marié à mon ex, dans une de ces… ententes à l'amiable que les gens ont de nos jours. Je peux passer quand le cœur m'en dit… pour voir les enfants.»

Il riait à ce moment-là, et je soupçonnai qu'il avait bu, ou qu'il avait pris de la drogue. Je les invitai à entrer. J'étais content de les voir, peu importe ce qui les amenait.

«C'est le genre de trucs dont on parlait, expliqua-t-il. La vie, à long terme. Je me suis dit que, au train où allaient les choses, il nous faudrait un arbitre.

— Oh, franchement, protesta Sally. On ne devrait pas déranger le pauvre père. Il a plus important à faire.»

Je leur dis que j'étais en train de mettre de l'eau à bouillir pour le thé. Ils manifestèrent tous deux de l'intérêt.

Ils avaient toutefois changé d'humeur quand je revins de la cuisine. Assis près de la fenêtre, toujours vêtu de son manteau, il contemplait la baie en mâchant doucement une gomme tandis qu'elle étudiait les photos sur le manteau de cheminée. Elle descendit celle de Puerto Castilla.

« C'était vous ? demanda-t-elle.

— Oui, il y a longtemps.

— Et des amis à vous ?

— Oui. C'était une autre époque, un autre monde.

— Oh. Où est-ce que c'était ?

— Au Honduras. Dans les années soixante-dix.

— Je ne savais pas. Ç'a dû être fantastique. »

Je haussai les épaules.

« Et êtes-vous toujours en contact ?

— Non, il y a longtemps que je n'ai pas eu des nouvelles… d'elle. »

Je remarquai que ma main tremblait tandis que je pointais le doigt, mais Sally semblait subjuguée par notre jeunesse.

« Et lui ? » Elle regardait Alfonso. « Il est mignon. Qu'est-ce qu'il est devenu ?

— Eh bien, dis-je en me raclant la gorge. C'est une histoire assez triste, ce qui lui est arrivé. Il est mort.

— Mon Dieu, souffla-t-elle. Si jeune. »

Sur ces mots, je lui pris la photo des mains pour la reposer sur la cheminée. « Il m'a enseigné des leçons importantes. Sur la manière dont il faut vivre. L'une de ces leçons consiste à profiter au maximum de chaque instant. Savoir ce que l'on veut. Ne pas quitter la balle des yeux. »

Pure foutaise, je le savais, mais c'était une façon de reporter l'attention sur eux. Elle écoutait attentivement. Même lui, qui continuait de regarder par la fenêtre, paraissait intéressé. Apprendre inopinément la mort d'une personne produit cet effet. Cela capte l'attention, ne serait-ce que pour un instant. Il était profondément avachi dans son fauteuil, les mains dans les poches de son manteau.

« Excusez-moi le temps que j'aille chercher le thé », fis-je.

«Alors, où en étions-nous, demandai-je en déposant le plateau, avant de nous laisser distraire par de l'histoire ancienne?

— Je ne sais pas, répondit-elle. C'était Danny qui voulait venir.»

Il s'éclaircit la voix, sortit les mains de ses poches. «Ce n'est pas tout à fait vrai. Pourquoi tu ne lui dis pas de quoi on parlait avant que tu mêles l'Église à tout ça?»

Il y eut un lourd silence. On pouvait lire dans son regard qu'elle se sentait trahie.

Il se leva, s'approcha du plateau, prit une tasse. «Vous savez, je connais plein de couples de notre âge qui se sont mariés et, après un an, tout ce qu'on entend dire, c'est qu'ils sont malheureux comme les pierres. Qu'ils se sentent pris au piège…

— Ça n'a rien à voir avec nous, et je suis sûre que monsieur le curé est déjà au courant de tout ça.

— Peut-être que oui, peut-être que non, dit-il. Tout ce que je sais, c'est que je vois ce qui arrive aux gens quand ils se marient et se casent trop vite, avant de savoir ce qu'ils veulent vraiment …

— C'est juste une façon de se défiler», affirma-t-elle. Puis elle me regarda en face. «Ce qu'il veut dire, c'est qu'on devrait simplement… vivre ensemble, sans se marier.

— Juste temporairement, précisa-t-il. Je ne suggère pas qu'on vive en concubinage, ou un truc du genre. Je parle simplement de s'engager… petit à petit.

— Il parle de s'accoter, dit-elle avec un sourire blessé. Appelez ça comme vous voulez, c'est vivre accotés.

— Eh bien, on ne serait pas les premiers, pas vrai?»

À ce moment-là, ils me regardaient tous les deux.

«Le mariage repose sur l'engagement», prononçai-je, cherchant quelque chose d'original à ajouter. Dans le doute, posez une question.

«Mais je ne suis pas sûr de comprendre le problème. Vous êtes tous les deux si jeunes. Vous vivez tous les deux chez vos parents… suffisamment près pour vous voir quand bon vous semble, d'après ce que je comprends. Si vous avez des doutes quant à un engagement formel… pourquoi pas…» Et je laissai un petit rire conclure ma pensée.

Ils me dévisagèrent avec une expression vide.

«Pourquoi ne pas simplement laisser les choses telles quelles? Le *statu quo* n'est pas exactement… intenable, non?»

Ils restaient muets.

«Et dans tous les cas… Je croyais que vous envisagiez les choses à long terme. Que vous n'aviez pas l'intention de faire le grand saut tout de suite.» Je haussai les épaules et j'attendis.

Enfin, elle prit la parole: «Vas-tu lui dire, ou c'est moi qui le fais?»

Il s'était à nouveau tassé dans son fauteuil, emmuré dans son silence. «Il n'y a rien de définitif, lança-t-il enfin.

— Il veut s'en aller, annonça-t-elle d'un ton las. Il veut partir dans l'Ouest. Et il veut que j'y aille avec lui. Et je dis qu'il faut qu'on se marie d'abord.

— Et je dis que ce serait courir à la catastrophe, rétorqua-t-il.

— Et je dis que je ne veux pas vivre dans le péché. Je ne veux pas être comme tous les autres. Je veux…

— Être exactement comme papa et maman, termina-t-il d'un ton railleur.

— Et qu'est-ce qu'il y aurait de mal à ça?

— Depuis quand songes-tu à partir?» demandai-je.

Il fit un geste évasif.

«Il ne parle de rien d'autre depuis Noël, fit-elle. Partir en Alberta.»

Je le regardai, attendant la suite.

«Il faut considérer toutes les options, dit-il. Plus j'y pense, plus cet endroit est fout… cet endroit est fichu.

— Je le talonne pour qu'il retourne à l'école, dit-elle.

— Tu me fais rire.

— C'est peut-être simplement parce que tu n'as rien pour t'occuper, proposai-je. Le nouveau bateau est presque fini, n'est-ce pas?» Il hocha la tête. «Une fois que la pêche reprendra et que tu retourneras en mer, tu te rendras compte combien l'Alberta est loin… et ce que tu perdrais au change.

— Le nouveau bateau, c'était une erreur, dit-il d'un air misérable. J'ai entendu dire qu'il était question de fermer le port. De déménager tout le monde ailleurs.

— Vraiment? Où ça?

— C'est encore au stade de discussions, pour l'instant. Pig Cove. Murphy's Pond. Ça n'a pas vraiment d'importance. Je vis ici depuis assez longtemps pour savoir que lorsqu'ils se mettent à parler de quelque chose dont on ne veut pas… on n'a qu'à bien se tenir.

— Je suis d'accord avec lui sur un point, fit-elle. Si on partait tous les deux, ce serait trop cher d'avoir chacun son appartement. On ne réussirait jamais à économiser assez pour revenir et recommencer à neuf. Ou avoir une maison à nous. On serait pris à l'étranger.

— Et tu penses qu'en restant ici, toi à travailler au Wal-Mart et moi à pêcher pour un salaire de misère, on va réussir à se faire une vie ?

— J'aimerais mieux vendre mon corps que de travailler chez Wal-Mart», déclara-t-elle. Puis elle eut un rire pitoyable.

«Vous voyez pourquoi il nous faut un arbitre, dit-il.

— J'ai bien peur qu'il vous en faille un plus sage que moi, répondis-je.

— De toute façon, lança-t-il en se levant brusquement, pourquoi est-ce qu'on ne dormirait pas tous là-dessus ? On n'a pas besoin de prendre de décision immédiatement.»

J'approuvai avec chaleur, soulagé par ce sursis inattendu.

Sally semblait assommée, mais elle se leva pour lui emboîter le pas.

En se dirigeant vers la porte, Danny s'arrêta près du manteau de cheminée et examina la photographie. «Qu'est-il arrivé à votre ami ?»

Je haussai les épaules. «C'était compliqué. Une époque compliquée dans un lieu compliqué.

— J'ai lu des trucs là-dessus, dit-il. Il a l'air d'un étudiant.

— Il était prêtre… tout un prêtre. Un jésuite.

— Et elle ?

— Elle était… infirmière, si on veut… diététicienne. Elle faisait davantage le boulot d'un médecin, dans les circonstances.

— J'imagine qu'il y a une histoire assez intéressante derrière cette photo.

— Bonne nuit», fis-je.

Ce n'était pas un prêtre que je connaissais très bien, ce qui rendait la perspective de ma visite un peu plus facile. Il m'a accueilli à la porte du presbytère, légèrement débraillé, trahissant des signes de stress. Même si l'on n'était que le matin, je pouvais sentir l'alcool. Peut-être de la veille.

«Vous savez pourquoi je suis ici, ai-je dit quand nous nous sommes assis dans son bureau.

— Je peux sans doute le deviner.» Il a allumé une cigarette et a joué avec l'allumette, qu'il a regardée brûler jusqu'à ce que la flamme ait presque atteint ses doigts. Pendant un moment, il a été distrait par la proximité du feu et de la chair. Puis il a secoué l'allumette et l'a laissée tomber dans un verre vide, a soupiré et voûté les épaules.

« Je suis au courant des ragots.

— Je crains que ce soient plus que des ragots.

— Je vois.

— Mais je veux entendre votre version des événements.

— À quoi bon. Je suis sûr que votre idée est déjà faite. »

Je me suis contenté d'attendre, comme j'avais appris à le faire. Quelque part dans le lointain, un camion d'incendie a démarré dans une effrayante cacophonie de sirènes et de klaxons tonitruants.

« On essaie de faire son job de façon proactive, a-t-il dit en triturant la cigarette. On finit par être fatigué. On fait des pieds et des mains pour s'impliquer auprès des jeunes. C'est là qu'il faut commencer, pas vrai ? Peut-être réussir à les intéresser à autre chose que la merde qu'ils regardent à la télé. Essayer de les impliquer dans la vie de la paroisse. Contribuer à en faire des citoyens. » Il a haussé les épaules. « Je regrette d'avoir même essayé.

— Vous semblez nier qu'il y a eu quoi que ce soit d'inapproprié dans vos relations avec… » J'ai fait un geste de la tête en direction du calepin que je tenais à la main, mais je ne l'ai pas ouvert.

« Je suppose que tout est écrit là-dedans, a-t-il grommelé en fixant le calepin. Tous les sales mensonges.

— Il y a cinq noms, chacun accompagné d'allégations précises. Je peux les énumérer. Mais je ne nommerai personne à moins que…

— Ce n'est pas nécessaire. Je sais qui ils sont et je sais ce qu'ils racontent.

— D'accord.

— Que savez-vous au sujet des cinq accusateurs ?

— Je sais ce qu'ils allèguent. »

Il a ri. *C'est tout ce que vous savez ?*

« Éclairez-moi, ai-je dit.

— Faites vos devoirs. Cherchez le dénominateur commun.

— Le dénominateur commun ?

— La drogue. Ce sont une bande de petits drogués. Différents des délinquants habituels – des gamins comme je l'étais, qui ont grandi dans les bas-fonds de la ville. Dans le coin des fours à coke, avec des types qui jurent, qui blasphèment et qui boivent. Ceux-là, dans votre calepin, sont une bande de petits béni-oui-oui, de petites tapettes de Boulderwood qui se sont fait pincer à prendre de la drogue et qui ont entrepris d'inventer des histoires pour se couvrir. Ils sont trau-ma-ti-sés. Ils me donnent envie de vomir. Mais assez de cela. Pourquoi êtes-vous ici ?

— Vous niez ce qu'ils disent ? » J'ai ouvert le calepin.

Il a ri et secoué la tête. «Depuis combien de temps êtes-vous prêtre ?

— Qu'est-ce que ça a à voir avec quoi que ce soit ? ai-je répliqué.

— Comment se fait-il que je ne vous connaisse pas ?»

J'ai haussé les épaules.

«Bien sûr, je vous ai déjà vu et j'ai abondamment entendu parler de vous. Mais vous êtes un des rares que je ne connaisse pas personnellement. Comment ça se fait, d'après vous ?

— Je pense qu'on s'éloigne un peu du sujet.

— Peut-être. Mais vous savez, il a été un temps où nous étions tous plus ou moins dans la même équipe. Frères, d'une certaine façon. Il fallait qu'il en soit ainsi. Nous nous couvrions les uns les autres. Quelqu'un faisait une gaffe, et le réflexe était de protéger l'institution. D'éviter le scandale. Nous sommes tous humains. Il arrive à certains d'entre nous de faire une erreur. Oh, on a tous connu le père Untel, le poivrot. Et le type qui baisait la femme d'un de ses paroissiens ou qui détournait de l'argent des missions pour couvrir un petit problème de jeu. Mais on n'entendait jamais parler d'eux en dehors de la sacristie.

— Où voulez-vous en venir ?

— Maintenant, c'est chacun pour soi, a-t-il dit en allumant une autre cigarette. Quelqu'un fait un faux pas, et tout de suite on sort l'artillerie lourde. Ça se retrouve dans les journaux, et on donne le type en pâture aux lions. On s'en débarrasse pour les éloigner… On ne voudrait pas qu'ils viennent fouiller dans nos tiroirs à sous-vêtements de peur qu'ils découvrent quelque chose sur le reste d'entre nous. Pas vrai ? Ce n'est pas comme ça que ça se passe ?»

Avant de partir, je lui ai dit la bonne nouvelle. Nous avions persuadé les familles de ne pas porter plainte formellement auprès de la police. L'affaire était close.

Il a détourné les yeux, parvenant à dissimuler tout élan de soulagement. Je savais que c'était de la frime et je me suis retenu pour ne pas l'attraper et le battre jusqu'à lui faire regretter son arrogance. Des souvenirs oubliés de mon père et de Sandy Gillis m'ont submergé. Pendant une courte seconde, je me suis demandé : Pourquoi ne puis-je être comme eux ? Un homme, pour faire changement. Comme je l'ai déjà été une fois, brièvement. Lui casser la figure. Me délecter de la vue, de l'odeur et du goût du sang.

«Ça ne change rien pour moi, a-t-il soupiré. Mais je vais vous dire que, quoi que vous en pensiez, je suis soulagé que le diocèse n'ait pas à essuyer un scandale et des dépenses inutiles. Quand tout ça a éclaté, j'ai cru que c'était une affaire d'argent. Un peu de chantage. Moi, bien sûr, je ne me serais pas gêné pour leur dire où ils pouvaient aller et j'espère que vous auriez fait de même.»

Je l'ai interrompu. «*Vous* allez à Halifax demain, de bonne heure. *Vous* serez sur un vol en direction de Toronto à neuf heures du matin. *Vous* trouverez à l'aéroport quelqu'un qui vous attendra pour vous mener à un endroit du nom de Braecrest. C'est un centre de traitement. Dans le pire des cas, ça vous permettra à tout le moins de vous occuper de votre problème d'alcool.

— Et après ?

— Nous verrons.» Je lui ai tendu le paquet de l'agence de voyages.

Il l'a accepté et l'a regardé pendant quelques instants. «Ce centre, Braecrest, a-t-il dit d'un ton las, il n'aurait pas par hasard un terrain de golf ?»

On était au milieu de l'après-midi quand je l'ai quitté, et la perspective de conduire jusqu'à l'université me déprimait. L'aciérie fonctionnait encore à l'époque, et les panaches rougeâtres flottant au-dessus des rangées de fours Martin semblaient m'appeler. J'ai roulé devant le Tar Pond, devant le vaste centre commercial de Prince Street, dans les rues miteuses de Whitney Pier. Et même si je n'étais pas venu depuis des années, j'ai trouvé sans mal. Les résidus de suie, des poussières de métaux et de l'acide portés par le vent s'étaient au cours des années déposés sur les stèles, qui avaient foncé et étaient devenues plus difficiles à déchiffrer.

Je me suis agenouillé, non pas tant par révérence que pour examiner les lettres qui s'érodaient.

CATHERINE MACASKILL

15 MAI 1920 – 24 MAI 1951

Sith do d'anam

« Paix à ton âme. »

Je m'efforçais de me représenter un visage, mais il n'y avait que du noir, le grondement et le vacarme métallique de l'aciérie plus bas, et un silence assourdissant à l'intérieur de moi.

Qui es-tu ? Qui suis-je ? T'a-t-il jamais, dans des instants d'intimité, parlé de lui-même, de son enfance ? T'a-t-il jamais parlé d'Hawthorne ?

Il faisait noir quand je suis parti. J'aurais pu passer la nuit à Holy Name, au Holy Redeemer ou à St. Anthony Daniel. N'importe laquelle parmi la demi-douzaine de paroisses aux presbytères vides, pleins de recoins. Mais je savais ce que mon arrivée inopinée en était venue à signifier. Je savais ce que mes confrères prêtres penseraient en me découvrant sur le seuil. Je pouvais imaginer leur furtive expression de crainte, puis de prudence. Et puis la longue soirée passée à multiplier les politesses. Ou peut-être, après un ou deux verres, à subir des discours sur la malveillance des laïcs et la montée de l'anticléricalisme dont nous étions tous victimes. Le fait qu'il nous fallait tous chercher à nous couvrir mutuellement, non pas jeter de l'huile sur le feu, nourrir les flammes de l'hystérie.

Je suis descendu au Holiday Inn de King's Road. Sur le chemin, je me suis arrêté au magasin d'alcools de George Street et j'ai acheté une bouteille de whisky. Cette nuit-là, je suis resté assis dans la chambre d'hôtel plongée dans la pénombre et j'ai regardé la télévision jusqu'à ce que la bouteille soit vide.

12

C'est à la fin du mois d'avril que j'ai revu le jeune Danny MacKay, au port, où il se trouvait en compagnie de son père. Ils avaient reculé leur camion au bord du quai et s'affairaient à décharger des cageots à homards. Le vent était mordant, mais le soleil vif recommençait à répandre de la chaleur, et ils travaillaient en bras de chemise.

Le jeune Danny avait l'air renfrogné, et j'attribuai son humeur à la personne ou à la chose responsable de l'ecchymose suspecte qu'il avait à la joue.

«C'est reparti pour encore un an, m'annonça Danny Ban. On dirait que la sclérose en plaques a cessé de progresser. Ils parlent de rémission. Qui sait combien de temps ça durera?

— Et comment ça va, Danny? demandai-je au gamin.

— Bien, répondit-il en continuant à porter les cageots du camion au quai. Ça va bien.

— Ça fait un moment que je ne t'ai pas vu. Tu devrais passer quand tu seras dans les environs.

— Peut-être», fit-il. Et il s'éloigna.

Son père et moi le regardâmes s'en aller en silence.

«C'est un bon gars, finit par dire Danny Ban. Il est devenu un homme bien malgré tout.»

J'attendis qu'il poursuive, mais il n'en fit rien.

Il semblait scruter l'horizon à la recherche d'indices quant à la météo.

«On ne sait jamais», dit-il après une longue pause. Puis il s'excusa et cria au gamin: «Je reviendrai dans une heure.»

Le jeune Danny répondit d'un geste de la main. Danny Ban claqua la portière du camion et s'en fut.

Je restai debout pendant une quinzaine de minutes, adossé au pare-chocs de ma voiture en tentant de mon mieux de faire fi du froid. Enfin, le gamin réapparut. Il avait l'air étonné de me trouver encore là. Il vint jusqu'à moi et retira ses gants de travail en étudiant le sol. Puis il sourit.

«J'y ai repensé par la suite. Ça a dû vous paraître un peu idiot, cette soirée-là. Moi qui hésite pour une question aussi banale que de me marier. Qui en fais tout un plat.

— C'est une étape importante. Tu as raison d'y penser comme il faut.

— Il y a des trucs que vous ne savez pas. Vous n'êtes pas le seul à avoir des choses dont on ne peut pas parler.

— J'en sais peut-être plus que tu penses.

— Oh, je n'en doute pas. Mais il y a quelques trucs que vous ne savez pas. O.K.?

— Très bien, patron.»

Il rit. «On ne croirait jamais que vous êtes un curé. Quand je vous ai vus, tante Stella et vous, arriver ensemble à Noël, je vous aurais pris pour tout sauf ça.

— Un prêtre, c'est encore juste un homme.

— C'est vrai pour certains d'entre eux, répondit-il, et il détourna rapidement les yeux.

— Je l'ai dit tout à l'heure… Si jamais tu veux parler.

— Cette photo. Vous et vos amis, la femme et l'autre curé. Je n'ai pas réussi à me la sortir de la tête après.»

Tout à coup, les mots me manquaient.

«Il y avait quelque chose dans cette photo. Dans les visages. Quelque chose de puissant. Je ne pourrais pas vous dire quoi. Mais ça m'a frappé, juste de la regarder.» Il cracha par terre. «Ne me demandez pas ce que j'essaie de dire. Mais j'y ai repensé ensuite… Ce que j'ai vu dans cette photo… c'est ce qui manque ici.

— Je pourrais te raconter l'histoire de cette photographie, un jour.

— J'aimerais l'entendre. Tout le monde avait l'air tellement heureux dans la photo. C'est peut-être ça qui me manque.

— On doit tenter de profiter au maximum de nos moments de bonheur. Ils ne durent jamais.

— Bien vrai.

— Danny, si tu ne peux pas me parler à moi… il doit y avoir quelqu'un d'autre. Parle à Stella.

— Je pensais peut-être que de partir, ça réglerait la question. Je pensais peut-être que de m'éloigner d'ici… Un changement. Mais Sally croit que c'est juste un moyen de me débarrasser d'elle. Que j'essaie de la larguer. Vous imaginez – *moi*, qui voudrais me débarrasser d'*elle*.

— Je suis heureux que tu ne sois pas parti. Ça va s'arranger.»

Il détourna à nouveau les yeux.

Je pris une profonde inspiration. «Tu as déjà évoqué… le travail que je faisais pour le diocèse. Auprès de certains prêtres qui posaient problème. Il m'était impossible d'en parler. Ça l'est toujours. Mais… Brendan Bell…

— Il faut que j'y aille», coupa-t-il sèchement, et il se dirigea vers le bateau à grandes enjambées.

Après la messe, le dimanche, Sally passa rapidement devant moi, tête baissée, tandis que j'étais debout près de la porte à saluer mes paroissiens. Je ne l'avais pas vue depuis cette dernière visite.

«Hello, m'écriai-je.

— Oh, salut, dit-elle comme si elle ne m'avait pas remarqué.

— Tu t'es faite rare.

— Vous savez comment c'est, l'hiver, dans le coin. On sort aussi peu que possible.

— J'ai vu ton jeune homme l'autre jour. Sur le rivage.

— Oh, répondit-elle.

— Et comment ça va de ce côté, si je puis me permettre de le demander ?

— Ça ne va pas du tout.»

J'attendis qu'elle en dise plus. Son expression était difficile à déchiffrer.

«Il y a une limite à ce qu'une personne peut endurer», déclara-t-elle enfin.

Effie est arrivée au début de juin. Elle a dit qu'elle resterait quelques jours pour réaliser ce qu'elle appelait du travail sur le terrain. Elle était en train de rédiger un livre et voulait rendre visite à la vieille dame dont nous avions fait la connaissance à Noël. C'était surtout une excuse pour venir à la maison toutes dépenses payées, expliqua-t-elle. Elle disposait en outre d'une petite bourse de recherche.

« Pour rechercher quoi ? demandai-je.

— Comme si tu ne le savais pas.

— Alors, où vas-tu rester ?

— Quelque part où il y a du chauffage, répondit-elle en souriant. Mais je tiens à ouvrir la vieille maison et à l'aérer. J'ai apporté de nouveaux rideaux. Ça te dérange ?

— Fais comme chez toi. »

Elle pensait que la cuisinière était fichue. Avais-je une objection à ce qu'elle en achète une neuve ?

« Pourquoi tu ne viendrais pas à Hawthorne avec moi ? demanda-t-elle.

— Je ne crois pas.

— Allez. C'est une vieille dame. Elle serait folle de joie d'avoir de la visite.

— Je ne peux pas.

— Tu ne peux pas ? Ou tu ne veux pas ?

— Je suis occupé », dis-je.

Peut-être était-ce dû à mon désœuvrement, les images revenaient spontanément, à des moments inattendus. Et avec elles le doute.

Je le tenais durement à la gorge, appuyé contre le mur. Je me souviens de ses lunettes inclinées presque à la diagonale sur son visage, de ses cheveux gris et clairsemés en bataille, révélant un crâne rose, de sa bouche qui remuait sans qu'un son en sorte. Le gamin avait disparu. Et tout à coup je n'étais plus certain. Avais-je réellement vu un garçon ? Où suis-je ? Qui est-il ? Que suis-je en train de faire ?

Peut-être l'évêque avait-il raison. Ce que l'on croit voir ne correspond pas toujours à la réalité. Il arrive que l'on ne puisse se fier à l'œil.

Un jour, il y a longtemps de cela, j'ai aperçu en un éclair quelque chose de pâle. Peut-être, comme me l'a affirmé le père Roddie par la suite, étaient-ils vraiment en train de chercher un stylo égaré derrière le bureau. Un stylo qui lui était cher, m'avait-il expliqué. On peut y croire. Je voulais y croire. Il possédait une qualité, une sorte de crédibilité que confère une confiance en soi absolue. Et il s'était montré magnanime en réexaminant ce qu'il appelait ma réaction « irrationnelle ». Ce sont les apparences qui font les scandales, m'avait-il dit. Il m'avait remercié et pardonné, même d'avoir levé la main sur lui.

« Tu as trop fréquenté les existentialistes. Ça vous met dans le pétrin à tous les coups. » Il avait le regard moqueur.

« Je ne voulais pas… vous… toucher.

— Je suis un gars de la campagne. On m'a déjà pris au collet, et plus fort que ça. »

Il avait ri. « Tu as des mains puissantes, tu sais. Je ne peux qu'imaginer ce qui serait arrivé si tu m'avais frappé. Ouf. »

Vous voulez que ce soit vrai. Vous puisez du réconfort dans ses yeux, de l'assurance dans la lourde main qu'il a posée sur votre épaule, dans la voix grave qui parle de collégialité et de caractère. Il était un mentor. Il était un exemple. Il est ce que vous, dans vos rêves pieux, souhaitiez devenir. Révéré, respecté tant par les laïcs que par les ministres du culte. Un prêtre qui est aussi un homme. Et ainsi vous êtes rassuré, trop facilement. Vous finissez par tomber d'accord : partir quelque temps vous fera le plus grand bien. Et votre évêque s'est montré visionnaire : c'était au Honduras que votre mission s'était précisée pour la première fois ; vous avez vu, chez les pauvres, la condition humaine comme notre Sauveur l'a vue, gravée en rides sur les visages. Je pouvais voir ma mission dans leurs yeux, l'espoir que je représentais. L'évêque avait dit que je découvrirais la foi vivante telle qu'elle était autrefois. Et il avait absolument raison.

Mais dans les ténèbres de l'insomnie, lorsque l'esprit indocile ressuscite les furtives images par quoi tout a commencé, il en est une qui domine, et qui est sans équivoque : le visage du jeune garçon, livide de dégoût, expression qui se transforme en terreur quand il voit dans mon indignation un signe que j'ai compris. C'est une image qui refuse de disparaître.

Une fois son travail sur le terrain terminé, Effie s'arrêta brièvement chez moi avant de repartir à Toronto. Je savais qu'elle était soucieuse, et je savais pourquoi.

« Qu'est-ce que tu sais de l'histoire de papa ? demanda-t-elle.

— Je sais que son père n'a jamais pu épouser sa mère et qu'il est mort quelque part. Peut-être dans un combat de la Première Guerre mondiale.

— Les gens à Hawthorne ont traité la mère de papa comme une traînée quand elle est revenue chez elle enceinte sans être mariée. Tu savais cela?

— Ça ne m'étonne pas.

— Ils l'ont chassée pour éviter le scandale. L'endroit portait bien son nom. Hawthorne. Pense à *La Lettre écarlate*. Notre grand-mère était Hester Prynne.» Elle riait mais ne souriait pas.

«Où veux-tu en venir? demandai-je, mal à l'aise.

— Tu sais qu'elle l'a abandonné. Pendant des années, il ne savait même pas son nom, pour l'amour de Dieu.

— Pourquoi est-ce que tout ça a de l'importance?

— Parce que les gens ont de l'importance, leurs histoires ont de l'importance.

— Il peut être dangereux de se laisser absorber par "les gens" et leurs histoires, dis-je.

— Pas de doute là-dessus. Mais qu'existe-t-il d'autre?»

Son expression invitait à la confrontation. Vas-y, disait-elle. Amène un peu tes révélations sur l'éternité et la résurrection, la vie au paradis.

«Alors, quand reviendras-tu?» demandai-je.

On frappa à ma porte par un chaud mardi matin du début du mois de juillet. Presque plus personne ne s'embarrassait de frapper chez moi; les gens entraient sans plus de cérémonie et me hélaient depuis la cuisine. Par la fenêtre du bureau, je pouvais voir une petite voiture verte garée près de l'église, une BMW. Je me rendis à la porte plein de curiosité et y découvris Brendan Bell.

Il souriait largement, était vêtu d'un t-shirt, d'un short et de sandales. Il avait le visage ferme et bronzé, ses cheveux noirs tirés vers l'arrière tenaient en place grâce à une dose de gel. La petite queue de cheval avait disparu. À sa main gauche brillait un anneau de mariage.

Ma curiosité fut interprétée comme de l'hospitalité et il entra.

«J'allais justement faire du café», mentis-je.

Il passait dans les environs, expliqua-t-il. Sa femme était partie dans l'Ouest rendre visite à de la parenté. C'était une occasion pour lui de retourner à Terre-Neuve et de faire le tour du Cap-Breton en passant. Peut-être d'arrêter un jour ou deux à Port Hood afin d'essayer d'y retrouver de vieilles connaissances. «J'ai entendu dire que tu étais ici. Comment va tout le monde?

— Comme d'habitude.

— Et Mullins, toujours aussi boute-en-train ? »

Je ris avec lui.

« En fait, ce vieux Mullins et moi nous entendions bien, avoua-t-il. Heureusement, il ne savait rien de mes histoires sordides. Je t'en remercie. »

Ensuite, il me demanda des nouvelles des MacKay. « Le gamin, dit-il, le jeune Danny. Les autres gamins l'appelaient Junior. Je l'aimais beaucoup. Il venait à la salle paroissiale quand les jeunes s'y retrouvaient. Ils venaient passer la soirée, on faisait jouer de la musique, on regardait des vidéos ou bien on bavardait tout simplement. C'est ce que j'ai préféré de mon séjour. Je pensais peut-être essayer de retracer quelques-uns d'entre eux. »

Je répondis qu'ils étaient pour la plupart toujours dans les environs. Il n'y avait pas grand-chose de changé.

« Super ! s'exclama-t-il, et il finit son café. J'ai entendu à travers les branches que tu étais ici pour faire un peu de travail paroissial. Ça te plaît ?

— C'est un gros changement après l'université. »

Du regard, il explorait nerveusement ma cuisine miteuse. Les petits silences s'allongeaient.

« Tu m'as demandé des nouvelles de Danny MacKay, dis-je. J'imagine que tu as eu l'occasion d'assez bien le connaître.

— Bien sûr que je le connaissais. Il se distingue des autres. » Son visage semblait troublé.

« Il a quelques problèmes. Il a l'intention de se marier. Une fille charmante, des environs. Mais cette perspective semble avoir précipité une sorte de... crise.

— Quel dommage. Il m'avait paru... grave. Comparé aux autres. Le mariage, c'est sérieux. »

Il y eut un autre silence.

« On dirait que le mariage te va bien », observai-je en souriant.

Il hocha la tête, étudiant sa tasse de café, puis tourna les yeux vers la fenêtre. « Mon Dieu, lança-t-il enfin. J'admirais la vue qu'on a d'ici. Je dirais que tu as décroché le boulot parfait. »

J'acquiesçai.

« Il y a une part de moi qui t'envie, avoua-t-il, qui remet en question ma décision de quitter l'Église. J'imagine qu'ils avaient raison quand ils disaient : "Prêtre un jour, prêtre toujours." »

Il dit qu'il aimerait un jour avoir l'occasion de discuter plus avant. L'esprit s'emballe, cherche des ouvertures et ne trouve que des barrières. Il se leva pour partir, et je le suivis tandis qu'il se dirigeait vers la porte.

«Je vais peut-être allonger mon séjour d'une journée, fit-il. Je téléphonerai en repassant. Tu pourrais peut-être m'héberger pour la nuit. Il y a certaines choses que je n'avais pas le courage d'aborder quand j'étais ici et dont je serais sans doute capable de parler maintenant. Tu vois ce que je veux dire?

— Je pense que oui, dis-je, soulagé que le moment de vérité soit reporté.

— Bon, de toute façon, ce sera pour une autre fois.»

Mais il resta là pendant un long moment sans dire un mot.

À quoi juge-t-on? Traits agréables, regard sincère, une profonde intelligence, capable de mettre en mots des perceptions étonnantes, des idées et de l'humour. Tous les signes extérieurs de la maturité. Pourtant, ce sont aussi là les talents de l'acteur, de l'escroc, du survivant. Je connaissais par expérience la ruse des individus que la vie a abîmés. Il dégage un malaise palpable, songeai-je en le raccompagnant à sa voiture. Et pendant un instant, j'ai pensé l'arrêter. Diable! allons prendre un verre. C'est bien l'après-midi quelque part. Parlons. Et je vais te raconter Alfonso, qui était le genre de prêtre que nous devrions tous être. Et Jacinta, quand j'ai à mon tour effleuré la faiblesse humaine. Et ma campagne pour purifier notre sainte mère l'Église en enterrant ton engeance dans ce que je souhaitais être une obscurité impuissante. Et, en retour, tu pourras faire ce que personne n'a encore fait. Expliquer.

La petite auto descendit l'allée et mit le cap vers le nord.

Alfonso et Jacinta sont plus étonnés qu'autre chose quand je les découvre dans la cuisine. J'ai interrompu les pleurs.

Je suis désolé, dis-je.

Elle sort en coup de vent, m'effleurant au passage. Alfonso et moi sommes l'un en face de l'autre, chacun à un bout de la petite pièce. Puis il sourit. Pose un index sur ses lèvres, secoue la tête.

Chut.

Sextus téléphona un jeudi matin. C'était, déjà, une journée chaude, sans un souffle de vent. La baie était lisse. « Je pensais que tu serais sur l'eau, lança-t-il gaiement. J'arrive dans vingt minutes. »

Je m'assis dehors sur la terrasse. La chaleur était intense. Une voiture s'engagea dans l'allée. C'était Stella. Elle portait un chemisier en jean fermé par des boutons de métal à l'avant. Le bouton du haut et celui du bas étaient détachés.

« Je m'en vais à la plage, dit-elle. Tu devrais venir. »

Nu-jambes, elle portait des sandales, avait les cheveux attachés, une mèche folle près de l'oreille.

« J'adorerais y aller », répondis-je. Et j'étais sincère. Elle me sourit.

Je lui offris du café. Elle refusa, expliqua qu'elle s'était arrêtée pour parler affaires.

« Quel genre d'affaires ? »

Elle voulait réserver la salle paroissiale le samedi soir suivant afin d'y tenir une petite célébration pour le jeune Donald O'Brian, dans le but d'amasser des fonds pour ses études au séminaire de Scarborough. « Bien sûr, il faudra que tu en sois », ajouta-t-elle.

Je dis que j'en prenais note.

Elle venait à peine de partir quand Sextus arriva avec une glacière pleine de bières. Le soleil était haut et tapait dur. Il était près de midi.

« Des jours comme aujourd'hui, on déprime à penser à toutes les années perdues en Ontari-ari-ari-o », déclara-t-il en s'étirant, les bras au-dessus de la tête.

En contrebas, la sombre masse d'eau palpitait doucement, dans le lointain, un yacht se dirigeait lentement vers le sud.

« Allons-y », lança-t-il.

Un gros boyau à la main, le jeune Danny MacKay se tenait à la poupe du *Lady Hawthorne,* aspergeant le pont. Il avait l'air sombre mais, en remarquant notre présence, il sourit, ferma l'eau. Sextus lui tendit une bière.

« Ça doit être chouette sur l'île en ce moment, dit-il.

— Je n'ai pas encore appris à manœuvrer là-dedans, prévins-je.

— C'est un jeu d'enfant », m'assura Danny.

171

Le *Jacinta* fendait proprement l'eau tranquille et la réalité s'évanouissait. Les soutanes accrochées dans la sacristie, le confessionnal vide, les terres de la paroisse à l'abandon, les attentes des étrangers, les interrogations profondes, insolubles, sur les possibilités et le sens de la vie. À l'arrière, bière à la main, Danny et Sextus riaient en partageant quelque réflexion.

Dans le coin de la fenêtre de la cabine, un taon se débattait dans la toile d'une araignée. Celle-ci, au bord de son piège, observait. Que faut-il pour étouffer l'instinct de survie ? Le désespoir ? Enfin, peut-être, une profonde compréhension de la futilité.

Je regardai en arrière, vers la poupe. Sextus et Danny discutaient sérieusement, le vent tiède ébouriffant leurs cheveux. Me voyant les étudier, Sextus me fit un signe de la main. Je reportai mon attention vers la toile au moment où l'araignée enveloppait de son corps le taon qui se débattait. La lutte cessa.

Sextus était maintenant debout à mes côtés. « Laisse-moi prendre le gouvernail un bout de temps. »

Je m'éloignai.

Une plage lointaine était couverte de corps couleur sable. Danny regardait dans leur direction, bras croisés. Stella est parmi eux, songeai-je, elle s'est défaite de son chemisier en jean et de ses sandales. Danny semblait attendre quelque chose.

« Ça va ? »

Il haussa les épaules et sourit. Pas de quoi se plaindre.

« Tu as l'air soucieux, dis-je en lui donnant une tape sur l'épaule. Tu es sûr que ça va ?

— Est-ce que tout le monde n'est pas soucieux ? D'une manière ou d'une autre ?

— D'une manière ou d'une autre.

— Je parie que vous avez vos propres soucis, hein, mon père ? »

Je ris, puis reportai mon attention sur la plage. « Tu nages ? » demandai-je.

Il secoua la tête.

Nous restâmes un moment sans parler.

« J'ai vu un ami à toi l'autre jour, annonçai-je.

— Oh ?

— Brendan Bell.

172

— J'ai entendu dire qu'il était dans les parages.

— Il a l'air prospère. Il conduit une BMW. Tu sais qu'il a changé de travail ?

— J'en ai eu vent. » Il buvait à la bouteille, le visage impassible.

Un malaise sournois s'immisça tel un nuage.

« On est presque arrivés », dit-il en montrant du doigt le phare situé devant le brise-lames de l'île. On ne voyait pas l'entrée.

« Je n'ai jamais osé m'engager là. »

Nous retournâmes à la barre et il me donna des instructions. Le cœur battant, je m'insérai entre deux petits hors-bord, fragiles comme des coquilles d'œuf.

Un profond sentiment d'accomplissement vint faire taire toutes les grandes questions qui me taraudaient.

Une autre bière pour célébrer ?

De quoi est-ce que je m'inquiète ? me demandai-je. Il va bien. Il est simplement aux prises avec le stress habituel auquel font face les jeunes adultes.

« Il y a une petite église là-haut, m'apprit-il en désignant du geste. Très paisible. Elle date de l'époque où l'île était une vraie communauté. Il ne reste plus rien ici, sauf des gens qui viennent passer l'été. Des Américains. Ils détestent ça quand des types du coin dans notre genre débarquent. Ça vient gâcher leurs illusions. Mais l'église est assez unique.

— Tu n'es pas une cause perdue », fis-je.

Il rit. « Toute la région sera comme ça un jour, dit-il.

— Comme quoi ?

— Comme l'île de Port Hood. Un lieu de villégiature où des gens venus d'ailleurs passent l'été. Quelques-uns d'entre nous, les gens du coin, qui s'accrochent envers et contre tout. Qui travaillent pour les étrangers.

— Jamais, objectai-je. Tu ne permettrais jamais que les choses en viennent là. »

Il me regarda d'un air presque moqueur, mais n'ajouta rien.

Tandis que nous rentrions, un vacarme métallique sur le toit me fit sursauter. Sextus m'a dit plus tard que Danny dansait là-haut, une gigue étrange, marquant la cadence de ses bottes de travail. Très bizarre, de l'avis de Sextus.

«Je pense que le gamin est en train de perdre la carte.

— Il va bien, ai-je dit. Les gens devraient simplement lui ficher la paix.»

Le samedi soir où devait avoir lieu la célébration en l'honneur d'O'Brian, la baie était sombre et étale au coucher du soleil. L'église était bondée pour la messe de dix-neuf heures, des voitures et des camionnettes s'entassaient dans l'allée et dans les espaces de stationnement autour de la salle paroissiale. J'ai descendu la colline en direction de la salle à vingt et une heures moins le quart, avec un retard respectable. Je devais prononcer une petite allocution, un discours d'au revoir officiel, et offrir à Donald un chèque de la part de la paroisse. La musique se faisait de plus en plus forte tandis que j'approchais, et le brouhaha de voix montait. Stella avait obtenu un permis d'alcool. Un violon branché sur un amplificateur couinait dans un haut-parleur à la sonorité grêle. Près de la porte, un groupe d'hommes fumaient. Parmi eux, je remarquai le jeune Danny MacKay. En passant devant eux, je tentai de croiser son regard, mais il détourna les yeux.

À l'intérieur, Stella me demanda: «Tu as vu qui est là?

— Danny?

— Oui. Je pense qu'ils sont venus ensemble. C'est bon signe.» Elle fit un geste de la tête en direction de Sally, qui vendait des billets pour le bar.

J'essaie maintenant de me rappeler les détails, d'imaginer que les chansons étaient bizarrement discordantes, que certains visages familiers avaient une expression sinistre.

Le jeune violoneux dénommé Archie était sur la scène, sa joue et son oreille collées à l'instrument, comme s'il s'efforçait de distinguer chaque note par-dessus le bruit de fond où se mêlaient rires et conversations, son genou droit montant et redescendant en un geste saccadé, son pied frappant lourdement le sol. L'invité d'honneur, Donald O'Brian, martelait le piano d'un air absorbé, ses fiers parents debout près de la scène recevant les hommages de leurs voisins. Des hommes trapus en bras de chemise restaient debout, verres de plastique à la main, le visage empourpré, le front humide de sueur, tandis que leurs corpulentes épouses s'affairaient autour de la longue table où était disposée la nourriture. Danny Ban se trouvait parmi eux, appuyé sur une canne, la transpiration tachant sa chemise blanche bien repassée.

J'aperçus à nouveau son fils ; Sally lui parlait à l'oreille, mais je ne pouvais voir l'expression de la jeune fille. Debout, mains dans les poches, le visage penché vers le sol, il hochait la tête. Ils vont avoir de beaux enfants, songeai-je, mais cette pensée s'est dissoute rapidement dans l'anxiété qui me gagne chaque fois que je me trouve dans une foule.

La musique se tut. J'appelai le jeune Donald, qui se trouvait sur l'estrade, l'escortai lentement jusqu'au centre de la piste de danse, un bras fraternel passé autour de ses épaules, et j'y allai de mon petit laïus. Ils rirent de mes anecdotes du temps où j'étais au séminaire. Des histoires sur des jeunes hommes qui repoussaient les limites de la tradition et de la discipline tandis que pour ma part je me soumettais aveuglément à l'orthodoxie, chose que je conseillais au jeune Donald d'éviter. Ne va pas faire les mêmes erreurs que moi. Amuse-toi. Je lançai quelques blagues bon enfant, m'imaginant que les rires du public étaient en partie à mettre sur le compte de la surprise. Écoutez un peu ! Il est capable de nous faire rire ! J'avais prévu de conclure par quelques réflexions sur l'humilité et l'ordination, les joies et les défis de la prêtrise, mais je décidai plutôt de clore mon petit discours en prononçant un toast au nouveau séminariste. Tout le monde applaudit et je vis Stella venir à moi avec deux verres en plastique.

J'en acceptai un, que je levai parmi les autres, en constatant qu'elle était toujours à mes côtés et que nous ressemblions sans doute presque en tous points aux autres couples, n'eussent été mes vêtements, habit noir, col romain, rabat. Un homme et une femme ensemble parmi d'autres hommes et d'autres femmes.

Donald me remercia quand je lui présentai l'enveloppe. Il dit à tous qu'il espérait seulement être à la hauteur de leurs espoirs et qu'il sollicitait leurs prières afin qu'elles lui viennent en aide dans les luttes qu'il aurait à mener.

Amen, songeai-je.

Quand il eut terminé, il se retourna et fit un signe de la tête. Je m'imaginai qu'il y avait, dans le coup d'œil que nous venions d'échanger, un transfert de connaissance et de compréhension, voire de la confiance.

Je me retournai à mon tour pour découvrir Archie, le jeune violoneux, debout non loin, bras croisés. Je lui fis un clin d'œil, il saisit son instrument par le manche et gratta une corde du pouce, signalant que la célébration pouvait continuer.

Au-delà de ce moment très net, mon souvenir est imprécis. Il me semble que j'étais seul, confortablement adossé à un mur. Le verre que je tenais à la main était presque superflu, car je me rendais compte que j'étais déjà ivre de la musique, du temps doux, et habité du sentiment étonnant d'être ici à ma place, impression que j'éprouvais pour la première fois peut-être. Cette vie, grâce à ces bonnes gens, et sans doute pour la première fois depuis le Honduras, avait un sens. À cet instant, je composai mentalement une courte note à l'intention de l'évêque, où je le remerciais de m'avoir confié ce poste.

Je fermai brièvement les yeux et me laissai balayer par la musique. Est-ce ainsi que les choses doivent être ?

La musique s'interrompit un instant. Quelqu'un remplaça Donald au piano, et ce dernier s'avança vers l'endroit où je me trouvais, souriant, puis il s'arrêta pour dire quelques mots à Sally. Elle avait les yeux animés. Elle hochait la tête. Il lui prit la main et ils se dirigèrent vers le milieu de la piste, sans doute pour danser.

Tout à coup, Danny était là, à leurs côtés. En y repensant, je suis certain que j'étais le seul à avoir conscience de la tension dans l'air. Quelque profond instinct de défense émit un signal d'avertissement et j'allai les rejoindre.

Danny avait agrippé Donald par le bras. Il souriait.

J'entendis : « … une autre christ de tapette… »

« Danny », dis-je, d'un ton peut-être plus vif que je ne l'avais voulu, et je l'attrapai par le poignet.

Je n'ai jamais vu son geste. Je sais seulement que la lumière a disparu instantanément. Une obscurité pleine de minuscules étincelles a empli mon crâne. Je n'avais rien senti.

Et puis je pouvais voir son visage près du mien, empourpré, les yeux exorbités. Mais il semblait y avoir un bras musclé et poilu en travers de sa gorge, dont il s'efforçait de se débarrasser. Et puis un autre visage, qui prononçait des paroles inaudibles à l'oreille de Danny. Et j'aurais pu jurer que c'était Sandy Gillis. J'ai tenté de tendre les bras.

Sandy ? Mais ils avaient tous disparu de nouveau dans une obscurité pailletée.

Mon père parle maintenant : Vas-y. Frappe le plus fort que tu peux. Fais voir ce que tu as dans le ventre.

Sandy Gillis regarde le sol de la grange en silence.

Envoye, dit mon père, enhardi par ce silence. Que le diable t'emporte. Réglons ça ici, maintenant.

Et puis il est à genoux, tête pendante, le sang coule, et Sandy Gillis est debout au-dessus de lui, sans rien dire, les bras pendants de chaque côté de son corps.

Je n'ai jamais vu ce qui s'était passé, j'ai simplement entendu le bruit horrible de l'impact.

Stella était agenouillée à côté de moi, l'air horrifié. Danny Ban tenait son fils par-derrière en une étreinte serrée ; tous deux se débattaient dans la masse de gens se bousculant pour tenter de gagner la porte ouverte. Le jeune Danny cessa tout à coup de résister, et ils sortirent ensemble. Sally courut après eux, portant la canne.

Stella pressa un sac de glace contre mon front, juste au-dessus de mon œil, à droite, là où la chair était devenue épaisse et douloureuse. Quelque chose, peut-être la glace, me vrilla le cerveau de sondes gelées. J'écartai le sac. Stella avait le visage gris, légèrement teinté de jaune. Je jetai un coup d'œil aux alentours, passant frénétiquement les visages en revue. Sandy Gillis ? Avais-je vu Sandy Gillis ? Est-ce que j'avais rêvé ? Puis j'aperçus le jeune O'Brian non loin, blanc comme un drap.

« C'était un petit peu excessif, dit-il en s'efforçant en vain de sourire, alors que je pouvais discerner la désapprobation dans sa voix.

— Vraiment ? demandai-je.

— Vous n'aviez pas besoin de vous en mêler, tous les deux. Ce n'était pas nécessaire. J'aurais pu m'en occuper seul.

— Qui ça, tous les deux ?

— Vous et l'autre type.

— Quel autre type ?

— C'était mon problème… Vous n'aviez pas à…

— On pourrait peut-être en parler à un autre moment.

— D'accord, acquiesça-t-il.

— Va savoir pourquoi il a fait ça», dit Stella.

Le texte de l'Évangile du lendemain était la parabole du pharisien et du collecteur d'impôts qui vont prier au temple. Le pharisien rend gloire à Dieu de sa vertu et de sa piété. Le pauvre collecteur d'impôts est trop honteux pour faire autre chose que d'implorer miséricorde. La parabole me semblait des plus indiquées dans les circonstances.

Un petit groupe de fidèles assistait à la messe. Près du fond, Danny Ban et son fils restaient ostensiblement debout, bras croisés, et ne me quittaient pas des yeux. Désormais aussi grand et aussi large que son père, le gamin avait l'air misérable et fâché, remarquai-je de mon bon œil.

Au mépris des règles, je songeai à escamoter l'homélie entière mais, en les regardant, au fond de l'église, je me rendis compte qu'ils s'attendaient à entendre une réflexion qui soit à tout le moins un peu pertinente. Je les observai un moment, conscient surtout de la douleur lancinante dans ma tempe. Aucune parole ne me vint, aussi me contentai-je de regagner l'autel et de reprendre les gestes et les paroles qui me venaient machinalement, sans réfléchir.

«Je crois en Dieu, Père tout-puissant…»

À la porte, quand presque tout le monde fut parti, Danny Ban s'approcha de moi. «Le gamin a quelque chose à vous dire.

— Bien sûr.»

Le jeune Danny restait en retrait, bras croisés, étudiant le sol.

«Comment ça va? demandai-je.

— Ça va.» Sa voix était rauque. Il y avait une rougeur suspecte sur sa gorge. Puis il leva les yeux pour me faire face. Il était impossible d'ignorer la douleur dans son regard.

Les mots se levèrent en moi. «N'en parlons plus.

— Je ne voulais pas faire ça», bredouilla-t-il.

La voix de son père était étonnamment dure. «Ce n'est pas pour que tu dises ça que nous sommes venus ici. Nous sommes venus ici pour que tu dises ce que tu as à dire.

— Je suis navré, dit-il doucement.

— Je suis navré aussi», répondis-je.

Il eut l'air surpris.

«Non, nom de Dieu, s'exclama son père. Vous n'avez pas de raison d'être navré. Je lui ai dit qu'il était chanceux de vivre à notre époque. Il n'y a pas si longtemps, il aurait probablement été excommunié, ou pire encore. La main lui aurait pourri rongée par la gangrène.

— Je ne m'en ferais pas trop avec ça», fis-je.

Il y eut un long silence.

«Je comprends, repris-je enfin. Je comprends, et je n'ai pas besoin d'excuses. Mais il y a un jeune homme qui ne comprend sans doute pas.»

Le jeune Danny secouait la tête.

«Non. Je ne ferai pas ça.

— Si tu veux vraiment mettre un point final à tout cela, dis-je, je te suggère d'aller chez les O'Brian sans attendre. C'est là qu'il te faut réparer les pots cassés.

— Je ne peux pas.»

D'un regard, je fis appel à son père.

«Ça ne me regarde pas, lança-t-il en levant une main et en détournant les yeux. Frapper un prêtre, c'est une chose. L'autre histoire, c'est entre les deux gamins.»

Ils avaient la même expression. Yeux qui ne cillaient pas, lèvres serrées, traits décidés.

«Alors il n'y a plus rien à dire», dis-je.

13

Je pense souvent à Mullins. Pour les prêtres comme lui et d'autres que je pourrais nommer, les Évangiles sont riches de réflexions applicables à la condition humaine. Ils vont jusqu'à trouver une logique à la superstition et sont capables de faire fi de toutes les promesses de salut infantiles et littérales pour atteindre à une vérité objective qu'ils peuvent glisser dans leur poche et transporter tel un galet lisse et tiède. Comment font-ils donc?

Pourquoi, en vérité, suis-je devenu prêtre? La réponse me frappe de plein fouet: j'avais besoin d'une issue. J'avais besoin d'une évasion.

Au début de la semaine suivante, un jeune agent de la GRC vint me dire que je devrais songer à porter plainte pour voies de fait. «Le jeune MacKay est une menace pour lui-même et pour les autres, exposa-t-il. Peut-être qu'il a besoin d'un bon avertissement.» Le policier semblait avoir à peine quelques années de plus que Danny.

«Je pense qu'il sait ce qu'il a fait, dis-je. Il traverse une passe. Comme nous tous.» J'ai souri, doutant que le jeune homme qui se tenait devant moi ait jamais connu autre chose qu'une longue passe bien comme il faut.

Il reprit la parole, mais je n'écoutais pas ce qu'il disait, ne prêtant attention qu'à son ton. La politesse unie, apprise, qui n'est pas du tout de la politesse mais un stérile respect des formalités. J'avais envie de lui dire: «Vous parlez comme un robot. Est-ce à Régina qu'on vous a appris à parler comme ça?» Mais je n'en fis rien, en réfléchissant que c'était probablement un bon garçon. Et que c'est le ton que j'entends chez presque tout le monde.

Stella m'apprit quelques semaines plus tard qu'O'Brian songeait à déménager au Japon pour y enseigner l'anglais, reportant ses ambitions de prêtrise aux calendes grecques. Mettre un peu de temps et de distance entre lui et tout le reste, voilà comment elle a présenté la chose.

« Ce n'est sans doute que spéculation, fis-je. Les gens adorent sauter aux conclusions.

— Il a changé. J'ai essayé d'en discuter avec lui.

— Et est-ce qu'il t'a dit pourquoi il allait au Japon ?

— Non. Pas exactement.

— Je pense qu'il fera un bon prêtre un jour.

— Tu le penses vraiment ?

— Oui.

— Pauvre Danny. Ce n'était pas entièrement sa faute.

— Non. »

Elle sonda mon visage en cherchant à y déceler ce que je savais, puis elle posa sa main douce sur le dos de la mienne. « Un jour, on devrait parler.

— Ça me plairait vraiment », dis-je.

Le bateau devint une évasion pour moi, mais pas une évasion particulièrement saine. La pureté originelle de l'expérience s'altéra, et je me rendis compte qu'il devenait une tentation profonde, une cachette.

« Z'allez taquiner le poisson, mon père ? » me demandait-on tandis que je soulevais la glacière posée sur le quai, en prenant garde qu'un tintement ne trahisse la présence de bouteilles au travers du cliquetis des glaçons.

« Vous me connaissez, répondais-je. Les poissons ont une technologie bien à eux, le "détecteur de pêcheurs". Dès que je me pointe, ils disparaissent. »

Elle est bien bonne, disaient-ils en riant.

Un Américain, un journaliste du *New York Times*, amarrait son bateau près du mien. De temps à autre, nous échangions des badineries.

« J'ai entendu dire que vous aviez passé quelque temps en Amérique centrale, me confia-t-il une fois.

— Ah, oui. Vous connaissez ?

— J'ai couvert les troubles dans la région dans les années quatre-vingt. Au Nicaragua. Au Salvador.

— J'étais au Honduras.

— Aha. Au milieu des Contras.

— C'était après mon départ.»

Étendue dans une chaise longue à l'arrière de son bateau, une femme blonde vêtue d'un short et d'une camisole ample m'étudiait avec une expression trahissant qu'on lui avait déjà révélé quelque chose à mon sujet, sans doute que j'étais «un curé». Nos regards se croisèrent et je souris. Elle s'empressa de détourner les yeux.

À la fin du mois d'août, j'ai aperçu Danny à l'autre bout du port, son bateau surélevé dans le ber mobile. Il travaillait dans l'ombre du bateau à repeindre la coque à l'aide d'un rouleau à long manche. J'entendais de la musique. En tendant l'oreille, j'ai reconnu une chanson du temps où j'étudiais à l'université, *Desperado*.

Ce gamin est vraiment vieux jeu, ai-je songé.

J'ai décidé d'aller le voir pour lui parler. Des Eagles. De Don Henley. Mettre à profit le savoir que j'avais accumulé à force de côtoyer des jeunes. Puis j'ai remarqué qu'il se penchait de temps en temps pour saisir une bouteille de bière qu'il portait à sa bouche, puis qu'il restait là, tête renversée, comme pour la vider d'une seule gorgée.

Le lendemain, le bateau avait l'air abandonné sur la cale et, après deux jours, les pêcheurs se sont mis à ronchonner sur le quai.

«Danny est parti en mer avec le Captain Morgan», me dit l'un d'eux sur un ton sarcastique.

Après trois jours, j'ai remarqué un matin qu'un groupe s'était rassemblé autour du bateau, et que des camionnettes étaient garées à proximité. Quatre hommes mettaient la dernière main à la peinture. Une fois qu'elle a été sèche, ils ont remis le bateau à l'eau, lui ont fait traverser le port pour revenir l'amarrer derrière le mien.

«Quelqu'un a eu des nouvelles dernièrement? ai-je demandé.

— Ooooh, oui, a dit l'homme en nouant rapidement des demi-clefs autour d'un poteau.

— Où se cache-t-il par les temps qui courent?

— Ici et là. Mais pas dans une grande forme. L'a attrapé la grippe Bacardi.»

Il a fait un dernier nœud d'un geste vif et s'en est allé.

Sans s'annoncer, le jeune O'Brian vint me voir. Il était debout à la porte, l'air agité. Je lui offris d'entrer boire une tasse de thé ou une bière. Nous ne nous étions pas reparlé depuis l'incident de la salle paroissiale.

« Non, merci, dit-il. J'ai quelque chose pour vous. » Il me tendit une enveloppe.

« Qu'est-ce que c'est ?

— Il faut que je vous redonne l'argent. Ce ne serait pas juste que je le garde. »

Je fis semblant de ne pas comprendre.

« Vous pourrez leur expliquer.

— Expliquer quoi ?

— J'ai changé d'idée. Je ne suis pas prêt. Pas maintenant, en tout cas. Je vais prendre un an juste pour voyager. Pour réfléchir. Peut-être après. Mais je ne peux pas. Pas maintenant. »

Je protestai qu'il avait tort de se faire du mauvais sang à cause de l'incident qui s'était produit à la salle paroissiale. Que je savais que le jeune Danny MacKay regrettait son geste.

« Croyez-vous vraiment qu'il est le seul à penser cela ? demanda Donald d'un ton amer.

— Ça ne veut pas dire que…

— Non ? »

Je pouvais sentir qu'une subite colère avait monté en lui.

« Pensez-vous vraiment qu'il est le seul dans le coin à avoir cette attitude ? » Son regard me transperçait et je pouvais entendre la question qu'il ne prononçait pas : Qu'est-ce que *vous* en pensez ?

Je ne dis rien.

« Je suis désolé pour Danny, en vérité, dit-il enfin. Pour les problèmes qui l'ont poussé à faire ça. Il était incapable de les garder pour lui, comme le font les autres. Ce gars-là fonce vers de gros ennuis.

— Garde l'argent. Voyager, ça peut coûter cher.

— Merci, mais je suis sûr que vous avez mieux à faire avec. J'ai entendu dire qu'on voulait remplacer le presbytère.

— Je ferais n'importe quoi pour que tu changes d'avis. »

Il me dévisagea. Puis, après ce qui me sembla un long silence, il tourna les talons et s'en fut.

14

Et puis septembre toucha à sa fin. Il arrive que l'été apporte du temps imprévisible, mais le mois de septembre offre presque sans exception une suite ininterrompue de journées chaudes et calmes, baignées de lumière. J'avais exposé le moteur, soulevé les lattes du plancher. Il y avait des traces de pourriture sèche sur les planches sous le réservoir à essence. Je me suis demandé si les MacKay étaient au courant avant de me vendre le bateau.

Le prochain, il sera en fibre de verre, ai-je songé. Et puis, dans un spasme de détresse, je me suis rendu compte que cela n'avait aucune importance. Dans quelques années, je ne serai plus ici. Il n'y en aura pas, de prochain.

J'ai ouvert ma glacière et sorti le rhum. La bouteille était humide, froide et réconfortante. J'ai trouvé un verre en plastique, dévissé le bouchon.

Soudain, il y a eu un violent bruit sourd. C'était Danny. Il avait sauté depuis le quai et marchait vers moi le long de la fargue. Il n'était pas rasé, et portait une casquette de baseball à l'envers. J'ai ressenti un élan de panique momentané, assis là, la bouteille d'alcool compromettante à la main. J'ai surmonté mon agacement.

«J'étais justement en train de me servir un verre, ai-je dit. Je ne peux imaginer que tu en veuilles un…

— Je ne peux imaginer que le pape chie dans le bois, a-t-il répliqué. Ou bien est-ce que c'est l'ours qui fait ça?»

J'ai souri.

Il est passé devant moi pour aller jusqu'à la poupe, étudiant son bateau, les mains sur les hanches. «Vous n'auriez pas remarqué, par hasard, qui a remis mon bateau à l'eau?» a-t-il demandé.

Le ton de sa voix était hostile, aussi ai-je menti. «Non.

— Ils auraient pu me le dire.

— Je suis sûr qu'ils ont essayé de te trouver.

— Je ne suis pas si dur à trouver.»

Quand il s'est retourné pour me faire face, je me suis rendu compte qu'il était encore ivre.

«Je vais le prendre sec, a-t-il annoncé.

— Ça va?

— Ça n'a jamais mieux été.» Il s'est à nouveau retourné pour examiner son bateau, verre à la main. «Je pense m'en débarrasser, de toute façon. C'est décidé, je plie bagage et je pars pour Calgary. L'avenir est là. La pêche, c'est pour les imbéciles.»

Je n'ai rien dit.

«Le gouvernement veut tous nous mettre en faillite, nous, les petits. Remettre toute la maudite affaire entre les mains des grosses compagnies qui ont les moyens d'acheter les politiciens.»

Je me contentais d'écouter.

«Voilà un boulot pour vous. Dénoncer ces choses-là. Faire un peu de boucan. Prendre la défense des petits, voilà ce que vous devriez faire. Comme le faisaient les vieux curés, avant qu'ils ne deviennent tous des crétins de hippies.»

J'ai haussé les épaules.

Il s'est absorbé dans un long silence puis a fini par se tourner vers moi pour me demander : «Comment ça se fait que vous m'avez laissé m'en tirer comme ça?

— Comme quoi?

— Vous savez bien. À la salle paroissiale.

— Qu'est-ce que tu en penses?»

Il a allumé une cigarette. «Vous auriez dû riposter. Voilà ce que vous auriez dû faire. Vous auriez dû me casser la gueule. C'est ce que le vieux père Donald aurait fait… d'après ce qu'on me dit. C'est ce que je méritais. Je ne vous en aurais pas empêché.» Il m'a regardé, tirant sur sa cigarette. «Quelqu'un a dit au paternel que vous étiez assez habile de vos mains dans le temps. Que vous ne laissiez personne vous marcher sur les pieds.

— En vieillissant, ça passe.»

Il a ri. «Et si je vous laissais un coup gratis? Maintenant. Vous n'avez qu'à m'en flanquer une.»

Je l'ai regardé, sans voix.

«Allez-y. Ici même. Je le mérite. Ce sera ma pénitence.» Il tendit son menton.

Et tout à coup, devant moi, j'ai vu se détacher le visage de mon père et de notre voisin, Sandy Gillis, des hommes abusés par la guerre au point de croire que la violence mène à la bonne conscience. Je comprends aujourd'hui leur problème, comment ils sont devenus ainsi, le fait que la souffrance et la culpabilité conduisent à une souffrance plus grande encore. Et j'aurais pu dire à Danny, à ce moment et en ce lieu précis, ce que je ne leur avais jamais dit à eux : Tu ne crois pas que tu as déjà assez souffert ?

Mais je me suis borné à secouer la tête et à me détourner, rendu muet par le doute. Nous sommes restés assis à siroter nos verres en évitant de nous regarder, en écoutant le doux chuintement de la marée qui descendait.

«As-tu déjà songé à retourner à l'école ? ai-je fini par demander.

— Sauf votre respect, mon père, vous voulez rigoler.

— Tu es encore jeune, Danny.

— C'est la moitié du problème. Je suis né trop tard pour tout ce qui a de l'importance.

— Tu te trompes.

— On se reverra plus tard», a-t-il dit en posant son verre sur la fargue avant de sauter par-dessus le rebord du quai.

Je voulais le rappeler. Mais quand j'ai eu fini de grimper sur le quai, son camion filait à tombeau ouvert sur la route de la côte. Je le vois encore maintenant, et la lumière d'ambre du soleil couchant de septembre qui changeait les champs en or et allumait des feux dans les fenêtres des maisons muettes où dorment tous les secrets.

††††

«J'ai l'impression que tu en sais plus que ce que tu veux bien me dire. Je me trompe ou pas ?»

Stella était silencieuse à l'autre bout de la ligne. Puis elle a soupiré. «C'est quelque chose de très profond. Il a besoin d'aide, mais il n'est pas encore prêt à la recevoir.

— Peux-tu me dire quoi que ce soit ?

— Non.»

J'ai déposé le combiné et ne me suis rendu compte que plus tard que j'avais oublié de dire au revoir.

Dimanche, 8 octobre. Je me suis aperçu que Bobby O'Brian m'évitait. Les gens considèrent que je suis distant, mot qui ne me serait jamais venu à l'esprit, mais Sextus l'a utilisé une fois pour expliquer quel était le problème avec les gens comme moi. Nous nous cachons derrière une façade rébarbative, avait-il dit, et ça réussit à tromper la plupart des gens. Il avait posé une main sur le revers de mon veston et palpait l'épais tissu laineux.

«L'habit… le signe extérieur de ton autorité, avait-il déclaré. Une chose que les prêtres en robe noire ont cultivée pour éviter d'endosser toute responsabilité.» Sextus utilise beaucoup le mot *responsabilité*. Et *transparence*. Des mots, je suppose, que les gens emploient volontiers dans de plus grandes villes. Mais Bobby O. n'avait jamais paru remarquer que j'étais distant. Bobby O. est de ces personnes qui semblent toujours à l'aise avec le curé.

«Bob!» l'ai-je hélé tandis qu'il marchait, tête baissée, en direction de sa voiture.

Il a hésité. Manifestement, il se demandait s'il pouvait faire semblant de ne pas m'avoir entendu, aussi me suis-je éloigné du petit groupe de femmes rassemblées près de la porte de l'église pour me diriger vers lui.

«Ça fait quelque temps que je ne vous ai pas vu.

— J'ai été pas mal préoccupé. Des trucs de syndicats. Vous savez ce que c'est.»

Je lui ai demandé s'il avait des nouvelles de son fils.

«Ah, oui, a-t-il répondu de mauvaise grâce. Il va bien. Il a un boulot de prof en Corée. Imaginez donc ça. En Corée.» Il essayait d'avoir l'air content.

Puis, il y a eu une longue pause.

«Je vais être honnête avec vous, a-t-il dit. J'ai eu honte. Je ne sais pas comment le dire autrement. Il a fait naître tous ces espoirs et puis… se sauver de la sorte.

— Il ne se sauve pas. Il a simplement besoin de temps. Il a été sage de partir loin d'ici, où il peut réfléchir sans ressentir de pression.

— Ça n'aurait pas été différent pour lui. Vous savez de quoi je parle. »

Et à ce moment j'ai compris l'angoisse que je lisais sur son visage.

« Ce genre de choses est sans importance quand vous êtes prêtre. Pas vrai ? Vous avez de l'aide, la grâce du Seigneur. N'est-ce pas ce qu'on nous dit ? J'ai toujours pensé qu'il serait plus en sécurité s'il était prêtre.

— Il s'en tirera très bien.

— Faut que je vous dise, je m'inquiète pour lui. C'est un sale monde pourri.

— Saluez-le de ma part. Et s'il veut m'écrire un mot…

— Je vais le faire. » Puis il a ajouté : « J'ai entendu dire que ça n'allait pas fort pour le jeune MacKay. J'ai entendu dire qu'il allait de cuite en cuite depuis des semaines. »

J'ai hoché la tête.

« Ça me fait de la peine. C'était un bon petit gars. Je me souviens quand ils étaient tous les deux à l'école secondaire. Ils étaient copains.

— Ça va s'arranger, ai-je répondu, gêné de la pauvreté du commentaire.

— Ah là là. Les jeunes, hein ? »

Il s'est dirigé vers sa voiture, et j'ai senti une vague de détresse se lever depuis un lieu profond, un endroit où j'ose rarement m'aventurer.

† † †

Jeudi, 12 octobre. Le jeune Danny a téléphoné au matin.

« Je me demandais… Je vais probablement mettre le bateau à sec la semaine prochaine. Si je m'occupais du vôtre en même temps ?

— Ce serait très bien.

— Le mauvais temps s'en vient… on attend des tempêtes. On est aussi bien de le mettre à l'abri pour l'hiver.

— Puis-je être utile ?

— Je m'en charge. Disons que c'est un acte de contrition. »

Nous avons ri tous les deux.

« *Ego te absolvo*, ai-je énoncé.

— Quoi ?

— Tu es pardonné.

— Cool, a-t-il lancé. Je me sens beaucoup mieux maintenant.»

Et puis arriva le quinze du mois. Je me souviens distinctement d'un fort vent du nord-ouest qui faisait gicler une pluie froide sur les collines et les maisons, des feuilles d'automne tombant en cascade des arbres tragiques pour former des tas richement colorés qui gelaient sur la route. Après la messe, ce jour-là, les gens ont couru vers leur voiture en tenant leur bulletin paroissial au-dessus de leur tête nue, se hâtant pour regagner leurs maisons accueillantes. Je suis resté sur le seuil de l'église pendant cinq longues minutes, à regarder l'orage avancer rapidement sur la baie, rassembler l'eau coiffée d'écume pour la projeter contre le littoral. Il y avait dans ma maison quelque chose qui m'incitait à m'attarder dans l'église pleine de craquements, où subsistaient des traces de vivante humanité. Ma maison était un endroit mort comparativement à l'église et à la tempête vivante dehors.

Puis j'ai vu la camionnette rouge s'engager dans l'allée. Sextus, ai-je songé avec étonnement.

«C'est formidable, non? a-t-il lancé alors que la pluie lui balayait le visage. J'adore ça. Je suis allé à la vieille maison, mais les arbres y font obstacle au vent. Et puis j'ai pensé à toi, ici, et à la vue. J'ai apporté une cruche de vin. Me suis dit qu'on se ferait un petit brunch.

— Entre donc avant d'être trempé.

— J'adore cette odeur. L'odeur de l'automne, la nature qui se débarrasse de tout ce qui a fait l'été. Y a-t-il rien d'autre qui sente si bon en pourrissant?»

À la façon dont il remuait les bras, j'ai deviné qu'il avait déjà commencé à boire.

«Viens dans la maison. Je vais cuire des œufs et du bacon. Préparer du café.»

Il a débouché le vin. Bloody mary à la main, je m'affairais dans la cuisine tandis qu'il tirait une chaise et s'asseyait pour me regarder faire.

«J'ai entendu dire que le jeune O'Brian était en Corée ou quelque chose du genre, a-t-il fini par dire. C'est aussi bien.

— Je suppose.

— Pas qu'il ne ferait pas un bon prêtre. Seulement, je ne comprends pas pourquoi il accepterait de subir tout cela.

— Quoi donc ?

— Les soupçons continuels. Et, bien sûr, cette tension à l'intérieur de lui.

— Je ne comprends pas ce que tu veux dire. » Je lui tournais le dos.

« On dirait qu'ils sont faits autrement, les gais, comme on les appelle aujourd'hui. Tu comprends ce que je veux dire ? Sur le plan sexuel.

— Comment sais-tu qu'il est gai ?

— Tout le monde le sait.

— Tournés, les œufs ?

— Ce n'est pas… l'orientation qui importe. Dieu sait que je n'ai rien contre les gais. C'est la répression qui n'est pas naturelle. Quand tu refoules tout à l'intérieur, tu ne sais jamais comment ou quand ça va exploser. Ça finit toujours par arriver, à un moment ou à un autre.

— Tu dis n'importe quoi.

— N'importe quoi ? Tu crois vraiment ? Regarde-toi, par exemple. »

Je me suis retourné pour lui faire face, spatule à la main.

« Tu ferais mieux de surveiller ton œuf. »

J'ai pivoté pour faire face à la cuisinière. Il y a eu un long silence entre nous.

« Je pense que ma sœur et toi, vous avez passé trop de temps à philosopher », ai-je dit enfin. Quand je me suis de nouveau tourné vers lui, son visage était un masque.

Je me suis rappelé mon verre, à moitié vide sur la table. J'y ai versé encore une mesure d'alcool. Il se contentait de me regarder.

« Peut-être que je devrais mettre quelque chose au clair, a-t-il commencé.

— Écoute, l'ai-je interrompu. Ta vie personnelle ne me regarde pas. »

Le téléphone a sonné bruyamment. Pendant un instant, j'ai pensé l'ignorer pour ne pas interrompre la conversation, qui d'une certaine façon me semblait importante. Mais j'ai décroché et c'était Stella.

« Dieu soit loué, tu es là ! s'est-elle écriée, au bord de l'hystérie.

— Ça va. Je suis là. Avec Sextus.

— Il faut qu'on aille à Hawthorne. Chez Danny.

— Chez Danny ?

— Danny est mort », a-t-elle dit.

Et puis il y a eu des sanglots. Elle venait juste d'apprendre la nouvelle. Il fallait qu'elle s'habille. Elle a dit que ça lui prendrait quinze minutes. J'ai déposé le combiné, que j'ai regardé pendant un moment.

Sextus était à la cuisinière, en train de disposer les œufs et le bacon dans une assiette.

« Qu'est-ce que c'était ?

— C'était Stella. C'est Danny MacKay. Il est mort.

— Bon Dieu ! » s'est exclamé Sextus. Tout à coup, il s'était mis à trembler. Il a posé l'assiette. « Danny. Mort ?

— Elle s'en vient. »

Il s'est affaissé sur une chaise. Nous sommes restés là tandis que s'étiraient les minutes. L'orage semblait gagner en violence. La vieille maison grinçait. Mon horloge électrique émettait un son feutré semblable à celui d'un pied couvert d'une chaussette chaque fois que la grande aiguille des minutes tressaillait.

« J'ai lu que c'est comme ça que ça arrive », a expliqué Sextus.

Je n'ai rien dit.

« La sclérose affaiblit tout. Le système au complet. Tu aurais dû voir Danny, quand j'ai fait sa connaissance. À Toronto. Il était… la dernière chose que tu aurais imaginée, c'est Danny… Il était comme un foutu… viking. »

Je l'entendais à peine.

« Où as-tu mis cette bouteille ? » a-t-il demandé.

Je me suis levé, l'ai prise sur le comptoir. Ai trouvé un verre vide. L'ai déposé devant lui. Nous en ai servi un chacun. Me suis rassis.

« Je me rappelle, une fois, dans cette drôle de petite taverne de la rue Roncesvalles. Deux maçons italiens s'étaient mis en tête de…

— J'ai un mauvais pressentiment, l'ai-je coupé. Je ne pense pas qu'elle parlait de Danny Ban. »

La portière d'une voiture a claqué dehors.

Quelqu'un avait aperçu son bateau dérivant juste à la sortie du port, à la lisière des eaux plus profondes. L'embarcation, qui avait manifestement été mal amarrée, s'était libérée sous l'effet du vent. Le jeune Danny ne dessoûlait pas depuis des semaines, de toute façon. Ne se serait pas trop embarrassé des câbles. Et puis quelqu'un avait fait remarquer que le vent ne souffle habituellement pas dans Little Harbour, qui est bien à l'abri. Et même si le vent avait réussi à s'engouffrer à travers les arbres et à descendre la colline, le vent et la marée auraient probablement repoussé le bateau vers l'intérieur des terres, en direction du pont de l'autoroute. Non pas dans la tempête.

C'est à ce moment que Cameron, auxiliaire pour la Garde côtière, avait jugé qu'il valait mieux qu'ils aillent eux-mêmes récupérer le bateau plutôt que d'aller chercher Danny. Cameron et son fils avaient donc détaché leur bateau le dimanche matin, juste après la messe, et avaient pris la mer toujours vêtus de leurs habits du dimanche, maugréant un peu contre les gens qui perdent les pédales et font des embêtements. Après qu'ils eurent rapproché de leur embarcation le bateau à la dérive à l'aide d'une gaffe, Angus était monté à bord.

Angus avait à peu près le même âge que Danny, et, par la suite, on a craint qu'il n'arrive pas à se remettre de ce qu'il avait vu.

Le corps était à l'intérieur de la cabine, recroquevillé dans un coin de la minuscule cuisine sens dessus dessous. La carabine était sur le sol dans une stupéfiante flaque de sang, qui depuis avait viré au noir.

Une .303 pleine longueur, ses bras étaient à peine assez longs pour lui permettre d'atteindre la détente. Mais il avait quand même réussi à se tirer une balle dans le cœur. Dieu merci, ç'avait été rapide, avaient-ils dit.

On avait trouvé une note. Quelques mots seulement. «Il n'y a pas d'avenir.»

Il y aurait des théories, on se ratisserait la mémoire à la recherche du moindre indice. Ce devait être lié à l'incident de la salle paroissiale. Il avait frappé le curé. Après ça, il était fini. Et il fut question de sa petite amie, Sally, qui l'avait lâché comme une patate chaude après cela, et il n'avait plus jamais été le même par la suite. Et puis on évoqua une réunion publique. Les bureaucrates du gouvernement étaient venus discuter des pêcheries et de l'avenir de Little Harbour. Danny avait perdu la tête, il avait qualifié le type de POC d'une épithète horrible devant tout le monde. Un mot de trop, me dit quelqu'un aux funérailles, c'est tout ce qu'il faut avec cette bande de salopards. C'est à ce moment-là que Sally avait jeté l'éponge. Lui avait donné l'ultimatum. C'était après cela qu'il avait frappé le pauvre curé.

Il était allé trop loin cette fois-là.

Mais d'autres affirmaient le contraire, qu'il n'était plus lui-même depuis des années. Ils affirmaient : En rétrospective, on pouvait le voir venir. Et tout le monde opinait du bonnet, car le chagrin nous porte à accepter l'absurdité, du moins temporairement.

Malgré tout cela, Danny Ban est resté stoïque. Je l'ai vu se raidir quand Sextus a voulu le serrer dans ses bras, et il a levé un avant-bras entre eux pour se protéger.

Tante Peggy et son fils Willie ont fait une brève apparition au salon funéraire. Je les ai regardés s'attarder près de l'endroit où se trouvait Danny Ban, qui s'est éloigné pour leur laisser un peu d'intimité. La vieille dame tenait fermement Willie par le coude. Avant de partir, il s'est penché et a doucement effleuré le visage du gamin mort. Et quand il s'est retourné, je pouvais voir dans ses yeux ce qui ressemblait à de la rage.

Peggy a fait un petit geste de la tête et s'est efforcée de sourire. Willie regardait droit devant, et n'a adressé la parole à personne.

Danny Ban a repris sa place près du cercueil. Il était grand et large, rien ne laissait deviner qu'il était malade. Et son garçon était redevenu un enfant. Je l'ai vu comme pour la première fois. Les traits d'une vedette de cinéma, poussiéreux à cause des cosmétiques dont il n'avait nul besoin. Les cheveux coiffés par des étrangers. La tension de sa mère glaçait la pièce entière, son visage était un masque d'amertume. Je suis resté devant elle à m'astreindre à débiter des bondieuseries, luttant contre la violence de son regard.

« Je sais que vous voulez bien faire, mon père », a-t-elle fini par dire.

Mullins tenta de mettre le holà aux spéculations. Pendant la messe funèbre, il prononça une homélie étonnamment pénétrante sur le suicide. Ferme et directe. Le suicide était un acte de désespoir si profond qu'il sapait les facultés rationnelles. Et là où il n'y avait pas de raison, il ne pouvait y avoir de culpabilité. Spéculer sur les causes du geste n'était que commérage, proclama-t-il avec conviction.

J'avais déjà entendu tout cela, bien sûr, mais, dans la bouche de Mullins, ces paroles semblaient neuves, parce qu'elles révélaient quelque chose de neuf à son sujet.

Mullins expliqua : « Nous ne pouvons blâmer les morts pour la mort. Nous ne pouvons juger. » Et puis il prononça son jugement : « On

194

me dit qu'il a écrit : "Il n'y a pas d'avenir." Pensez à cela ! s'exclama-t-il. Pensez à ce que nous sommes devenus en tant que société quand ceux qui sont responsables de nos conditions de vie et de nos communautés peuvent impunément laisser notre jeunesse, l'incarnation même de notre sort collectif, dans un tel état. Il n'y a *pas* d'avenir ?»

L'homélie prit un tour politique. Mullins se livra à une dénonciation en règle des hommes d'affaires et des bureaucrates qui avaient mal administré et exploité les richesses offertes par Dieu, en particulier les pêcheries. Il dénonça les politiciens qui les laissaient s'en tirer impunis. Et, peu à peu, paroles et idées se fondirent jusqu'à prendre la forme d'une théorie acceptable. On pouvait sentir le réconfort se répandre dans l'église. Une sorte d'absolution pour tout le monde. Cette mort tragique était un cri de protestation, un appel à l'aide solitaire… pour nous tous.

Ces paroles bienvenues suffisaient presque à faire taire le murmure de colère qui résonnait toujours à mes oreilles. Les mots prononcés bas, d'une voix éraillée, que j'avais entendus la veille de l'autre côté du panneau de tissu du confessionnal.

«Peux-tu me donner un coup de main ? avait demandé Mullins. C'est comme à Pâques. La file pour aller à confesse fait presque la moitié de la longueur de l'église.»

Je n'aurais pas voulu que Mullins entende la voix qui me hante jusqu'à ce jour, et me hantera à jamais.

Ce n'est pas moi qui ai besoin d'une confession.

Pendant les silences se faisait entendre une respiration bruyante.

Vous feriez peut-être mieux de vous demander sérieusement qui a besoin d'une confession.

J'avais senti un engourdissement dans ma gorge.

Trouvez ce prêtre, ce Brenton Bell, qu'ils ont envoyé par ici. Et trouvez qui l'a envoyé ici, et pourquoi.

Brenton Bell ?

«Sortez, avais-je dit une fois l'engourdissement disparu. Foutez-moi le camp de mon confessionnal.»

Mullins interrompit son homélie comme au milieu d'une idée et abruptement revint vers l'autel tandis que nous nous levions tous pour réciter le *Notre Père*. Stella était dans la deuxième rangée, juste derrière sa sœur. Nos regards se croisèrent et ne se quittèrent pas pendant ce qui me sembla une éternité. Enfin, je dus détourner les yeux.

Pour le lugubre cantique final, Stella avait demandé une version pour orgue de la marche funèbre de Chopin, mais Mullins s'y était opposé. Trop triste, avait-il dit. Le *Requiem* doit exprimer notre foi dans le salut. Il y a la douleur, naturellement. Mais nous célébrons l'espoir qui était le don de Dieu, l'assurance que nous partagerons tous Sa Résurrection. Tôt ou tard.

Comme Danny devait être incinéré, on nous épargna les morbides rituels au bord de la tombe. Les porteurs remirent son cercueil au corbillard qui attendait. Comme il s'éloignait, les gens restèrent debout en petits groupes dans le parc de stationnement, ne sachant où aller. Le ciel était sombre, le vent se levait. Il y eut une soudaine bourrasque de pluie, froide et emplumée de grésil. À l'intérieur de l'église, j'entendais un violoniste jouer les dernières mesures de *Lament for the Death of His Second Wife*, de Niel Gow, un air si triste, songeai-je, qu'il fait même pleurer la nature.

Livre trois

Vous avez entendu que je vous ai dit :
Je m'en vais, et je reviens vers vous.
Si vous m'aimiez, vous vous réjouiriez
de ce que je vais au Père ;
car le Père est plus grand que moi.
JEAN 14

15

Avec le recul, les cinq mois suivants prennent tout leur sens à la lumière d'une série d'événements anodins. Le 25 mai 1996 fut le jour où ma vie commença de revêtir ce que j'imagine être sa dernière forme.

Je me rappelle surtout avoir eu l'impression d'un carnaval d'étrangetés, mais la voiture de police qui m'avait filé depuis la ville aurait dû me mettre la puce à l'oreille et me faire comprendre que je me trouvais dans un état de péril moral. Si je ne m'en suis pas immédiatement rendu compte, c'est que j'étais, faute d'une analyse plus profonde, passablement éméché. C'était ma façon de tenter d'éviter nombre de problèmes complexes, nombre de défis coriaces et de profondes questions éthiques auxquelles j'aurais dû avoir trouvé depuis longtemps quelque accommodement viable. Par exemple : Où est la frontière séparant le péché de la stupidité ? À Troy, j'aurais accueilli avec soulagement n'importe quelle distraction susceptible de me faire oublier la présence de la voiture derrière moi, sans parler de certaines choses qui s'étaient produites en ville.

Pour l'amour de Dieu, qui donc avait baptisé ce lieu du nom de Troy ? me demandais-je. Et pourquoi ? Quelque universitaire féru des classiques ? Une personne venue d'une autre ville du nom de Troy ? N'y a-t-il pas un Troy dans l'État de New York ? Ou au Michigan ? À l'évidence, il doit y avoir une «Troie» en Turquie. Ou peut-être était-ce parce qu'il y avait jadis là une plage, avant la digue. Et en gaélique «plage» se dit *traigh*, mot dont la sonorité ressemble un peu à «Troy».

Quand je passai devant le petit dépanneur à Troy, le *mountie* était loin derrière, près du début de la portion droite de la route. Visiblement, il avait perdu intérêt.

Innocence perdue.

Je me souviens, il y a des années de cela, par les chauds dimanches de juillet ou d'août, du crépitement des arbres secs qui emplissaient l'après-midi du sabbat de l'odeur de la sève brûlée. John et son père venaient à notre rescousse si Sandy se trouvait à être d'humeur potable, et nous asseyaient dans la voiture, Effie et moi, pour nous emmener à la plage de Troy. *Traigh* semble plus approprié, maintenant que j'y repense. Effie dirait que tout a une sonorité plus jolie en gaélique. *Mo run geal dileas,* par exemple. « Ma belle et fidèle bien-aimée. » Essayez seulement : *Morune-gall jeelus.* Ça laisse du miel sur la langue.

Une fois la voiture du *mountie* disparue, le doux visage de la femme en ville revint, ramenant avec lui la tension du moment. Elle avait l'air triste, debout là, les bras croisés sur la poitrine, la tête penchée de côté. Mais elle souriait timidement. Pas de ressentiment évident. Elle n'a rien perdu de la douceur de ses jeunes années, qui a été, au contraire, beaucoup enrichie par la tristesse. La détresse et la chaleur donnent la douceur. L'innocence. Perdue. Que ressentais-je à ce moment-là ? De la culpabilité ? De la contrition ? Quelle est la différence ? Alfonso affirmait que la véritable contrition exige une action, sans quoi elle n'est que culpabilité, un sentiment superficiel.

Traigh. Pourquoi pas ? *Try.* Essaie.

Sur la plage de Troy, Sandy Gillis, déjà condamné, s'asseyait en souriant sous le soleil de plomb, une bouteille de bière en équilibre sur une pierre, en grattant la peau blanche comme neige au-dessus de ses coudes, ou sur ses épaules aussi loin qu'il le pouvait, révélant les poils humides aplatis sous ses aisselles, tandis que nous folâtrions dans l'eau. L'été, on voyait plus facilement qu'il lui manquait une partie du crâne. Le bout de peau blême, creux, ressemblait à une cicatrice de brûlure après que la peau a fondu, s'est étirée puis reformée toute fripée, mais je sais que c'était dû à une balle reçue pendant la guerre. *Tchac.* Elle avait arraché une section du crâne. Altéré la chimie du cerveau pour assombrir le souvenir de ce qui s'était produit juste avant. Rien d'autre que des ombres là où il y avait eu la guerre, presque jusqu'à la fin de sa vie. On dit que ce qu'on ne sait pas ne peut nous faire de mal. Ce qu'il ne savait pas l'a probablement sauvé, jusqu'au soir où mon père a décidé de l'éclairer, de soulever l'interrupteur, d'exposer la partie assombrie de la mémoire, de révéler leur crime. Ou bien n'était-ce qu'un péché ? Ou seulement de la stupidité ?

« Tuer à la guerre, ce n'est pas vraiment un meurtre, avais-je suggéré, des années plus tôt, la première fois que John et moi avions discuté du passé homicide de nos pères.

— Est-ce que ça ne dépend pas des circonstances ? avait répondu John. Que fais-tu des civils ? Quand on tue des civils ?

— Tu as raison. Ça dépend des circonstances. »

Plus récemment, John m'a expliqué que, selon ce qu'il avait pu observer, les gens qui commettent un suicide deviennent paisibles, voire extatiques, une fois que la terreur diminue. C'est une question de contrôle, a-t-il précisé. Et il a décrit comment, juste avant la fin, la colère de son père avait disparu pour céder la place à un calme étrange que John a plus tard vu comme de la résignation. Il est aujourd'hui d'avis que Sandy n'avait jamais touché de si près à la grâce.

« Ç'a un avantage, le suicide, a dit John à voix basse. Tu ne devrais pas t'étonner que le jeune d'Hawthorne t'ait appelé au sujet du bateau juste avant de s'enlever la vie. Le bateau, c'était sa seule manière d'établir un contact sans éveiller les soupçons. Il était déjà parti, à ce moment-là… dans sa tête, en tout cas. Rendu là, le temps n'importe plus. C'est une bénédiction, dans un sens. »

Peut-être. C'est comme la moralité. Tout dépend de la personne à qui vous posez la question.

Que disait le père Roddie ? Que la mort violente peut parfois être justifiée. Que certaines circonstances sont… circonstancielles. Il avait un humour noir.

Quelqu'un m'a raconté il y a longtemps qu'on avait entièrement dépouillé la plage de Troy de son sable et de son gravier, qui furent utilisés pour bâtir la digue et couler les fondations des industries qui se sont installées après sa construction. Tout bénéfice a un coût. On a érigé une digue. Cette digue a créé un port. Des emplois et des salaires existent grâce à elle. Et du temps pour les loisirs, pour s'asseoir et se gratter au soleil. Mais il n'y a désormais presque nulle part où s'asseoir. C'est comme ça. L'été dernier, les gens du coin se sont plaints d'une forte puanteur dans les environs, comme des égouts non traités affluant non loin. Affluant de la rive. Tout le monde est suspicieux de l'industrie venue après la digue, qui a apporté la prospérité à tous, les libérant de l'angoisse. Tout le monde veut en faire tout un plat. S'impliquer. Remuer ciel et terre.

Peut-être, ai-je dit.

En passant devant un endroit que nous appelions jadis Sleepy Hollow, je vis pointer d'un remblai au bord de la route un tuyau d'où giclait de l'eau. Soudainement assoiffé, je jetai un coup d'œil dans le rétroviseur à la recherche du *mountie*, toujours invisible. D'aussi loin que je me souvienne, ce tuyau a toujours donné de l'eau. En période de sécheresse, l'été, les gens roulaient sur des milles pour venir y emplir barils et seaux. Tard, après une soirée mouvementée, on s'y arrêtait pour boire une lampée, se mouiller le visage, respirer l'air propre et humide, et l'on s'en trouvait rafraîchi. Elle est toujours là, pure, étincelante. Du moins pour l'instant. Le sable et le gravier ont disparu, mais nous avons toujours l'eau.

J'inspire profondément, cherchant des relents de l'odeur d'égout, l'indignation rognant sur le souvenir.

En montant la côte, là où habitaient autrefois deux personnes âgées, un frère et une sœur du nom de Jack et Annie Troy, je jette un autre coup d'œil furtif derrière moi. En vérité, ils s'appelaient MacDonald. Dans le coin, on baptise les gens d'après les lieux plutôt que l'inverse. Il y a une famille entière du nom de Miramachi, mais ce sont aussi des MacDonald. Sans lien de parenté avec les premiers. Le policier s'est peut-être arrêté au dépanneur. Ou au tuyau d'eau.

John Gillis, ai-je décidé, ressemble exactement à son père, ce que je lui ai dit le jour où il m'a rendu visite, peu après la mort de Danny.

«C'est possible, a-t-il répondu. Je ne me souviens pas exactement de quoi avait l'air le paternel à l'époque. Mais j'ai à peu près l'âge qu'il avait le jour où il a posé son geste.»

Le 22 novembre 1963.

«C'est un anniversaire qu'on ne peut jamais oublier, pas vrai? Grâce à Kennedy.

— Penses-tu qu'on puisse jamais oublier une chose pareille, quelle que soit la date?» ai-je demandé.

John était debout près de la bibliothèque, où il étudiait les carnets.

«On dirait des journaux.

— Nous n'en avons presque jamais parlé, hein ?

— Peut-être une fois ou deux. Alors, qu'est-ce que tu gardes ici ? »
Il retournait l'un des carnets pour en observer l'endos.

« En gros, des notes sur des rencontres, des décisions. As-tu déjà
tenu un journal ? »

Il a ri. « Non. Je pense que non.

— Dommage. Il y a dans notre passé des leçons qui valent la peine
qu'on les retienne.

— J'imagine. J'imagine qu'il y a des leçons intéressantes là-dedans.

— Sers-toi », ai-je dit.

Il a déposé le journal, s'en est détourné. « J'ai assez de mon propre
passé pour m'occuper, même s'il n'est pas couché sur papier. Je n'ai pas
de place pour le tien, à moins qu'il ne m'appartienne aussi. Mais ça fait
un bout, hein ? Il y a une traite qu'on n'est plus de la même famille. »

J'ai attendu.

« Une conscience, c'est une terrible malédiction, a dit John. La
culpabilité peut devenir une maladie si on n'y prend pas garde. C'est
le problème avec les journaux intimes, du moins quand on y est
honnête.

— Penses-tu que c'est ce qui a tué ton père ? La conscience ? Le
fait d'avoir découvert les détails de ce qui s'est passé là-bas, en Hollande, juste avant la fin de la guerre ?

— Je suppose que oui.

— Alors, puisque c'est mon père qui lui a fourni ces détails…
j'imagine…

— Ne t'en fais pas avec ça. » Il semblait hésiter. « Ça ne sert à rien
d'essayer de rationaliser ce qu'on ne saura jamais. » Puis il a dit : « Prends
cette histoire, à la salle paroissiale. Quand le jeune MacKay s'en est
pris à toi avant de s'enlever la vie. Tu pourrais te faire du mouron en
reliant les pointillés alors que ce n'est pas nécessaire.

— Alors, c'était bien toi. Tu étais là.

— Qui croyais-tu que c'était ? »

Je n'ai pas répondu.

« Je suis arrivé en retard. Bobby O. m'avait invité. On a travaillé
ensemble à l'aciérie pendant une éternité. J'ai vu ce qui s'est passé. Tu
n'as rien fait pour le provoquer.

— C'est compliqué. »

Il a haussé les épaules. «Tu as pris toute une raclée.

— Ce n'était rien.

— J'ai eu peur pour le jeune… J'ai essayé de le retenir. Je craignais ce qui lui arriverait une fois que tu te serais levé. Je me rappelle, quand on était jeunes…»

Avant de partir, il a dit : «Si je suis allé à la salle paroissiale, ce soir-là, c'était pour présenter mes excuses, en quelque sorte.

— Pourquoi?

— Cet hiver, quand j'avais pris une cuite… j'ai été assez immonde. Je suis désolé.

— Il n'y a pas de quoi…

— J'ai peur d'avoir un peu du paternel en moi.» Puis il s'est dirigé vers la porte.

En la tenant ouverte, j'ai dit : «Peut-être qu'on en a tous les deux un peu en nous.

— J'en doute. Je me demandais, autrefois… font-ils quelque chose de normal dans les dernières secondes, par exemple réciter l'acte de contrition? Et s'ils le faisaient, est-ce que ça changerait quoi que ce soit?»

Je n'ai même pas essayé de répondre.

†††

Après les funérailles de Danny, j'ai aperçu Stella près de sa voiture, tête baissée. Quand je me suis approché, j'ai vu qu'elle fouillait dans son sac à main, tentant de trouver la clef de sa voiture. Elle avait les yeux rouges, les joues mouillées.

«Seras-tu capable de conduire?» ai-je demandé.

Elle a hoché la tête. «Ça va.

— Je pourrais te raccompagner chez toi», ai-je dit. Son chagrin était contagieux. «On pourra parler.»

Elle s'est bornée à secouer la tête. «Je vais rester avec Jessie pendant quelque temps.»

Je passais devant chez les MacMaster quand je me rendis compte que le policier était de nouveau à mes trousses et qu'il faisait maintenant clignoter ses gyrophares pour signifier que je devais me ranger.

Ce n'est qu'à ce moment que je sentis le danger.

Il se pencha près de ma vitre baissée. «Comment allez-vous, aujourd'hui, monsieur?»

Je le connaissais parce que nous nous étions déjà croisés à plusieurs reprises, mais je n'avais pas l'impression qu'il me replaçait, car je portais une veste de cuir et une casquette. Mon déguisement.

«Pourriez-vous sortir du véhicule une minute, mon père?

— Il y a quelque chose qui ne va pas?

— Sortez de la voiture, je vous prie.

— Qu'est-ce qui se passe?

— Sortez, je vous prie», dit-il en reculant pour me faire de la place.

J'ouvris la portière d'un geste brusque, sortis. Titubai légèrement.

«Voudriez-vous m'accompagner, s'il vous plaît?»

Il se dirigea vers sa propre voiture, ouvrit la portière du côté passager, la main sur mon coude. Je grimpai à l'intérieur, furieux. Le tableau de bord était encombré d'instruments électroniques. Il monta du côté conducteur et resta assis quelques instants, à réfléchir.

«Je vais vous ramener chez vous, finit-il par déclarer.

— Est-ce que je conduisais si mal que ça?

— Je n'ai pas remarqué la façon dont vous conduisiez. Mais on dirait que vous avez bu pas mal.

— Vous faites erreur.

— D'où reveniez-vous?

— D'une visite.

— Je vous ai arrêté parce que je veux vous parler de quelque chose.»

Tandis que nous nous éloignions, laissant ma voiture abandonnée sur le bas-côté, je me colletais avec l'absurdité de la situation. On m'avait appris que le pouvoir de l'homme en uniforme lui vient d'une instance inférieure à celle qui me confère le mien. Mais j'étais maintenant à sa merci. Nous nous engageâmes dans l'allée menant au presbytère. L'église qui se dressait au-dessus de nos têtes me sembla tout à coup aussi impuissante que moi.

«De quoi vouliez-vous parler?

— Mon père, dit-il. Il faut que vous sachiez… Il y a quelqu'un qui pose des questions au sujet du jeune MacKay.

— C'est étrange. Qui?

— Un journaliste.

— Un journaliste ? Pourquoi est-ce que ça ferait les nouvelles ? C'est arrivé il y a des mois.

— Il semble suggérer que cette affaire était liée à… d'autres problèmes. » Il guettait ma réaction.

Je haussai les épaules. « Je ne vois pas de quoi il veut parler. »

Il continua de m'examiner pendant un moment, me jaugeant. « Je me suis dit que nous pourrions en discuter, mais manifestement pas aujourd'hui. Peut-être un jour prochain, quand vous vous sentirez d'humeur à le faire.

— Quand vous voulez.

— Au fait, reprit-il, avez-vous déjà connu un prêtre du nom de Bell ? Brendan Bell.

— J'ai déjà connu un Bell, mais il n'est pas prêtre. Du moins, plus maintenant. »

Il me regarda, puis dit : « J'espère que vous vous souviendrez que je vous ai fait une faveur aujourd'hui. »

Demandez à ce Bell. Et découvrez qui l'a envoyé ici, et pourquoi. Alors vous saurez.

« Vous n'auriez pas son nom, par hasard ? demandai-je.

— Son nom ?

— Au journaliste.

— J'ai bien peur de ne pas l'avoir noté. » Puis il tendit le bras pour me remettre sa carte. *Cpl L. Roberts.* « Vous pouvez me joindre n'importe quand. Jour et nuit. »

En souvenir, je regarde la voiture descendre la colline, tourner vers le sud et disparaître. Le moral plonge. Occasion ratée d'un acte de contrition, d'une absolution ?

La voix d'Alfonso se fait de nouveau entendre : L'acte de contrition véritable doit être un geste, une action menant, d'une manière ou d'une autre, à un changement. J'étudie la carte du policier de la GRC pendant un moment.

L'autre voix dit : Ne t'avise même pas d'y penser.

Le souvenir est épisodique et forme un paysage rude, sans merci. Danny Ban était sur la rive. C'était en novembre, un mois à peine après le jour fatidique. Je m'apprêtais à sortir mon bateau de l'eau afin de le mettre au sec pour l'hiver. Le *Lady Hawthorne* était à sa place habituelle, juste derrière moi. Le regarder me mettait en colère.

Pourquoi ? me demandais-je. Pourquoi éprouverais-je de la colère ?

Puis Danny Ban était au-dessus de moi, les mains dans les poches. «Comment allez-vous aujourd'hui, monsieur le curé ?»

Je me levai avec difficulté pour lui faire face en essayant de déchiffrer son expression.

«Comment vous en sortez-vous, Danny ? demandai-je en posant une main sur son avant-bras.

— Ah, ben», répondit-il en prenant son souffle. Puis, en expirant : «On ne sait jamais, d'un jour à l'autre.»

Je me contentai d'écouter.

«Je pensais que j'étais le seul à avoir des ennuis. Il était jeune, pas vrai ? Vigoureux et en santé. On s'imagine que rien ne les dérange vraiment quand ils sont jeunes et vigoureux. J'étais trop occupé à penser à moi, je suppose.» Cessant de me regarder, il détourna les yeux pour étudier le bateau. «C'est un coup dur pour les femmes. Jessie et Stella. Mais au moins elles peuvent compter l'une sur l'autre. Je suis content de ça.

— Si je peux faire quoi que ce soit...»

Il secoua simplement la tête d'un air las, puis se pencha et rattacha un traversier sur le bateau. «J'imagine qu'il va falloir que je le ramène à la maison. S'il était en bois, je le dépouillerais de ses garnitures et j'y mettrais le feu. Mais voilà. C'est comme ça que les choses sont aujourd'hui. Tout est fait en fibre de verre et en plastique. Même les voitures.»

Il réussit à sourire.

Il fut question de rebaptiser le port en mémoire de Danny MacKay, pour le ramener à la vie, d'une certaine manière. La pointe à MacKay. Mullins estimait que c'était une bonne idée ; l'appellation avait une double signification. J'étais d'accord.

Mullins tenait de source sûre que les employés du gouvernement voulaient démanteler le port, projet que la mort de Danny rendait plus difficile sur le plan politique. Si le port était renommé en son honneur, sa fermeture paraîtrait encore plus inhumaine. Ce serait comme de tuer le gamin une deuxième fois. On aurait dit que chaque dimanche, en chaire, Mullins s'en prenait aux politiciens et aux bureaucrates avec une ardeur redoublée. Ils ont perdu contact avec le peuple, martelait-il. Ils sont paternalistes. Tels les marchands cupides de l'ancien temps. Ils prennent nos décisions à notre place.

Je lui enviais sa cause et son courage. Alfonso aurait été fier de Mullins.

Mais c'est alors que l'évêque me téléphona. Que se passe-t-il là-bas ? demandait-il. Est-ce que Mullins est en train de perdre la boule en son vieil âge ? Qu'est-ce qui lui prend de parler politique de la sorte ? De vouloir renommer des ports ? La pointe à MacKay mon cul.

Je lui dis de ne pas s'en faire. La communauté était secouée par un suicide. Un jeune pêcheur du nom de MacKay. Mullins est sans doute inquiet parce qu'il y en a beaucoup d'autres comme lui dans les environs, pris à la gorge par les banques, et l'avenir semble plutôt sombre pour les pêcheries. Mullins essaie de leur donner un moyen de se concentrer sur autre chose qu'eux-mêmes. Il essaie de leur donner quelque espoir.

«Eh bien, quoi qu'il en soit, essaie de trouver un moyen de lui dire de se calmer un peu, ronchonna l'évêque. Les gens commencent à s'énerver. Notre boulot, c'est de rassembler les gens, pas de les diviser.»

Quels gens ? songeai-je.

«Je vais lui parler, promis-je.

— Bien. Comment ça va, sinon ?

— Nous devrions peut-être discuter, vous et moi.

— Quand tu veux, répondit-il. Mais surveille Mullins. Je veux qu'il cesse ces âneries politiques. Nous ne devons pas fourrer notre nez dans les affaires publiques. Comme ça, peut-être qu'ils ne fourreront pas leur nez dans les nôtres.»

16

Le père Chisholm, le curé de la ville, téléphona à la fin du mois de novembre. Il alla droit au but. Il avait entendu parler de ce qui était arrivé à notre jeune ami d'Hawthorne. Il priait pour lui. Terribles, les pressions auxquelles font face les jeunes de nos jours. Et, en passant, aurais-je l'obligeance de me charger de la messe du dimanche suivant en ville ? Pour cette fois seulement. De la maladie dans la famille. Il fallait qu'il s'absente quelques jours. On devrait se rencontrer à son retour. On pourrait parler de désespoir.

Peut-être.

« Mais je peux compter sur vous ce dimanche ?

— J'en prends note, fis-je. Le 26 novembre. En soirée. »

On appelait autrefois ce service la messe des ivrognes, mais de nos jours un sarcasme aussi dur est passé de mode.

« Vous êtes bien bon », dit-il.

Je l'appelle encore la nouvelle église même si elle a été construite il y a plus de vingt ans. C'est là l'un des signes que l'on prend de l'âge, j'imagine. Le passé se comprime. À mes yeux, cette église dégagera toujours un air de nouveauté, avec les rayons du soleil qui coulent à flots par un puits de lumière aménagé juste au-dessus de l'autel, ses étroites fenêtres modernes, son sol incliné de sorte que les bancs s'élèvent devant moi et sur les côtés comme dans un auditorium. Et les visages sont nouveaux, pour la plupart. Même ceux qui me paraissent familiers appartiennent sans doute aux enfants des gens que j'ai connus. C'est dans cette paroisse que j'ai célébré ma première messe, dans la vieille église de St. Joseph's. L'une des nombreuses à avoir brûlé. C'était un défi de remplacer Chisholm le 26 novembre. Mais c'était un geste utile.

Les funérailles de Sandy Gillis avaient eu lieu le 26, quatre jours après qu'il se fut tiré une balle dans la tête. On l'avait trouvé assis dans un trou dans la terre, une vieille cave abandonnée au milieu des bois, un endroit isolé du nom de Ceiteag's. Il nous a fallu des années pour découvrir pourquoi il s'était enlevé la vie. J'ai demandé aux fidèles de prier pour l'âme de Sandy. Une intention personnelle, leur ai-je dit. Je pouvais en voir quelques-uns hocher la tête.

Lors du cantique final, je me suis rappelé certains visages, et j'ai compris les mains que les gens levaient devant leur bouche afin de dissimuler leurs chuchotements. Le petit MacAskill du fond des terres. Tu te souviens de lui? Il habitait pas loin de chez Sandy Gillis. Bien sûr qu'il va prier pour lui. Il est au courant de tout.

Et je me rappelle mon père, pris de boisson, célébrant après ma première messe, qui m'avait dit, avec un calme étonnant : «Quand Sandy Gillis s'est tué… tu sais, en réalité, c'était ma faute. Je n'ai pas appuyé sur la détente, mais c'est tout juste.»

À ce moment-là, je ne voulais pas savoir. Mais il a livré une explication brève, clinique.

«Je lui ai raconté quelque chose que nous avions fait. En Europe. Il avait oublié…

— Et qu'est-ce que vous aviez fait?

— Eh bien. Il y avait une jeune fille.»

Je me souviens d'avoir attendu. Me préparant pour la suite.

«C'était elle. La fille. C'est elle qui a tiré sur ce pauvre Sandy. Il ne s'en est jamais rappelé par la suite, jusqu'à ce que je le lui raconte.»

C'est tout.

Je me souviens d'avoir fait appel à des notions de contrition, de réconciliation pour le réconforter. Il écoutait d'un air respectueux, hochant de la tête.

«Je comprends ce que tu veux dire», affirmait-il.

†††

Une fois dehors, les fidèles se dispersèrent rapidement. Le vent mordant qui balayait le détroit depuis Chedabucto Bay fouettait les coins de ma soutane. Merci. Merci. Je les incitais à se hâter d'aller reprendre leur fin de semaine interrompue.

«Avez-vous eu des nouvelles du père Chisholm, comment vont les choses à la maison?

— Tout va bien. Il sera de retour dans un jour ou deux. S'il arrive quoi que ce soit d'ici là, téléphonez-moi à Creignish.»

Et puis un visage qui avait quelque chose de familier dans les replis de chair. Quelque chose dans les yeux.

«Vous ne vous souvenez probablement pas de moi», dit-il.

Je m'efforçai de replacer ce visage que je me rappelais presque, mais en vain. Probablement pas, aurais-je voulu répondre. J'étais glacé jusqu'aux os.

«Nous sommes allés à l'école ensemble. La vieille école de Hastings, il y a des années de cela. Don Campbell.»

Don Campbell?

«Donald A., finit-il par avouer. De Sugar Camp. Sur le Long Stretch.

— Aaaaah oui», fis-je. Me souvenant, vaguement.

«Je suis devenu Don, en partant travailler loin d'ici, m'expliqua-t-il en me rendant mon sourire.

— Vous êtes à l'aciérie, j'imagine, dis-je en attrapant une main volumineuse.

— Non, je n'ai pas cette chance. Je travaille dans la construction. Un peu partout. Je m'absente beaucoup. C'est sans doute pour ça que je ne vous ai pas vu depuis un bout de temps. Je vais là où il y a du boulot. Dans l'ouest, dans le nord. Vous n'avez pas changé une miette. Je vous aurais reconnu n'importe où.»

Il avait le visage plein et rouge, peut-être à cause du vent, mais ses yeux étaient rendus humides par l'usure de la vie.

«C'est drôle de penser que vous êtes prêtre», ajouta-t-il avec un léger rire.

Je partageai son rire.

«Je me souviens bien de Sandy Gillis, continua-t-il. Et de la façon dont il est mort, en 1963. Le paternel et moi, on était là quand ils l'ont trouvé. À Ceiteag's.»

Je me contentai de hocher la tête.

« C'est terrible quand les choses en viennent là. J'imagine qu'il n'avait jamais réussi à se remettre de la guerre. »

Je hochai de nouveau la tête, détournai les yeux.

« C'était une scène horrible. Je ne l'oublierai jamais. Moi, j'étais encore jeune.

— Vous avez une famille, je suppose.

— Il n'y a plus que ma femme à la maison. Deux fils. Partis, un à Toronto, l'autre aux États-Unis. Mais je les vois plus souvent que je vois ma pauvre femme par les temps qui courent, avec tous ces déplacements que je fais pour le travail. Il faut que vous veniez faire un tour. On prendra un verre, on se rappellera le bon vieux temps. C'est la maison près du petit magasin sur la vieille route Sydney. Vous allez la reconnaître.

— Un jour, je viendrai », dis-je.

Je le regardai s'éloigner. Aujourd'hui, on le connaît sous le prénom de Don, parce qu'il est parti travailler ailleurs. Et je songeais à notre enfance passée ensemble dans cet endroit étrange et isolé, à l'extérieur du cercle magique de ce qui était important. Et à tout ce que nous cachons derrière des banalités.

Sextus ne m'attendait pas, mais il ne semblait pas mécontent de me voir.

« J'ai célébré la messe pour Chisholm ce soir, et comme j'étais dans les environs…

— Entre », dit-il.

Son appartement était faiblement éclairé. Une télévision presque silencieuse scintillait dans un coin et un livre ouvert était posé sur une table basse.

« Ça m'est revenu ce soir. En célébrant la messe en ville. En pensant à ton oncle Sandy… Il y a trente-deux ans aujourd'hui que nous l'avons enterré, n'est-ce pas ? Je pensais à lui durant la messe. Je les ai fait prier pour le repos de son âme.

— C'est fou. Ça m'était complètement sorti de l'esprit. Tu prendras bien un *dileag,* pour le froid ?

— Non, merci. As-tu des nouvelles de ma sœur ?

— De temps en temps. Je pense qu'elle reste chez elle pour Noël. Je me demande comment va John ces jours-ci.

— Il va bien. Il est venu me voir. Il est au régime sec depuis février.

— C'était une mauvaise passe, Noël, l'an passé.

— Je ne pense pas qu'il faille nous inquiéter pour ce Noël.»

À ce moment-là, il s'assit, bras croisés : «Nous verrons.»

J'examinai la pièce. «En réalité, je n'ai pas vraiment besoin de plus. Un petit appartement confortable. Je ne sais pas pourquoi on garde encore le presbytère. C'est un gaspillage de chaleur et d'énergie.»

Il haussa les épaules.

«Je suis tombé sur Donald A. Campbell ce soir après la messe. Tu te souviens de lui ? On a parlé de Sandy. Il fait dire bonjour.

— Tu rigoles.

— Il se fait appeler Don maintenant.

— Quand est-il revenu ?

— Il ne l'a pas dit. Je le connaissais à peine. Il a mentionné qu'il avait été l'un de ceux qui avaient trouvé Sandy. Il faisait partie de l'équipe de recherche.

— Il devait être assez jeune.

— Un peu plus jeune que nous à l'époque.

— Donald A., a-t-il répété, souriant, en se rappelant quelque souvenir personnel. J'imagine que sa femme ne l'accompagnait pas ?

— Il était seul.»

Il a ri tout haut. «C'est probablement aussi bien comme ça.

— Oh ? Pourquoi ?

— Tu te souviens certainement de Barbara.»

17

Mullins me dit d'attendre dans la cuisine. Il y avait quelqu'un dans son bureau. Ce ne serait pas long. Vingt minutes plus tard, j'étais toujours là, ne tenant pas en place. La cuisine révélait presque tout ce que vous pouviez avoir envie de savoir à son sujet. Des murs d'un jaune éclatant et des armoires blanches immaculées, un comptoir en formica que rien n'encombrait. Un évier vide, l'aluminium et le chrome éblouissants dans le soleil du milieu d'après-midi. Un linge à vaisselle sec plié proprement sur un robinet étincelant. De faibles effluves de cire à meubles.

J'éprouvais autrefois du plaisir à venir ici. La maison en ordre, les silences méditatifs en l'absence de Mullins. Aujourd'hui, l'endroit me semble étouffant.

Il était presque quinze heures. Le soleil vif de décembre filtrait en oblique par une fenêtre au nord-ouest. L'île de Port Hood gisait abandonnée, attendant la neige, les maisons des estivants américains silencieuses et barricadées. L'eau à l'avant-plan dansait, projetant une écume mousseuse dans le vent âpre. Un spectacle glacial, ai-je songé, mais à l'intérieur le soleil réchauffait la cuisine à la propreté clinique.

La maison était plongée dans le silence. Ou bien la personne qu'il avait dans son bureau était muette, ou bien elle parlait à voix très basse. Je sentais un mélange d'ennui et d'irritation s'immiscer dans mes os. Typiquement Mullins.

Pendant l'été, je m'étais réfugié dans l'île sur mon bateau au moins une douzaine de fois. J'amarrais le *Jacinta* à l'intérieur du quai en forme de U comme le jeune Danny m'avait montré à le faire par cette chaude journée en juillet. Me baladais jusqu'à la petite église qu'il m'avait fait remarquer. Très paisible, là-bas, avait-il dit. Manifeste-ment, il le savait. Je m'asseyais pour méditer en silence avec les fan-tômes des anciens insulaires, solides et économes, qui allaient tranquil-lement autour de moi. Le grincement d'une latte du plancher ou des murs était le seul bruit.

«Attends dans la cuisine», avait lancé Mullins, comme si j'étais un vendeur.

Va discuter calmement avec lui, avait dit l'évêque.

Je tuerais pour avoir un verre en ce moment, songeai-je. Bientôt, je vais me mettre à transporter une flasque. Je souris pour moi-même. La pomme ne tombe jamais loin de l'arbre. Oh non.

Une grosse mouche noire avançait d'un pas chancelant le long du rebord de la fenêtre et, d'une certaine manière, je m'en trouvai rassuré. Une petite imperfection pour humaniser ce lieu stérile. La fenêtre dans la chambre de l'évêque en est pleine. D'où viennent-elles? Des cen-taines, agglutinées en pitoyables grappes noires. Sont-elles mortes? Est-ce qu'elles hibernent? Comment sont-elles entrées?

J'étouffai un bâillement. Je me demandais s'il gardait une bouteille dans l'armoire comme moi. J'aurais pu regarder. Qu'y avait-il de mal à jeter un coup d'œil?

La mouche était maintenant acculée dans un coin. Non. Elle se ressaisit. Entreprit de grimper le long de la vitre. Je résolus de laisser encore cinq minutes à Mullins et me rappelai: Bell s'est assis ici. Pen-dant un an. Pour manger, boire, dire des conneries. Amuser Dieu sait qui et comment. Qu'est-ce qui les attire, chez un type comme Bell? La guitare? Peut-être, si j'avais un don pour la musique. Non. Il pos-sédait charme *et* talent.

Tout à coup, cela me semble drôle. Dieu joue des tours. Dieu est un farceur qui pourvoit Ses infirmes de dons qu'ils utilisent pour per-vertir Sa sainte volonté. Et ils prospèrent. Les gens comme moi, dési-gnés pour corriger les perversions et réparer les dégâts, se traînent comme la mouche somnambule. Nous, le commun des mortels, nous partageons le sort des insectes.

J'observai pendant un moment encore la mouche qui se débat-tait. Elle était désormais sur le dos, ses pattes remuant de façon méca-nique dans les airs, de plus en plus lentement. Les piles seraient bientôt à plat.

Je me demandai où se trouvait Bell en ce moment. Quelque part au volant de sa BMW, les cheveux lissés par le gel, sa nouvelle épouse le couvant d'un regard admiratif. Je me levai, m'étirai, regardai la porte de l'armoire plus attentivement. Qu'est-ce que tu penses que tu fais? Tu es à la veille de boire en cachette. Pire que Bell.

Hum. Je consultai ma montre pour la énième fois. Le temps est écoulé. J'ouvris la porte de la cuisine. Il y avait une nouvelle terrasse relativement neuve juste à l'extérieur, pour s'asseoir et contempler les couchers de soleil d'été. Une vue inférieure à la mienne, jugeai-je. Je décidai de partir discrètement. Il ne servait à rien de déranger le vieux Mullins et son mystérieux invité. Soulagé, je m'avouai que je n'avais plus les nerfs pour faire cela. Porter des messages de l'évêque. De petits avertissements.

L'air était piquant après la cuisine surchauffée. Je me sentis rafraîchi. Mais avant d'avoir atteint la voiture, j'entendis la voix de Mullins. Il était debout dans l'embrasure de la porte d'entrée, les bras croisés sur la poitrine. Une femme dos à moi lui disait au revoir. Quand elle se retourna, je reconnus Jessie MacKay. Elle avait l'air étonnée de me trouver là, un peu désorientée.

«Où est-ce que tu penses que tu t'en vas?» m'appela gaiement Mullins.

Il jeta un rapide coup d'œil à l'horloge de la cuisine. «Je suppose qu'il n'est pas trop tôt pour un cocktail. Et toi? Tu prends un verre?

— À l'occasion», répondis-je.

De l'armoire, il sortit une bouteille de quarante onces de vodka. Bien sûr – aucun risque d'en détecter la trace dans l'haleine. Sur glace, lui dis-je. Il versa une larme de soda tonique dans la sienne. Il avait découvert la vodka-tonique en Pologne, me raconta-t-il, lors de la deuxième visite de Sa Sainteté Jean-Paul II, en 1983. Y es-tu déjà allé? Non. Je travaillais à l'université en 1983. Un autre genre de ministère, légèrement moins prestigieux. Mais il n'écoutait pas.

«La Pologne a changé du tout au tout, d'après ce que je comprends. Mais à l'époque? Communiste, mais profondément inspirante. Un soupçon de répression ne fait pas de tort à l'âme, on dirait.» Il eut un petit rire. «À Częstochowa, oh mon Dieu, Jasna Góra, le suaire de la Madone noire. Des centaines et des centaines de milliers de personnes se sont présentées pour entendre la grand-messe pontificale un dimanche matin. Sous la pluie.

— Je peux imaginer, murmurai-je, en songeant : Ce vieux Mullins semble bel et bien excité !

— J'ai failli avoir une attaque de panique au milieu de l'assistance. Je n'arrêtais pas de perdre pied dans l'herbe mouillée et la boue. La foule ? Tu ne croiras pas ce que je vais te dire. La foule était si dense… si serrée… les gens tellement tassés les uns sur les autres que, après, tous les boutons de mon manteau sont tombés. Aussi vrai que tu me vois là. » Il me pria de l'excuser le temps qu'il descende au sous-sol chercher une autre bouteille de soda tonique.

« Ce n'est pas la peine ! lui criai-je. Je peux très bien vivre sans.

— Ça alors, non. Ça ne me dérange pas du tout. Il faut que tu essaies ça. Tu ne pourras plus t'en passer. » Je l'entendais fredonner une mélodie dans l'escalier menant au sous-sol.

« Comment trouves-tu le mélange ? demanda-t-il, attendant mon verdict.

— Je vais ajouter un peu de vodka, si ça ne vous gêne pas. C'est délicieux, mais vous ne trouvez pas le tonique… sucré ?

— Vas-y, m'encouragea-t-il en faisant un geste en direction de la bouteille d'alcool. En fait, c'est un cocktail d'été. Mais je voulais que tu l'essaies. »

Je versai une généreuse rasade.

« La Pologne était *incroyable,* dit Mullins. La foi de ces gens. Les foules à la messe. Les manifestations de protestation. Les croix fleuries dans les squares publics. Jaruzelski a littéralement tremblé quand il a rencontré le Saint-Père. Plié le genou. Je l'ai vu à la télé dans ma chambre d'hôtel. C'était extraordinaire.

— J'ai lu quelque part que c'était le début de la fin de tout cela, le bloc soviétique et le reste.

— Effectivement. Et j'étais là quand ça a commencé, Dieu soit loué. Combien de fois un gars ordinaire des environs a-t-il l'occasion d'assister au début de l'Histoire ? Ou à sa fin… tout dépendant de la manière dont on regarde la chose. »

Je pris une gorgée.

« As-tu déjà rencontré Sa Sainteté ?

— Oui, dis-je. J'étais à Toronto en 1984. À Downsview. J'ai dormi dehors toute la nuit avec la foule afin de pouvoir le voir d'assez près. C'était tellement froid et humide que j'ai failli y laisser ma peau, mais ça valait la peine. Je l'ai rencontré après la grande messe.

— Savais-tu que j'étais à l'autel lors de la concélébration aux Commons à Halifax ?

— Ce n'est pas vrai !

— Le plus beau moment de ma vie. Le charisme de cet homme rayonne. On ne peut s'empêcher d'être touché par lui. Inspiré. Cet homme-là aurait pu être n'importe quoi. Il aurait pu diriger son pays, peut-être même lui épargner les communistes. Qui sait ? Il aurait fait un général formidable. Un Sikorski, ou mieux encore. Et, en plus, c'est un artiste. Il écrit des pièces et de la poésie. Une bénédiction pour notre époque.

—Vous connaissez bien votre Pologne, dis-je en souriant.

— Je l'ai étudiée avant d'y aller. Me suis laissé captiver par l'histoire du pays.

— À la Pologne, alors ! lançai-je en levant mon verre.

— Oh que oui ! Et à tous les pauvres Polaques et à ce qu'ils ont subi. Pense seulement à la survie de ce petit îlot de catholicisme au cours des siècles. Aux prises avec les Turcs. Les nazis. Les communistes. Et bien d'autres encore. Comment est ton cocktail maintenant ?

— Eh bien. On dit toujours qu'un oiseau ne peut voler avec juste une aile[5]. »

Je regardais dehors l'après-midi qui se mourait, tout à coup déprimé, éprouvant un petit pincement de colère cruel.

«Chopin était polonais, pas vrai ?

— En effet. C'était un héros national.» Son visage était interrogateur.

«Ils voulaient qu'on joue du Chopin aux funérailles le mois dernier, mais vous vous y êtes opposé et vous l'avez remplacé par une sorte de violoneux.

— Oh, ça, fit-il avec un geste dédaigneux de la main. Chaque chose à sa place.»

---

5.   Vieux proverbe écossais évoquant la nécessité de boire un deuxième verre une fois le premier fini.

J'étudiai mon verre. Étonnant combien l'alcool donne de l'assurance. «J'ai failli oublier. On m'a demandé d'aborder quelque chose… Je parlais au patron l'autre jour. À l'évêque…»

Il attendait, tête inclinée de côté, souriant à demi.

«Il semble que vous ayez mis le feu aux poudres, avec cette histoire à Little Harbour.

— Oh, ça, dit-il avec un nouveau geste de la main, plus détendu. Alors, qu'est-ce qu'on raconte?

— Rien d'inquiétant. Mais le patron pense que vous devriez peut-être y aller un peu plus mollo… Ça ne veut pas dire…

— Pas de problème, coupa-t-il avec un léger sourire. Mais pourquoi ne m'en a-t-il pas parlé lui-même?»

Son malaise me dégrisa. Je sentais le picotement familier dans mes épaules et dans mon cou. J'avais conscience d'être préparé. «Ç'aurait sans doute été plus poli…

— Tu peux le dire!» cracha-t-il, puis il se leva pour prendre la bouteille. Versa l'alcool dans son verre.

«Mais ne… n'allez pas vous imaginer quoi que ce soit. Je discutais avec lui par hasard, d'autre chose. Je suppose qu'il présume que nous sommes liés parce que…»

Il me regardait, l'air méfiant, attendant la suite.

«Eh bien, nous sommes presque voisins.» J'eus un petit rire. «Et vous savez ce que pensent les gens du continent. C'est comme si le monde de ce côté-ci de la digue… ne formait qu'une seule grande paroisse.»

Ses yeux laissaient voir qu'il n'était pas convaincu.

«Et puis, bien sûr, il y a eu cette histoire avec Brendan Bell.

— Bell? Quelle histoire avec Bell?»

Il me fallut un moment pour me ressaisir. Nous ne lui avions rien dit au sujet de Bell. «Oh, juste que…» dis-je en tendant le bras vers sa bouteille pour gagner du temps. «J'espère que ça ne vous gêne pas…

— Sers-toi.

— Parlant de Bell, la vie civile a l'air de lui réussir à merveille.

— Vraiment? s'exclama-t-il, sincèrement étonné. Tu l'as vu récemment?

— L'été dernier. J'ai eu l'impression qu'il s'apprêtait à vous téléphoner, mais j'imagine qu'il ne l'a pas fait.

— Je ne l'ai pas vu et n'ai pas entendu parler de lui depuis… mon Dieu… combien de temps ? Eh bien, je suis vexé. » Il fit un geste de la main en regardant par la fenêtre. Son visage était troublé. «On dirait bien qu'on me laisse à l'écart de tout. »

Je pris une petite gorgée. «Je voudrais vous demander quelque chose, dis-je prudemment. Que pensiez-vous de Bell, en tant que prêtre ?

— Absolument bon à rien. Un type charmant… mais un prêtre ? Je ne sais pas à quoi il pensait. Il était plus fait pour… les médias. Ou le spectacle.

— Est-ce qu'il a déjà parlé de Terre-Neuve ?

— Oh, il en parlait tout le temps. Tu sais comment ils sont. À la fin, je me suis dit que je devais connaître tous ceux qu'il connaissait là-bas. Je suis surpris qu'il ne soit pas passé me voir. Il a tout un handicap au golf, ce Brendan. »

Je l'étudiai attentivement et ne vis qu'innocence. Je vis la confiance, me souvins à quelle vitesse elle peut s'évanouir.

Je me levai pour partir. Le mal de tête qui avait récemment commencé à m'affliger était revenu, lancinant. Peut-être était-ce le début d'une gueule de bois. «Pour ce qui est de l'évêque, dis-je, je ne m'en ferais pas trop.

— C'est simplement que… et je serai franc… je suis un peu insulté qu'il t'ait mêlé à cela. Je sais que vous êtes proches, mais cette fois, c'est différent. »

Différent, songeai-je. Et je voulais demander : Différent de quoi ?

«Dis-lui que je sais ce que je fais, d'accord ? Il n'a pas à se faire de bile.

— Je pense que je comprends.

— Cet endroit a été profondément bouleversé par cette affaire concernant les MacKay. »

J'acquiesçai.

«Peut-être que je devrais moi-même appeler son altesse. Je peux lui expliquer. Je ne vais pas t'ennuyer avec cela.

— Faites comme vous voulez. Bien sûr. Appelez-le. »

Alors que je me tournais vers la porte, je demandai, y songeant après coup, comment Jessie MacKay s'en tirait.

«Ah. Pauvre Jessie », dit-il. Et il resta immobile un moment, à hocher la tête. «Je suppose que je ne serais pas un panier percé si je te disais pourquoi elle était ici.

— Je suis curieux.

— Coïncidence, sa visite n'était pas sans rapport avec la tienne.» Il rit, regardant ses mains. «En prendrais-tu un dernier avant de partir?

— Je devrais refuser, mais pourquoi pas.

— Encore plus que toi et que son altesse royale, elle souhaite calmer le jeu, expliqua-t-il en versant la vodka. Mettre tout ça derrière nous. Elle souhaite que je revienne sur mon idée de rebaptiser le port. Elle trouve que c'est aller trop loin.»

Je hochai la tête.

«Je viens juste de me rendre compte qu'elle tient aussi à ce que je tempère un peu mes critiques des autorités en place.» Il rit d'un air piteux. «Je n'aurais jamais cru voir le jour où je serais trop radical.» Il secoua la tête, savourant l'idée. «Je vais la boucler. Mais peut-être que tu pourrais toi-même jouer un rôle plus important, avec les relations que tu t'es faites grâce au bateau. Tu es presque l'un d'eux. Ce petit port est important pour vous autres.»

À la porte, il attrapa mon bras et le tint pendant un moment, le visage assombri par l'inquiétude. «Il se passe des choses détestables. Ce sont de bonnes gens, mais faibles. Nous devons employer tout le pouvoir politique dont nous disposons, même si Dieu sait qu'il n'en reste plus grand-chose. Mais quand même.»

Je hochai la tête.

Le soleil disparaît vite en décembre. Les ténèbres se lèvent soudainement autour de vous tandis que l'après-midi s'efface, plongeant des doigts de glace dans votre chair. En vérité, je ne voulais pas rentrer chez moi. Je ne voulais pas affronter mon presbytère décrépit. En passant devant le magasin d'alcools de Port Hood, je tournai le volant.

La nuit était tombée quand je me suis arrêté au quai de Little Harbour. L'endroit paraissait étrange, abandonné. La cabane où l'on vendait des appâts était silencieuse. Des câbles cliquetaient sur un gibet de métal qui, au printemps et en été, hisse des casiers à homards depuis les bateaux en contrebas. Il n'y avait pas de bateaux à ce moment. La marée noire se retirait, résolue, de petits tourbillons se formant autour des pieux. Une mouette frissonnait sur un poteau et se balançait d'une patte à l'autre. Je tendis le bras vers la banquette arrière, où j'avais déposé le sac du magasin d'alcools, cherchai parmi les grandes bouteilles la petite flasque de vodka. Mullins avait mis le doigt sur quelque chose. Mais je lui laissais son tonique.

De l'autre côté du port, haut perché, bien au sec, entouré de barils d'huile vides et d'imposants blocs de bois, le *Jacinta* présentait un profil royal. Son étrave évasée accrochait la pâle lueur d'un haut lampadaire du port. J'éprouvais une émotion proche de l'amour. «Jacinta», dis-je à voix haute en brisant le sceau sur la bouteille.

Il a raison. Je devrais m'impliquer. Me battre pour ce petit village béni. Une véritable justice, pour faire changement, un acte de contrition.

Près du *Jacinta* se dessinait la silhouette allongée et solitaire – du moins dans mon imagination – du nouveau *Lady Hawthorne*. Danny Ban avait eu l'intention de le ramener chez lui. La maladie ou une énergie défaillante l'en avait empêché. C'est le temps de mettre les bateaux au sec, avait dit le gamin. Il avait promis d'en prendre soin. Trois jours plus tard, il était mort.

Maintenant, sa mère souhaitait que Mullins mette la pédale douce. Qu'il cesse de blâmer les bureaucrates. Que savait-elle? Que savait Stella? Je ne l'avais pas vue depuis les funérailles. Elle n'avait pas téléphoné. Une boule d'appréhension se nouait dans mon ventre.

La vodka était froide et âcre à la gorge, mais l'estomac s'en trouvait vite réchauffé, l'appréhension repoussée. Au moins, Mullins ignorait tout au sujet de Bell et n'avait par conséquent aucune idée de la façon dont ce dernier pouvait être lié à ce qui s'était passé. Pas encore, en tout cas. Personne n'était au courant hormis l'évêque et moi. Et nous n'étions sûrs de rien. C'est à ce moment qu'il est devenu facile de voir dans la mort une solution aux problèmes. Si Bell crevait, serait-ce une grande perte? Disons que sa petite BMW dérapait soudainement sur l'autoroute Queen-Elizabeth, pour finir sous les roues d'un très gros camion.

Demandez à ce prêtre, ce Brenton Bell qu'ils ont envoyé ici.

Depuis la mort de Danny, de subtils changements s'étaient produits. Quand je voyais les hommes de la côte, ils prenaient soin d'instaurer entre eux et moi une distance que je n'avais jamais remarquée avant le mois d'octobre. Peut-être venait-elle de ce que nous partagions une même conscience de la perte qui nous avait affligés. Peut-être était-ce pour cela que Stella ne téléphonait jamais. Danny Ban n'était au courant de rien. Mais sa femme semblait savoir quelque chose. Je l'avais vu dans ses yeux, quand elle sortait de chez Mullins. Une souffrance exacerbée en raison de quelque secret. Peut-être qu'ils savaient tous quelque chose que j'ignorais. Ou peut-être qu'ils savaient tous ce que je croyais savoir.

Danny Ban n'allait pas bien du tout, au dire de Mullins. Encore une gorgée, pour me soutenir jusqu'à la maison. Ou bien peut-être que je devrais leur rendre visite, songeai-je. Peut-être que je devrais aller à Hawthorne.

Mon Dieu, j'ai un très grand regret de Vous avoir offensé.

Il n'y avait qu'une lumière allumée tandis que je montais la longue entrée. Elle était dans la cuisine, à ce qu'il me semblait. Leur chien aboyait. Il bondit vers la voiture quand j'ouvris la portière, battant de la queue près du sol, remuant le derrière, explorant de la truffe mes cuisses et mon entrejambe. Une lumière extérieure s'alluma.

Jessie vint à ma rencontre près de la porte. Elle parlait à voix basse : «J'aimerais mieux qu'il ne sache pas que je suis allée voir le père aujourd'hui.»

Je hochai la tête, soudainement rassuré par cette complicité. «Je comprends», dis-je, même s'il n'en était rien.

Danny était en train de regarder la télévision dans le grand salon, une émission américaine mettant en vedette des policiers. Il baissa rapidement le volume à zéro.

«Vous n'avez pas besoin de l'éteindre, fis-je.

— Ah. C'est juste pour passer le temps.»

Je lui dis que je ne faisais que passer dans le coin. Que j'avais vu les bateaux sur la côte. Que j'avais pensé à lui et m'étais demandé comment il s'en tirait.

«Bien, répondit-il. La maison est pas mal tranquille maintenant, bien sûr.

— J'ai entendu dire que Stella était ici.

— Elle fait la navette, pauvre Stella. Ce n'est pas un bon moment pour être seule. Elle était proche du gamin.»

Je hochai la tête. Il a rapetissé. Il ne s'est pas levé quand je suis entré dans la pièce.

« C'est les petites choses qui sont les plus difficiles à encaisser. Ça prend plus de temps pour s'habituer aux petites choses. » Il poussa un soupir.

Jessie demanda si elle pouvait m'offrir à boire. Un thé ou autre chose de plus fort. Quelque chose pour me réchauffer.

« Je vous laisse décider », dis-je.

Danny ordonna : « Apporte-nous chacun un rhum. »

Nous restâmes assis à attendre.

« Non, reprit-il avec un grand soupir. Je n'ai pas pu me résoudre à ramener son bateau à la maison. Il me semble que le bateau lui appartient. Regarder dehors tous les jours et être obligé de voir cette affaire-là dans la cour… ce serait trop. »

En buvant son rhum, il parla de la ville où Sextus, lui et leur bande s'étaient, pendant une brève période, sentis invulnérables. « Vous n'êtes jamais resté très longtemps à Toronto ?

— J'y suis allé pour de longues visites, répondis-je. J'ai une bonne idée de ce qu'est la ville. Ça me suffit.

— J'ai entendu dire que ça avait beaucoup changé. Mais c'était un endroit merveilleux, à l'époque. Le meilleur de tout. Tout le travail qu'il vous fallait, on n'était jamais forcé de chercher quelque chose à faire. Une chouette bande de gars du coin. Toujours un dollar en poche et une voiture rapide pour se balader. Tout ce dont un gars avait besoin.

— J'ai raté tout ça, déplorai-je en essayant de sourire.

— L'été, on allait à High Park ou sur les plages et on faisait semblant qu'on était chez nous. On regardait ce grand lac et on s'imaginait que c'était l'océan. C'est fou, hein ? On pourrait croire qu'un gars qui a tellement le mal du pays va plier bagages et rentrer. Mais quelque chose nous retenait.

— Qu'est-ce qui vous a poussés à revenir ? »

Il rit. « S'il n'en avait tenu qu'à elle, on ne serait jamais partis. Pas vrai, Jessie ? Saviez-vous que c'est là que nous nous sommes rencontrés ? Je n'avais jamais prévu de revenir. Mais j'ai eu un petit ennui. Je me suis dit qu'il serait préférable de rentrer à la maison pour quelque temps.

— Il s'est battu lors d'une danse, expliqua Jessie d'un ton cynique. Voilà son petit ennui. Comme si c'était la première fois que ça arrivait. »

Sur l'écran de télévision muet, trois policiers maintenaient au sol un homme torse nu qui se débattait, tandis qu'un quatrième tentait de lui passer les menottes.

« C'était avec un flic, en fait, précisa Danny, distrait par la télé. Il était responsable de la sécurité à la danse, et il paraissait avoir une dent contre moi. Peu importe. Tout ce que j'en sais, c'est qu'on allait me mettre en taule pour m'être bagarré avec un policier. C'est à ce moment-là que le matériel et les permis de pêche sont devenus disponibles. »

Sa femme rit, prit mon verre vide et quitta la pièce.

« Le plus drôle, c'est que j'ai commencé à recevoir des cartes de Noël de ce même policier quelques années plus tard. C'était sa manière de me faire savoir que, s'ils voulaient faire quelque chose, ils n'auraient pas de mal à me trouver. Des cartes tout ce qu'il y a de plus amicales. Chaque année plus chaleureuses, comme si on se connaissait vraiment. Au fait, il y en a une qui est arrivée l'autre jour. Où est-ce que tu l'as mise, Jessie ?

— Elle traîne quelque part, répondit-elle depuis la cuisine.

— Il disait combien Toronto a changé, combien la ville est en train de devenir dangereuse. Plus de bonnes bagarres propres, comme dans le bon vieux temps. Il n'y a plus que des flingues et des gangs de nos jours. »

Il y eut un long silence.

« On ne fêtera pas trop Noël ici cette année », dit-il.

Je secouai la tête avec sympathie.

« Je pense qu'il a fini sous-chef, ce flic. Il est à la retraite maintenant, bien sûr.

— C'est une bonne histoire.

— C'est moi qui ai convaincu Jess de revenir à la maison. Grave erreur, maintenant que j'y repense. »

Jessie revint et déposa un deuxième verre près de moi.

« Pas qu'il ne se serait rien passé de mauvais là-bas non plus. Mais on s'attend presque à ce que les choses tournent mal quand on est parmi des étrangers. Quand ça vous arrive à la maison, ça vous prend par surprise. Vous comprenez ce que je veux dire ? »

J'acquiesçai de la tête.

« Il aurait pu devenir n'importe quoi, vous savez. Avec certaines des chances qu'ont les gamins ailleurs. Il aurait pu devenir curé, pour ce que j'en sais. Il en a déjà parlé, une fois. »

Je hochai la tête. Habituellement, les phrases de réconfort jaillissaient d'instinct, mais j'étais incapable de prononcer un mot. Nous restâmes donc assis en silence pendant une minute.

«Je ne pense pas vous l'avoir dit, finis-je par annoncer. Le père Bell, ou l'ex-père Bell, devrais-je dire… Brendan est passé l'été dernier prendre des nouvelles de tout le monde. J'imagine que vous ne l'avez pas vu?

— Non, répondit Jessie. Mais il a téléphoné après les funérailles et tout ça. Pour offrir ses condoléances. Il avait l'air assez bouleversé par ce qui s'était passé.

— Le sel de la terre, ce père Bell, reprit Danny. Un Newfie typique. J'ai jamais rencontré un Terre-Neuvien que je n'aimais pas. Il ne m'est jamais venu à l'esprit de lui demander… peut-être que Danny avait essayé d'entrer en contact avec lui. C'est le plus dur. Penser qu'il était tellement triste… et qu'il n'a jamais essayé d'en parler à personne.»

Jessie courba la tête et devint silencieuse. S'essuya le visage d'un geste furtif.

«Il ne vous a jamais parlé, n'est-ce pas?»

Je secouai la tête.

«Je n'ai jamais vraiment réussi à trouver l'occasion.

— Oh, je sais exactement ce que vous voulez dire», soupira Danny.

Mais même si j'avais trouvé l'occasion, qu'aurais-je pu dire?

Je me souviens de Sandy Gillis sur le seuil. Je crois que c'est la dernière fois que je l'ai vu. Mi-novembre 1963. Il avait l'air sobre, ce qui était inhabituel. Il arrivait normalement chez nous ivre. Pour chercher noise à mon père. Chaque fois qu'ils abordaient la guerre, ils se prenaient aux cheveux. Le vieux est là? Non, avais-je répondu, même s'il dormait dans le fauteuil de la cuisine. Sandy semblait toutefois singulièrement calme. Quelque chose en lui avait changé. La lutte s'était éteinte. On aurait dit qu'il regardait mes pieds. Oh, tant pis, avait-il lâché, ce n'était rien d'important. Mais il était resté debout là, comme s'il essayait de trouver quelque chose à dire. Je pense qu'il m'a interrogé sur mes études. Je me souviens de ses yeux, détachés, comme s'ils étaient connectés à une autre époque et à un autre lieu, ou à quelque connaissance neuve et fatale. Pourtant, ses paroles avaient une chaleur inhabituelle. J'étais mal à l'aise à cause de cette dichotomie entre ses paroles, ses yeux et tout ce que je savais de lui. Il s'était retourné brusquement et s'était éloigné, puis s'était brièvement arrêté.

«Tu n'as pas besoin de dire au vieux que je suis passé, avait-il déclaré. Ce n'était rien de spécial.»

Et il avait disparu. J'aurais dû voir ce qui se préparait. Mais l'avenir n'a pas de substance jusqu'au moment où il tourne le coin pour entrer dans le passé.

18

L'évêque semblait soucieux. J'avais eu deux coups de fil en une semaine. Pas de la secrétaire ou de l'un de ses sbires, mais de lui-même.

«Et de quoi a l'air Creignish par les temps qui courent?» demanda-t-il, comme s'il ne le savait pas.

C'était au milieu du mois de décembre.

«Creignish est magnifique, répondis-je. L'hiver est en train de s'installer, bien sûr.

— Tu devrais prévoir une petite escapade après Noël. Prendre la poudre d'escampette pour une semaine. À la chaleur.

— Je vais y penser.

— Bien.» Il s'interrompit, comme s'il se demandait comment en venir au but de son appel, aussi lui vins-je en aide.

«J'ai parlé à Mullins, annonçai-je. Je lui ai fait le message.

— Ah, oui. Mullins. Bien.» Puis il s'éclaircit la voix. «Tu n'aurais pas été contacté par un journaliste du nom de MacLeod?»

Le nom me disait quelque chose. J'hésitai. «À quel propos?

— Le gamin d'Hawthorne. Celui qui s'est suicidé. Tu connais la famille, je pense. MacKay. Ce MacLeod a fait des téléphones à ce sujet.»

Je n'avais pas été contacté par un journaliste du nom de MacLeod. «Qui a-t-il appelé?

— Mullins.

— Mullins?

— Il a appelé Mullins pour poser des questions au sujet de Bell. Il ne connaissait pas son prénom. J'ai bien peur que Mullins le lui ait fourni. Puis Mullins m'a téléphoné, perplexe. M'a demandé ce qui se passait avec Bell. D'abord, j'ai cru que tu l'avais mis au courant.

— Ce journaliste va à la pêche.

— Sans doute», dit-il. Puis : «Je ne crois pas qu'il faille s'en faire à son sujet. Nous avons été sages de ne pas mêler Mullins à tout cela. Je pense avoir déjà eu affaire à ce MacLeod, il y a des années. À propos d'autres affaires. Il va disparaître de lui-même.

— Et comment était Mullins ?

— Je pense qu'il était davantage préoccupé par l'étiquette, parce que je t'avais envoyé lui parler de ses sermons sur la côte, que par Bell ou un journaliste qui pose de drôles de questions. Il était horriblement vexé. Je l'ai flatté dans le sens du poil et il s'est rasséréné. Mais tu ne crois pas que Bell…

— Je ne crois pas.

— Tout de même, il y a les apparences. Ce serait notre Mount Cashcl[6] si les médias avaient vent de l'affaire.

— Je ne crois pas qu'il y ait matière à s'inquiéter.

— Saurais-tu, par hasard, comment entrer en contact avec Bell ?

— Peut-être. Pour quoi faire ?

— Le mettre au courant. Lui dire de se tenir à carreau. De ne parler à aucun journaliste.»

Au matin, je téléphonai à la chancellerie à Toronto, dis qui j'étais et que j'essayais de trouver un ami qui y avait déjà travaillé. Brendan Bell.

Il y eut un petit rire. «Ah, Brendan.» La dame savait justement qu'il passait ses hivers dans le Sud. Dans les Caraïbes, pensait-elle. «Vous savez qu'il est marié.

— Oui.

— Il a bien réussi. Il est devenu tout un homme d'affaires.

— Oh ?

— Il est dans les hôtels, je pense. En tout cas, il arrive à passer ses hivers sous les tropiques, heureux homme.

— Vous ne connaîtriez pas un moyen de le joindre ?

---

6. Fondé à la fin du XIXᵉ siècle, Mount Cashel était un orphelinat de Saint-Jean, à Terre-Neuve, géré par la congrégation des Frères chrétiens. L'institution a été le théâtre du pire scandale d'abus sexuels au pays, qui a été mis au jour à la fin des années quatre-vingt après avoir perduré des décennies.

— Eh bien, j'ai un numéro de téléphone portable quelque part. »

Les hivers sous les tropiques. Une BMW. Des hôtels. Une femme. Je me rappelai son allure, l'été précédent, bronzé et athlétique. Beau, pourrait-on dire. Respirant la confiance en soi. On prétend que les yeux sont le miroir de l'âme, et ses yeux étaient aussi clairs que le ciel bleu ce jour-là.

Pendant quelques minutes, confus, je ne sus pas si je dormais ou si j'étais réveillé. Il y avait eu un téléphone. Quelqu'un du nom de MacLeod. C'était en 1988 ou en 1989. Il était question d'un vieux monsieur, avait dit mon interlocuteur, un prêtre âgé, professeur à la retraite, maintenant assistant à la cathédrale… vivant sur le campus. Il y avait une rumeur. On l'appelait le père Roddie.

Je n'en avais pas entendu parler. Pourquoi m'appeler moi ?

« Quelqu'un m'a dit que si qui que ce soit était au courant, ce serait vous.

— Quelqu'un essaie de vous lancer sur une fausse piste », avais-je répondu. J'avais passé les doigts dans mes cheveux emmêlés. Je pouvais voir son visage, fenêtre sur sa sainteté.

Ne mêlons pas l'évêque à ça, cette fois.

Le père Roddie était un peu ébouriffé quand il m'accueillit à la porte de son appartement, plissant les yeux dans la faible lumière. Les années l'avaient nimbé d'une aura rassurante et inoffensive. Il était bedonnant et grisonnant. Son visage avait adopté ce qui semblait être une expression permanente de bonté empreinte de piété.

« Entre, entre, lança-t-il. Je ne t'ai pas vu depuis des années. » Nous nous serrâmes la main. « Tu as toujours de la poigne », remarqua-t-il en riant.

J'y allai d'un sourire.

« J'avais oublié tout cela, dit-il. Le malentendu. »

Je hochai la tête.

« Et tu as disparu de la circulation pendant un moment, il me semble. Les missions quelque part, non ?

— Au Honduras.

— Ah, oui. Chanceux. J'ai toujours regretté de n'avoir pas fait l'expérience de contrées lointaines. » Il semblait sincère. « En fait, je me souviens plus clairement de toi avant tout ça. Quand tu n'étais encore

qu'un étudiant. Brillant. Tu te distinguais. Une bonne maîtrise des…
vastes concepts. Tu t'intéressais aux phénoménologues européens, si
je ne m'abuse.»

Nous étions toujours debout sur le seuil.

«On dirait que c'était hier, ajouta-t-il. Tu passais chez moi à Chisholm House pour nos petites discussions. Tu dois te rappeler… Tu me
déclamais du Heidegger… juste pour me faire tourner en bourrique.»

À ce moment-là, nous éclatâmes de rire tous les deux.

«Mais où ai-je la tête? s'exclama-t-il. Te laisser poireauter là comme
un étranger. Entre, entre.»

La pièce qu'il occupait était austère, mais les murs étaient encom-
brés jusqu'au plafond de livres, de journaux et de manuscrits qui s'em-
pilaient de guingois, et des livres lus à moitié étaient posés, ouverts,
sur toutes les surfaces disponibles. Nous bavardâmes de tout et de rien
pendant encore une minute ou deux.

Avec le temps, j'avais développé un instinct pour la culpabilité. Il
est possible de la sentir dans la pièce avant même qu'elle ne devienne
évidente pour les yeux.

Après un temps mort dans la conversation, il dit: «Je pense que
je sais pourquoi tu es ici.» Il soupira et sourit. Il ôta ses lunettes, qu'il
essuya lentement sur sa manche.

«Oh?

— Pas de Heidegger aujourd'hui, j'imagine. C'est aussi bien. Mon
allemand est un peu rouillé. Voudrais-tu boire quelque chose?

— Non.

— Je suis au courant de quelques-unes de tes… disons de tes activités parascolaires ces dernières années.

— Activités?

— Allons. L'Exorciste. Tu dois bien l'avoir entendue, celle-là. Le
Purificateur. Je ne pense pas à mal en disant cela. Tu as fait du beau
travail. Un travail dur, ingrat, réalisé avec une discrétion admirable.» Il
était assis là, souriant, sa confiance revenant telle la marée. «Une Inqui-
sition à toi tout seul. Tu te souviens comme tu te fâchais quand j'évo-
quais les accointances nazies d'Heidegger?» Il n'avait pas cessé de sourire. «Au fait, Alex sait-il que tu es ici?

— Alex?

— L'évêque, Alex. Nous sommes allés à l'école ensemble, tu sais.

— Je l'ignorais.

— Nous jouons au bridge toutes les semaines. Nous sommes partenaires. Peut-être est-ce pour cela que je suis au courant de ton… travail. Alex a une très haute opinion de toi. Il ne serait pas étonné de te voir à sa place un jour.

— Je ne savais pas qu'il jouait au bridge.

— Je pensais lui parler, en fait. Au sujet de certaines médisances. Tu les as évidemment entendues. Il y a un journaliste qui les répand. Un type du nom de MacLeod, je pense. Tu es sûr que tu ne veux rien à boire ? Il me semble que tu aimes le Balvenie.

— Non, merci.

— Très bien. Cessons de tourner autour du pot. Je suis content que tu sois là. Je remettais sans cesse à plus tard l'idée d'affronter la chose. »

Toujours regarder les yeux.

Ils étaient bleus et je jure qu'ils étincelaient. Il avait des sourcils blancs en broussaille, des capillaires éclatés au bout du nez.

Il reconnut qu'il avait un problème d'alcool. Ça avait commencé en Corée. Je ne savais pas qu'il avait servi dans l'armée ? Il buvait sans raison à l'époque. Mais au retour, il s'était noyé dans l'alcool pour oublier les flashs-back et la dépression qui le hantaient. Ce qu'il avait vu. Ce qu'il avait entendu raconter. Est-ce que je savais qu'il avait été chapelain du PPCLI ?

Le quoi ?

Le Princess Patricia Canadian Light Infantry.

Je hochai la tête.

« La guerre, poursuivit-il, quelle chose atroce. Mais tu le sais déjà. » Il soupira. « Je pensais, puisque je suis prêtre, que je saurais encaisser. J'étais sûr que la foi mettrait tout en perspective. »

Il était allé chercher de l'aide pour son problème d'alcool, continuat-il. Le reste ? Ça ne méritait pas de réponse. Une pauvre petite fille attardée et un mélange de malentendu et de mauvaise communication. « Ça, et un calice plein de malice. » Il sourit. « Mais je soupçonne que tu sais ce que c'est.

— Je ne comprends pas ce que vous voulez dire.

— Eh bien. Ton propre père. Certainement toi, entre tous, tu devrais comprendre. »

« Il dit qu'il est votre partenaire de bridge. »

Je prononçai ces mots d'un ton léger, pour éviter de l'offenser ou de le blesser.

L'évêque semblait combattre un haut-le-cœur. « Je ne peux pas croire que tu as débarqué chez lui comme ça. Ç'a dû être un choc terrible pour lui, un tell… guet-apens. Surtout compte tenu de ce qui s'est déjà passé entre vous. Cette histoire dans les années soixante-dix.

— Je ne voulais pas vous embêter avec ça.

— Mais tu m'embêtes maintenant.

— Oui. Je me suis informé. Des gens crédibles le confirment : le père Roddie n'est pas bien. Il n'est pas bien depuis des années. Même lui avoue qu'il a un problème. »

Il poussa un profond soupir. « Tu refuses de lâcher prise, pas vrai ? Qu'est-ce qu'il a bien pu te faire, le père Roddie ?

— Nous ne savons peut-être pas tout. J'ai rencontré une des accusatrices, au fait.

— Tu veux dire celle qui est attardée ?

— Vous êtes au courant ? »

Il fit un geste dédaigneux. Assis derrière son bureau, les yeux baissés, il triturait des trombones. « Au moins ce n'est pas un enfant de chœur, cette fois. Au moins, c'est une… femme.

— Ces choses-là ne sont pas une question de sexe.

— Si tu le dis. » Il soupira. « O.K. Laisse-moi m'occuper de celle-là.

— Ce n'est vraiment pas…

— Je vais m'en occuper, répliqua-t-il d'un ton tranchant, le regard enflammé. Tu deviens dur d'oreille ?

— Très bien, dis-je.

— C'est tout ?

— Le père Roddie a fait une allusion bizarre à mon père.

— Oui ? Qu'importe. »

MacLeod se souvenait de moi. Il y avait une certaine familiarité dans la voix à l'autre bout du fil. « Comment ça va, monsieur le curé ? »

Il me rappela que nos chemins s'étaient déjà croisés, quand des rumeurs circulaient sur un prêtre âgé. Est-ce que je connaissais Roddie MacVicar ? Certains l'appelaient doc Roddie. L'éminent philosophe. Spécialiste de saint Thomas d'Aquin. Présumé pervers.

«Je l'ai eu comme prof », dis-je.

Il y avait eu des ragots quelques années plus tôt. Si l'on en croit MacLeod, mon nom avait été mentionné parce que j'étais assistant paroissial là où un incident s'était produit. On racontait même qu'il y avait une altercation entre moi et le vieil homme. Et que j'avais par la suite été exilé, quelque part en Amérique centrale.

«C'est absurde, lançai-je.

— Ç'aurait été toute une histoire, hein ? Ce que j'ai entendu dire, c'est que… vous aviez failli étrangler le type. À l'époque, j'ai dit : "Si ce que j'entends est vrai… tant mieux."

— Quelqu'un vous racontait des bobards.

— Je n'en doute pas. Quelqu'un prenait ses rêves pour des réalités. Mais peut-être que s'il y avait eu davantage de bonnes vieilles réactions de ce genre à l'époque, on ne se retrouverait pas dans le pétrin où nous sommes aujourd'hui.

— À quoi a mené votre histoire, demandai-je, piqué par la curiosité, dans les années… à quelle époque était-ce ?

— Dans les années soixante-dix, je pense. J'ai laissé tomber. Je me souviens d'avoir appelé l'évêque dans le temps. Il avait nié tout net. À la fin, il m'avait persuadé que la discrétion était de mise pour éviter de porter atteinte à une institution d'importance telle que l'Église.

— Je suppose qu'il n'avait pas tort.

— C'était probablement la bonne décision… à l'époque. Je suis content que nous ne nous soyons pas laissé gagner par l'hystérie, comme à Terre-Neuve et à Boston.

— Ça n'aurait aidé personne.

— Exactement. » Il y eut une longue pause avant qu'il demande : «Alors, vous ne vous rappelez sans doute pas la deuxième fois que j'ai téléphoné.

— Je ne peux pas dire que je m'en souviens.

— Le vieux s'y est remis. À la fin des années quatre-vingt, je pense.

— Désolé. »

Il rit. «Il faut lui donner ça, au vieux grigou. Il devait avoir près de soixante-dix ans, à l'époque. Une personne handicapée était impliquée. Une fille.

— Et qu'est-il advenu de cette histoire ?

— Ce qui arrive le plus souvent. Personne ne parlait. On faisait de l'obstruction. Peu importe. C'est du passé. Il est peut-être question d'une nouvelle affaire maintenant. »

Il dit que le nom de Brendan Bell avait été évoqué alors qu'il suivait les récents procès de prêtres à Terre-Neuve. Il avait noté une allusion faite à notre diocèse, Antigonish. Un prêtre condamné pour un crime de nature sexuelle s'était retrouvé en Nouvelle-Écosse. Intéressant qu'ils l'aient envoyé ici, s'était-il dit. Savais-je quelque chose là-dessus ?

« Quel nom, déjà ?

— Bell. Brendan. On m'a dit que vous le connaissiez peut-être.

— Le nom ne m'est pas inconnu. Ça me dit *bel* et bien quelque chose. » Nous rîmes tous les deux. « Avez-vous demandé à l'évêque ?

— Oui. Il prétend que ce type, ce Bell, a défroqué. Il n'a aucune idée de l'endroit où il se trouve. J'ai pensé à vous. Je me suis dit que vous sauriez peut-être.

— Moi ? Manifestement, vous croyez que j'ai été mêlé à tous les scandales.

— Eh bien… Ça ne me déplairait pas d'en discuter, à un moment ou à un autre, si ça ne vous ennuie pas.

— Il n'y a rien à discuter.

— Très bien, si c'est comme ça. Revenons à Bell. Que savez-vous à son sujet ?

— Je me souviens de son nom et, en fait, je pense avoir entendu dire qu'il s'était marié. Il a disparu de la circulation depuis quelque temps.

— Qu'il s'était marié ?

— C'est ce que j'ai entendu dire, de quelqu'un à l'archidiocèse de Toronto, il me semble. Pas d'erreur, il a dit que Bell allait se marier. »

La déception était palpable à l'autre bout du fil.

« C'est bizarre, finit-il par dire.

— Quoi donc ?

— Le père Bell, qui se marie.

— Pas si bizarre, de nos jours. Plus de la moitié de ceux qui étaient mes compagnons de classe à Holy Heart sont d'heureux pères de famille mariés aujourd'hui.

— Oui. Je suppose. Mais Bell ? Je n'aurais pas cru qu'il était du genre à se marier. »

Il y eut un long silence.

«Je vais être franc avec vous, monsieur le curé, déclara enfin MacLeod. J'ai eu un tuyau. On m'a fait comprendre que ce suicide, à Little Harbour – je suis sûr que vous en avez entendu parler, ce jeune gars, MacKay, d'Hawthorne –, on m'a dit qu'il pouvait avoir quelque chose à voir avec des abus. On a mentionné le nom de Bell.»

À ce moment-là, vous ne dites rien.

«Vous êtes toujours là?

— Oui, soupirai-je.

— Je sais ce que vous pensez. Une chasse aux sorcières, pas vrai? Des gens qui cherchent des abus sexuels partout.

— Vous avez votre boulot à faire.

— Je sais. Ce n'est pas un truc qui me plaît particulièrement. J'apprécie votre compréhension.

— La vérité, c'est tout ce qui compte. Il nous faut trouver la vérité.

— Merci, dit-il.

— Laissez-moi votre numéro. Juste au cas où je me rappellerais quelque chose.»

Quand il a raccroché, j'ai appelé l'évêque sur sa ligne personnelle.

«MacLeod a refait surface, annonçai-je.

— Qu'est-ce que tu lui as dit?

— Vous n'avez pas à vous inquiéter.

— Ne sois pas si sûr de toi, répliqua l'évêque. Les scandales de Terre-Neuve et des États-Unis les enhardissent.

— Il paraissait raisonnable. Ce MacLeod prétend qu'il vous a déjà parlé, au sujet du père Roddie. Vous en souvenez-vous?

— Vaguement.

— Il avait l'air au courant de certains détails que seuls vous et moi et... eh bien... une autre personne connaissaient.

— Je ne m'en ferais pas trop avec ça.»

19

Noël fut lugubre. La fin de la misérable année 1995. Vers l'heure du souper, la veille de Noël, j'ai téléphoné à Sextus sans obtenir de réponse. J'ai écouté une douzaine de vagues confessions. Essayé de faire une sieste, en vain. Téléphoné à John, parlé au répondeur. Je suis allé m'assurer que la répétition de la chorale se déroulait sans anicroche. Trois femmes et Bob, qui possédait une chaude voix de baryton. Ils ne sont pas mauvais. J'ai éclusé quelques cocktails seul, en attendant que sonnent vingt-trois heures, moment où j'irais à l'église. Cantiques à vingt-trois heures trente. La douce et sainte nuit était calme, l'air vif. On entendait la puissante respiration de la baie, poumon géant. Je ressentais la poésie de l'ivresse. On prétend que c'est mauvais signe de boire seul. Mais qu'en est-il si l'on est toujours seul ? Si la solitude est la norme ?

Sextus aurait dit que lorsqu'on se demande si on boit trop, c'est sans doute qu'il n'en est rien. Mais je n'ai jamais abordé la question avec lui parce qu'il ne m'était jamais venu à l'esprit que je pouvais trop boire. Que répétait mon père ? Toute chose avec modération. *Tu peux boire comme un poisson tant que tu fais preuve de modération.*

J'ai failli m'endormir à l'autel pendant les cantiques. La messe de minuit est un brouillard dans mon esprit. En me réveillant, le matin de Noël, j'étais incapable de m'en rappeler la moitié. Je me souviens de m'être tenu au pied de l'autel juste avant la fin, et d'avoir improvisé un long message de Noël. J'ai frémi en songeant à mon enthousiasme de saison. Au matin, après m'être traîné à l'église pour la messe de dix heures, j'ai trouvé les habits sacerdotaux éparpillés dans la sacristie. Un gobelet de vin m'a permis de traverser l'heure qui a suivi.

Comment ce serait, me suis-je demandé, de ne pas être seul?

À la sortie, les gens y sont allés de salutations brèves, presque timides, et j'en ai éprouvé de la reconnaissance. Comme j'ai été reconnaissant pour l'air vif et pur, aussi rafraîchissant qu'un verre d'eau. C'est l'épuisement, me suis-je dit. Je suis fatigué, voilà tout. Les dévotions de l'Avent et les éreintantes traditions entourant la nativité. Des heures passées assis dans le confessionnal à attendre de rares pénitents. Des visiteurs inattendus offrant de petits cadeaux. Les mille et un préparatifs dans l'église. Lumières, arbres, scène de la nativité. Et puis les foules. La frénésie semblait plus grande qu'à l'habitude, car Noël tombait un lundi.

Effie n'est pas rentrée à la maison pour les fêtes. Considérait-elle vraiment cet endroit comme sa maison?

J'ai dormi la plus grande partie de l'après-midi le jour de Noël et je me suis réveillé dans l'obscurité, agité. Me suis versé un verre. Le téléphone a sonné, c'était Stella. Elle semblait congestionnée.

«Tu as dû te poser des questions, a-t-elle dit. Je suis pour ainsi dire disparue de la circulation.

— Comment vas-tu? Tu n'as pas l'air en grande forme.

— Une petite grippe.

— Ah, désolé de l'apprendre. Et Danny et Jessie? Ce doit être difficile pour eux.

— Ils ne vont pas trop mal. Je devais aller à Hawthorne pour souper, mais j'étais incapable de me faire à l'idée. La grippe m'a donné une échappatoire.

— La grippe peut frapper dur à ce temps-ci de l'année.

— Ça ira. Tu peux venir faire un tour. Je ne pense plus être contagieuse. Mais je n'ai pas de dinde. C'est grave?

— On surestime l'importance de la dinde, ai-je dit.

— Et d'un tas d'autres choses.»

J'ai ri.

J'avais une envie impérieuse de me servir un autre verre. J'ai résisté. Regardé la baie par la grande fenêtre. C'était si paisible, là-bas. De minuscules lumières dans le lointain, sur le continent. Dehors, le vent se levait. On l'entendait chuchoter. La baie bougeait, se déplaçait pour écouter. Le vent essayait de dire quelque chose. J'ai tendu l'oreille. Elle est encore mon amie, ai-je songé.

nuit de noël, 1976. la soirée s'est fondue dans le brouillard à une vitesse étonnante. il y avait du rhum et du vin, beaucoup de bouteilles de vin. je me souviens d'une longue table. au moins quatorze personnes, qui parlaient toutes en même temps. jacinta à côté de moi, les joues rouges, joyeuse. des plateaux de nourriture. des morceaux de poulet dorés, d'épais croissants de pommes de terre brunes en croûte. de grands bols de salade. ma compréhension de la langue s'améliore à chaque verre. il y a de longues révélations sur l'existence en des lieux inimaginables. l'excitation causée par l'effervescence politique. des toasts à ernesto cardenal, obando y bravo, l'aube de l'espoir à managua. quelqu'un a crié vinceremos, et le silence s'est fait dans la pièce et tout le monde a regardé, mal à l'aise, le visage empourpré d'alfonso. jacinta a murmuré vinceremos et a levé son verre. puis les conversations ont repris, ponctuées d'explosions de rires.

elle a serré ma main. vinceremos. nous vaincrons. la vie était tout à coup un torrent dans mes veines.

Stella était pâle, emmitouflée pour se tenir au chaud. «Entre, a-t-elle dit. Je suis en train de préparer des grogs. Tu en veux un ?

—Volontiers.» J'étais agréablement surpris.

Un prêtre a rarement l'occasion de voir un visage de femme nu. Celui de Stella, ce soir-là, révélait des ombres foncées sous les yeux et les ridules que le temps y imprime. Elle avait les lèvres sèches, la peau cireuse, les cheveux tirés en arrière et noués à l'aide d'un petit élastique, à l'exception d'une mèche folle qui retombait sur son front pour lui cacher un œil de temps en temps.

Voilà, ai-je songé, à quoi ressemble l'intimité.

† † †

quand tout le monde a été parti, jacinta a entrepris de faire le ménage. alfonso lui a dit : ça peut attendre au matin ; ce sera plus facile à ce moment-là. tu devrais dormir ici, de toute façon. il est tard.

tu es sûr ? a-t-elle dit. c'est noël, que veux-tu qu'il arrive ? je ferais vraiment mieux de rentrer.

juste pour ne pas prendre de risque, a-t-il dit. tu sais où est la
chambre d'amis.

« Promettons-nous quelque chose, a dit Stella. Ce soir, on ne par-
lera pas de Danny. Tu veux bien ? »

J'ai hoché la tête.

Nous avons parlé de son travail. Elle détenait une maîtrise en psy-
chologie, travaillait comme conseillère en orientation dans une école
secondaire. Nous avons parlé de mariage, de trahison, d'aliénation. Je
me souviens d'avoir écouté attentivement, d'avoir rempli des verres, de
m'être accroché à des détails fuyants en m'efforçant de les caser dans
ma mémoire. Déterminé à ne pas oublier. Mais en vain – il y avait tant
de verres, tant d'images en cascade. Je me souviens que sa pâleur a disparu. Le visage rose, les yeux brillants. Les yeux pleins d'eau.

Et puis le nom de Danny. « Nous avons convenu de ne pas en parler,
a-t-elle rappelé. C'est trop horrible. »

Je pense que j'ai momentanément dégrisé, mais bientôt d'autres
larmes sont apparues. Je l'ai brièvement serrée dans mes bras. Mais je
me rappelle surtout être resté assis à parler, en regardant la table. Elle
écoutait avec attention. Voix et confusion.

Elle m'a interrompu. « Stella, a-t-elle dit, souriante à ce moment-
là. Je m'appelle… Stella. » Elle avait prononcé son prénom avec soin.

« Comment t'ai-je appelée ?

— Jacinta. »

† † †

je veux voir où tu dors, a-t-elle dit.

et alfonso ? ai-je demandé.

la troisième guerre mondiale ne suffirait pas à réveiller
alfonso.

et, à la blague, j'ai demandé : comment le sais-tu ?

Je me suis réveillé sur son canapé. J'avais la tête sur un oreiller et
une courtepointe gisait en boule sur le sol. Je me suis assis rapidement.
Tout habillé, Dieu merci. La maison était silencieuse. Nul signe dans
la cuisine de l'endroit où nous nous étions assis. Table nette. Armoire

en ordre. Pas un verre, un plat ou une bouteille vide en vue. La pièce sentait l'antiseptique, comme si elle avait été récurée par des fées pendant la nuit.

Je me suis rendu compte que si je pouvais observer tout cela, c'est que la pièce était emplie d'une douce lumière bleue. Par la fenêtre de la cuisine, je distinguais les épinettes noires à flanc de montagne, se découpant distinctement sur la neige accumulée autour. Et le toit de ma voiture, dont la présence ne mentait pas, garée dans son entrée. L'horloge au-dessus de l'évier indiquait qu'il était sept heures et quart. Un élan de panique m'a fait bondir sur mes pieds.

En roulant sur la route de la montagne, j'ai croisé trois voitures reconnaissables. Des hommes se dirigeant vers l'aciérie, insupportablement alertes. Le prêtre sur la route à cette heure ? Quelqu'un de malade dans la montagne. Peut-être est-ce là ce qu'ils penseraient. Le prêtre devrait toujours avoir le bénéfice du doute.

À ce moment-là, le ciel était bleu foncé et parcouru de grands nuages froids glissant rapidement, ce qui donnait l'impression que le haut clocher de l'église était en équilibre précaire. Les nuages s'arrêtaient, et le clocher se mettait à osciller. Il me fallait détourner les yeux, pris de vertige. J'imaginais la douce pénombre et le silence à l'intérieur. La maison inhospitalière attendait.

L'écho du bruit qu'avait fait la porte de l'église en se refermant planait encore dans l'air tandis que je m'avançais pour m'agenouiller dans le sanctuaire. Des lampions palpitèrent. Le silence revint, troublé uniquement, de temps à autre, par un grincement ou un craquement mystérieux. Je l'avais appelée Jacinta. Une vague de détresse monta de nulle part et je m'allongeai, visage tourné vers le sol, bras étendus. Jésus, que se passe-t-il ? Il n'y eut pas de réponse. Le tapis rouge dégageait une odeur sucrée et épicée, une sorte de produit que saupoudrent les femmes quand elles passent l'aspirateur.

J'ai prié.

« Alfonso, tu dois me parler. »
Mais c'est Jacinta qui répond.
« Le bonheur grandit dans l'unité du cœur et de l'âme. »
Sa main était sèche, délicate et tiède sur mon front.
« Es-tu heureux ?

— Je le suis, avais-je répondu.
— Je t'aime, avait-elle dit.
— Et je t'aime aussi. »

La main était discrète, respectueuse. Me serrait l'épaule. La voix disait bonjour.

« J'ai vu la voiture devant. La portière était ouverte et le plafonnier était allumé. J'ai craint pour votre batterie. Et puis je me suis rendu compte que vous étiez à l'intérieur. J'ai cru qu'il s'était peut-être passé quelque chose. Tout va bien, mon père ?

— Oui. Je sais que ç'a l'air étrange.

— Vous vous souvenez de moi ? demanda-t-il. Archie, le violoneux… Ne vous en faites pas. L'étrange, je connais – je suis déjà allé à New York.

— Je me rappelle. »

Accroupi à mes côtés, manipulant quelque chose, il observait attentivement ses doigts. « J'espère que ça ne vous dérange pas, fit-il en léchant d'un geste vif une petite cigarette tortillée. En fait… j'ai entendu dire que plusieurs religions utilisent ce truc dans leurs cérémonies. »

Je levai les yeux vers son visage, et il souriait largement.

Il fit craquer une allumette sur l'ongle de son pouce, inhala un nuage de fumée. Retint son souffle. « Je suppose que vous ne… commença-t-il en exhalant, tendant la cigarette dans ma direction.

— Non, fis-je.

— Ce n'est pas facile.

— Non, ce n'est pas facile.

— C'est ce que je disais à Donnie. Penses-y par deux fois avant de te lancer dans quelque chose comme ça. » Il agita la cigarette, absorbant l'église silencieuse, le vide.

« Comment va-t-il ? As-tu des nouvelles ?

— Bien, j'imagine. » Il se leva. « Je ferais mieux de me grouiller. Une vieille dame ne va pas tarder à entrer pour allumer un lampion pour quelqu'un. Je pense qu'elle trouverait ça étrange. À moins qu'elle ne soit déjà allée à New York. Ce qui serait peu probable. »

Je me remis debout, non sans difficulté.

Stella téléphona à midi pour savoir comment je me sentais.

«Très bien, mentis-je.

— Je suis contente que nous ayons parlé… Ça explique beaucoup de choses.»

Je voulais lui demander : Que t'ai-je dit, et qu'est-ce que ça explique ? Mais une main puissante me serrait la gorge, bloquant les mots.

Enfin j'ai dit : «Je pense que je suis en train de perdre la boule.»

Ou ai-je seulement pensé l'avoir dit ?

Je l'ai enfin joint le lendemain du Boxing Day.

«J'étais dévasté, dit Bell, qui semblait sincère. Quelqu'un a découvert pourquoi ?»

La communication était mauvaise, mais il était impossible de confondre sa voix avec une autre. On aurait dit qu'il criait.

«Tout le monde et personne, répondis-je. Mullins parle des pêcheries. Il avait des dettes importantes et les perspectives ne sont pas des plus souriantes dans le coin. Il pensait même partir dans l'Ouest pour y chercher du boulot.

— Mon Dieu. C'est vrai ?

— Il faut que nous nous parlions.»

Il criait. «Quoi ? Se parler ?

— Oui, criai-je à mon tour. Je veux te parler. Étais-tu proche de lui ? Tu voulais entrer en contact avec lui l'été dernier.»

J'ai pensé que la communication avait été coupée, mais je pouvais toujours entendre le rugissement de la circulation en bruit de fond. Le cri des klaxons. Quelqu'un lui a dit quelque chose et il a couvert le téléphone un moment.

«Je suis revenu, annonça-t-il.

— Où es-tu ?

— Oh, répondit-il d'un ton hésitant. Miami, en fait. Je combine le travail et de petites vacances. Comme tu peux le constater, je te parle de mon téléphone portable.»

Je me raclai la gorge. «Quand rentres-tu à Toronto ?

— Pas avant longtemps. J'ai une maison dans les îles Vierges. Je vais y passer quelques mois.

— As-tu réussi à lui parler l'été dernier, quand tu étais ici ?

— Écoute, dit-il. Pourquoi est-ce que je ne te rappellerais pas d'un vrai téléphone ?

— Quand ?

— Tout de suite. Donne-moi ton numéro. Je serai de retour au condo dans… quarante-cinq minutes. »

Il n'a jamais rappelé, et quand je lui ai téléphoné de nouveau, il n'y avait plus de service à son numéro.

Pat m'expliquait : « Ma fille aînée et son mari vivent à Halifax et ils viennent juste d'avoir un bébé.

— Félicitations, répondis-je. Votre premier petit-enfant ?

— Le troisième, en fait, précisa-t-elle en croisant les jambes et en s'installant confortablement. Je souhaitais simplement avoir votre avis sur une question. »

Derrière elle, le jour se dissolvait dans un brun sale.

« Je peux vous offrir quelque chose ?

— Mon Dieu, non, merci. Je ne peux rester qu'une minute. Ils vont l'appeler Épiphanie.

— Eh bien, soufflai-je en luttant pour conserver mon sérieux. C'est original, comme prénom. Ça nous change des Stephanie, des Nathalie et des Ashley.

— Ce n'est pas un peu blasphématoire ? » Elle se penchait vers moi, inquiète. Son pull avait une profonde encolure évasée.

« Non. Mais peut-être que le prénom lui causera des ennuis quand elle sera plus vieille. Les enfants peuvent être cruels.

— À qui le dites-vous.

— J'ai un ami, par exemple. Ses parents l'ont appelé Sextus, et…

— Sextus Gillis, lança-t-elle gaiement. Bien sûr. Vous avez grandi ensemble, tous les deux.

— Quand on était enfants, les gens se moquaient de lui à cause de son prénom. Ça peut rendre la vie dure.

— Vous croyez, fit-elle. Il faut si peu de choses. Et où est Sextus aujourd'hui ? J'ai entendu dire qu'il était revenu. On l'a aperçu à l'une des soirées. Il y a des années que je ne l'ai pas vu.

— Il est revenu. Il vient faire un tour de temps en temps.

— C'était tout un numéro. » Elle rit, et je pouvais voir dans la lumière mourante qu'elle avait les joues rosies. « Mon Dieu. Sextus

Gillis. » Puis elle me sourit. « Je ne crois pas que vous vous en souvenez. Je me pose la question depuis le début. Vous ne vous rappelez pas, n'est-ce pas ? Quand nous étions plus jeunes ?

— Hum, beaucoup d'eau a coulé sous les ponts.

— Je sortais un peu avec Sextus. On est déjà sortis à quatre, moi et lui, vous et une amie à moi. Vous devez vous en souvenir. »

J'imagine que tu es fâché contre moi.

« Eh bien, bredouillai-je, mal à l'aise. Les rendez-vous galants n'ont pas joué un rôle très important dans ma jeunesse.

— Allons donc. Vous n'essayez quand même pas de me dire que vous ne vous souvenez pas de Barbara ?

— Je n'en suis pas certain.

— Eh bien, si vous ressemblez le moindrement à votre copain, ça ne devrait pas m'étonner. Ce gars-là avait plus de petites amies que… je ne sais pas quoi.

— En fait, c'est un prénom qui sonne bien, l'assurai-je. Épiphanie.

— Si je suis venue vous voir, en réalité, c'est qu'ils aimeraient faire baptiser le bébé ici. Qu'en pensez-vous ?

— Ce serait parfait.

— Que Dieu vous bénisse, dit-elle. Ils vont être tellement contents. » Elle se penchait de nouveau vers l'avant, une main posée sur mon avant-bras.

Je laissai passer un moment de silence et le plaisir furtif et étourdissant de sa présence.

Elle se recala alors sur sa chaise. « N'est-ce pas horrible, ce qui est arrivé à ce gamin, MacKay ? Si jeune. Je suppose que vous ne connaissez pas la famille.

— En fait, oui, je la connais. »

Elle soupira. « J'imagine qu'il est impossible de comprendre une chose pareille. Le suicide. Quel gaspillage. »

La pénombre devenait plus épaisse et je songeai à tendre le bras pour atteindre la lampe de lecture derrière ma chaise, mais je n'en fis rien.

Puis elle laissa échapper un rire sonore, se leva d'un bond et lissa sa jupe. « Sextus Gillis. Vous direz à ce *donus* de venir me rendre visite !

— Je ferai le message, promis-je.

— Je suppose qu'il a vieilli, comme nous tous.

— En fait, il est assez en forme, malgré tout.

— C'est tellement lui. Il a toujours été si… je ne sais comment dire. »

J'ai regardé les feux arrière de sa voiture se transformer en points minuscules et disparaître.

†††

Je chuchote : Alfonso est au courant.

Comment pourrait-il être au courant de tout ? Elle rit. Sans crainte.

Je le sens dans mes os. Il est au courant.

Et qu'est-ce que ça fait, s'il est au courant ?

Nous sommes des prêtres ?

Vous êtes des hommes.

Il faut que je lui parle.

Elle hausse les épaules. Je me tourne et lui fais dos.

Hé, fait-elle. Je me retourne. Elle se lève sur la pointe des pieds et me donne un baiser sur la joue. Ne m'oublie pas.

Comment le pourrais-je ?

Sonde ton cœur, lance-t-elle. La conscience s'exprime par le cœur.

Et ma tête ? dis-je.

La tête peut s'embrouiller quand il y a trop de voix qui y jacassent. Les voix de vieux hommes en colère. Écoute ton cœur. Mon cœur dit que nous devrions partir en vacances ensemble.

En vacances ? Mais où ?

À Puerto Castilla, répond-elle. Nous vivrons sur la plage, comme des gens ordinaires.

Et Alfonso ?

Nous l'emmènerons avec nous.

20

L'évêque avait l'air lointain, distrait. Il était assis derrière un bureau à la chancellerie, ce qui était inhabituel, et buvait un café que j'avais acheté pour lui au Tim Horton du coin. Il semblait amer.

«Je déteste le foutu mois de janvier, ronchonna-t-il. On dirait qu'il y a six semaines que ça dure et qu'il nous en reste encore deux à tirer.

— Vous avez quand même eu un répit, fis-je remarquer.

— Tout un répit, renifla-t-il. Une conférence des évêques à Ottawa en janvier. En fait, il n'a été question que de ces maudites histoires d'abus. Tout le monde a un problème, tout à coup. Je suppose que ça pourrait être pire. Nous pourrions être aux prises avec les Indiens.»

Son âge commence à le rattraper, songeai-je tristement.

«Que se passe-t-il de notre côté?

— Rien de neuf, dis-je. J'ai parlé à Bell, brièvement, mais la ligne était mauvaise... J'attends encore qu'il me rappelle. Il était à Miami.

— Miami?

— Je suis sûr qu'il rappellera quand il sera prêt.

— N'y compte pas trop. Et toi? Tu as dit que tu voulais discuter.»

Je lui expliquai que je souhaitais simplement faire le point. Je n'étais pas si sûr que les choses se passaient comme je m'y étais attendu à Creignish.

«Ça arrive», fit-il. Il avait posé les mains et croisé les doigts devant lui sur le bureau et semblait singulièrement intéressé par ses ongles.

«Le plus gros problème, avec le travail paroissial, commençai-je, c'est qu'on dirait qu'il n'y a pas assez à faire la plupart du temps. Je commence à penser que les besoins de l'âme diminuent avec l'affluence.

— L'affluence ? » Il riait. « L'affluence à Creignish ?

— Entre l'aciérie et les pensions qu'ils ont tous l'air de recevoir par les temps qui courent… les gens semblent bien à l'aise. Ils n'ont pas vraiment besoin de moi. Peut-être, si vous cherchiez à couper dans les effectifs… »

Il se leva, s'étira et fit le tour du bureau pour venir s'asseoir sur la chaise vide à mes côtés. Soupira. Me dit que le travail paroissial est organique, qu'on finit par faire ce que les gens veulent qu'on fasse, même quand on s'efforce de changer les choses. Ils t'en veulent si tu te montres trop ambitieux. Si tu ne fais rien et qu'ils ne se plaignent pas… remercie le ciel. Ça veut dire qu'ils n'ont besoin de rien. Tu as beau te questionner et te ronger les sangs, continua-t-il, le ministère, c'est fonction des besoins des autres. Je sais que tu as besoin d'être impliqué. Mais tes besoins sont secondaires, désormais.

« Au bout du compte, nous sommes au service du bien public. »

J'opinais du bonnet, comme si j'étais rassuré. Je lui dis que je m'efforcerais de cibler les jeunes. Que je tenterais de mettre sur pied une sorte d'organisation qui leur serait destinée.

Il leva une main, souriant, secoua la tête.

« C'est une idée courageuse. Mais le moment est mal choisi. Ne t'approche pas des jeunes pour l'instant. Il ne sert à rien de courir après les ennuis. L'endroit le plus sûr où concentrer tes énergies, c'est les groupes pro-vie. Ou les charismatiques. Je sais qu'ils sont actifs dans ton coin. Tu ne peux pas te tromper avec eux. Tout est noir ou blanc à leurs yeux. Le prêtre est dieu. »

Il resta debout, à regarder par la fenêtre. Dans mon esprit tourbillonnait la liste de questions que j'avais mémorisée en chemin dans la voiture. J'étais maintenant troublé. Je songeai : Je ne le connais plus.

« Pourquoi est-ce qu'on n'en viendrait pas au fait, lança-t-il tout à coup. J'ai entendu parler du petit esclandre l'été dernier. Du fait que tu t'étais retrouvé pris… entre deux jeunes bagarreurs lors d'une soirée.

— Vous avez entendu parler de ça ?

— Ça arrive même aux meilleurs d'entre nous. Tu ne devrais pas t'en faire.

— Et comment en avez-vous entendu parler ?

— Fais-moi confiance, dit-il. J'entends tout. »

J'eus un petit rire.

«J'ai l'impression que, dans ton esprit, il pourrait y avoir un lien entre cet esclandre et le suicide à Hawthorne. Je crois comprendre qu'il s'agissait de l'un des deux garçons impliqués… je me trompe? Et de ce jeune O'Brian.»

Je hochai la tête.

«Où est-il maintenant, au fait?

— Il voyage.

— Les gens s'inventent leurs propres histoires. C'est ce qu'ils font pour préserver leur santé mentale. Surtout dans le coin. Ils arrangent les choses pour qu'elles correspondent à ce dont ils ont besoin.

— Mais dans ce cas…»

Il leva la main. «Tu dois conserver un certain recul. Je soupçonne que l'histoire pourrait être bien pire, de notre point de vue. Un jeune gars s'emballe, frappe un prêtre. Souffre d'un remords irrépressible. Perd la tête. *Boum*. Il disparaît. Il pourrait y avoir pire scénario.»

J'étudiai le crucifix au-dessus du bureau en me forçant à garder le silence.

Il consulta sa montre et son visage s'éclaircit. «Eh bien, regarde-moi ça. Il est midi.» Est-ce que je voulais un *dileag*? Une petite goutte pour me remonter le moral. Il testait un nouveau malt. Highland Park. En avais-je déjà entendu parler?

Non.

Nous en étions à notre second quand il me saisit la main. Y avait-il autre chose qui me tracassait? Quelque chose en particulier? «On peut se sentir bien seul, dans une paroisse, dit-il.

— La solitude ne m'a jamais gêné.»

Il sourit. «Je veux te raconter quelque chose. Une petite histoire sur moi.» Il prit une gorgée, en continuant de serrer ma main.

«Quoi qu'on fasse, il y a des gens qui comprendront toujours tout de travers. Accidentellement par exprès.» Il regardait au loin. «Quand j'étais jeune prêtre à Sacred Heart, il y avait une cuisinière… Ça fait des années de cela. Une adorable jeune campagnarde, de Boisdale. La langue bien pendue, et bien faite au gaélique. Je parlais assez couramment moi-même. Nous étions toujours à nous moquer des vieux prêtres dans leur dos. Elle était tordante.»

Il hochait la tête, maintenant, souriant d'un air rêveur. «Une fois, ils nous ont surpris à rire dans la cuisine. Elle était appuyée contre moi. C'était tout. On se soutenait l'un l'autre, comme on le fait quand on rit tellement qu'on a du mal à rester debout. Il n'y avait rien d'indécent. On riait simplement après une de ses imitations. Elle avait peut-être la main sur mon épaule.»

Il se frotta les yeux. «Ç'a été l'enfer. Tu ne croirais pas les histoires qu'ils ont faites. L'évêque s'en est mêlé. Le vieil évêque John R., Dieu ait son âme.»

J'observais son visage avec attention. Je sentis un drôle de mouvement au creux de mon ventre. Il avait les yeux humides.

Il se leva d'un coup et ajouta : «Il n'y a pas de morale à l'affaire. Mais c'est une bonne petite histoire, non ?

— Oui.

— Heureusement, elle a un dénouement heureux.

— Oh ?

— Elle a épousé quelqu'un d'autre.

— Quelqu'un *d'autre* ?

— Est-ce que j'ai dit "quelqu'un *d'autre*" ?»

Je hochai la tête.

«Eh bien, eh bien», souffla-t-il en scrutant le sol.

À la porte, je demandai : «Qu'est devenue la cuisinière finalement ?

— Ah. Le mariage n'a pas duré. Le mari était un vétéran. Un peu amoché. Aux dernières nouvelles, il était dans la région de Detroit. Mais elle vit toujours dans les environs. Elle a élevé deux beaux enfants, d'après ce qu'on me dit.» Il se frottait le menton. «Je ne m'attends pas à ce que mes prêtres soient des saints. Je m'attends à ce qu'ils soient des hommes. Mais des hommes forts. Vu ? Un prêtre qui n'est pas un homme fort est un pauvre type.

— Vu.

— Nous ne sommes jamais soumis à des épreuves qui dépassent ce que nous pouvons encaisser. Si nous échouons, eh bien, nous ne pouvons nous en prendre qu'à nous-mêmes.»

Il me serra chaudement dans ses bras, me tint quelques secondes avant de me repousser. «Je n'ai jamais été du genre à serrer des hommes dans mes bras. C'est pour les étrangers et les faux jetons. Mais tu es comme ma chair et mon sang. Nous sommes de la même famille. Tu

252

comprends ce que je veux dire ?» L'espace d'un instant, je crus que les larmes allaient lui remonter aux yeux. Mais il rit tout à coup et me donna un petit coup sur l'épaule. «Tu vas t'en tirer.»

Stella a eu l'air surprise quand je lui ai dit : Je pense que l'évêque s'inquiète à notre sujet.

«Je ne peux pas y croire, a-t-elle répondu.

— C'est l'impression que j'ai eue. Quelqu'un du coin répand des ragots.

— Tout le monde du coin répand des ragots. C'est leur manière de chasser l'ennui.»

21

Janvier part en tempêtant, février s'amène, venteux et hostile. Les gens disparaissent dans les maisons et les autos, invisibles derrière les fenêtres givrées. Voitures et camions sont perpétuellement enveloppés de vapeurs pleines de mystère. Des silhouettes se meuvent dans d'informes vêtements d'hiver. Les individus se métamorphosent jusqu'à n'être plus que bottes, manteaux et bonnets. La communication se réduit à une récitation et à un commentaire, vieux comme le monde, du temps qu'il fait. Un froid sibérien. De la neige comme dans l'ancien temps. Le vent. St. George's Bay est une vaste plaine blanche couverte de glace, de la digue jusqu'à l'horizon. En regardant à la jumelle, on aperçoit des points noirs. Des phoques qui rampent. Le dimanche, les hommes les chassent à la carabine.

L'assistance déclinait à la messe du dimanche ; les très vieux et les jeunes trouvaient des raisons de rester à la maison. L'évêque m'avait suggéré de prendre des vacances, de faire une petite escapade. Il avait peut-être raison, songeai-je. Je devrais peut-être partir quelque temps. Les fidèles pourraient assister à la messe en ville. C'est cc que la plupart faisaient avant mon arrivée, pendant l'intérim. Chisholm m'en doit une. Il pourrait me remplacer. Stella avait recommandé les Keys de la Floride. Ou peut-être que j'aimerais la République dominicaine, où une de ses connaissances possédait un condo que je pourrais occuper gratuitement. Juste une semaine, avait-elle dit. Ça fait toute la différence.

La relâche du mois de mars, menaçait-elle. Elle planifiait d'y aller.

« Je pourrais bien y aller avec toi, répliquai-je à la blague.

— Pourquoi pas», rétorqua-t-elle. Sérieusement.
Bien sûr.

†††

Le jeune Donald O'Brian téléphonait chez lui une fois la semaine depuis la Corée. Le voyage lui faisait un bien immense. Il n'y a rien comme la distance pour donner du recul, expliqua sagement Bobby O.

Le jeune Donnie pensait peut-être s'établir à Toronto quand il aurait fini. On ne sait pas trop ce qu'il ferait là, mais nous prions, affirma Bobby.

«Il fera un très bon prêtre», dis-je comme il se devait.

Un mercredi soir, à la fin du mois de février, en rentrant d'une partie de cartes chez les O'Brian, je trouvai le presbytère éclairé. Il y avait une voiture garée devant et, à côté, le camion rouge appartenant à Sextus.

Ils étaient assis dans le salon, riant, des verres à la main.

Pat leva les yeux, un peu gauchement, mais sans se laisser démonter. «Regardez ce que j'ai trouvé sur le seuil de votre porte.

— De toute évidence, tu as oublié, dit Sextus.

— Oublié quoi? demandai-je en m'efforçant de me rappeler.

— Que je venais en visite.

— Désolé, marmonnai-je.

— Et sur qui je tombe…

— Je passais afin de discuter d'une date pour le baptême, expliqua Pat. Maintenant, ils souhaitent attendre jusqu'à l'été.

— L'été, c'est très bien, dis-je.

— Laisse-moi aller te chercher un verre», lança Sextus en se levant d'un bond.

À ces paroles, je n'eus d'autre choix que de rire.

Voilà comment les choses devraient se passer, ai-je songé quand ils ont été partis. Les amitiés devraient s'imbriquer confortablement, se fondre et se dénouer, évoluer de façon autonome tout en étant inter-dépendantes, s'inscrire dans une chorégraphie inconsciente.

Alfonso savait. Il souriait devant mon angoisse. Elle me l'a avoué elle-même, sans que je le lui demande, à Puerto Castilla, a-t-il dit. En fait, tu es entré au moment même où elle me l'annonçait. Elle était troublée. Elle ne sait pas où ça mène.

Moi non plus, ai-je déclaré. Mais ne t'inquiète pas. Ne va pas en faire une montagne.

Mais si tu lui fais du mal... je vais te tuer.

Il souriait encore, mais ses yeux étaient sérieux.

Elle est très, très vulnérable, a-t-il dit. Est-ce qu'elle t'a parlé de son mari détraqué?

Son mari?

Ils sont séparés. Il est complètement fou. Dans la FAES. L'armée, au Salvador. De toute façon, ça se passe entre vous deux et Dieu. Mais sois prudent, c'est tout.

Est-ce qu'on peut parler encore un peu?

— Bien sûr, a-t-il dit. Tant que tu veux.

Mais à ce moment on a frappé à la porte. Et au travers de la vitre, je pouvais voir deux policiers attendre.

MacLeod téléphona de nouveau au mois de mars.

«Je ne sais pas à qui m'adresser à ce sujet, alors je me suis dit que je vous en toucherais un mot. Avez-vous, par hasard, entendu parler d'une lettre?

— Une lettre? Il y avait une courte note de suicide près du corps. Quelques mots seulement.

— Oui, je suis au courant. Mais j'ai entendu dire qu'il y avait autre chose. Quelque chose de plus explicite.»

Je lui dis que je m'informerais.

Sa voix devint glaciale. «Monsieur le curé. Sauf votre respect, vous ne vous débarrasserez pas de moi cette fois-ci.

— Je vous entends bien.»

L'appel de Stella était plutôt anodin : une invitation à venir partager des restants. Peut-être un verre de vin. Je ne l'avais pas vue depuis des semaines. Pas depuis l'évêque.

Elle dit qu'elle évitait les spiritueux pendant le carême, mais que je n'étais pas obligé de l'imiter. Je déclinai l'offre. Par solidarité, déclarai-je.

Un verre de vin en mangeant, alors, dit-elle. Puisque le vin, c'est de la nourriture.

La nuit était piquante de givre. En coupant à travers champs, il faut vingt minutes à pied pour se rendre chez elle. J'ai besoin d'exercice, ai-je songé en me préparant à partir. Et j'avais une autre pensée derrière la tête : Laisse la voiture à la maison, ça ne sert à rien de t'afficher.

Les cristaux craquaient sous mes pas. J'étais étourdi par la fraîcheur. Avant de traverser la flaque de lumière dans son entrée, j'ai jeté un coup d'œil autour de moi. Réflexe coupable.

Il y avait une voiture sur la route de la montagne, garée dans l'obscurité. Garée à un endroit où je n'avais encore jamais vu de voiture. J'ai hésité, en proie à un malaise lancinant. Peut-être ai-je distingué un mouvement dans le véhicule. Une ombre dans une ombre. On aurait dit que le temps s'arrêtait, une étrange lourdeur étouffait mon esprit. Soudain, un éclair de lumière dans la voiture, une allumette brièvement portée à une cigarette, puis une lueur qui brasille. Je me suis mis à courir dans cette direction, mû par une rage inattendue.

La voiture a fait un bond en avant. Mise en marche, embrayage, traction des pneus, crissement du gravier : un seul réflexe, dicté par la panique. J'étais au bout de l'entrée quand l'auto est passée sur les chapeaux de roue. J'ai tendu le bras sans y penser, touché le métal d'une portière, et ma main a rebondi. Mais j'avais vu le profil.

William ?

«Tu rêves, dit Stella.

— Qui d'autre ç'aurait pu être ? »

Elle eut un rire gai. «Je pourrais t'en nommer une demi-douzaine. De vieux garçons un peu cocos des environs. Ils ont tous le béguin pour moi, et sont parfaitement inoffensifs. Ça ne peut pas être Willie. Allons. Laisse-moi te servir un verre de vin. Détends-toi.

— J'essaie de me tenir loin du démon, expliquai-je, un peu rassuré. C'est le carême, tu sais.

— Du démon ? » Elle rit. «Ce n'est pas une idée des protestants ? »

Je la suivis jusque dans le salon. Elle s'assit sur le canapé. Je pris place face à elle, dans un fauteuil.

Je m'informai de Danny Ban.

«Il va bien, m'assura-t-elle. Tu ne connais pas Danny aussi bien que moi.

— A-t-il fait son deuil? Je croyais que les professionnels dans ton domaine tiennent à ce que les gens fassent leur deuil.

— Tu te moques de moi, fit-elle en riant.

— Je suis sérieux», dis-je, et, tout à coup, je l'étais.

Elle m'observait comme si j'avais révélé une nouvelle partie de moi, et son regard m'enhardit.

«J'ai quelque chose à te demander, repris-je. Savais-tu qu'il y a un reporter qui pose des questions au sujet de la mort de Danny?

— Non.

— Il m'a téléphoné pour m'interroger au sujet d'une lettre que Danny a écrite... avant... avant le jour de sa mort. Quelque chose qui expose les raisons de son geste. Explicitement, si j'en crois le journaliste.

— Explicitement.»

J'attendis.

Elle sourit et tapota le coussin près d'elle. «Viens t'asseoir ici», m'ordonna-t-elle, comme une mère. Je me levai, traversai la pièce et vins m'asseoir à ses côtés. «À l'avenir, lança-t-elle en frappant doucement son verre contre le mien. À des jours meilleurs.

— Des jours meilleurs», répétai-je, songeur.

Elle but en réfléchissant. «Cette lettre, dont a parlé le journaliste...

— Oui?

— Elle n'existe pas.

— Elle aurait été...

— C'est une invention. Certaines personnes détestent l'évidence. La vérité est devant eux, sans déguisement. Mais parce qu'elle est évidente, ils présument qu'elle est fausse. Il faudrait toujours que la vérité authentique soit... cachée. Ce sont les journalistes qui sont les pires quand il est question de cela.»

Je m'éloignai.

«Tu as vu ce film, il y a quelques années... le film d'Oliver Stone sur Kennedy?

— Non.

— J'étais encore à Toronto. Tout le monde ne parlait que de ça. Le grand complot.»

Je dis que j'avais lu quelque chose là-dessus.

«Foutaises. J'ai lu tout ce qui s'est publié sur Kennedy. Je suis une experte.» Elle posa son verre sur la table basse, puis attrapa le devant de mon pull et me tira vers elle. Elle avait le regard scrutateur. «Le temps est venu de penser à la vie.»

J'étais d'accord.

«Broder sur la tragédie, c'est un gaspillage de vie. Une insulte aux bonnes choses que nous offre le Tout-Puissant, le destin ou je ne sais quoi. C'est ton domaine.

— Tu as sans doute raison.

— Non. Tu ne crois pas ce que tu viens de dire, déclara-t-elle, souriante et gamine, en tirant un petit coup sur mon pull. N'essaie pas de t'en sauver. Je suis sérieuse. Aime la vie. Croque dedans. Nous ne sommes pas ici pour longtemps. Nous serons morts pour toujours.» Nos visages ne se trouvaient plus qu'à quelques centimètres l'un de l'autre. «Oublie tous les malheureux et les mésadaptés. Tous les William. Tu m'écoutes ? Allons.»

Elle se leva et je me levai avec elle, titubant sous le coup d'une soudaine extase teintée d'effroi, mais elle m'étreignait à ce moment-là, les bras serrés autour de moi, le visage enfoui dans mon cou. «Voilà ce qu'on ressent, quand on est en vie. La vie, ça doit nous faire sentir au chaud et en sécurité.»

Elle plongea son regard dans le mien et sourit doucement, et puis elle me donna un léger baiser sur les lèvres.

«Tu peux passer la nuit ici, dit-elle.

— *Le bonheur grandit dans l'unité du cœur et de l'âme.*

— C'est joli, murmura-t-elle.

— Quoi ?

— Ce que tu viens de dire.

— Je suis désolé, soufflai-je, l'extase électrique faisant place à une sourde détresse.

— Passe la nuit ici. Ça n'a pas besoin d'être compliqué. Je veux juste…»

Elle laissa sa phrase en suspens. Je savais que j'étais censé comprendre. Mais ce n'était pas le cas.

«J'ai pas mal de réflexion à faire, dis-je.

— Je ne te demande pas d'idées. Je veux juste te regarder t'endormir encore une fois.

— Encore une fois?

— Je ne propose rien d'inconvenant, tu sais.

— Je sais. Mais laisse-moi aller à mon propre rythme. S'il te plaît.

— Bien sûr», dit-elle. Et elle sourit. C'était pire encore.

Alors que je m'apprêtais à partir, elle me retint à la porte. «Ton ami. Alfonso. Tu m'as raconté… comment il est mort. Tu ne te rappelles pas? Tu me l'as raconté à Noël.

— Oh, oui.

— Est-ce qu'ils ont établi hors de tout doute qui l'avait tué?»

Son visage s'est embrouillé tout à coup. J'avais du mal à respirer. «Oui», dis-je.

Je suis resté assis à contempler la baie jusqu'à ce qu'elle prenne une couleur d'argent éteint dans la lumière du matin.

Je me suis réveillé en sursaut en entendant tambouriner, et une multitude de choses se sont immédiatement présentées à ma conscience. Par un coin de fenêtre ouverte, je voyais les nombreuses voitures rassemblées autour de l'église. Une bouteille vide. Un verre couché près de mon pied, le tapis encore humide. Relents de whisky.

La vie. La mort. Le deuil. Les mésadaptés. Willie.

Est-ce que je suis un mésadapté, moi aussi?

On frappe à la porte de la cuisine.

«Ou-ui.»

Bredouillis.

La voix de l'enfant. Suis-je prêt?

Prêt pour quoi? Merde. C'est encore dimanche.

«Oui. Oui. J'arrive tout de suite.»

Dimanche matin et j'ai encore oublié?

La première lecture. Paul aux Corinthiens. Difficile à naviguer. Traite de la charité. La charité est patiente, est pleine de bonté; la charité n'est point envieuse, elle n'agit pas avec témérité, ne s'enfle pas d'orgueil…

Les mots semblaient lourds de moquerie. Percevaient-ils l'hypocrisie dans ma voix? Ailleurs dans l'épître aux Corinthiens, Paul m'assure que la pureté est puissance, la liberté de «plaire au Seigneur sans préoccupation». Tant mieux pour Paul, songeai-je. Paul le pharisien, qui a vu la lumière et édicté la loi pour le reste d'entre nous. Merci, Paul.

J'entendais le son de ma voix entamant sans conviction la lecture prévue pour la journée. Lorsque j'étais enfant, je parlais comme un enfant, je pensais comme un enfant, je raisonnais comme un enfant; lorsque je suis devenu homme, j'ai laissé là ce qui était de l'enfant.

Suis-je vraiment un homme?

Et dans l'Évangile, Jésus redonne la vue à l'aveugle. Je me demande s'il a jamais soigné une gueule de bois.

Dieu me pardonne.

J'ai improvisé une homélie d'une bienheureuse brièveté sur l'aveuglement spirituel. Comment la Résurrection nous a rendu la vue pour que nous puissions connaître la vérité. Ce n'est qu'une fois que nous avons embrassé la vérité que notre rédemption devient possible. Vérité et rédemption. Codépendantes.

J'ai étudié les visages attentifs devant moi, habité pendant un instant par le sentiment de servir à quelque chose, avant que l'effroi ne revienne.

C'est le temps de penser à la vie, avait-elle dit. C'est maintenant.

Non sum dignus.

Où est le père Roddie en ce moment?

Submergé par cette nouvelle vague d'inutilité, j'ai failli oublier les mots du *Credo*.

Je n'aurais pas reconnu MacLeod n'eût été son sourire. Il s'est approché alors que j'échangeais des salutations avec les fidèles après la messe, impatient de rentrer à la maison. De déboucher une bière, de me préparer un lunch. D'aller au lit.

«Monsieur le curé», a-t-il dit. À sa voix et à son sourire entendu, j'ai su tout de suite qui il était.

Ses cheveux châtains s'éclaircissaient. Il avait le ventre beaucoup trop proéminent pour un homme qui n'était sans doute qu'au début de la quarantaine. Il semblait affable et désinvolte, mais j'ai tout de suite soupçonné qu'il devait avoir une raison sérieuse de me faire cette visite impromptue un dimanche. Je lui ai demandé de m'accompagner jusqu'à la maison.

«Je ne vais pas tourner autour du pot, a-t-il déclaré quand j'ai posé une tasse de café devant lui sur la table de la cuisine. Nous avons un problème.»

Je crois que je me suis contenté de le regarder, attendant la suite.

«Il y a eu un autre suicide.»

22

J'étais debout dans la lumière anémique du jour agonisant.

Je suis le curé de la paroisse de Stella Maris, à Creignish, en Nouvelle-Écosse.

L'idée était réconfortante. Cela avait quelque chose à voir avec la clarté et l'objectivité. Voici qui je suis. Non plus le Purificateur dépourvu de racines, nommé ainsi en l'honneur du petit linge de coton utilisé pour essuyer le calice avant et après la communion. Quel benêt a songé à cela ? Il y a tant de prêtres qui sont des hommes brillants et drôles. Les détraqués sont si rares. Mais ils sont les seuls que je connais vraiment. Comment ai-je réussi à passer vingt-sept ans dans ce ministère et à ne connaître que les mauvais ? Pourquoi n'ai-je jamais fait partie d'une communauté plus large formée d'hommes drôles, brillants, voire saints ? Qu'est-ce qui me pousse vers les êtres tragiques et imparfaits ?

Je suis resté assis tandis que les ténèbres avaient raison de la lumière vacillante.

Un autre suicide ? En fait, c'était le premier, m'apprit MacLeod. Un an plus tôt. En Colombie-Britannique.

«On a déposé des déclarations assermentées.

— Des déclarations assermentées ?

— De gens qui prétendent avoir été victimes eux aussi. Ce pauvre type en Colombie-Britannique n'était qu'un élément d'un problème plus vaste.

— Et ont-ils mentionné Bell ?

— Oh, non. Pas Bell. C'est une autre affaire. Je suis étonné que vous n'en ayez pas eu vent, compte tenu de vos liens étroits avec l'évêque. »

J'avais envie d'appeler Stella, juste pour le réconfort que j'aurais éprouvé en entendant sa voix, mais je ne pouvais le faire, car j'aurais été incapable de garder le secret. Et je voyais son visage se figer tandis que je m'effondrerais sous le poids de ce que je savais. Pourtant, je savais aussi de quoi j'avais désespérément besoin.

« Eh bien, si ce n'était pas Bell…

— Vous rappelez-vous le vieux père Roddie MacVicar ? Il me semble que nous avons parlé de lui… mon Dieu, ça doit bien faire six ou sept ans. Il avait fait joujou avec une personne handicapée. C'est vous qui m'avez dissuadé d'aller fouiller plus loin. Ne vous méprenez pas, je comprends tout à fait. »

Son sourire était accusation.

« Avez-vous parlé à l'évêque ? demandai-je. À propos de ce suicide en Colombie-Britannique ?

— J'ai essayé. Il m'a envoyé promener. Mais il y a une chose dont je suis sûr : il est au courant de toute l'affaire.

— Vous me dites que l'évêque est au courant de cette histoire depuis le début ?

— De celle-là et de bien plus encore. Évidemment, il prend tous les moyens, pardonnez-moi de le dire… pour étouffer l'affaire. »

Lundi matin, 25 mars, je me suis rendu compte que je manquais de tout. Lait. Pain. Alcool. Il faut parcourir dix milles pour aller en ville. Seize kilomètres. Je ne m'habituerai jamais au système métrique. Je pèse cent quatre-vingt-deux livres. Je mesure six pieds et deux pouces. Il faut treize minutes pour franchir les dix milles en voiture, si l'on tient compte du ralentissement habituel au rond-point et à la rencontre des routes et de la digue, les voitures s'entrecroisant pour accéder à Smitty's, à la station-service Esso ou aux motels. Il y a souvent un embouteillage quand le pont au-dessus du canal est levé de manière à laisser passer un bateau. Se pouvait-il que j'aie gardé le souvenir de l'atelier d'un forgeron dans les environs il y a un bon million d'années ? Et d'un petit casse-croûte où nous traînions au temps de ma jeunesse, un repaire pour les adolescents du village et les parias de la ville, venus zyeuter le bétail du coin. C'était un mot qu'on utilisait à profusion à l'époque. *Bétail*. Dépersonnalisé, agricole. Effluves de saucisses cuisant sur quelque appareil électrique muni de dents. Bouteilles de Pepsi couvertes de buée. Voitures aux chromes rutilants où étaient suspendus des rafraîchisseurs d'air et d'où s'élevait de la musique de cow-boys. Bruits et odeurs caractéristiques de l'anticipation. Hormones affolées chez le bétail fébrile. Un klaxon retentit. Un *stampede*. Portières de voitures qui claquent, gerbes de gravier, le cri du caoutchouc et la vieille dame qui tient le casse-croûte, témoin désapprobateur, tendant le cou afin de voir qui allait où avec qui.

Innocence.

J'ai raté tout cela – peu importe ce que cela valait. J'étais le fils d'Angus MacAskill, du Long Stretch, un jeune rouquin maigrichon, prompt à prendre la mouche. Toujours le nez fourré dans un livre. Pas d'argent, pas de voiture. Mais du respect. Oh, oui. Le respect, tout était là. Méfiez-vous de lui. Un tempérament mauvais, plus mauvais encore que celui de son paternel. Presque aussi méchant que ce Sandy Gillis, aussi un gars du coin. Mais sa sœur. C'était autre chose ! Pas de parents à proprement parler. Elle avait un tempérament bien différent. Sincère et honorable. Mais que son frère ne vous attrape pas à la regarder. Qu'il ne vous attrape pas même à penser à elle. Qu'il ne vous entende jamais dire un mot de travers sur sa sœur ou sur son paternel. Vous serez cuit.

John et Sextus ont toujours trouvé désopilant le fait que les gens aient peur de moi.

Sourires d'amitié au magasin d'alcools – ou ces sourires trahissaient-ils une trop grande familiarité ? Monsieur le curé par-ci, monsieur le curé par-là, comme si j'étais là tous les jours. Quelqu'un de familier est juché là-haut, dans la cage en verre où travaille le gérant, penché sur des papiers. Il a levé les yeux, fait un geste de la tête dans ma direction. Un visage du temps de l'école. Un nom dépourvu de signification. Ou est-il possible que j'aie effectivement été là tous les jours à cette époque ?

Il y avait un étalage de bouteilles miniatures près de la caisse. Les caissières discutaient de la fin de semaine. L'homme dans la cage de verre regardait au loin en se frottant le menton. J'ai pris une mini-bouteille dans l'étalage, l'ai regardée brièvement avant de la glisser dans la poche de ma veste.

Jésus-Christ. Qu'est-ce que tu viens de faire là ?

Je me suis mis à suer abondamment. Je m'imaginais que l'homme dans la cage me dévisageait. Le magasin était silencieux, paralysé et étouffant.

Je me suis rendu à la caisse, j'ai payé la bouteille de scotch que je tenais à la main. Dans ma poche, la minibouteille pesait comme une pierre.

En marchant vers la porte, j'ai été envahi par une vague d'excitation sexuelle.

Au Tim Horton, j'ai commandé un sandwich et un grand café noir au service à l'auto, puis je me suis garé dans un endroit discret. Un petit cocktail avant le lunch? Pourquoi pas. J'ai vidé la minibouteille dans le café. Le sandwich faisait aussi office de déjeuner. Le restaurant bourdonnait d'activité. Carrefour social de la ville. Retraités et chômeurs, chassés de chez eux par des épouses acariâtres ou bien par la solitude. Cela ne me manque pas. Ma maison est mon château puisque j'en suis le seul occupant. Si nous étions en Angleterre, je serais vicaire. C'est un meilleur titre. Je serais un vicaire vivant dans une cure. Mais un vicaire a toujours une madame. Une madame vicaire. Et si nous avions un fils, il serait… *Mac Vicar*. Très drôle. J'ai ouvert la bouteille que j'avais payée. Ai versé encore un peu d'alcool dans le café pour en améliorer le goût.

Elle l'avait dit: Vis ta vie.

Le jeune homme en Colombie-Britannique est entré dans un bois quelque part dans le Lower Mainland au volant de son gros et coûteux quatre-quatre, et il s'est tiré une balle dans la tête. Qu'est-ce que ça veut dire, le Lower Mainland? Je ne suis jamais allé en Colombie-Britannique. Je devrais y aller. Un homme devrait visiter son pays. Stella a suggéré de prendre des vacances en République dominicaine. Peut-être devrais-je aller là plutôt qu'en Colombie-Britannique.

La note qu'il avait laissée blâmait le père MacVicar.

Tout le monde l'appelait le père Rod, avait expliqué MacLeod. Apparemment, c'était un formidable philosophe dans son temps. Un platonicien, quoi que cela puisse vouloir dire. Une sommité internationale sur Aristote.

Avais-je détecté un sourire en coin?

Avais-je une idée de l'endroit où pouvait se trouver le père MacVicar aujourd'hui?

Non, avais-je répondu honnêtement. En Colombie-Britannique?

J'ai des raisons de croire qu'il est quelque part en Ontario.

Et qu'est-ce qui vous fait dire cela?

C'est dans l'une des déclarations sous serment.

Le scotch et le café étaient comme du soleil coulant dans mes veines. J'ai regardé autour de moi. Les autres pare-brise brillaient d'un éclat cristallin. Les grandes fenêtres du restaurant étaient impénétrables. Si j'avais été un homme comme les autres, j'aurais pu entrer et bavarder avec les habitués. Mais je ne suis pas un homme comme les autres. Je suis seul.

As-tu vraiment volé quelque chose dans le magasin d'alcools ? Ma cuisse s'est remise à fourmiller. J'ai ri tout haut.

Et puis ma bonne humeur a disparu. J'aurais dû aller voir Stella, pleine de sagesse et de compassion. Tout lui raconter. Mais par où aurais-je commencé ? Que lui ai-je déjà dit quand je lui ai parlé d'Alfonso ? Lui ai-je révélé qui l'a tué ? Est-ce que je sais vraiment qui l'a tué ?

Oui.

Oh, Stella. Il y avait tant de bonté en elle. Je voulais bien être damné si je la corrompais. Qu'est-ce qu'elles ont, les femmes ? Pourquoi ressentons-nous le besoin de nous tourner vers elles, et ce faisant pourquoi les dégradons-nous, les rabaissons-nous au niveau de nos besoins les plus vils ? Je n'avais jamais vraiment connu de femme avant Jacinta. Seulement ma sœur, et ce n'était qu'une enfant. Elle n'est encore qu'une enfant. J'ai souri en songeant à ma sœur.

Et il y a eu Barbara. J'ai failli rire au nez de Sextus quand il a insinué que nous avions pu faire autre chose que nous peloter sur la banquette arrière d'une voiture au clair de lune sur le rivage. Où était-ce ? La plage de Troy. Pourquoi est-ce que ça s'appelle Troy ?

La mémoire est réchauffée maintenant. Et s'il y avait eu autre chose qu'une séance de pelotage, je n'aurais pas ce doux souvenir de notre innocence. Je comprends qu'elle était tout sauf innocente, mais je me rappelle aujourd'hui le bref moment que nous avons passé avec une sorte de plaisir épuré. Aucun regret. Comme il faut que ce soit.

Mais le souvenir de Jacinta est aussi nimbé de pureté. Pas une once de culpabilité. Même aujourd'hui, après tout ce temps, j'éprouve un sentiment de satisfaction joyeuse. Cela pourrait-il jamais se reproduire ?

Donald A. avait dit que Barbara et lui vivaient près de la petite boutique sur la vieille Sydney Road. Il est maintenant Don, après avoir travaillé ailleurs, il est devenu un étranger. Je me demandais à quoi elle ressemblait après toutes ces années.

Viens faire un tour. Il l'avait dit.

C'était une maison en brique proprette. Don avait réussi dans la construction. Même au mois de mars, les arbustes semblaient taillés de près et bien soignés. Les buissons les plus petits étaient enveloppés de jute. L'herbe jaunie était aplatie comme partout. Il y avait des copeaux autour des plates-bandes de fleurs. Pourquoi étais-je là ?

Vis ta vie, avait dit Stella.

« Mon Dieu, regarde qui est là ! » s'est exclamée Barbara. Elle souriait largement.

« Tu me reconnais, ai-je constaté.

— Les cheveux. Je reconnaîtrais ces cheveux n'importe où. »

Pelirrojo, ai-je songé, et j'ai souri.

Je portais ma veste de cuir et un jean, j'avais ma casquette de base-ball à la main.

« Entre, entre », a-t-elle dit.

À l'intérieur flottait une forte odeur d'un parfum que Stella appelle pot-pourri. Ou peut-être était-ce un nettoyant à tapis. Il y avait beaucoup de tapis. Nous sommes allés droit au salon. De grandes images quelconques d'animaux sauvages et de fleurs accrochées aux murs, des meubles qui étaient soit neufs, soit à peu près inutilisés. Elle m'a commandé de m'asseoir. Un gros chat persan a bondi derrière moi, s'est étiré et a bâillé avant de quitter la pièce, l'air boudeur.

« C'est un miracle que tu m'aies attrapée à la maison, a-t-elle déclaré. J'ai été sortie toute la matinée. »

Elle semblait être allée au salon de beauté. J'ai calculé qu'elle devait avoir un peu plus de cinquante ans, mais elle aurait pu passer pour une femme de dix ans plus jeune.

« Je suis tombé sur Don, ai-je expliqué. Après la messe, il y a quelque temps. Je passais et je me suis arrêté sur un coup de tête. Je… je suppose qu'il n'est pas là ?

— Non, il est sur un chantier de construction à l'aciérie. Fermée pour une grosse opération d'entretien. Il travaille tout le temps. »

Tout à coup, j'ai éprouvé un profond malaise qui m'a rendu muet. Pourquoi étais-je venu ici ? « Je ne resterai pas. Je reviendrai une autre fois pour une vraie visite.

— Non. Ne sois pas ridicule. Assieds-toi. »

J'ai obtempéré.

«J'allais justement me préparer quelque chose, a-t-elle dit. Du café. Ou bien préférerais-tu un verre? Je pense que nous avons de tout.

— Peut-être. En souvenir de l'ancien temps.

— Ouiiiii! s'est-elle exclamée avec enthousiasme. Mon Dieu. Ça fait combien de temps, déjà?

— Ça dépend.

— C'est gênant à demander, mais est-ce que nous sommes sortis ensemble pendant un moment?

— Une fois, ai-je répondu en sentant mes joues s'empourprer.

— Jeunes et fous», a-t-elle lancé en riant, et elle a quitté la pièce.

Ça ne peut pas être si terrible, me suis-je dit.

Je ne me rappelais pas la couleur de ses yeux, bleu pâle, ni ses cheveux, qui avec le temps et les bons soins des esthéticiennes avaient pris une riche teinte auburn. Elle a gardé sa silhouette, ai-je songé. Une poitrine plus généreuse que dans mon souvenir. Est-ce que le buste gagne en importance, dans la quarantaine?

Quand elle est revenue avec les verres, j'ai observé: «Vous avez bien réussi, toi et Don. C'est une maison charmante que vous avez.

— On s'en sort pas mal. Ça a été dur pendant longtemps, quand il voyageait tout le temps et que les enfants étaient en bas âge.

— Don a dit que vous aviez deux fils, je pense.

— Oui», a-t-elle fait joyeusement, et elle est allée chercher deux portraits encadrés sur le manteau de cheminée. Elle s'est assise près de moi. «Donnie et Michael. Ils travaillent tous les deux loin d'ici.»

Elle était proche, nos cuisses et nos coudes se touchaient. Les garçons avaient une sorte de beauté rude. L'un d'eux possédait le même visage que son père quand celui-ci était jeune, jusqu'au soupçon de moquerie qui n'était jamais totalement absent de ses lèvres.

Un frisson étourdissant m'a parcouru. Le souvenir de sa cuisse. Peut-être des deux.

«Il m'a raconté ce qu'ils faisaient, ai-je dit. L'un des deux est à Toronto?

— Donnie est au Ontario Food Terminal, pour l'une des grandes entreprises. Mike est du genre créatif. Il conçoit des sites internet à Boston, ou quelque chose du genre. Il veut être écrivain, si tu peux imaginer cela.

— De beaux garçons.

— Ils tiennent de leur père», a-t-elle répliqué. Puis elle est allée remettre les photos à leur place. «Et toi? Il me semble avoir entendu que tu avais été quelque part à l'étranger. Dans les missions, non, pendant un bout de temps?» Elle est retournée au grand fauteuil qui était à un mille de là, à l'autre bout de la pièce. Elle avait le front plissé.

«Deux ans, ai-je répondu. En Amérique centrale.

— Ça devait être différent.

— Oui.»

Un silence momentané, alors que nous étions tous les deux plongés dans nos souvenirs.

«Je pense que nous sommes sortis ensemble juste une fois ou deux, a-t-elle dit. Je ne pense pas que ça ait été très sérieux.

— Je ne pense pas.

— Si je m'en souviens, c'est qu'on m'a beaucoup fait de plaisanteries à ton sujet, après que tu es allé au sanatorium.

— Au quoi?

— Qu'est-ce que j'ai dit?

— Au sanatorium.

— Ah mon Dieu, a-t-elle lancé. Je suis désolée. La semaine dernière, c'était l'anniversaire de la mort de ma mère. Elle est décédée à Kentville. Il y a quarante ans exactement. Au sanatorium là-bas. Je voulais dire au *séminaire*. Ma tête, ces temps-ci.» Elle la secoua, en souriant pour elle-même.

«Le sanatorium, le séminaire. J'imagine que, quand on y pense, il n'y a pas grand différence.»

Elle a renversé la tête en arrière pour rire. Elle avait la gorge blanche et sa peau est redevenue aussi lisse que lorsqu'elle était adolescente. Et les mots sont revenus : *J'imagine que tu es fâché contre moi.*

Elle étudiait mon visage, peut-être se rappelait-elle aussi. «Ta mère aussi… si je me souviens bien.

— Oui. Point Edward. Ou St. Rita's, en fait. Ils l'ont emmenée là à la fin. Elle est enterrée à Sydney. Whitney Pier, pour être précis.

— Je ne m'étais pas rendu compte que nous avions tant de choses en commun.»

J'ai souri.

«Mais je suppose que ce n'était pas si rare à l'époque. C'est un mal qui courait, dans les années cinquante. Pas comme aujourd'hui.

— Oui», ai-je acquiescé.

Elle a emporté nos verres à la cuisine.

«Je viens de me rappeler quelque chose de bizarre, ai-je déclaré après le troisième verre.

— Quoi donc ?» a-t-elle demandé, la tête inclinée de côté. Elle avait rafraîchi son rouge à lèvres dans la cuisine.

«Tu avais l'air de savoir que je songeais à me faire prêtre, même si je n'en étais pas certain à l'époque. Peut-être que tu te sentais plus en sécurité avec moi.

— Oh, non, a-t-elle gloussé en plaquant la main contre sa bouche, rougissante. J'en doute. J'étais incorrigible dans ce temps-là. J'ai du mal à imaginer ce que tu as dû penser quand j'ai évoqué cela. J'essayais de te faire succomber à la tentation, j'imagine.

— Eh bien… Je m'en souviens encore.»

Le feu aux joues, elle a détourné les yeux – en direction des photos sur la cheminée, me suis-je dit. «Je ne peux pas croire que j'ai parlé de ça.»

Je me suis rendu compte à ce moment-là que nous nous tenions par la main. Quand donc cela s'était-il produit ? En apportant le troisième verre, elle s'était assise près de moi. Et m'avait questionné sur la mort de ma mère.

«Je ne me souviens pas de grand-chose, ai-je avoué.

— Moi non plus, pour la mienne. Mais je n'avais que douze ans.»

Elle a cinquante-deux ans, ai-je songé.

«J'ai de vagues images, ai-je ajouté. Des adultes me disant qu'elle était plus heureuse morte et que je devrais lui adresser mes prières.»

Son visage exprimait une véritable tristesse. «Ç'a dû être pire pour toi», a-t-elle dit. Elle a haussé les épaules et m'a serré la main.

«Ma mère est morte en 1951», ai-je précisé.

Il y avait de la musique quelque part. Il y avait encore un verre. La lumière déclinait dans la pièce. Maintenant assise les jambes repliées sous elle, elle étudiait le contenu de son verre.

«Quand tu es parti au séminaire, a-t-elle repris en riant, l'élocution légèrement embrouillée, tu ne croirais pas ce que certaines personnes racontaient. Surtout les filles.»

Les *fiy*es.

Quoi donc.

«Que nous… Non. Je ne vais pas le répéter. Tu en mourrais de honte.» Elle a posé son verre et pris son visage entre ses mains, rougissante, en secouant la tête. Elle avait un rire enfantin. «Elles disaient que… *on était allés jusqu'au bout,* comme on disait alors. Peux-tu croire?»

J'ai ri, étonné de mon sang-froid.

«Il y a quelqu'un qui colportait ça?

— Je n'ai aucune idée qui.

— Tu dois me trouver horrible, me souvenir d'une chose pareille je ne sais combien d'années plus tard. Mon Dieu.

— On ne dirait pas que tant d'années ont passé.

— Non, a-t-elle renchéri, sérieuse.

— Le temps a été bon pour toi. Tu n'as pas changé.»

Elle a rougi de nouveau. «Mais je ne crois pas que nous… N'est-ce pas?

— Non. Je m'en souviendrais certainement.»

Elle faisait le tour de la pièce en s'assurant que tout était en ordre quand je suis revenu de la salle de bains. Elles ont l'instinct de faire de l'ordre. À quoi est-ce que ça ressemblerait? Quelqu'un dans la maison mû par un besoin naturel de ranger et de nettoyer? Une voix douce murmurait dans un stéréo invisible. C'est le genre d'endroit où vivent les vrais êtres humains. De la musique en bruit de fond. Je devrais avoir une chaîne stéréo.

It seems that we have met before and laughed before…

«Te revoilà, a-t-elle dit. Je me demandais.

— Je devrais vraiment y aller.»

… who knows where or when[7].

«Non, reste», a-t-elle lancé. Puis elle a souri. «Je veux dire, il n'y a pas de presse.»

Le téléphone a sonné. Elle a prononcé quelques mots dans l'appareil, puis, en regardant dans ma direction, elle a fait un clin d'œil et a ajouté: «Tu ne croiras jamais qui est venu me rendre visite.»

J'ai étudié le plancher.

«Non. Le père Duncan. Tu te rappelles Duncan MacAskill? Ouiiiii. Il voulait te voir. Alors on prend un verre, en se rappelant le bon vieux

---

7. Paroles de *Where or When* : «On dirait que nous nous sommes déjà rencontrés, et que nous avons déjà ri ensemble, qui sait où et à quel moment.»

temps. Oui. Je vais lui dire… Voilà, conclut-elle en déposant le combiné. C'était Don. Il va être en retard. *Encore une fois.* »

Je me suis détendu. Tout va bien, ai-je songé, émerveillé. Il n'y a pas de mensonge. La présence de ma voiture devant la maison est maintenant expliquée. Tout ce qui arrive désormais est du domaine de la visite de politesse. Parfaitement réglo. Tout est étalé au grand jour. Elle a traversé la pièce en valsant avec un partenaire imaginaire. J'ai remarqué qu'elle avait ôté ses chaussures. Elle avait les chevilles fines, de longs pieds délicats. Les ongles d'orteils rouges.

« J'adore cette chanson », a-t-elle déclaré.

Je me suis levé. « Je n'ai pas dansé depuis des années », ai-je dit. Mes pieds étaient tout à coup trop grands pour la pièce. Je les bougeais lentement, en me concentrant. J'étais incapable de penser à autre chose qu'à ses pieds nus et à mes lourds souliers.

Je me suis arrêté, suis resté debout immobile. Je devrais enlever mes chaussures. Elle s'est méprise sur mon hésitation. Et puis son corps était serré contre ma poitrine, elle avait enfoui son visage sous ma mâchoire. Elle se pressait plus près contre moi. Son front était chaud. Et puis nous nous sommes embrassés.

Elle a fait un pas en arrière, incliné la tête de côté. Il y a là de la beauté, ai-je songé. Elle recèle des mystères sombres et riches.

« C'est arrivé spontanément, a-t-elle soufflé. J'espère que ça ne te gêne pas.

— Au contraire.

— On finit par se sentir seul, j'imagine », a-t-elle dit.

Tout à coup, j'étais incapable de prononcer une parole.

« Je sais ce que c'est que la solitude, moi aussi », a-t-elle continué. Elle serrait mes deux mains. Puis elle a glissé son bras autour de ma taille et a appuyé son visage contre mon épaule. Elle a levé les yeux. « Je ne sais pas pourquoi on présume automatiquement que permettre aux prêtres de se marier les rendrait… plus heureux. Le mariage, c'est beaucoup de travail.

— Je pense que je devrais y aller », ai-je annoncé, luttant contre l'émoi et la détresse.

Elle a branlé la tête. « Je ne te blâme pas. Une vieille bonne femme qui te fait des avances.

— Tu es charmante », l'ai-je assurée.

Elle a secoué la tête.

«Oui, tu es charmante. C'est vrai. Ça n'a rien à voir avec toi.

— Le temps n'est pas tendre pour les femmes, a-t-elle dit.

— Au contraire.

— Tu n'es pas obligé d'être gentil.»

J'ai secoué la tête avec fermeté. Je voulais la rassurer, la convaincre que je la quittais par peur – peur de la voix dont je savais qu'elle occuperait mon esprit à partir de ce moment, peur de ce que la voix dirait si l'on faisait un pas de plus.

Je l'ai tirée à moi. À l'abri de son regard inquisiteur, j'ai chuchoté: «Je suppose que tu es fâchée contre moi.

— Mon Dieu, non. Pourquoi est-ce que tu penserais une chose pareille? Promets-moi que tu reviendras?

— Je te le promets.

— Je suis dans l'annuaire.»

J'étais sincère. Ce ne sera pas la dernière fois, ai-je songé. Et tout à coup la détresse est revenue avec le souvenir de Jacinta.

En passant devant l'église en ville, j'ai remarqué la voiture de police dans mon rétroviseur.

23

John n'est pas resté longtemps après que nous avons récupéré ma voi-ture abandonnée au bord de la route. Il était venu tout de suite quand je l'avais appelé. Je lui ai offert un verre, mais il était toujours au régime sec, m'affirma-t-il. «Je n'ai pas besoin de t'expliquer comment je suis quand j'ai un verre dans le nez. »

Je ne répondis pas.

«Mais c'est ton jour de chance, dit-il. On ne rigole plus avec l'alcootest de nos jours. On n'hésite pas à arrêter un gars, même s'il est prêtre. On voit leurs noms de temps en temps, même des juges. » Il se tenait près de ma bibliothèque. «Peut-être qu'il faudrait noter tout ça, mais si tu es comme moi, tu as une mémoire pleine de trous. »

Je songeai : Ça peut être une bénédiction. «Merci d'être venu. Je ne savais pas qui appeler.

— Je t'en dois une. Pour l'an dernier, pour avoir supporté… en tout cas…

— Non.

— Des fois, je suis un vrai trou du cul.

— Ça n'a pas été le cas.

— Une autre raison d'éviter de tenir un journal. Vaut mieux laisser le passé disparaître. »

Après le départ de John, je remarquai la carte du *mountie* là où je l'avais laissée, sur mon bureau. Je la pris. *Cpl L. Roberts.* Pendant une seconde, je pensai lui téléphoner pour lui demander ce qu'il savait. Je me moquai de moi-même, je lançai la carte.

Le *mountie* et MacLeod ne se sont pas trompés. C'est moi qui avais tout faux.

«Je me suis fait baiser», dis-je à voix haute, et, en prononçant ces paroles, je me sentis un peu mieux.

La situation était simple. Le père Roddie s'est rendu en Ontario pour y être traité. À ce que j'en comprends, on lui a déroulé le tapis rouge. Un endroit du nom d'Orangeville. C'en était presque drôle : un tapis rouge à Orangeville. Je vois de grands érables et des édifices en brique rouge coiffés de drapeaux Red Ensign. De nombreuses églises. Le clergé y a conservé une partie de la respectabilité dont il jouissait à une époque depuis longtemps révolue. Je me souvins vaguement d'une controverse à Orangeville quelques années plus tôt. Quelque chose sur l'ordination de gais par l'Église unie.

Je peux voir le père Roddie, plein de sympathie, opiner du bonnet en compagnie de ses copains de l'Église unie, conseillant de faire preuve de modération et de compassion. Il faut prêcher par l'exemple, aurait-il dit, et ils auraient bu ses sages paroles parce qu'il a tout à fait l'allure et le discours que les protestants modérés s'imaginent caractéristiques des prêtres catholiques. Des oncles charmants qui seraient restés vieux garçons.

Les vieux salopards, songeai-je. Je m'efforçai de chasser de mon esprit l'image du père Roddie et de l'évêque penchés au-dessus de leurs cartes à jouer, discutant stratégie. Sans penser un instant aux dommages que ce vieux Rod avait laissés dans son sillage jusque-là. Apparemment, la victime qui s'était suicidée en Colombie-Britannique venait de Nouvelle-Écosse – avant que son bourreau soit exilé à Orangeville, elle s'était enfuie sur la côte ouest pour échapper à ses démons. Mais les démons l'avaient suivie. C'est ce qu'ils ont tendance à faire.

Rod avait plus d'une corde à son arc : jeunes filles attardées, jeunes garçons terrorisés.

Brièvement, la galerie de visages pitoyables s'assembla de nouveau dans mon esprit. Misérables. Gênés, furieux ou défiants. Mais toujours misérables.

«Vous ne connaissez pas toute l'histoire», m'avait dit tranquillement Brendan Bell la première fois que je lui avais expliqué comment se rendre à Port Hood. Une fois la digue franchie, tourner à gauche. Après avoir tourné à gauche, continuer tout droit sur le chemin. J'avais cligné de l'œil. Continuer sur le droit chemin, c'est essentiel.

Il m'avait regardé, puis avait lentement secoué la tête. Il avait souri tristement.

«Je suis sûr que je ne connais pas toute l'histoire», avais-je concédé.

Son visage avait semblé s'éclairer. «Mais je sais ce que vous pensez, et je suis d'accord. "Toute l'histoire", ça n'a pas vraiment d'importance, pas vrai? Je me suis planté. Je suis content que ça ait éclaté au grand jour. Maintenant, je peux passer à autre chose.

— Qu'avez-vous l'intention de faire?

— Je vais terminer ma probation et en profiter pour réfléchir à ce que je ferai plus tard.

— C'est bien», avais-je dit.

Sauf que, alors qu'il était en probation, il a récidivé. J'étais maintenant convaincu qu'on m'avait de nouveau roulé dans la farine.

Et je me suis souvenu de la voix du Honduras: Confrontés à l'anéantissement, les condamnés font appel à un pouvoir surhumain afin de manipuler vos émotions. Vous avez le pouvoir physique entre les mains. Le fusil. Mais ce n'est rien comparativement au pouvoir du désespoir. Le pouvoir de la volonté primaire de vivre. Ne vous laissez jamais prendre à leur jeu; contentez-vous d'écouter. Appuyez sur la détente, et puis allez-vous-en.

Et c'est comme ça que je m'y suis pris, à de multiples reprises. Sans me laisser prendre à leur jeu. Pas la moindre possibilité pour eux de brouiller la réalité avec leurs circonstances atténuantes. Leur mère cruelle et leur père distant. Leurs problèmes d'alcool / de drogue / de santé mentale. Leur solitude, leur isolement, leurs doutes. Leurs profonds questionnements philosophiques, leurs crises de foi, etc. Tout cela se réduisait, je le savais, à des failles de caractère.

«Je pourrais t'imaginer faire ce boulot un jour», avait dit l'évêque après le départ de Bell, répétant ce qu'avait suggéré le père Rod. Était-ce là que le père Rod avait pris l'idée? D'Alex? Durant l'une de leurs parties de bridge? Ou bien était-ce plutôt lui qui l'avait instillée à l'évêque?

Je pouvais les entendre: Ce jeune homme a du cran.

Un mot d'importance pour cette génération. Le *cran*. Un mot que mon père utilisait beaucoup.

Et puis Alex a dépêché son ami Rod à Orangeville. Partie de Monopoly épiscopal. Un jeu. Passez go. Réclamez 200 $. Atterrissez sur Boardwalk. Sain et sauf. N'allez pas en prison. Les secrets sont enterrés.

Maintenant quoi?

Je ne commettrai pas la même erreur. Je ne succomberai pas à cette sorte de faiblesse. Je vais retrouver Brendan Bell et je n'hésiterai pas avant d'appuyer sur la détente.

Alfonso et les deux policiers ont parlé à voix basse dehors pendant ce qui m'a paru un long moment. Quand il est revenu, il avait un visage de marbre. Il est passé devant moi sans me voir.

Je l'ai arrêté. Qu'est-ce qu'ils veulent? ai-je demandé.

Il m'a ignoré.

Il y a quelque chose qui ne va pas?

Il faut que je les suive. Ils veulent me parler. Quelqu'un a été tué. Chez nous. Un ami à moi. Un prêtre.

Il a enfilé sa veste et est ressorti, est parti en voiture avec eux.

J'ai cru voir celui qu'ils appelaient Calero dans l'auto.

Si j'en crois MacLeod, on a découvert le pot aux roses. La nouvelle du suicide en Colombie-Britannique avait atteint les gens d'une paroisse où le père Roddie avait officié un mois ou deux un certain nombre d'années auparavant. À l'époque, personne ne s'était trop inquiété de ses allées et venues. C'était un philosophe qui se déplaçait beaucoup lors des brefs répits que lui laissait sa carrière universitaire. Depuis combien de temps l'évêque était-il au courant?

Une bonne demi-douzaine de personnes avaient uni leurs forces, embauché un avocat et signé des déclarations sous serment, et elles voulaient la tête du père Roddie. Les policiers s'affairaient à remonter sa trace partout où il était passé. L'évêque ne se montrait pas excessivement serviable, mais je savais que toute la triste histoire finirait par éclater au grand jour. Y compris Bell.

«C'est ta décision, m'avait prévenu l'évêque. Mais il faudra que tu décides de ta position si ça nous saute au visage.»

L'évêque peut s'inquiéter de MacVicar et des autres. Mais je me suis rendu compte que je dois trouver Bell. C'est moi qui l'ai envoyé ici. Il doit expier pour nous deux.

Nous sommes soûls maintenant. La bouteille de rhum est presque
vide. Alfonso a cessé de sangloter. Il a finalement réussi à pro-
noncer un nom. Un nom qui n'est pas familier, du moins pour
moi. Rutilio. Je ne t'ai jamais parlé de mon ami ? Rutilio
Grande ? Ça c'était un prêtre ! Selon la police, Rutilio et deux
paroissiens se rendaient de El Paisnal à Aguilares… Est-ce que
je t'ai dit que je venais d'Aguilares ? Ils allaient en voiture. Pour
dire la messe. Sans blague.

Alfonso utilise tout le temps des expressions comme Sans
blague, apprises pendant l'année où il a étudié en Californie.

Ils s'en allaient dire la messe. Ils ont été interceptés par des
tireurs et assassinés.

Ils ont tué un prêtre ? En chemin vers la messe ?

Il m'a regardé, les yeux enflés. Oh, Pelirrojo, a-t-il dit. Les
tueurs venaient aussi d'Aguilares. Ceux de mon peuple ont tué
Rutilio.

Il s'est remis à sangloter.

Jeudi soir, j'ai vu l'arrière de la camionnette de Sextus pointant
derrière la maison où Pat habite avec sa mère et sa fille. Un instant,
j'ai pensé m'arrêter. Ils sont probablement en train de jouer aux cartes,
lui, Pat et la vieille dame. Voilà ce qu'il me faut, une bonne partie de
Cinq Cents pour me changer les idées. La vieille dame serait ravie de
voir débarquer le curé. Mais j'ai continué sans m'arrêter. Peut-être
que je devrais parler à Stella, tout mettre au jour une fois pour toutes.
C'est dans son domaine, non ? Écouter les gens ? Je me suis engagé sur
la route de la montagne, mais j'ai vu tout de suite que sa maison était
plongée dans l'obscurité. J'ai pensé un instant à Barbara. Elle est dans
l'annuaire. Je suis plutôt rentré chez moi.

24

L'évêque a téléphoné un jeudi au début du mois d'avril. Je jonglais avec l'idée d'aller le voir, essayant de trouver un moyen de lui dire que je savais tout sans provoquer une confrontation. Nous avons vécu tant de choses ensemble. Il est devenu mon père. Cette rupture serait douloureuse, mais je voulais échapper à tout cela. S'il existe une paroisse disponible loin d'ici, je veux y aller. Renvoyez-moi en Amérique latine. Envoyez-moi au Rwanda, pour l'amour du Christ. Puis il a téléphoné. On devrait bavarder, a-t-il dit. Je me suis efforcé de prendre une voix normale. Il a ajouté qu'il préférait que nous nous parlions en personne.

«Il va nous falloir élaborer une stratégie, m'annonça-t-il au téléphone. La situation est en train de devenir incontrôlable.

— C'est ce que j'ai entendu dire, répondis-je.

— Qu'est-ce que tu as entendu dire?»

Il avait l'air surpris, ce qui m'irrita. «J'ai reçu une visite de MacLeod, expliquai-je. En gros, il m'a tout dit.

— En gros, hein?» Il y eut un long silence tandis qu'il attendait que je m'explique. «Tu ferais mieux de venir ici, finit-il par dire.

— D'accord.

—Viens tout de suite, ordonna-t-il.

— Il est vingt et une heures…

— Je t'attends dans une heure», lança-t-il avant de raccrocher.

† † †

Debout sur le seuil, éclairé par-derrière, il semblait avoir vieilli et rapetissé. J'avais livré bataille à mes émotions pendant tout le trajet, en un dialogue bourdonnant dans mon esprit. Mon but était simple : dire adieu à tout cela.

Même moi, j'ai été étonné de la vitesse à laquelle l'écheveau s'est dénoué.

« Je veux savoir tout ce que MacLeod t'a dit », annonça-t-il sans me regarder.

J'étudiai son visage attentivement, cherchant une façon moins directe de le confronter.

« Vous n'avez pas été complètement honnête avec moi », commençai-je, choqué en entendant ma propre affirmation.

Son visage s'empourpra. Il inclina la tête de côté, plissa les yeux.

« MacLeod m'a parlé de ce suicide en Colombie-Britannique. Et il m'a parlé des déclarations assermentées. Et il m'a parlé… d'Orangeville. »

Il paraissait soulagé. « Et qu'est-ce que ç'a à voir avec mon honnêteté envers toi ?

— Vous ne m'avez pas raconté toute l'histoire du père Rod. Vous ne m'avez pas dit que vous le couvriez…

— Tu vas trop loin », coupa-t-il d'un ton sec.

Le silence s'étira, devint plus froid.

« Revenons à l'affaire qui nous occupe, finit-il par dire. Ce qu'on fait maintenant. Ce qu'on dit. Il rôde dans le coin des *mounties* en civil qui viennent d'Halifax. Ça ne sent pas bon.

— Je suis navré, fis-je.

— Qu'est-ce que tu veux dire, tu es navré ?

— Je n'ai rien à proposer. Je pensais que notre boulot consistait à mettre ces types hors d'état de nuire. Combien d'autres pères Roddie y a-t-il ? Je pensais que notre priorité, c'était de travailler avec les familles et les victimes afin de…

— N'utilise pas ce mot-là dans cette maison ! s'écria-t-il.

— Quel mot ?

— Victimes. Ne t'avise pas d'utiliser ce mot devant moi, compris ? »

Il se dressait devant moi et un éclair d'effroi me rendit muet.

« Tu es avec nous ou bien contre nous, dit-il d'une voix dure et monocorde. *Victimes*, pour l'amour de Dieu ! Tu me rends malade. » Et il se rassit, soudain à bout de souffle.

Je le regardai tandis qu'il reprenait son calme. Et pendant qu'il se tranquillisait, je pouvais sentir une tempête se former au creux de ma poitrine et la douleur irradier dans ma tête. *Avec nous ou bien contre nous ?* J'avais la bouche sèche. Je me levai.

Quand je me dirigeai vers la porte, il demanda : «Où vas-tu comme ça ?

— Je m'en vais.»

Je crois que je suis resté dans la voiture garée dans Main Street pendant vingt minutes avant de finalement m'en aller. Peut-être quelque part enfantine de moi s'attendait-elle à ce qu'il me suive. À ce qu'il ouvre la portière de la voiture, se glisse à l'intérieur. Me sauve. Dise : Voyons, qu'est-ce que tu fais là ? Reviens à la maison… Je vais nous verser un Balvenie et on reprend tout depuis le début. Je sais que je te dois des explications.

Et en sirotant son verre, il aurait expliqué que, dans notre domaine, on ne se fait pas beaucoup d'amis proches. On côtoie d'autres prêtres, certes, mais il est rare que l'on trouve l'amitié vraie. Habituellement, on n'est entouré que de collègues, au mieux, de connaissances. Aussi, quand on tombe sur une véritable amitié, il arrive que celle-ci ait raison de notre jugement. Et il est si rare de trouver quelqu'un qui soit plus qu'un ami. Une sorte d'âme sœur. Un membre de la famille. Voilà ce qu'était le père Roddie. Comme un frère. As-tu jamais eu un ami comme cela ?

Et je lui aurais dit : Une fois, j'ai eu un ami comme cela.

J'ai tourné les yeux vers l'évêché juste à temps pour voir s'éteindre les dernières lampes au rez-de-chaussée.

Je suis parti. La nuit était plus noire que d'habitude. Un vieil homme faisait du stop sur l'accotement d'un tronçon désolé de l'autoroute que l'on appelle Dagger Woods. Je l'avais dépassé d'au moins cent mètres quand une impulsion m'a poussé à ralentir et à me ranger. Je me suis mis à reculer, j'ai ralenti, me suis arrêté, j'ai attendu. Personne n'est venu, et tandis que les secondes devenaient des minutes, j'ai été parcouru d'un étrange frisson. J'ai embrayé et je suis parti sur les chapeaux de roue.

20 mai 1977. alfonso m'inquiète. il est en proie à la déprime depuis le meurtre de son ami en mars. maintenant, il m'explique que, depuis 1972, onze prêtres et un séminariste ont été tués dans

ce pays. depuis le mois de février de cette année, dix prêtres ont
été exilés... exactement comme moi. ne savais-je pas que lui,
alfonso, était ici en exil ? huit autres ont été renvoyés, dont cinq
ont été torturés avant. j'ai eu de la chance, a-t-il remarqué. il dit
qu'il doit rentrer chez lui. je lui réponds qu'il doit être surmené.

En approchant de chez moi, je vis une voiture descendre lentement l'entrée, s'arrêter puis mettre le cap vers le nord. Je ne voyais pas assez bien pour arriver à distinguer le conducteur, mais, quand je m'engageai à mon tour dans l'entrée, j'eus la surprise de trouver le presbytère éclairé. Puis je vis la camionnette rouge de Sextus garée devant.

Il était dans mon bureau, tenant à la main un livre ouvert.

«Intéressant, dit-il en le refermant. Tout le monde devrait tenir un journal.»

Je pris le cahier, scrutant son visage.

«Je passais dans le coin. La porte était ouverte.

— Qu'as-tu lu là-dedans?

— Rien d'important, répondit-il comme si je l'avais blessé. Je l'ai ramassé juste avant que tu entres.

— Qui est reparti en auto?

— Reparti en auto? Je n'ai vu personne.»

La nuit fourmille de fantômes, songeai-je.

«Je vais me servir un verre, annonçai-je. Intéressé?

— Non, répondit-il en bâillant. Je pense que je vais y aller. Où étais-tu?

— Tu es sûr que tu ne veux pas un verre avant de rentrer?

— Non. J'enseigne demain. Quelqu'un devrait écrire un article sur l'absentéisme des professeurs dans les écoles des environs. C'est super pour les remplaçants comme moi.»

Je l'ai regardé en me préparant au désespoir qui allait me frapper. Ça a commencé avec le déclic de la porte se refermant derrière lui. Lorsque j'ai entendu le rugissement de son moteur, j'ai eu du mal à me rendre jusqu'à l'armoire où je garde l'alcool.

La blême lumière du jour baignait le salon quand je me suis réveillé sur le canapé. En me dirigeant péniblement vers ma chambre, j'ai constaté que la porte de la chambre de l'évêque était entrouverte.

Quand on vit seul, on remarque ces changements minuscules. Une porte habituellement fermée vous interpelle lorsqu'elle ne l'est pas. En glissant la tête à l'intérieur de la pièce, j'ai aperçu une petite forme sombre sur le sol près du lit. C'était un portefeuille. Je l'ai ramassé. Il s'est ouvert et j'ai vu le permis de conduire ontarien de Sextus.

Quand le téléphone a sonné au milieu de la matinée, j'ai supposé que Sextus appelait au sujet de son portefeuille, mais c'était l'évêque. Il avait un ton conciliant. Il souhaitait que je vienne chez lui immédiatement. Nous devrions nous asseoir en compagnie des avocats, leur demander leur avis. Il utilisait abondamment le mot «nous» et je savais qu'il le faisait sciemment. Il y avait les *mounties*, il y avait MacLeod. Il y aurait de la publicité et nous avions besoin de conseils.

«Il nous faut une stratégie, a-t-il ajouté. Et puis, tu as un accès privilégié à MacLeod.»

Enfin, j'ai répondu : «Je ne suis pas sûr de ce que je peux apporter.»

Je savais qu'il avait du mal à dissimuler son exaspération.

«Ne t'inquiète pas de cela, a-t-il dit d'un ton las. Viens-t'en, c'est tout. Je vais leur demander d'être ici à quatorze heures cet après-midi.»

Une fois qu'il a eu raccroché, j'ai regardé l'horloge. Pas tout à fait midi, ai-je songé.

Ah, tant pis. Il est midi quelque part. J'ai tendu le bras vers l'armoire.

25

J'ai pris une douche, me suis habillé. Je pense que c'est au moment où je m'apprêtais à saisir la bonbonne de mousse à raser que j'ai décidé : aucune puissance sur terre ou au ciel ne pourrait me persuader d'aller voir l'évêque. C'est fini pour moi.

Pat est arrivée un peu plus tard, avant que je sois tout à fait ivre. En entendant la voiture dehors, j'ai eu le temps de dissimuler mon verre. J'étais assis dans le salon, mon bréviaire sur les genoux, quand elle est entrée dans la cuisine.

« Bonjour ! ai-je crié. Qui est là ?

— Ce n'est que moi, a-t-elle répondu joyeusement. Je passais dans les environs. »

Pour discuter de préparatifs pour le baptême, ai-je pensé tandis qu'elle entrait dans la pièce et se perchait sur le bras d'un fauteuil. J'ai attendu, mais elle se contentait de rester assise, l'air de m'étudier.

« Vous avez l'air fatigué, a-t-elle fini par dire. Dormez-vous ? »

J'ai balayé la question du revers de la main. « On se fait vieux. On a toujours l'air fatigué.

— Vieux. Vous êtes loin d'être vieux.

— Vous êtes gentille.

— Je m'en allais en ville, a-t-elle dit en se levant. Je me demandais si vous aviez besoin de quelque chose. »

Je l'ai assurée que je n'avais besoin de rien qu'elle puisse trouver en ville.

Elle a ri. « Je vais y aller, alors… Vous permettez que j'utilise la salle de bains d'abord ? »

Il y a un petit cabinet de toilette adjacent à la cuisine, mais je l'ai entendue monter l'escalier, puis marcher au-dessus de ma tête. Et puis le silence.

Quand elle est descendue, elle semblait distraite, aussi lui ai-je demandé si tout allait bien.

«Oui», a-t-elle répondu. Avec un faible sourire et un geste de la main, elle est partie, et ce n'est qu'après son départ que j'ai compris.

Le portefeuille, me suis-je dit. Elle cherchait le portefeuille. Et j'ai failli éclater de rire.

Quand Stella est arrivée, mon humeur s'était grandement améliorée. Cette fois, comme je n'avais pas eu la chance de cacher mon verre, je lui ai demandé si elle voulait m'accompagner. Elle a décliné.

«Tu as commencé de bonne heure, a-t-elle remarqué.

— Oh, allons. Il y a quelque chose de mal à boire avant le souper?»

Quand je me suis levé pour la rassurer, j'ai titubé et me suis rassis rapidement, en espérant que mon chancellement lui avait échappé. Enfin, j'ai dit: «Il faudra que tu me pardonnes.» Et, horrifié, j'ai senti couler des larmes brûlantes nées d'un sentiment d'apitoiement sur mon propre sort. Heureusement, elle regardait ailleurs à ce moment-là.

Et puis elle était debout devant mon fauteuil. Elle s'est penchée jusqu'à poser les mains sur les accoudoirs, me regardant droit dans les yeux. «Je suis vraiment inquiète à ton sujet.»

Je me souviens d'avoir maladroitement tendu les bras, tentant de l'attirer à moi. Mais elle a attrapé mes poignets et s'est libérée.

«Non», a-t-elle dit doucement. Elle s'est penchée pour prendre le verre posé près de mon fauteuil, et elle s'apprêtait à partir quand je me suis adressé à elle d'une voix tranchante. Considérablement plus fort que j'en avais eu l'intention.

«Bon Dieu, repose ça là!»

Elle s'est retournée, son visage exprimant la surprise.

«Je ne suis pas un enfant, ai-je grogné. Je n'ai pas besoin d'une mère.»

On aurait dit que les mots restaient suspendus entre nous.

«Je n'ai pas besoin d'une mère», ai-je répété. Ces paroles me semblaient formidablement libératrices.

«Très bien», a-t-elle déclaré, et elle m'a tendu le verre.

Je ne me suis pas rendu compte qu'elle était partie jusqu'à ce que j'entende la porte se fermer derrière elle.

Et puis Mullins se trouvait dans la pièce.

«Jésus-Christ! ai-je lancé sèchement. Qu'est-ce que c'est que ça? On entre ici comme dans un moulin?»

Il faut que je l'accorde à Mullins: il comprend vite. «On dirait que je tombe à un mauvais moment, a-t-il constaté.

— Non, non, ai-je répondu en me levant avec difficulté de mon fauteuil. Vous tombez au moment idéal.» Je risquais de me retrouver par terre. «Qu'est-ce que je peux faire pour vous être utile?» Et je me suis mis à rire. C'était l'une des expressions préférées du paternel: Qu'est-ce que je peux faire pour t'être utile. «Allons. Laissez-moi aller vous chercher un petit verre.»

La main sur mon bras, il tentait de me guider vers le canapé. «Là, je pense que tu devrais t'asseoir ici et te reposer. Ferme les yeux un moment. Je vais attendre.»

J'ai tenté de me libérer de son emprise mais, craignant de m'écrouler, je me suis laissé tomber lourdement sur le canapé. «Je ne sais pas comment c'est arrivé, ai-je marmonné.

— Ça ira, a-t-il dit d'un ton apaisant.

— D'où est-ce que vous débarquez?

— Je passais dans le coin.»

J'ai brandi un doigt, yeux clos. «Le mensonge est un péché mortel», ai-je proclamé.

J'ignore combien de temps j'ai dormi. Peut-être une heure. Quand j'ai ouvert les yeux, Mullins était encore là.

«Ah, s'est-il exclamé. Il s'est levé. Alléluia.»

La pièce était doucement éclairée.

«Je vais aller te chercher une tasse de thé, a-t-il annoncé en se dirigeant vers la cuisine. Je me suis permis d'en faire.»

Je me suis hissé sur mes pieds et l'ai suivi. Il versait le thé.

«J'ai un groupe de prière ce soir, a-t-il dit. Je crains de devoir partir bientôt. Ça ira?

— Je vais tout à fait bien. Vous n'aviez pas besoin de vous déranger.

— Ça ne me dérange pas du tout, a-t-il assuré en me tendant une tasse fumante. J'aimerais vraiment rester, mais…

— Vraiment. Vous ne devriez pas…

— Au fait, a-t-il ajouté, presque comme s'il venait tout juste d'y penser. Son Excellence a téléphoné pendant que tu dormais. Il a eu l'air étonné de me trouver ici. J'ai fait comme si nous nous rendions régulièrement visite. Il a dit qu'il t'attendait… là-bas. » Il s'est interrompu un moment, attendant que j'intervienne. « Je lui ai répondu que j'étais juste passé faire un saut et que tu étais sorti. Je ne considère pas ça comme un mensonge. Et toi ? »

Ce n'est pas un mauvais bougre, ce Mullins, ai-je songé en le regardant disparaître sur le chemin.

Je me rends compte, en y repensant avec le recul, qu'il était inévitable que Sextus réapparaisse. J'ai tout de même été surpris quand il a débarqué. J'aurais dû savoir qu'il ne pourrait pas faire semblant qu'il n'avait pas perdu son portefeuille dans la chambre de l'évêque. En outre, je ne peux croire que, avec son esprit mal tourné, il n'ait pas compris que j'avais deviné ce qu'il fabriquait là. Tout cela était tellement sordide, et aurait sans doute été, en un autre lieu et à un autre moment, d'une drôlerie bouffonne.

Quand il a fini par se présenter, j'étais à la table de la cuisine, le portefeuille ouvert devant moi. En temps normal, je me serais senti coupable de fouiller de la sorte dans la vie privée de quelqu'un. Quand nous étions jeunes, il gardait toujours dans son portefeuille un préservatif, qu'il appelait une capote anglaise. C'était le seul endroit où personne n'allait regarder. Il n'a cessé que lorsque le contour familier de la chose s'est imprimé de façon permanente dans le cuir.

Aujourd'hui, pas de condom dans le portefeuille. D'après ce que je comprends, de nos jours, ce sont les femmes qui assument cette responsabilité. Tant pis pour *Humanae Vitae*. Il s'y trouvait quatre-vingt-quinze dollars en argent. Des cartes de débit et de crédit. Le permis de conduire. Une carte d'assurance maladie. Le tout dans de petites fentes. J'ai décidé de poursuivre mon exploration plus avant dans les replis. À l'évidence, il y avait des années qu'il possédait ce portefeuille, et le cuir s'était ramolli et arrondi pour épouser la forme de sa hanche. J'ai trouvé de vieux billets de cinéma, des tickets de la Toronto Transit Commission. Un reçu de nettoyage à sec datant de 1989. Et une petite photographie de Cassie. La fille qu'il avait eue avec Effie. Ma nièce. De quelle épithète l'évêque avait-il qualifié notre famille? Asymétrique, il me semble. Un terme plus doux que «dysfonctionnelle».

«Qu'est-ce que tu fabriques?» a-t-il demandé. J'ai remarqué que son ton avait des accents plutôt froids.

«Je jette un coup d'œil, c'est tout.

— C'est mon portefeuille.

— C'est ce que je vois.

— Si ça ne te dérange pas trop», a-t-il lancé en le prenant pour l'examiner rapidement.

J'avais la photo de Cassie à la main.

«Il faut que je te dise, a-t-il commencé tandis que le rouge lui montait aux joues, que je me sens un peu… violé.

— Tu ne me dis pas», ai-je prononcé calmement.

Je savais que son anxiété était en train de faire place à l'indignation. Il s'était sans doute demandé pendant tout le trajet comment il s'y prendrait pour aborder la question du portefeuille égaré, déjà informé par Pat qu'elle ne l'avait pas retrouvé là où il aurait dû être, sur la scène du crime.

Il soutenait mon regard. Il y a si longtemps que nous nous connaissons, ai-je songé, que nos processus mentaux sont sans doute identiques.

«Très bien, alors, a-t-il fini par dire. Ça ne sert à rien de jouer au con. Tu l'as trouvé. Tu sais ce qui se passe. Donne-moi la photo.

— Par simple curiosité, ai-je demandé. Combien de fois?

— Qu'est-ce que c'est que ça? Une confession?

— Ça ne ferait peut-être pas de tort.

— O.K., a-t-il répondu en souriant. Quatre fois. Quelle est ma pénitence?

— Ah. Toujours par simple curiosité, peux-tu me dire quel était le charme de cet endroit? Pourquoi ne te sers-tu pas de ton appartement pour tes rendez-vous galants?

— Qu'est-ce que ça change? C'était spontané et c'est arrivé ici. Et puis, sa mère ne lui laisse pas beaucoup de liberté… Elle ne veut pas trop s'éloigner.» Il m'a arraché la photo des mains d'un geste vif et l'a glissée dans un compartiment de son portefeuille.

«C'est une belle jeune femme, ai-je dit.

— Pat?

— Non, Cassie. John disait qu'elle ressemblait à une Gillis. Mais je reconnais ma sœur dans son visage.»

Il me regardait d'un air soupçonneux.

«As-tu parlé à Effie récemment? ai-je demandé.

— Quel est le rapport?

— Je ne sais pas. On peut dire que je suis vieux jeu.

— C'est justement ton problème.

—Vraiment?

— Je pouvais le voir sur ton visage, pendant que tu regardais la photo de Cassie. Tu te languis. C'est la tragédie de ta délicate situation.

— C'est une manière intéressante de présenter la chose, "la tragédie de…"

— Il te faut une femme, a-t-il affirmé en prenant une bouteille dans l'armoire.

— Tu sembles en avoir de trop, ai-je rétorqué, mais il m'a ignoré. Est-ce que tu m'offres de partager ton inventaire?»

Il s'est retourné et a souri. «J'imagine que nous sommes quittes, maintenant.

— Oh?

— On s'est immiscé chacun dans la vie privée de l'autre.

— Je ne suis pas sûr de te suivre.

— Cette Jacinta. Tu ne m'avais jamais raconté.

— Tu as dit que tu n'avais…

— Eh bien, a-t-il soupiré. Faut croire que j'ai menti.

— Tu es vraiment un trou du cul.

— Et ce gars, Alfonso. Comment est-ce que vous avez réglé vos histoires au sujet de – comment prononces-tu ce prénom? Jacinta? Ou *Ya-cintha*. Votre petit… ménage à trois.»

Je me suis contenté de le regarder.

«Tu es entré avant que j'atteigne la fin de l'histoire. Tu m'as laissé sur ma faim. Quand est-ce que je peux lire la suite?

— Fais comme chez toi, ai-je dit. Tu sais où trouver mes journaux.»

Je suis sorti.

J'ai constaté que l'église est toujours plus chaude que la maison. Un gaspillage d'énergie, je suppose, mais nécessaire. Les vieux bâtiments souffrent quand on les néglige, comme les vieilles personnes. Il faut les garder au chaud et occupés. Je n'ai pas réussi à garder cette vieille bâtisse occupée. Quelques confessions de temps en temps. Les messes le dimanche. Des funérailles de temps à autre. Guère de mariages ni de baptêmes. Le vent dehors a un son différent maintenant. Plus doux dans son exploration des coins et des fenêtres. La pression de mains douces. Le printemps, ai-je compris. Le printemps est revenu.

C'était le printemps. Le 29 mai 1977, pour être précis. C'était le dimanche de la Pentecôte. On pouvait sentir la fraîcheur, les effluves de l'espoir. Par les matins pleins de douceur, le parfum des fleurs et l'âcre fumée de charbon se mêlaient dans le brouillard épais tandis que je me faufilais dans la maison silencieuse afin de préparer le café pour Alfonso et les autres. Mais en ce dimanche matin du 29 mai, il semblait s'être levé avant moi. Je sais que c'était le 29 car, durant la soirée de la veille, il avait fait remarquer que le lendemain serait l'anniversaire de John Kennedy. S'il n'était pas mort, il aurait eu soixante ans. Difficile à imaginer. Kennedy, un vieil homme. Et nous avons brièvement spéculé sur un monde différent. Un monde sans Johnson, sans Nixon. Peut-être sans le Viêt-Nam. Je n'en serais pas si sûr, a dit quelqu'un. Kennedy aussi était un impérialiste.

Je pouvais revoir briller une lumière dans le cagibi qu'Alfonso appelait son bureau. Il n'a pas répondu quand je lui ai lancé une salutation à voix basse. Je me suis imaginé qu'il avait répondu, mais je sais maintenant qu'il n'en est rien. Il n'était jamais loquace le matin. Alfonso n'était pas un lève-tôt. Et quand je lui ai apporté une tasse de café, je me suis rendu compte qu'il avait sans doute passé la nuit là. Il avait la tête appuyée sur le bureau. Il avait pris l'habitude de veiller tard, lisant et écrivant jusqu'au petit matin. Il n'était pas rare qu'il dorme là depuis le mois de mars et le meurtre de son ami Rutilio. Toujours à lire et à écrire. C'était sa façon, disait-il, de trouver la vérité dans le chaos.

Je lui ai doucement touché l'épaule. Hé, Alfonso, ai-je chuchoté. Viens manger. Il n'a pas bronché. Et puis, dans la lumière de la lampe de lecture, j'ai vu que les papiers étendus devant lui étaient noircis par un flot visqueux qui prenait naissance derrière son oreille, suivait la ligne de sa mâchoire et son bras jusque sur le dos de sa main pâle et immobile, couvrait les documents, s'égouttait par-dessus le rebord du bureau pour venir former une flaque sur le sol autour de mes pieds.

J'entendis le vent se lever, mais ce n'était pas le vent. C'était la porte de l'église qu'on ouvrait avec prudence et qui se refermait doucement. Je sentis sa présence dans mon dos. J'inspirai profondément.

« Je n'étais pas certain de savoir où tu étais allé », dit-il à voix basse.

Un petit bruit à ce moment, quelque minuscule créature se hâtant de déguerpir, dérangée par le son de nos voix.

« C'est paisible, ici », remarqua-t-il. Et puis il était à mes côtés. Il tenait un gobelet presque plein.

« Prends une gorgée. »

J'obéis, et le liquide était fort. De l'alcool pur.

« Je suis vraiment un salopard, continua-t-il. Pourquoi ne m'as-tu pas simplement foutu une claque ?

— Je n'ai pas foutu de claque à qui que ce soit depuis des années. Et puis, ça n'arrange rien. »

Nous étions côte à côte, à regarder droit devant les petites flammes palpitantes près de l'autel.

« C'est vrai, approuva-t-il. Il n'y a vraiment rien que nous puissions faire.

— Non.

— On ne peut que se laisser porter par le mouvement, j'imagine. »

Nous sommes restés assis un moment, à nous échanger le verre.

« Nous sommes le produit du siècle le plus tordu, le plus violent et le plus nombriliste de l'histoire de l'humanité.

— Hummmm.

— Et notre copain, là-haut, cloué à la croix, dit-il en faisant un geste de la tête vers l'avant de l'église, il n'a rien fait pour y remédier. Il a lamentablement échoué. D'accord ou pas ?

— Quel temps fait-il dehors ? demandai-je. Est-ce qu'il y a du vent ?

— Mon Dieu, non. Il fait un temps merveilleux. C'est presque le printemps. »

Une voiture est passée.

« Qui c'était, ce Alfonso, alors ? reprit-il. Ça devait être un type important. Politiquement.

— Ahhh. Alfonso. »

Qui était Alfonso ?

« Alfonso était… Je ne sais pas. Simplement un prêtre, je crois. »

Livre quatre

C'est en l'Éternel que je cherche un refuge.
Comment pouvez-vous me dire :
Fuis dans vos montagnes, comme un oiseau ?

PSAUMES

26

Et puis ce fut le mois de juin. Le vent mordant de l'hiver avait arraché de longs lambeaux de peinture de la coque du *Jacinta*. Une bourrasque avait ouvert une porte de la cabine. L'antenne VHF tournoyait, tordue, à moitié tombée du toit. Je dressai la liste des tâches à accomplir. Charger la batterie. Changer l'huile. Sabler et repeindre la coque. Remplacer les câbles. Cette clarté était un soulagement. Peut-être éclaircirait-elle aussi des questions et des réponses plus vastes. Un son dans le lointain, un véhicule passant le coin devant chez MacDougall, m'a distrait. Je m'arrêtai pour observer. C'était un camion.

Je retournai à l'examen de mon bateau. Une semaine de travail, calculai-je, et il serait de nouveau prêt à prendre la mer.

Le camion ralentit, tourna vers l'endroit où j'étais garé. C'était Danny Ban. Il conduisait prudemment sur le sol cabossé. Il s'arrêta et sortit du camion, une grande main agrippant le cadre de la portière tandis qu'il reprenait son équilibre. Il s'approcha en tenant une canne, me serra la main sans rien dire, en me dévisageant.

«Il fait encore froid, dit-il.

— C'est vrai.

— Juin est toujours comme ça dans le coin. On ne peut pas faire confiance à ce salopard de mois.»

Je souris. J'avais remarqué un faible relent d'alcool sur son haleine. J'en suis plus conscient maintenant.

«Comment allez-vous, dites-moi, Danny?

— Eh bien, répondit-il en scrutant l'horizon, je survis.» Puis il se détourna pour examiner le *Jacinta*. «Il a l'air un peu amoché par l'hiver.»

Je hochai la tête.

Il se faufila lentement entre les bateaux, se pencha, se livra à un examen, les yeux plissés. Glissa la main dans sa poche pour en sortir un canif qu'il plongea à quelques reprises dans le dessous de la coque. «Il est en bon état, compte tenu de sa condition générale. Un peu fragile ici et là, comme nous tous.» Il se redressa et sourit. Puis tourna les yeux vers le bateau de son fils, le *Lady Hawthorne*. «Celui-là ne s'en est pas mal tiré. C'est là que la fibre de verre leur donne un avantage sur les vieux. La neige y entre, mais ça ne les abîme pas.»

Le chagrin se lisait sur son visage. «Je suppose que vous avez entendu. Je l'ai vendu le mois passé. J'ai eu une offre raisonnable et je me suis dit : Pourquoi pas ? Il ne me sert à rien. C'est juste un souvenir de plus. J'en ai bien assez. J'ai dit au type que je préférerais si quelqu'un pouvait l'emmener loin d'ici. Jackie Dan J. a vendu le *Lady Amy*, et le bateau est parti à Cheticamp. C'est ce que je voulais. Un endroit loin d'ici. Mais le gars a dit qu'il voulait rester à Little Harbour. Alors je lui ai dit qu'il faudrait qu'il change le nom et qu'il le repeigne d'une autre couleur. Il a accepté.»

Nous entendîmes soudain rugir un moteur diesel qu'on mettait en marche arrière, un bateau qui revenait des bancs de homards et qui se positionnait sous le treuil au quai de chargement. Nous restâmes là à le regarder pendant quelque temps.

«Cameron Angus D. est en retard aujourd'hui, reprit-il.

— Alors, qui l'a acheté ? finis-je par demander.

— Oh, je ne vous ai pas dit. Cet Américain qui s'amarre derrière vous. Dave. Il lui faut un bateau pour aller à son île et en revenir. Il voulait quelque chose de plus gros que ce qu'il avait, pour pouvoir le transformer en yacht un jour.»

Je ris. L'Américain.

Enfin, il ajouta : «Vous êtes parti pendant quelque temps.

— Oui. Une petite cure.»

†††

Même si le printemps approchait, l'hiver continuait de régner sur les ténèbres. La neige cristalline craquait sous nos pieds tandis que Sextus et moi piétinions près de sa camionnette, prononçant en esprit les mots

300

qui ne réussissaient pas à exprimer nos regrets. Il avait posé brièvement la main sur mon avant-bras, puis avait ouvert la portière de sa camionnette et y était grimpé.

Sous la lumière de la cabine, il avait le visage blême. Il avait tourné la clef en regardant droit devant lui, et le son et l'odeur du moteur avaient redonné une heureuse normalité à la nuit sinistre.

Il m'était venu à l'esprit, alors qu'il reculait, que j'avais déjà vu ce visage. La concentration inhabituelle de celui qui est absorbé en lui-même, isolé. Un désespoir qui se révèle d'un coup. Je l'avais regardé s'éloigner, j'avais vu ses feux arrière disparaître.

«Sois prudent, mon ami», avais-je dit à l'obscurité.

Je n'aurais pas pu prévoir, pour Alfonso. Je ne comprenais ni l'histoire, ni la sociologie, ni qu'il arrive aux gens de se mettre sur le chemin d'un désastre inévitable, même quand ils n'en ont pas l'intention. Je ne comprenais rien à la politique. Je ne comprenais même pas correctement la langue. J'étais un étranger là-bas. Je ne suis pas un étranger ici, mais je n'en suis pas moins impuissant.

Il n'y avait pas d'arme sur les lieux, seulement les conséquences qu'elle avait eues. La blessure fatale était située derrière l'oreille droite. Il n'y avait pas de message. Ce n'est que plus tard que j'ai compris que le message était contenu dans l'acte lui-même, un message émanant d'une source cachée. *Attention.*

Cela, je l'ai appris de Jacinta.

Ce bureau, dit-elle, est son calvaire. Il est mort pour nous tous. Comme son ami Rutilio. Crucifié.

Elle était calme. Sa colère avait pris le dessus sur tout le reste maintenant qu'elle n'était plus dissimulée par sa bonté. Elle a ramassé et est partie enterrer ce qui restait de lui à Aguilares, où il était né, et où à tout le moins son souvenir subsistera.

††††

Après le départ de Sextus, je m'étais assis pour attendre le lever de soleil promis, mais j'ai dû m'endormir. Ses dernières paroles, dans l'église, avaient été : Je regrette que tu ne m'aies pas parlé de cela ; ç'aurait expliqué tant de choses.

Et j'avais répondu : Je ne crois pas.

Quand je m'étais réveillé, la pièce était inondée de lumière. J'avais entendu le rugissement rapide, métallique, d'un camion sur la route en contrebas. Je savais que Stella était au travail à cette heure, mais j'avais quand même téléphoné chez elle. J'avais laissé un message sur le répondeur. Peux-tu passer après le travail ? J'ai besoin d'un service.

Après quoi j'avais appelé l'évêque.

Danny a semblé ployer de fatigue quand je lui ai brièvement expliqué. Ça commençait à devenir compliqué, avec l'alcool, lui ai-je raconté. Il existe un centre en Ontario. Je suis allé y passer quarante jours pour me mettre au sec. Réfléchir un peu. Ça m'a offert un bon répit.

«Vous avez eu du cran, a-t-il dit. Vous vous êtes décidé et vous êtes allé vous inscrire ?

— En fait, j'en ai d'abord parlé avec l'évêque.

— Je ne m'en serais jamais douté.

— Non, non, non, ai-je répondu avec un rire forcé. Ce n'était pas si grave. Nous voulions simplement tuer ça dans l'œuf avant que ça ne s'aggrave. Je dois être prudent. C'est dans mes gênes.

— Eh oui. C'est dans nos gênes à tous.

— Ça reste entre nous, Danny.

— Oh, Jésus. Vous n'avez pas à vous inquiéter pour moi, m'a-t-il assuré.

— Je sais.

— Quarante jours, hein ? Vous pourrez dire que vous avez fait deux carêmes, vous sauterez celui de l'an prochain.»

J'ai ri. «On ne sait jamais. Je pourrais me mettre à sauter beaucoup de choses.»

Il avait l'air de mâchouiller l'intérieur de sa joue. «Comme… Je ne veux même pas y songer», a-t-il dit, ses yeux ne quittant pas les miens. Il s'est retourné et s'est dirigé vers son camion, puis s'est arrêté. «Pourquoi vous ne viendriez pas à un moment donné. À la maison. Je pense que c'est le temps qu'on parle. D'homme à homme.

— Bien sûr, ai-je répondu, en sentant une brusque montée d'anxiété. Il y a quelque chose en particulier ?»

Il a ignoré la question. «Comment s'appelle ce… centre, en Ontario?

— Braecrest.»

Stella était debout au milieu de la cuisine, les mains sur les hanches. Elle semblait ahurie. «De toute évidence, tu as eu de la visite.»

Je m'étais contenté de hausser les épaules. Je me tenais dans l'entrée du salon, vêtu du t-shirt et du jean que je portais la veille. Je pouvais sentir l'odeur rance qui émanait de mon propre corps, mélange de gaz intestinaux et de sueur alcoolique. J'aurais pu nettoyer, ma cuisine et moi-même. J'avais pensé à le faire une demi-douzaine de fois. Mais j'étais incapable de secouer la stupeur qui m'avait tenu cloué à mon fauteuil, en proie à une sorte de paralysie, toute la journée. Peut-être que je voulais qu'elle voie la maison dans cet état. Qu'elle me voie dans ma nudité morale.

«Sextus est venu faire un tour, avais-je répondu.

— Ça explique beaucoup de choses.

— Ç'a dégénéré, comme tu peux voir. Je ne me souviens pas de grand-chose passé un certain point.

— D'accord, avait-elle dit en enlevant son manteau.

— Je ne t'ai pas demandé de venir ici pour faire le ménage.

— Oh? avait-elle fait en levant les sourcils.

— J'ai besoin que tu me conduises jusqu'à Antigonish. Il faut que je voie l'évêque.

— Je vois.»

Nous étions restés là à nous regarder pendant un long moment.

«D'abord, avait-elle décrété, je pense que tu devrais prendre une douche. Je vais revenir.»

Après son départ, l'évêque avait téléphoné. Apporte une valise, avait-il précisé. Prépare-toi à partir quelques jours. D'accord?

Je suis resté assis un long moment à l'arrière du *Jacinta* après le départ de Danny Ban, jambes pendantes, corvées oubliées. L'eau dansait, étincelante, recouvrant tout juste les dunes et, au-delà, les hautes herbes ondoyantes du marais. Invitante. Son apparente rudesse dissimulait de la gaieté, un bleu dur et scintillant sous le ciel de juin sans nuages. Il y eut un soudain vacarme au-dessus de ma tête et, levant les yeux, je découvris, très haut, un héron battant furieusement des ailes, chassé par un aigle à tête blanche qui poussait son cri. Le héron malhabile, peu habitué à la vitesse, devançait de loin son poursuivant, mais je regardai fondre lentement l'écart qui les séparait. L'oiseau massif ne tentait nulle manœuvre d'évasion, se contentant de battre résolument de ses ailes à longues plumes, jusqu'à ce que l'aigle l'ait rejoint. Ils se confondirent en une mêlée qui ne dura que quelques secondes. Le héron tomba, brisé, tournoyant lentement vers le rivage. L'aigle s'éleva et s'éloigna, belliqueux et triomphant.

Je suis descendu du bateau d'un bond et j'ai marché vers l'eau, scrutant la plage. Il n'était nulle part. J'ai arpenté la grève pendant une heure, bien déterminé à le trouver. Il avait disparu, comme finissent par le faire toutes les créatures brisées.

À la fin, je suis resté debout face à la mer et aux îles lointaines. La brise rafraîchissait tandis que le soleil déclinait, l'écume mousseuse tourbillonnait dans le sable, se rapprochant peu à peu de mes pieds. Je me suis demandé : Est-ce que c'est vraiment arrivé ? Ou l'ai-je inventé ?

Une volée de mouettes a paru reprendre les recherches, parcourant la plage en vols planés à faible altitude avant de mettre le cap sur la mer puis de revenir à plusieurs reprises examiner le sable et la pierre.

††††

Stella avait levé les sourcils en remarquant la petite valise.

«L'évêque m'a dit de faire mes bagages. Il m'a laissé entendre que je pourrais être absent quelques jours.

— Je vois.

— Qu'est-ce que tu vois ?

— C'est pour le mieux. »

En montant la longue colline de l'autre côté de la digue, je lui avais demandé : «Et si je ne revenais pas ?

— Tu vas revenir.

— J'ai emporté plus que ce qu'il faut pour quelques jours. J'ai un pressentiment.

— Un pressentiment.

— J'ai quelque expérience en la matière.

— De quelle matière est-il question ? avait-elle demandé en considérant la route vide, les yeux plissés.

— Tu le sauras bien assez tôt.

— Es-tu dans le pétrin ?

— Oui.

— Je ne te demanderai pas de détails. Tant que tu sais que… je serai là. »

L'évêque avait écouté en silence, hochant la tête, jouant avec un crayon tandis que je parlais. De temps en temps, il notait quelques mots. Une fois, il a ouvert le tiroir de son bureau pour y étudier quelque chose, puis il l'a refermé. J'essayais d'obtenir ce que je voulais sans trop me trahir. En restant dans le vague. Ce n'était certainement pas un excès de travail. Mais sans aucun doute beaucoup de stress. Rien que je ne puisse encaisser, il en était sûr.

« Mais peut-être que Creignish n'est pas le bon endroit en ce moment. Trop proche, avais-je avancé. Peut-être que je devrais vraiment m'éloigner. Aller…

— Peut-être », avait-il acquiescé. Il semblait distrait.

« Il m'est venu à l'esprit que j'ai peut-être besoin d'un vrai changement. Quelque chose loin d'ici, comme l'Amérique latine. » J'avais tenté un sourire.

« Chose certaine, je pense que tu as besoin d'un répit.

— D'un répit ? Je n'ai pas besoin d'un répit. J'ai besoin d'une porte de sortie.

— Je ne suis pas d'accord. » Il s'efforçait d'éviter de croiser mon regard, distrait par le tiroir du bureau qu'il ne cessait d'ouvrir et de refermer doucement.

J'avais décidé d'essayer une nouvelle tactique. Y avait-il du nouveau sur le plan légal ?

« Ne t'inquiète pas de cela, avait-il répondu. Tout rentre dans l'ordre… plus ou moins. De toute façon, tu n'as plus à t'en faire avec ça.

— Non ?

— Je crois que c'est une bonne partie de ton problème. Au fil des années, je t'en ai mis trop lourd sur les épaules. Je t'ai laissé te mêler de trop près à des affaires que j'aurais dû régler moi-même. J'en suis navré.» Il n'avait pas l'air navré. «Quoi qu'il en soit, tu n'as plus de recul, et c'est ma faute.»

J'avais voulu parler, mais il avait levé la main.

«Je ne défendrai pas Roderick. Il n'est pas parfait. Mais qui l'est? Toi?» Ses yeux bleus pétillaient. «Moi? avait-il demandé avant de détourner le regard. Mais ce n'est pas ce que tu crois. Je le connais comme moi-même.

— On m'a dit qu'il y avait des déclarations sous serment», avais-je répliqué en me préparant à une réponse outrée.

Il avait soupiré. «Je les ai vues. C'est de l'invention pure. Pas un seul fait concret dans le lot. De vagues allégations. J'ai vu quelque chose là-dessus à la télé l'autre soir. De faux souvenirs, ou quelque chose comme ça. De faux souvenirs induits. C'est très courant de nos jours. Les gens accusent leurs pères de toutes sortes de choses. Leurs professeurs. Pense à toutes ces histoires de pensionnats. Ils s'en prennent même à un évêque quelque part dans l'Ouest. Des gens qui ne peuvent pas se défendre.

— Il y a le suicide…

— Le suicide. Si quelqu'un peut comprendre que le suicide est totalement subjectif, c'est bien toi. On ne manque pas de raisons pour expliquer le geste.

— Mais le père Roddie…

— Ce que j'ai décidé, avait-il coupé en s'éclaircissant la voix et en toussotant un peu, c'est que tu as besoin d'une petite période de repos. En institution. Pas comme la dernière fois. Le Honduras, c'était aussi une erreur. Cette fois, tu dois être dans un environnement contrôlé, où tu n'as à te soucier de rien… sauf de toi-même.

— Attendez une minute…»

Il avait rouvert le tiroir à nouveau et, cette fois, en avait tiré une grande enveloppe brune. «Tout est là-dedans. Billets d'avion, brochures, un peu d'argent pour tes dépenses. Tu pars pour Toronto demain.

— Toronto…

— On viendra te chercher. À l'aéroport.

— Braecrest, avais-je dit.

— Un bon endroit. Tu auras ce qu'il te faut là-bas.

— Je connais bien Braecrest», avais-je rappelé d'un ton amer.

Mais la rencontre était finie. J'ai entendu des gens qui tentaient de décrire les émotions qu'ils avaient éprouvées au moment où ils avaient été congédiés, ou lorsque leur conjoint ou un médecin leur avait appris une nouvelle qui allait changer leur vie. Maintenant, je sais ce que l'on ressent. Un mélange de peur et de confusion. Mais aussi du soulagement. Les portes verrouillées de l'inexorable représentent une forme de libération inversée. On est libéré de la liberté. Tout à coup, la tête me faisait mal.

Braecrest.

«Tu y resteras quarante jours, avait-il précisé. Tu seras étonné de voir comme le temps passe vite. Ensuite nous pourrons parler des autres questions.

— Quarante jours. Quarante jours dans le désert et puis… la crucifixion.

— Allons, avait-il dit en souriant enfin. Tu exagères. »

Il s'était levé. «Je vais te montrer ta chambre.

— Ma chambre ?

— Tu vas passer la nuit ici. J'ai un étudiant qui vient au matin. Pour te conduire à l'aéroport. »

J'avais haussé les épaules. «En fait, j'aimerais rentrer chez moi, avais-je soufflé, submergé par un sentiment de solitude.

— Non, avait-il répondu d'un ton ferme. C'est commencé. La désintoxication est commencée.

— Quelqu'un m'a conduit jusqu'ici.

— Bien sûr. Il comprendra. Je vais sortir et lui expliquer.

— Non. Je vais y aller.

— Comme tu veux.

— Quarante jours ?

— Quarante jours. »

Tout te paraîtra différent quand tu auras passé quelque temps ailleurs, avait-il promis. Après, nous verrons.

«Au fait, avait-il ajouté comme s'il venait juste de s'en souvenir, MacLeod a l'intention de publier son article. D'un jour à l'autre. Ce sont les avocats qui me l'ont appris hier. Je pense qu'il est écrit et prêt à être mis sous presse. C'est à ses patrons de décider s'ils auront le culot de le publier. Tu n'étais pas au courant ? »

J'avais regardé devant moi. C'était donc ça.

«Tu seras heureux d'échapper à tout cela. Il y a une chose dont on peut être reconnaissants : j'ai cru comprendre qu'il n'aborderait pas cette histoire de suicide à Hawthorne. Apparemment, il n'y a rien du tout sur Bell. En tout cas, pas pour l'instant.» Il m'étudiait avec attention. «Évidemment, nous n'avons pas l'intention de le laisser faire sans lever le petit doigt. Mais tu seras bien en sécurité quand nous contre-attaquerons.»

Et la vérité se faisait jour : il ne me fait pas confiance.

«Est-ce que les gens de Braecrest sont obligés de savoir que je suis… prêtre ?» avais-je demandé.

La question l'avait pris de court. «Tu n'es pas le premier homme d'Église à passer par là. Mais je sais ce que tu veux dire.

— J'aimerais autant ne pas me faire remarquer.

— L'institution sera au courant. Pour ce qui est des autres, c'est toi qui décides.

— Bien.

— La moralité réside dans la motivation. Il ne sert à rien d'aller crier nos problèmes sur tous les toits. Mais… souviens-toi de Pierre dans le jardin.»

Je devais avoir l'air perplexe.

«Reniant le Sauveur, avait-il dit. Trois fois, réalisant la prophétie. "Et le coq chanta…"» Puis il avait ri et m'avait donné une tape dans le dos. «Va, va te débarrasser de ce pauvre type qu'on a laissé dehors. Transmets-lui mes excuses.»

Stella semblait dormir. Le siège de la voiture était reculé et incliné vers l'arrière. Elle avait les mains lâchement serrées sur les genoux. Son visage était tourné dans ma direction, un soupçon de sourire autour des lèvres. Une boucle de cheveux lui était tombée sur le front. Une main s'était levée automatiquement pour la chasser. Elle avait remué les épaules, s'enfonçant plus profondément dans le siège. La vie, avais-je songé. Barbara. Jacinta. Stella. Elles ont toutes cela en commun. La vie qui bat en elles. L'appel incessant de la vie, où se noient les inhibitions.

Tout à coup, j'aurais voulu me retourner et m'en aller pour disparaître à jamais.

Le magasin d'alcools est ouvert, avais-je songé. Il est situé près d'un motel. Le terminus d'autobus se trouve en ville, à une courte distance de marche. Je vais passer une dernière nuit avec l'aide de l'alcool, et puis… demain… je recommence à neuf. Je vais disparaître. Je retournerai dans le Sud. Le Salvador est relativement paisible ces jours-ci. Je reprendrai les choses là où je les ai laissées. Je me ferai utile, cette fois, parce que je suis différent aujourd'hui. La connaissance a eu raison de la foi.

Je m'étais rendu compte qu'elle me regardait. Elle s'était penchée au-dessus du siège avant et avait déverrouillé la portière, que j'avais ouverte.

Elle n'avait pas eu l'air étonnée quand je lui avais annoncé que je partais pour l'Ontario le lendemain matin. Je lui avais dit que je serais absent quelque temps. Elle avait hoché la tête.

Puis elle était sortie de la voiture, avait passé ses bras autour de mes épaules et enfoui son visage dans mon cou. Je m'imaginais l'évêque en train d'observer la scène depuis une fenêtre. Mais je m'en fichais.

27

Stella m'a dit : « J'aimerais que tu parles à Danny. Il nous inquiète.

— Je l'ai vu sur le rivage hier, ai-je répondu. J'étais descendu inspecter le bateau. Il est arrivé par hasard. Il m'a paru bien aller. »

Elle a levé les sourcils. « C'est peut-être l'effet que tu as sur lui. Il est plus à l'aise avec toi. Si ça te dit, tu devrais aller lui rendre visite. Je pense que ça lui ferait plaisir. Il a l'air de boire beaucoup. Tu pourrais l'aider. Il parle de toi. On aurait dit qu'il était parti à la dérive pendant ton absence.

— Peut-être que je pourrais lui parler, maintenant que je suis moi-même tout à fait désintoxiqué, ai-je déclaré, essayant d'avoir l'air amusé.

— Ce n'est pas ce que je voulais dire, a-t-elle répondu avec un rien d'impatience, puis elle s'est détournée. C'est simplement une idée que nous avons eue.

— Nous ?

— Jessie est très inquiète à son sujet. »

Il l'avait dit lui-même : Le temps est venu d'une discussion d'homme à homme. Et j'étais prêt. Mais les mots et les idées que j'avais préparés se sont tous évaporés dès le moment où j'ai mis les pieds dans sa cuisine. Depuis mon retour, j'évite les gens. J'ignore pourquoi. J'ai entendu dire que la guérison a parfois cet effet. Un sevrage complet. De la bouteille. De la drogue. Des êtres.

« Il ne pleuvait jamais en juin », dit Danny. Il était debout à regarder par la fenêtre de sa cuisine. « Du moins, dans mon souvenir. Juin, c'était toujours des journées chaudes... À l'école, on rongeait notre frein en attendant de pouvoir sortir. On se baignait dès qu'on en avait la chance. Maintenant regardez. C'est presque de la foutue pluie verglaçante qui tombe.

— On est encore au *début* du mois de juin, fis-je remarquer.

— Je suppose.»

Par la fenêtre striée de pluie, on apercevait, déformé, le paysage maussade. Le vent frappait la maison de plein fouet. Une vieille horloge marquait de son tic-tac le passage des longues secondes.

«Ce que je pense, dit Danny en s'asseyant sur sa chaise au bout de la table de cuisine, c'est qu'il faut qu'ils soient disparus depuis aussi longtemps que le temps qu'ils ont passé ici avant qu'on puisse commencer à les oublier.»

J'étudiais ma tasse vide.

«C'est comme s'il vous manquait une dent. Quand il vous manque une dent, votre langue retourne sans cesse à l'espace laissé vide… comme si, une bonne fois, elle allait retrouver la dent là où elle était. Vous comprenez ce que je veux dire?»

Je hochai la tête.

«J'imagine que c'est comme ça que ça va être. Indéfiniment. On l'a eu ici pendant près de vingt ans. Cette maison était surtout pour lui. Tout ça, c'était à cause de lui, en fait. Je ne crois pas que la maison s'habituera jamais au changement. Je suppose qu'il faudra des années avant qu'on cesse de l'entendre et de le sentir… et d'attendre qu'il passe la porte ou qu'il monte en courant du sous-sol pour venir chercher à manger.»

Il se leva de nouveau, marcha lentement jusqu'à la cuisinière. L'étudia un moment. «Ma femme et moi, on parle de vendre la maison. Quand on arrive à parler de quelque chose.»

Je me raclai la gorge. «Je ne prendrais pas de décision hâ…

— La grande découverte, ç'a été de se rendre compte à quel point nous parlions peu d'autre chose, pendant des années… à part de lui. Maintenant, on n'ose pas parler de ça. C'est pratiquement tabou. Ça fait qu'il est plutôt difficile de trouver un autre sujet de conversation… qui nous importerait à tous les deux.

— Vous avez besoin de temps, avançai-je.

— C'est toujours plus dur pour la mère», dit-il. Il était revenu à la table à ce moment-là. «Mais vous, monsieur le curé, vous n'êtes pas venu jusqu'ici pour que je vous rebatte les oreilles avec tout ça.

312

— Eh bien…

— Racontez-moi votre voyage en Ontario. Cet endroit, comment s'appelait-il donc? Où vous avez disparu.

— Braecrest.»

À l'aéroport de Toronto, un séminariste gras et pâle brandissait une feuille de papier où le mot MAKASKEL avait été tracé à la hâte en grandes lettres. Supposant qu'il m'attendait, je me suis dirigé vers lui. Il a souri.

«Ils m'ont dit de guetter une tête rousse», a-t-il lancé.

J'ai souri. Que sait-il?

«Vous êtes le père Duncan?

— Oui.» Le prêtre rouge, Pelirrojo.

«Je m'appelle Ron. Je dois vous conduire à Guelph. On m'a dit que vous pourriez m'indiquer le chemin à suivre une fois rendu là.»

Le chemin à suivre était soigneusement dactylographié sur une feuille de papier qui se trouvait dans une enveloppe brune. Il y avait aussi une enveloppe blanche plus petite, qui contenait de l'argent, ainsi qu'une note.

Il devrait y avoir de quoi couvrir les imprévus. Il te faudra acheter quelques effets. Ça devrait suffire pour tout.

Voici la route à suivre une fois que tu as quitté la 401.
Le conducteur ne connaîtra pas nécessairement le chemin.
Et il ne connaîtra pas le but de ton voyage. Que Dieu te bénisse.
Je vais prier pour toi. Tu seras de retour le temps de le dire, comme neuf.

À toi dans le Seigneur,
+AE.

Sous les initiales dactylographiées, il avait griffonné son prénom. Alex.

Braecrest. Jadis la résidence d'un homme d'affaires fortuné. Le bâtiment principal, en briques rouges imposantes, était coiffé d'un toit en cuivre. Corniches, colonnes, fenêtres teintées. De vastes pelouses et des arbustes taillés, des édifices modernes discrets en brique brun pâle, au toit plat, étaient nichés parmi des bosquets d'érables, de bouleaux et de peupliers bourgeonnant. De hauts tilleuls d'Amérique, aux bourgeons rouille bien mûrs. Une atmosphère monastique. Des hommes déambulaient en silence, seuls ou par deux. Un silence de mort, que brisait le son d'un moteur à un temps quelque part dans le lointain. Peut-être un souffleur de feuilles, nettoyant les traces des ravages de l'hiver. On m'a dit que je devrai partager une chambre avec quelqu'un. C'est la règle.

J'ai répondu que je saurais m'en accommoder.

Il me semble que l'inconfort physique n'a pas duré longtemps. Le quatrième jour, il avait disparu. Les maux de têtes, les suées, partis. Plus de grondement dans le ventre. Mes vêtements avaient cessé de me faire mal. Et pendant quelques jours, ce fut suffisant pour avoir l'impression que les choses allaient s'améliorant, voire nourrir un certain optimisme. Ce n'est qu'au fur et à mesure que les jours passaient que j'ai pris conscience de la gueule de bois plus tenace.

À cela aussi, je me suis habitué.

Tous les matins, j'émergeais du sommeil de manière prévisible, comme si on m'avait réveillé, à 4 h 45, une profonde anxiété gagnant lentement mon esprit confus. L'intense malaise que quelqu'un a baptisé du nom d'angoisse. Était-ce Heidegger ou Sartre? Comme ils ont lutté pour trouver le mot juste, tous ces penseurs. Angoisse. Effroi. Le désespoir projeté sur un mur, des ombres grêles s'agitant, estampes d'une lumière extérieure que je ne suis jamais parvenu à identifier. Et les bruits étrangers d'une autre présence qui vit tout près, la respiration tranquille, juste sous le seuil du ronflement. Jude, compagnon de chambre humble et soucieux de ne pas déranger, qui réussit à dissimuler même la preuve inconsciente de son existence.

Tous les matins à 6 h 25, il me touchait l'épaule.

«C'est l'heure du gym», disait-il.

†††

«Ma femme est d'avis qu'il me faut quelque chose du genre, me confia Danny. Une période au sec. Pas en Ontario. Plus près de la maison. Elle pense probablement à un vieux monastère, sur le continent. Elle a évoqué l'idée quelques fois.

— Il faudrait que ce soit vous-même qui décidiez.

— C'est sûr. Mais la manière dont je vois ça, c'est que j'ai un certain nombre de questions à régler tout seul avant d'entreprendre quelque chose comme ça. »

Je me contentai de le regarder.

« Il y a le grand "pourquoi", dit-il. Pourquoi pourquoi pourquoi pourquoi pourquoi. C'est tout ce que je me demande.

— Avez-vous des idées ? l'interrogeai-je prudemment.

— Il n'y a qu'une chose dont je sois sûr. Je ne crois pas à ces conneries sur la fermeture du port. Il y a plus que cela. Mullins a beau prêcher tant qu'il veut. Mais je connais le gamin. Il n'allait pas faire quelque chose comme ça pour une question de politique. »

Une bourrasque de pluie cribla la fenêtre avec un bruit de sable.

Le gymnase à Braecrest était un lieu bondé et désagréable où des sons animaux répondaient aux cliquetis métalliques et où les émanations des corps se mêlaient à celles des nettoyants chimiques, senteurs d'une forme de violence érigée en système. Des hommes à l'air las s'activaient sur des bicyclettes stationnaires, des tapis roulants et des matelas, s'entraînant au ralenti. Jude et moi faisions le tour en périphérie, balançant nos bras de côtés puis traçant des cercles dans l'air, levant les mains au-dessus de notre tête pour nous étirer. Nous avions à peu près le même âge.

« Regardez-moi ces pauvres types, avait dit Jude le premier matin. On se demande ce qu'ils pensent accomplir rendus à ce stade-là.

— Alors, d'où venez-vous, Jude ?

— À l'origine… Je viens de Terre-Neuve. »

Après avoir fait le tour du gymnase, nous sortions et suivions les sentiers verdoyants du vaste domaine de Braecrest, chacun seul avec lui-même, pour regarder le lever du soleil.

Comme il est difficile avec le recul de comprendre ce que je faisais au Honduras, à Creignish, à Braecrest ou ailleurs pendant ce long voyage loin de là où je suis parti. Ma vocation sacrée. Mes vœux de service. Un brouillard de rencontres sacramentelles, qui en rétrospective apparaissent comme une série de rendez-vous sans lendemain. Ai-je jamais vraiment prêté attention aux explications évasives bredouillées de l'autre côté de la grille du confessionnal ? Ai-je jamais exprimé ce que m'inspirait vraiment la félicité noyée d'ignorance et d'ivresse du rituel de mariage ? Ou les attentes bidon, infantiles des sacrements ? Me suis-je jamais vraiment soucié du droit à la vie ? Et qu'en est-il des droits qui s'ensuivent ? Après qu'on a imposé la vie aux enfants à naître, que se passe-t-il ? Si nous avons un droit au début d'une vie, qu'en est-il du milieu et de la fin ? Et avons-nous le droit de risquer ou, enfin, de rejeter cette vie que nous n'avons jamais demandée ? De nous allonger et d'attendre… quoi ?

Danny Ban dit : « Pendant quelque temps, il n'y avait que la colère. J'étais tout le temps enragé. Pas triste, si vous pouvez le croire. Juste… plein de rage. Et puis ça m'a frappé quand j'étais debout près de sa tombe un jour. C'était à Noël. J'étais arrivé là plein de hargne. Comment est-ce qu'il avait pu faire ça ? Prendre la voie de la facilité. Et puis je me suis rendu compte. Non, mon gars. Ce que tu as fait, ça demandait du courage. Ce que tu as fait, ça demandait du cran. Quelles qu'aient été tes raisons. »

Je hochai la tête.

« Bien sûr, si on en croit Mullins et vous tous… s'il était sain d'esprit quand il s'est enlevé la vie, il est probablement en enfer. » Ses yeux étaient humides, et sa grande main agrippa tout à coup ma manche. « Mais si vous êtes déjà en enfer ? Si votre vie devient une petite tranche d'enfer ? Et si ce n'est pas votre faute ? Qu'est-ce que vous êtes censé faire alors, hein ? »

Je pense que c'est à ce moment que j'ai perdu tous mes mots.

« C'est après ça que j'ai pu ressentir de la tristesse. Je pense que c'était mieux d'être en colère. On finit par arrêter d'être en colère. Mais cette maudite tristesse ne s'en va pas. »

« Alors, qu'est-ce que vous faites dans la vie ? m'a demandé Jude lors de notre première promenade.

— Un peu de tout, ai-je répondu.

— Je comprends », a-t-il dit à voix basse. Il s'est penché d'un geste vif pour ramasser quelque chose sur le sol, puis s'est relevé en retournant un objet rouillé entre ses doigts. « C'est un signe, a-t-il annoncé en souriant.

— Un signe de quoi ? »

Il m'a tendu une petite épinglette ; quand je l'ai retournée, c'était un bonhomme sourire jaune.

« Kitsch. Quelqu'un de bien avisé s'en est débarrassé, ai-je lancé d'un ton malicieux en la jetant.

— Ah, non », a-t-il fait doucement, et il est allé la récupérer.

« Vous avez une sœur qui vit à Toronto », avait dit le directeur des services médicaux.

Il était grand, jeune et pâle, avait des cheveux noirs lissés vers l'arrière.

La plaque sur sa porte disait *Dr Arrowsmith*. On se demande d'où vient ce genre de nom. Fabricant de flèches, je suppose. Un métier du Moyen Âge.

« C'est la première fois que je rencontre un Arrowsmith », avais-je dit pour faire la conversation.

Il y avait un soupçon de sourire à la commissure de ses lèvres. Il n'avait pas levé les yeux de la feuille posée devant lui. « Êtes-vous proches ?

— On est du même sang. J'imagine qu'on ne peut pas être beaucoup plus proches que ça.

— Oui, je suppose. » Il avait tourné la feuille. « Il y a une note ici. Vous préférez qu'on ne vous identifie pas comme… un membre du clergé.

— Si ce n'est pas un problème. »

Il avait haussé les épaules. « Il y a une raison en particulier ?

— Il y a une raison en particulier qui justifie que mon métier devrait être évident ?

— Non. Mais j'aimerais savoir si ça signifie que vous êtes… dans une sorte de période de transition.

— Je n'ai pas de réponse à vous donner.

— Vous savez que vous allez partager la chambre d'un autre prêtre ?

— C'est ce que j'ai cru comprendre.

— Ça ne vous pose pas problème ? Nous pourrions vous changer de chambre. »

J'avais haussé les épaules. « Ça n'a vraiment pas d'importance.

— Bien. »

Danny poussa un profond soupir, se leva difficilement.

« Faut que j'aille au petit coin », dit-il, puis il traversa le couloir d'un pas lent. Mais quand il revint, je sentis les effluves familiers. Rhum.

Il n'essaie même pas de se cacher, songeai-je. On peut dissimuler l'odeur ambiguë de la vodka, mais pas celle du rhum.

Il soupira de nouveau. « C'est probablement juste le temps de l'année. C'est le premier printemps depuis que je suis revenu ici que je n'ai pas de casiers à l'eau. En fait… en plus de cent ans, c'est la première fois qu'un MacKay de la route de la côte n'a pas de casiers à l'eau. C'est quelque chose, quand on y pense.

— Oui, acquiesçai-je.

— Il y a des nuits où on se réveille, et ça vous frappe, reprit-il en regardant la table. On se sent en proie au désespoir, je peux vous le dire. Comme si on avait failli à la tâche, d'une manière ou d'une autre. » Il branlait la tête. « Je suppose que c'est une combinaison de tout. Lui qui est parti. Moi qui reste coincé à la maison avec cette foutue maladie. Peut-être que si j'arrivais à m'occuper. Si je pouvais sortir, aller à la pêche comme autrefois. »

Son chien émergea d'une autre pièce, s'arrêta un moment près de son genou, étudia son visage puis se glissa sous la table, où il se coucha en boule à nos pieds, le museau sur la hanche.

« Je suis incapable d'expliquer ce qu'on ressent, là-bas, sur l'eau, quand le soleil se lève. Et puis on se rend compte que tout est fini. Il me faut imaginer que ça s'est passé un peu comme ça pour le gamin. Toutes ces discussions sur l'avenir. L'impression que quelque chose est… détruit. Mais ça ne peut avoir été suffisant. Il y avait autre chose. Quelque chose qu'il était incapable d'affronter. Qu'il ne pouvait supporter une minute de plus. »

Et puis il n'y a plus eu que le bruit du vent et de l'horloge.

Même si l'on n'était qu'en avril, on aurait dit le mois de mai à Braecrest. L'air était humide, frais, et riche des parfums des nouvelles pousses. Des oiseaux printaniers pépiaient gaiement. Toutes proches mais invisibles, les mésanges y allaient de leur *tchic-a-di-di-di*. Nous nous arrêtions à un belvédère où l'on avait installé un banc rustique, fait de rondins. Nous nous asseyions.

«Voilà l'escarpement, a dit Jude une fois, en montrant une haute crête qui traversait notre champ de vision depuis le sud-est.

— Vraiment ?

— C'est l'un des accidents géographiques les plus importants du sud de l'Ontario, a-t-il expliqué à voix basse, presque comme s'il se parlait à lui-même. En fait, c'est l'un des sites géologiques les plus intéressants au monde.

— J'en ai entendu parler.

— Prend naissance près des chutes du Niagara et continue juuuusqu'au bout de la péninsule Bruce.

— Sans blague.

— Sept cent vingt-cinq kilomètres. Bourré de fossiles. Vieux de centaines de millions d'années. J'ai enseigné la géologie au secondaire à Ottawa.

— Eh bien, eh bien.

— Ce qui est formidable, c'est qu'il est sillonné par un réseau de pistes de randonnée. J'ai souvent pensé prendre un mois de vacances et faire tout le truc à pied. Ce serait fantastique. Marcher et camper sur toute la longueur.

— Je suppose qu'il n'y a pas grand-chose qui vous en empêche.

— C'est vrai.»

Il s'est tu, songeant manifestement à la chose.

«Ma femme pense que ç'a quelque chose à voir avec sa petite amie. Cette Sally. Vous saviez qu'elle l'avait largué ?

— Je m'en doutais.»

Il secoua la tête. «Ça montre ce que ma femme connaît des hommes MacKay.

— Ils étaient proches, tout de même, dis-je.

— Oh, oui. Ils sortaient ensemble depuis qu'ils étaient tout jeunes. La première fois que je l'ai vue, je n'y croyais pas. Plate comme une planche à repasser. Et puis elle s'est épanouie. S'est remplumée. Est devenue une fichue de jolie fille.»

Le chien remua. Danny se pencha pour le gratter entre les oreilles.

«Mais ça ne fait rien. Il n'y a rien là pour expliquer quelque chose comme ça. C'est impossible.»

Le vent et la pluie à l'extérieur gagnaient en force. Ou peut-être était-ce le silence étouffant de la maison quand il se taisait.

«Bien sûr, il y a eu cette histoire à la salle paroissiale de Creignish. Mais nous en avons parlé. Il allait bien, après ça. Votre réaction a aidé. Merci pour ça. Je sais qu'il y a encore des ragots mais, pour l'amour du Christ, je ne veux rien entendre de ce qu'on raconte.

— Ça n'a rien à voir avec ce qui est arrivé.

— Je ne devrais pas vous embêter avec tout ça, dit Danny après une longue pause. Le docteur, en ville, disait que je devrais parler à un thérapeute.»

Je voulais lui tendre la main, le rassurer. Mais j'étais même incapable de ce geste.

«Qu'est-ce qu'il pourrait faire, le thérapeute, de toute façon? On ne peut pas défaire ce qui a été fait, pas vrai?

— Il faut que vous décidiez par vous-même.

— Chaque fois que je songe à aller consulter un de ces psys, je pense à ce que dirait le paternel s'il pouvait me voir. Un bon coup de pied au cul, c'est ce qu'il me faut. Voilà ce qu'il dirait, et il n'aurait pas tort.» Il rit. «Je suppose que, vous aussi, vous avez vu quelques psys dans cet endroit... en Ontario.»

Le psychiatre était un homme mince, athlétique, probablement de dix ans mon cadet. Il s'appelait docteur Shaw, mais semblait originaire de l'Asie du Sud. Mon dossier était ouvert devant lui. Considérez cela comme une occasion, disait-il. Un cadeau. Tout le monde devrait avoir l'occasion de faire le point, qu'il y ait une crise ou non. Nous avons tous nos démons. J'ai pensé : Il croit savoir ce que je saurai une fois mon séjour fini, et il se figure que j'éprouverai une sorte d'émerveillement et de gratitude. Cette prescience lui permet d'ignorer le silence renfrogné que je lui oppose en ce moment.

«Votre nom, ai-je demandé, n'est-il pas écossais?

— Je l'ai inventé. Avant, c'était S-h-a-h. Mon boulot, c'est de réinventer les gens.» Il sourit.

«Je voudrais préciser deux ou trois choses, ai-je dit.

— Bien sûr.

— Je ne suis pas venu ici de mon plein gré. Et je n'ai aucune idée de ce que cet endroit peut faire pour moi.

« — C'est parfaitement compréhensible », a-t-il répondu. Puis il s'est levé. « Laissez-moi vous présenter à votre groupe. Que votre prénom. Pas besoin de détails.

— Merci. »

Il y avait une demi-douzaine d'hommes d'âges et de milieux différents, quoique tous semblables, d'une certaine manière. J'ai entouré ma cage thoracique de mes bras.

« Voici Duncan, a dit le chef du groupe. Il va passer quelque temps avec nous.

— BONJOUR, DUNCAN », ont-ils prononcé en chœur.

Je me suis assis. Le psy s'est éclipsé sans bruit.

L'animateur a demandé si je voulais me présenter en quelques mots.

« Une autre fois, ai-je promis.

— Je m'appelle Scott et je suis alcoolique », a-t-il annoncé sans que je lui pose la question.

Il y a eu un murmure d'encouragement chez les autres.

« Sentez-vous bien à l'aise, a-t-il continué. Vous êtes ici entouré d'amis. »

Ils parlaient de la dépendance comme d'une maladie que nous partagions tous. Une caractéristique de quelque culture commune qu'il nous fallait affronter. Ils répétaient à une cadence régulière que nous étions des alcooliques, des dépendants, ce qui m'a rappelé combien j'ai horreur du mot « nous » quand ce sont des étrangers qui l'utilisent. C'est une forme de coercition. Mais j'avais l'impression que le caractère inclusif de ce « nous » leur procurait un certain réconfort. De même que les affirmations incessantes : Je suis alcoolique. J'ai tenté le coup une fois, et j'ai éprouvé un sentiment de progrès facile et inattendu. Comme après avoir prononcé : « Bénissez-moi, mon père, car j'ai péché. Je me confesse à Dieu tout-puissant et à vous, mon père. » La fausse bonne conscience qui vient après qu'on a dit « Je suis désolé », même quand on ne l'est pas.

Il faisait toujours trop chaud dans la pièce.

« Qu'est-ce que vous faites dans la vie, Duncan ? » a demandé quelqu'un.

Pris de court, je n'ai pas répondu tout de suite. « Je suis dans les ressources humaines », ai-je fini par dire.

Assis à quelque distance du milieu de la pièce, Jude me dévisageait, les sourcils levés.

Danny s'en fut de nouveau à la salle de bains, et s'en excusa.

«C'est pire le soir, expliqua-t-il. Je suis debout toutes les heures, à me tordre le gant. C'est ce que le vieux disait quand il allait pisser par-dessus bord sur le bateau. "Je suis juste en train de tordre le vieux gant de pêche." Moi, c'est la prostrate. On dit qu'elle enfle sans crier gare. Je suppose que c'est ce qui me guette maintenant. Le cancer de la prostrate.

— Prostate, le corrigeai-je.

— Prostrate, ça donne une meilleure idée», affirma-t-il.

Riant, il s'éloigna d'un pas traînant.

† † †

À l'évidence, l'un des membres du groupe était journaliste. J'avais l'impression de l'avoir déjà vu quelque part, et puis j'ai compris que ce devait être à la télévision. Il ne se levait jamais quand il parlait. Il se calait sur une chaise en métal dure, postérieur vers l'avant, jambes étirées, bras croisés, tête penchée de côté. Le journalisme carbure à une combinaison d'alcool, d'autres drogues et de vanité, a-t-il déclaré au cours d'une des sessions. Cocktail mortel.

Mais il parlait surtout d'un père sévère, un fermier des Prairies. Il dissertait avec emphase du désespoir qu'il y a à tenter de survivre de la terre, du sentiment qu'il avait d'être enchaîné, pris au piège, et de sa hâte de s'en aller. Sauf qu'il n'avait jamais trouvé un endroit où il se sentait chez lui. Calgary, Winnipeg, Ottawa. Il imaginait chaque fois qu'il découvrirait enfin un sens à sa vie quand il arriverait à la prochaine ville, plus grande. Mais il restait toujours un étranger. Sa voix tremblait.

La pièce était silencieuse comme un tombeau.

Il avait fini par s'établir à Toronto, se soûler et rester soûl jusqu'à ce que certains organes vitaux se mettent à faire défaut.

«Vous savez, ça prend environ cinq ans pour se foutre dans la merde bien comme il faut, a-t-il expliqué. C'est à partir de là que vous commencez à vraiment vous détruire.»

«Je ne pense pas que ç'avait grand-chose à voir avec ses inquiétudes face à l'avenir, dis-je prudemment. Mais si ce n'était pas parce qu'il avait peur de ne pas réussir ici, que penses-tu…

— J'ai tout passé en revue, enchaîna Danny en hochant la tête. Chaque possibilité. Des fois, je me dis qu'il n'y avait pas de raison profonde à son geste. C'est l'ennui, avec les fusils. C'est tellement facile, avec un fusil. Si vous êtes impulsif. C'est fait sans que vous ayez vraiment eu le temps de réfléchir. Et il était impulsif. Je crois.

— Penses-tu qu'il a parlé à quelqu'un ?… Qu'il s'est confié à quelqu'un ?

— J'ai des doutes quant à sa mère. On dirait qu'elle en sait plus qu'elle veut bien le dire. Mais impossible de lui arracher un mot. J'ai cessé d'essayer.

— Était-il très proche de Brendan ? Du père Bell ?

— En voilà un à qui il aurait valu la peine de parler. Il est possible qu'ils aient discuté. Mais personne n'a l'air de savoir où Bell est rendu. Vous n'auriez pas de moyens de le découvrir, hein ?»

Je secouai la tête. «Non», mentis-je.

«Je suppose que vous avez de la famille ? a demandé Jude.

— Non, ai-je répondu en riant. Pas de parents, pas d'enfants.

— C'est rare, pour un catholique de la côte est.»

Je n'ai pas réussi à dissimuler ma surprise. «Qu'est-ce qui vous fait dire ça ?

— D'abord, il y a votre accent. Et puis… vous avez laissé votre rosaire sur la table ce matin. Je ne vous espionnais pas.

— Très bon sens de l'observation», ai-je remarqué en me détendant.

Nous nous sommes étudiés mutuellement pendant un moment, nous réévaluant. Je me souviens de m'être dit : Il ne sait rien de moi. Je ne m'étais jamais senti aussi libre. Peut-être avais-je tort.

«Ce qui, bien sûr, vous donne à peu près mon âge, a-t-il continué.

— Oh ? Comment ça ?

— Le rosaire, a-t-il expliqué d'un ton confiant. On n'en voit plus guère de nos jours.»

J'ai étudié la masse sans fin de l'escarpement pendant un moment. «Alors, parlez-moi de ce que c'est qu'être un curé, ai-je fini par demander. À quoi cela ressemble-t-il par les temps qui courent ?»

Il a ri. «Toute une question, que vous me posez là. Surtout de nos jours, a-t-il lancé avec un sourire.

— C'est une supposition, rien de plus, ai-je fait, mal à l'aise.

— Ça va. Vous m'avez démasqué. Je suis révérend.»

Il y a eu une autre longue pause.

«En fait, c'est l'une des questions auxquelles j'espère pouvoir trouver la réponse pour moi-même pendant mon séjour ici, m'a-t-il confié. Ce que c'est qu'"être un curé". Par les temps qui courent.» Puis, après encore un moment, il a posé une main sur mon genou. «Je vais jouer un petit jeu. Je ne veux pas que vous me disiez quoi que ce soit sur vous. Je vais deviner dans quel domaine vous travaillez. Ne vous inquiétez pas. Je ne vais pas vous harceler de questions. Je vais juste essayer de trouver par moi-même. D'accord?»

L'absurdité me fait sourire. «Ça me va.

— Pour l'instant, je penche vers le militaire. Quelque chose dans le militaire.» Il se cale en arrière et croise les bras en souriant largement. Heureux à l'idée d'une relation, même si elle s'inscrit dans le cadre d'un jeu.

Je me lève. «Puisque vous êtes prêtre… Je vous ai menti tout à l'heure.

— Oh?

— En fait, j'ai une sœur.»

Il hoche la tête. «Je n'ai personne. Enfant unique. Mes deux parents sont partis pour un monde meilleur.»

Un faible brouillard donne à l'escarpement l'apparence d'un village médiéval perché à flanc de colline. Je peux imaginer la forme des murailles et des remparts. De hauts arbres sculptés par les brumes mouvantes ressemblent à des tours fantomatiques. Je dis à Jude que ce doit être un peu gênant d'être un prêtre de Terre-Neuve dans un lieu pareil à une époque comme la nôtre.

«Pourquoi donc?

— Les scandales, tout ça», dis-je.

Il rit, puis se tait pendant un moment. «Sincèrement, j'ai été étonné que vous acceptiez de rester dans la même chambre que moi une fois que vous avez découvert qui j'étais.

— Ça ne me dérange pas», fais-je, soudain en proie à l'irritation. J'ai su, dès le départ, que je partagerais la chambre d'un prêtre – c'était ma pénitence. Je soupire, peut-être trop ouvertement.

«De toute façon, ajoute-t-il, vous n'avez pas à vous inquiéter. Je ne suis pas un de *ceux-là*.»

Je l'ai regardé. Il plissait les yeux en tentant de distinguer des détails géologiques au loin. «Alors vous n'êtes qu'un ivrogne tout ce qu'il y a de plus banal, comme le reste d'entre nous.

— Même pas, a-t-il dit. Je n'ai jamais bu une goutte de ma vie. Sauf d'un calice. Vous n'auriez pas apporté des jumelles, par hasard? Les oiseaux sont magnifiques.

— Non, ai-je répondu en me rappelant les après-midi dorés passés à étudier les chaloupes et les navires qui glissaient en silence sur une mer scintillante.

— Ça va?» Il me dévisageait. Je dois être prudent, avec celui-là. «Bien sûr.

— Non. Rien d'aussi simple que l'alcoolisme ou la déviance sexuelle. Je crois que l'un et l'autre sont liés, qu'en pensez-vous?

— Je n'en sais rien.

— J'ai connu certaines des personnes impliquées, a-t-il soupiré. En fait, un bon ami, à Burin. Un père Foley. C'est presque toujours déclenché par l'alcool. Je ne l'excuse pas, et je ne suis pas en train de suggérer que ça ne fait pas partie de la personne sans la présence d'alcool. Mais je crois que c'est provoqué par une diminution des inhibitions, un manque de jugement et une faiblesse de caractère. Une combinaison des trois.

— Je n'en suis pas si sûr, ai-je dit.

— C'est simplement ce que j'ai observé.

— J'ai connu un prêtre de Terre-Neuve autrefois. Peut-être avez-vous déjà entendu parler de lui. Le père Bell. Brendan Bell.

— Oh, mon doux. Le jeune Brendan. Eh bien, eh bien. Ainsi donc vous avez connu le jeune Brendan Bell.»

Le son dehors connut une soudaine variation, adopta un ton de basse assourdi qui ressemblait un peu au vent. Le chien se leva, trotta vers la porte, ses griffes dures cliquetant sur le sol. Il poussa un aboiement aigu. Danny se pencha au-dessus de la table, posa discrètement un index sur le rideau.

«Voilà Willie, annonça-t-il, puis il s'adossa de nouveau. En fait, continua-t-il en dessinant un cercle sur la nappe à l'aide de son gros index, je n'ai jamais eu l'occasion de vous le dire, mais je connaissais votre père. Angus, qu'il s'appelait, n'est-ce pas?»

Je dus avoir l'air surpris.

«J'y ai pensé le jour où nous vous avons rencontré sur la rive… en… j'oublie à quel moment c'était. Il y a de cela quelques années. Mais oui. J'ai connu ce vieil Angus. Nous avons travaillé sur les bateaux ensemble.

— Sur les bateaux ?

— Avant qu'on se mette à fabriquer du papier ici, on expédiait la pulpe de bois par bateau. Partout dans le monde, qu'on l'envoyait. On avait du boulot pour quelques jours quand il y avait un bateau au port. C'est là que je l'ai rencontré. Il n'a jamais eu d'auto, alors il m'arrivait d'aller le reconduire. Et de temps en temps nous arrêtions à la vieille taverne, chez Billy Joe, pour prendre quelques verres et discuter.»

Je me contentais de le regarder.

«Il était fichtrement fier de vous, ça c'est sûr.»

Le chien aboya encore deux fois.

«La ferme, dit Danny d'un ton sec. Va te coucher.»

Le chien le regarda d'un air piteux.

Danny se pencha vers la fenêtre, déplaça le rideau de nouveau.

«Oh. On dirait qu'il s'en va. Sans doute à cause de votre voiture. Il se sera dit que si vous étiez ici, Jessie y était aussi.» Il regarda. «Oui. Il est parti. Willie a fait un petit voyage. Il est allé à Toronto le mois dernier. La première fois qu'il quittait l'île. Il n'est plus le même depuis qu'il est revenu.» Il eut un ricanement. «Jessie ne peut pas supporter ce pauvre Willie. Le chien non plus. Ils deviennent carrément agressifs quand il débarque. Les femmes et les chiens croient savoir quand un homme ne les aime pas. Prétendent avoir une sorte d'instinct. Elle affirme que Willie n'aime ni les femmes, ni les enfants, ni les chiens, et qu'ils le sentent tous à leur manière.

— Ce sont des choses qu'on entend dire, commentai-je.

— L'instinct, c'est bien. Mais je ne m'y fierais pas trop.

— En fait, j'ai vu Willie à Toronto. J'ai habité chez ma sœur après Braecrest et il était là.

— Et comment va-t-il ?

— Il m'a semblé bien aller.

— Eh bien. Il s'est mis à la bouteille depuis qu'il est revenu.

— Jessie et Willie sont cousins, n'est-ce pas ?

— Oui. Vous savez, en cherchant bien, vous pourriez découvrir que vous êtes parent avec lui vous aussi.

— Oh ?

— Je me suis rendu compte de ça il n'y a pas longtemps. En repensant à votre paternel. Ce vieil Angus.

— À quelle époque avez-vous travaillé avec lui ?

— C'était peu après que je suis revenu dans le coin. Autour de 1970. Peu de temps avant sa mort, en fait. Je l'ai appris plus tard. Est-ce qu'il n'est pas mort gelé ?

— Oui.

— C'est horrible, mais on dit que ce n'est pas une mauvaise façon de mourir.

— Je suppose, fis-je. Si on peut choisir. » Immédiatement, je regrettai mes paroles.

Il détourna les yeux quelques instants, étudia une tache sur le plancher. Puis il se leva et s'étira. « J'imagine que votre père a passé un mauvais moment pendant la guerre. Il n'en a jamais beaucoup parlé, mais on voyait bien. Souvent, quand les gens ne veulent pas en parler, on voit qu'il y a probablement quelque chose qui mériterait qu'on en parle.

— Il y a eu quelque chose. Un incident, vers la fin de la guerre. Nous n'en avons jamais vraiment parlé non plus. Quand on est jeune, la plupart du temps, on n'est pas intéressé.

— C'est bien trop vrai. Tout ce que j'aimerais demander au paternel aujourd'hui. Maintenant qu'il est trop tard. » Il secouait lentement la tête. « Oups, la revoilà qui fait des siennes. Fichue vessie. Désolé. Je vais être aux couches avant longtemps. » Et il se dirigea vers le couloir, légèrement penché en avant.

En revenant, il dit : « Je vous offrirais bien un verre, mais j'imagine que, après tout le mal que vous vous êtes donné pour arrêter, ça ne vous intéresse pas. »

Je refusai d'un geste de la main. « Ma sœur a déjà mentionné qu'il était possible que nous soyons parents avec Willie.

— Ah, oui. Qu'est-ce que c'était, déjà ? Par les Gillis du coin. Ça, c'était une famille. Tous morts à l'heure qu'il est. Le grand-père de Jessie et la mère de Willie étaient frère et sœur. Et d'après ce que j'en sais, il y avait une parente proche. Une cousine, je pense, qui est partie quand elle était jeune et puis a disparu de la circulation. Votre père disait que ç'avait pu être sa mère. Pour autant que je sache, il n'a jamais connu sa vraie mère ni son vrai père.

— C'est ce qu'on m'a dit.

— Est-ce que ce ne serait pas quelque chose. Que nous soyons tous parents.»

Je laissai échapper un rire.

«Pauvre Willie, ajouta-t-il. Il n'a pas une once de malice.»

Jude était aux prises avec sa mémoire.

«Je pense qu'on est un peu parents, Brendan et moi. Si je ne me trompe pas, la mère de mon grand-père était une Bell. De toute façon, on vient du même endroit. Un petit village de la baie. Je suis sûr que vous n'en avez jamais entendu parler. Il était encore enfant quand je suis parti.

— Quand avez-vous été en contact avec lui pour la dernière fois?

— Oh, je ne m'en souviens pas. Ce doit être à l'époque où je suis parti. Mais j'avais régulièrement des nouvelles, quand mes parents étaient encore en vie. C'était la deuxième chose en importance qui soit jamais arrivée au village, quand il s'est fait prêtre. La première, bien sûr, c'était moi.» Il a soupiré. «C'est difficile d'expliquer ce que c'était quand un gamin finissait prêtre dans un endroit comme ça. C'était comme si vous apparteniez à tout le monde.

— Je peux imaginer.

— Alors c'est un coup dur pour tout le monde quand ça ne fait pas long feu. Pas vrai? Une déception immense.

— Alors Brendan n'a pas fait long feu?

— Eh bien, vous en avez peut-être eu vent. Il a quitté les ordres. Est parti en affaires. Il a bien réussi, mais ce n'était pas la même chose.

— Est-ce que quelqu'un a jamais compris pourquoi il avait défroqué?

— Je suppose. Mais ce n'est pas le genre de chose dont les gens ont envie de discuter. Pas ouvertement.

— Je comprends. Vous ne sauriez pas, par hasard, comment joindre Brendan?»

Il m'a regardé, étonné.

«C'est pour des amis à moi, ai-je précisé, en regardant vers les flancs de l'escarpement. Ils étaient proches. Je pense qu'ils aimeraient savoir où il est rendu.

« — Je crois que j'ai un numéro de téléphone quelque part. Un numéro à Toronto. Il est peut-être dans mon carnet. Quelqu'un de par chez nous me l'a donné... au cas où je passerais par Toronto. »

Nous nous sommes de nouveau retranchés dans nos silences respectifs. Quelque part, non loin, quelqu'un a ri.

« C'est encourageant, a-t-il lancé. Le son du bonheur.

— Alors, Jude, si je puis me permettre de poser la question... qu'est-ce qui vous amène ici ? »

Il a soupiré. « Je suis un voleur. »

Le mot reste là, entre nous. *Voleur.*

Il sourit. « Et vous ? Qu'est-ce qui vous amène ici ?

— C'est une question compliquée, dis-je.

— Vous ne m'avez pas l'air de faire partie de la série habituelle de dépendants.

— Je n'en fais pas partie. Mais je suis curieux à votre sujet. J'ai connu beaucoup de prêtres. »

Il m'a regardé. « Comment réagissez-vous au fait qu'un prêtre soit un voleur ?

— Je suppose que vous parlez de façon métaphorique, ai-je répondu.

— Non ! s'est-il exclamé gaiement. Je suis un escroc tout ce qu'il y a de plus ordinaire. J'ai volé à la paroisse où j'étais assistant. Je savais comment trafiquer les livres de comptes de façon que ça ne se voie pas. Et puis, évidemment, il y a eu une vérification.

— Mais pourquoi ?

— Je souffrais de la pire des dépendances qui soit. Je suis un joueur qui perd. Et puis je suis devenu un voleur.

— Le jeu ?

— Ç'a commencé par des billets de loto. Le temps de le dire, je faisais la navette jusqu'au casino le plus proche dès que je le pouvais et même quand je ne le pouvais pas, accumulant les dettes, jusqu'à ce que, finalement... » Il a haussé les épaules. « Et puis, comme ça arrive souvent, je suis passé à une autre dépendance pour couvrir le dégoût que j'éprouvais. J'ai découvert qu'il existait des pilules. Des pilules légales. À la pharmacie. Tout ce qu'il vous faut, c'est un médecin sympathique. Et quand vous portez un col romain, tout le monde est sympathique à vos déboires. Les gens se sentent mieux par rapport à leurs propres échecs quand le curé a des ennuis. Surtout les docteurs. Ils adorent les prêtres déchus.» À ce moment, il a ri. «Je ne suis pas amer. Tout est ma faute. Depuis le début.

— Je ne sais pas quoi dire.»

Il a levé la main. «Ne dites rien. Tout ça est derrière moi maintenant. C'est du passé. Fini, les dépendances, excepté la cigarette. Je leur dis tout ça, mais on dirait qu'ils en attendent plus encore. Qu'ils attendent la grande révélation.

— La grande révélation?

— Les trucs sexuels.»

J'ai haussé les épaules, espérant qu'il arrêterait là.

«Mais quand vous souffrez du genre de dépendances que j'ai, le célibat, c'est une affaire de rien. Le sexe ne peut pas procurer des extases semblables à celles que j'ai éprouvées. Le sexe, à mes yeux, c'est pour ceux qui manquent d'inspiration.

— Je suppose que vous avez de la chance», ai-je dit. Et je me suis rendu compte qu'il m'observait, attendant que je me confie à mon tour. «Je n'ai jamais eu ce problème», ai-je fini par ajouter.

Il m'a regardé, ses yeux disaient: Vous pouvez me parler. Et je l'ai cru.

«Je dois avouer, a-t-il débuté – et j'ai supposé que c'était pour changer de sujet –, que maintenant que j'ai abandonné l'idée du militaire et celle de la salle de classe, j'ai du mal à imaginer quelle peut être votre vocation.

— Mon père a déjà été soldat, ai-je offert.

— Voilà. Je n'avais pas tout à fait tort. On vous a peut-être *ordonné* d'être un militaire.»

Lors de ma deuxième visite au docteur Shaw, celui-ci m'a demandé: «Avez-vous déjà eu… des fantasmes d'autodestruction?»

J'ai hésité avant de répondre: «Oui.

— Mais vous n'êtes jamais passé à l'acte?

— Manifestement, non.»

Il a ri. «Je veux dire… pas de fausse tentative, ou…

— Non.

— Et vous rappelez-vous les circonstances qui auraient pu inspirer ces… fantasmes?

— Très clairement.»

Il a attendu. Je me suis raclé la gorge.

«J'ai frappé mon père, une fois, ai-je dit.

— Vous avez frappé… ?

— Avec mon poing. Je l'ai cogné. Et il est tombé.» Je sais que le tremblement est évident.

«Voudriez-vous une gorgée d'eau ? demande le docteur Shaw.

— Non, merci. Ça va.

— Essayez de continuer.»

«Je ne pense pas que votre père soit jamais venu dans le coin, dit Danny. Il ne savait rien de sa parenté. J'avais l'impression que c'était encore une chose dont il ne voulait pas parler.» Il rit.

«Alors, de quoi est-ce que vous réussissiez à parler, tous les deux, pour passer le temps ?

— Eh bien, fit Danny en se grattant le menton. Il parlait beaucoup de vous. Vous étiez le nombril du monde. Vous et votre sœur.

— Oui, dis-je.

— Je pense que votre père n'a mentionné Effie qu'une seule fois. D'une manière détournée. Quelque chose sur le fait qu'elle était partie, depuis longtemps, et qu'il n'avait plus de contact avec elle. Peu importe.

— Oui. Effie. Alors il ne parlait pas d'elle ?

— Non. Pas que je me souvienne.»

Quand j'y repense, j'ai l'impression que le docteur Shaw et moi sommes restés à nous dévisager pendant une heure, mais il se peut que ça n'ait duré qu'une minute.

«J'ai mal compris», ai-je fini par expliquer.

Il a levé un sourcil, exprimant un étonnement professionnel.

«Je sais ce que vous pensez, ai-je dit. On touche au cœur de mon problème.

— Pourquoi ne m'en parleriez-vous pas ?

— Il faisait une fixation sur ma sœur. J'ai mal compris.»

La panique enfle jusqu'à ce que j'aie du mal à faire entrer l'air dans mes poumons. Et je me rends compte que je suis assis sur une chaise en bois dure à la table de la cuisine, bavant sur les pages d'un livre. Un manuel de philosophie intitulé The General Science of Nature.

Une gorgée d'eau, ça aide. L'aube n'est pas loin.

« L'incident en lui-même était sans importance. Il s'inscrivait dans des histoires plus vastes, dont plusieurs restaient des mystères, et qui s'étaient produites avant ma naissance. Quelque chose qui s'était passé durant la guerre. » J'ai haussé les épaules, espérant que j'avais réussi à détourner son attention.

J'entends une latte du plancher craquer. Je reste assis. J'attends. Le moment est enfin arrivé. L'ombre s'arrête près de la porte de la chambre d'Effie. Une allumette s'enflamme brièvement. Une bouffée des feux de l'enfer me parvient. Ses orbites semblent vides tandis qu'il se penche vers la cigarette. Il inspire profondément, l'ambre révélant un visage que je reconnais à peine. Il se tourne vers la porte.

Le docteur Shaw attendait.

« Écoutez, ai-je dit. Il faut que vous compreniez la situation familiale. Il y avait mon père, ma sœur et moi, seulement nous trois, pas de mère. Notre père avait été brisé par quelque chose qui s'était produit pendant la Seconde Guerre mondiale. En Hollande. Il y avait eu un incident. Une jeune fille était morte. Les détails n'ont jamais été clairs. Mais ç'avait eu un impact durable sur mon père et un ami qui était avec lui à ce moment-là. »

Le docteur a brièvement pris une note. « Comment a-t-elle été tuée, la jeune fille ?

— Un couteau.

— Et votre père n'a jamais expliqué ?

— Seulement de façon nébuleuse. Apparemment, elle avait tiré sur son ami et elle s'apprêtait à le tuer. Il semblerait qu'il l'ait prise de vitesse.

— A-t-il jamais expliqué pourquoi… elle était… ?

— Non. »

Je bouge vite, j'agrippe une épaule, la cloue au mur. Nos visages sont tout près l'un de l'autre. Son visage, mon visage. Le même visage. Je suffoque à cause de l'odeur rance de levure, de soufre et de vieille sueur.

Qu'est-ce que tu fabriques ?

Il regarde à travers moi. Si ce n'était la cigarette, je pourrais croire qu'il est somnambule.

Il a l'air mou, mais il se tortille d'un mouvement vif, et je sursaute. L'anticipation d'être frappé. C'est comme ça que ça se passe. Je sens le coup avant d'être touché. Un don, qu'ils disent en ville. J'aurais pu être boxeur. Je possède la faculté d'anticiper. Je frappe la partie la plus proche du visage qui est son visage, notre visage, sur la mâchoire, et il tombe à genoux. J'entends un cliquetis, et puis je vois le couteau près de sa main et je recule, saisi, mon intuition confirmée. La vivacité du geste. Un éclair.

Il a un étrange hoquet à mi-chemin entre la toux et le sanglot. Je me dis qu'il va suffoquer. Maintenant calme, je m'accroupis à ses côtés et j'écarte prudemment le couteau.

— Je ne savais pas que c'était toi, dit-il en respirant bruyamment.

Il tend le bras dans l'obscurité, pose une main tremblante sur ma tempe, ses doigts fouillant mes cheveux.

Je vois ma sœur dans l'embrasure de sa porte, les mains couvrant la plus grande partie de son visage.

En la voyant, il a un brusque mouvement de recul.

Elle est encore revenue, dit-il.

Il est à genoux et cherche le couteau à tâtons. Je m'en empare, l'éloigne de lui d'un geste vif, cachant la lame derrière mon dos.

Elle est encore là ! Attention !

Son visage a une expression sauvage.

Effie sanglote. Rentre dans sa chambre en courant. La porte claque.

«Et l'ami qui était avec lui en Hollande ? Le connaissiez-vous ?

— Oui. C'était un voisin.

— Lui avez-vous déjà parlé ?

— Non.

— Où est-il aujourd'hui ?

— Il est… mort.»

Il y a un très, très long silence. Le docteur a l'air d'en attendre davantage. Mais j'ai fini.

«Vous croyez que votre père avait des flashs-back ?

— Manifestement. Qu'est-ce que ç'aurait pu être d'autre ?»

Il me regarde en hochant la tête, peu convaincu. «Et c'est après cela que… vous avez eu des problèmes.

— Oui.

— Ça suffit peut-être pour l'instant. Nous pourrons toujours y revenir.»

Je secoue la tête. «Non, tout cela est derrière moi depuis longtemps.»

«Dunc, Dunc, Dunc», dit la voix dans mon oreille.

Et puis Jude est penché sur moi, chuchotant furieusement. Il me calme comme le ferait un père. Je m'assois rapidement dans mon lit et il s'écarte.

«Voilà qui est mieux, s'est-il exclamé. C'était tout un rêve.

— Je suis désolé, ai-je bredouillé, secoué.

— Je vais fumer une cigarette. Je me fous de ce qu'ils disent. D'accord?

— Allez-y.»

Il a entrouvert la fenêtre de quelques centimètres et en a approché une chaise, a regardé la nuit au-dehors en tirant sur la cigarette d'un air songeur, soufflant la fumée par la fente. Ma sueur s'est transformée en une deuxième peau glacée.

«Vous pouvez en parler, a-t-il dit. C'est-à-dire, si vous en avez envie.

— C'est un vieux rêve. Sur une altercation que j'ai déjà eue.

— Une altercation?

— Avec mon père. Ça revient sans cesse…

— Ah, oui. Les altercations avec nos pères. Une vieille, vieille histoire.

— J'imagine.

— Vous avez crié… le prénom de votre sœur. C'est ce qui m'a réveillé.

— Oui. Elle était là. Qu'avez-vous entendu d'autre?

— Rien d'intelligible.» Il s'est penché vers la fenêtre, a inspiré et exhalé par l'étroite fente dans la nuit impénétrable.

«Vous ne m'avez pas dit quelle sorte de pilules, ai-je lancé.

— Des pilules?

— Celles que vous avez prises quand c'est devenu trop lourd à porter.»

Il y a eu un long silence. Puis il a fait une liste. Dilaudid. Percocet. Même du Tylenol. Tout ce sur quoi il pouvait mettre la main. Réduit en poudre et reniflé. «Il y en a qui se font des piqûres, mais ce n'est pas mon genre. Avez-vous déjà entendu parler d'OxyContin?

— Je pense que oui.

— C'est la réponse à tout, a-t-il déclaré.

— Je l'ignorais.

— Si on se sent aussi bien au paradis, a-t-il continué en branlant lentement la tête, j'ai hâte de m'y retrouver. Je suis incapable de vous le décrire.» Sa voix était triste. «Il me semble que ce n'est pas juste.» Puis il a ri dans le noir.

«Quoi?

— Chaque fois que vous pensez avoir trouvé le paradis sur terre, un salopard vient vous informer que, désolé, en réalité, c'est l'enfer.»

Jude a fini sa cigarette et pincé le mégot entre un pouce et un index jaunis jusqu'aux jointures. Il a fermé la fenêtre, mais est resté assis, à regarder dehors.

«Est-ce que vous célébrez la messe ici? ai-je demandé.

— Parfois.

— Dites-le-moi la prochaine fois. J'y assisterai peut-être.

— Demain, après déjeuner. Avez-vous déjà été enfant de chœur?

— Il y a longtemps.

— J'aurai besoin d'un servant de messe.

— Oh, non, ai-je refusé rapidement. Je ne pourrais pas…

— Allez. Rendez-moi ce service.

— D'accord, ai-je cédé, me sentant tout à coup pris au piège.

— Je vais essayer de dormir encore quelques heures avant ces idioties de gym.» Il est demeuré silencieux un moment. «Votre sœur s'appelle Effie, n'est-ce pas?

— Oui. Vous l'ai-je dit?

— Vous l'avez appelée tout à l'heure. Un prénom adorable. Ça me fait penser à quelque chose de solide mais de néanmoins… mystérieux, sauvage et beau. Comme l'escarpement dans le lointain.

— On dirait que vous avez déjà connu une Effie.

— Mon cher monsieur, oui, c'est vrai.»

Je croyais qu'il dormait, mais sa voix s'est élevée encore une fois dans l'obscurité. «La seule fois où j'aurais *dû* parier… je ne l'ai jamais fait.»

Le docteur Shaw a demandé: «En avez-vous jamais discuté avec votre sœur? De la raison pour laquelle il se rendait dans sa chambre? Qu'a-t-il pu se passer d'autre?

— Non. Nous étions assez éloignés l'un de l'autre à ce moment-là.

— Il faut que je vous demande: croyez-vous qu'elle ait été victime d'agressions?

— Je ne sais pas. Probablement. Ça dépend de ce qu'on entend par "agressions".

— Mais vous n'avez jamais posé la question ? Même pas après être devenu prêtre ?

— Elle est partie de la maison avant. Et peu après, tout est devenu compliqué.

— Les pulsions suicidaires, elles ont commencé à se manifester après cette… altercation avec votre père ?

— Pas immédiatement.

— Vous rappelez-vous à quel moment ?

— Oui. L'ami de mon père, celui qui était impliqué dans l'incident. L'homme qui est mort. Il s'est tué, en fait. »

Le docteur a haussé les sourcils.

« Plus tard, dans ma vie, j'ai beaucoup réfléchi à ce qu'il avait fait. Et un jour, ça m'est apparu, objectivement… Il avait fait un choix raisonnable, c'était sa façon d'échapper à des souvenirs qu'il ne pouvait supporter. Ça me semblait simplement une solution légitime. Un remède final. À tout.

— Le suicide n'a rien de raisonnable.

— Je le sais aujourd'hui.

— Et d'après vous, qu'est-ce qui vous en a empêché, quand ça vous paraissait un geste sensé ?

— Je n'avais pas les couilles de le faire moi-même.

— Et à quel moment avez-vous décidé de vous faire prêtre ?

— À peu près à la même époque. »

Il s'est tu, songeur. Le silence s'est étiré.

Enfin, j'ai parlé : « Alors vous pensez que la prêtrise était un substitut au suicide ?

— Non, en vérité. Mais est-ce là ce que *vous* pensez ?

— Ça ne m'était jamais passé par la tête avant. »

Après la messe, j'ai rangé les burettes et les flacons tandis que Jude pliait sa soutane. Ç'avait été une petite assemblée. Trois personnes dans la minuscule chapelle. Une petite pièce en pin destinée aux fidèles de toutes religions, et dépourvue du chemin de croix et des statues habituels par égard pour les protestants ou les juifs qui auraient pu vouloir s'y rendre prier ou méditer. On ne voudrait pas les déranger avec notre idolâtrie.

Jude a célébré le service calmement, mais j'ai remarqué que ses mains et ses bras tremblaient pendant la consécration.

« Merci pour ça, a-t-il dit.

— Ça m'a fait plaisir. »

Il disposait soigneusement son calice dans une boîte doublée de velours. « C'est à peu près la seule chose que je n'aie pas mise au clou.

— Il a l'air de valoir très cher.

— C'est mon père qui me l'a donné. C'est pour cela que je n'ai pu me résoudre à m'en séparer. Le pauvre vieux capitaine. Ce n'est pas le genre de dépenses qu'il pouvait se permettre.

— Vous étiez proches, votre père et vous.

— Pas vraiment. » Il a fermé l'étui d'un geste sec et s'est retourné vers moi. « Alors, combien de temps avez-vous passé dans la boutique ? a-t-il demandé avec un faible sourire.

— Dans la boutique ?

— Vous savez ce que je veux dire.

— Qu'est-ce qui vous fait dire cela ?

— C'est peut-être juste une supposition. Vous êtes le premier enfant de chœur qui connaît mieux mon rôle que le sien.

— Je ne m'en étais pas rendu compte. » Je sentais mon visage brûler.

« C'était lors de la consécration. Peut-être n'avez-vous pas remarqué. Je me suis interrompu. Vous avez continué. »

J'ai éprouvé un étonnant sentiment de perte. Puis de culpabilité. « Encore un prêtre en déni, ai-je dit. Qu'est-ce que vous dites de ça ?

— Oh, j'ai fait la même chose cent fois. Quand je jouais aux tables, au casino, évidemment je m'habillais et je me comportais en laïc. Je pense que c'était là la moitié de ma dépendance. L'excitation de devenir quelqu'un d'autre. C'est grisant. Nous sommes naturellement acteurs, d'une certaine façon, toujours à jouer un rôle ou un autre. »

†††

Je vois encore l'expression intense sur le visage du médecin. « Ces pulsions suicidaires, en avez-vous déjà discuté avec quelqu'un ?

— Oui. »

Il attendait.

«Des années plus tard. Avec une personne avec qui je m'étais lié d'amitié. Une femme.»

Et puis j'ai demandé à Jacinta sans détour : «Quand reviendras-tu ? J'ai appris que c'est le seul chemin qui mène à la vérité. Une ligne droite. Je veux savoir quand tu reviendras d'Aguilares. Je veux que tu me le dises honnêtement.»

Elle m'a dévisagé un long moment, le regard inquisiteur. «Je vais te le dire honnêtement. Je l'ignore.

— Veux-tu revenir ?

— Je veux être ici plus que tout. Mais il y a d'autres facteurs. Il y a du travail à faire.

— Je ne veux pas qu'il t'arrive quoi que ce soit.»

Elle a souri doucement, a posé la main sur ma joue. «Ils ont envoyé ce pauvre Alfonso *ici* pour qu'il ne lui arrive rien.

— Si tu reviens… je promets que je deviendrai ce qu'il faut que je devienne, peu importe ce que c'est.

— Tu dois devenir l'homme qu'Alfonso a vu en toi. Et, pour l'instant, cet homme est un prêtre.» Elle a mis la main sur mon front pour y lire mes pensées, comme les aveugles lisent le braille. «Tes rêves montent jusqu'au bout de mes doigts. Et je n'en fais pas partie.

— J'ai besoin de toi.»

Elle a secoué la tête.

«J'ai peur.»

Elle a déplacé ses doigts jusqu'à mes lèvres. «Tu as déjà tout ce dont tu as besoin. Il n'y a pas de raison d'avoir peur.» Elle a souri.

«À quoi penses-tu ? ai-je demandé.

— Je pense que nous ne nous reverrons jamais.

— Mais nous allons nous revoir. Je vais m'assurer que tu saches toujours comment me contacter. Je te le promets.

— D'accord, a-t-elle dit. Tu dois rester hors de danger pour tenir cette promesse.»

«Mais vous n'avez jamais essayé de garder contact ?»

Shaw avait pris des notes diligemment, mais à ce moment il se contentait d'écouter en m'observant avec attention.

«Elle m'a donné de ses nouvelles une fois.

— Et après ?

— Rien.

— Et la mort de votre ami… le prêtre… Cette affaire a-t-elle été officiellement élucidée ?

— Oui. »

Il m'a étudié, attendant la suite, puis il a fini par baisser les yeux sur le dossier. « Parlons encore un peu de votre père.

— De mon père ?

— Vous ne voyez pas le lien ?

— Le lien ?

— Votre père et la jeune femme. Le fait que vous êtes prêtre. Ils occupent le même espace dans votre souvenir.

— Le même espace ? Quel espace ?

— Le désespoir neutralisé par l'espérance », a-t-il dit.

Cher Pelirrojo,

J'espère que tu vas bien et que tu ne seras pas étonné d'apprendre que je suis toujours au Salvador. Je suis arrivée ici il y a trois semaines et j'ai l'intention d'y rester. J'écris pour te rassurer… je vais bien, et pour te rappeler ta promesse d'être fort.

† † †

Effie est venue me voir sans s'annoncer lors de ma troisième semaine. J'étais en train de lire dans ma chambre quand on a frappé doucement à la porte.

« Vous avez de la visite. »

Elle voulait faire une promenade, alors je l'ai menée au belvédère où Jude et moi nous asseyions pour contempler l'impénétrable escarpement.

« Mon Dieu, a-t-elle lancé. Ça vaut presque la peine de provoquer une crise pour pouvoir profiter un peu de ça. »

Nous sommes restés assis en silence pendant un moment, puis je lui ai dit ce que je me rappelais des explications de Jude au sujet de l'immense dorsale. Et puis je lui ai un peu parlé de lui.

À brûle-pourpoint, elle a dit : « Je n'arrivais pas à y croire quand j'ai appris que tu étais ici.

— Qui te l'a appris ?

— Sextus.

— Et que t'a-t-il dit exactement ?

— Juste qu'il croyait que tu souffrais d'une sorte de dépression.

— Il peut bien parler.

— Je sais», a-t-elle concédé, avant de retourner à ses réflexions. Puis, de but en blanc : «Quand penses-tu que ç'a commencé ?

— Je ne sais pas. Il y a un psy ici qui pense que nos parents sont à la source.

— Très original.

— Une mère rêvée. Un père tragique. Des archétypes, qu'il dit.

— Je suis déjà allée voir un psy, une fois.

— Je ne savais pas.

— Après avoir quitté Sextus la première fois. Je me suis dit que le moment était venu de chercher de nouvelles réponses.

— De nouvelles réponses ?

— Les vieilles ne faisaient plus mon affaire. Grosso modo, elles commençaient toutes par les trois mêmes mots déprimants : "Pauvre de moi."»

Sans penser, j'ai passé le bras autour de ses épaules et l'ai tirée vers moi. Elle n'a rien dit et nous sommes restés assis comme ça, à regarder le soleil et l'escarpement qui se rapprochaient l'un de l'autre.

«Qu'est-ce que Sextus avait d'autre à dire ?» ai-je demandé après une longue pause.

Elle a poussé un profond soupir. «Si quelqu'un a besoin d'une thérapie, c'est ce pauvre Sextus.»

Après un nouveau silence, j'ai demandé : «Alors, qu'est-ce que tu as raconté à ton psy au sujet de notre père ?

— Je lui ai raconté combien je me sentais coupable. Du mépris que j'avais pour lui.»

Avant de partir, elle a tenu ma main pendant ce qui m'a paru un très long moment. «J'ai compris à la fin quel était le problème de notre père… et je ne parle pas de la guerre. Il avait un problème plus grave que ça.

— Oh ?

— Il se demandait qui il était. Quelque chose d'aussi simple que le fait d'ignorer qui étaient vraiment ses grands-parents. De ne pas savoir qui étaient vraiment son père et sa mère. De connaître le nom, dépourvu de substance ou d'histoire. Abandonné dans le temps. Tu ne crois pas ? »

J'ai ri. « Quand as-tu appris tous ces trucs ?

— J'ai toujours connu les éléments de base, comme toi. Mais je n'ai jamais vraiment assemblé les morceaux du casse-tête avant le jour où j'ai parlé avec la vieille Peggy, à Hawthorne, l'an dernier. Tu te souviens ?

— Je me souviens.

— Savais-tu que la mère de papa avait essayé de le laisser à ses parents, à Hawthorne ?

— Tu me l'as dit. De qui avais-tu parlé ? Hester quelque chose. »

Elle sourit. « Ce doit être difficile d'encaisser ce type de rejet.

— Est-ce que ça explique la colère ?

— En partie, je suppose.

— Et c'est pour ça que tu lui as pardonné ? »

Elle m'a serré la main d'un petit geste vigoureux avant de la lâcher. « Non. Je lui ai pardonné bien avant de savoir ça. »

Danny contemple le plafond, bras croisés. Il a l'air détendu.

« Je suppose que… s'enlever la vie, ça ne viendrait jamais à l'esprit d'un prêtre », dit-il. Et puis il rit de l'absurdité de la chose.

« Je suis sûr que c'est déjà arrivé, fis-je.

— J'en doute.

— Qu'est-ce qui vous rend si sûr ?

— Ça ne pourrait pas arriver. Pas quand le Saint-Esprit veille sur vous.

— C'est là que vous vous trompez », dis-je.

Un samedi matin, au gym, Jude m'a chuchoté, tout excité : « J'ai une permission ! Probablement parce que nous sommes des curés. Ils m'ont donné une permission. Nous pouvons sortir pour l'après-midi. On prendra ma voiture.

— Où allons-nous ? ai-je demandé en sentant se lever en moi une vague d'excitation enfantine.

— Il y a un endroit que je veux te montrer. Sur l'escarpement. Ça s'appelle Rattlesnake Point, pointe aux Crotales.

— Ç'a l'air invitant.

— On s'arrêtera quelque part pour luncher. »

Nous avons roulé en silence vers l'est pendant près d'une heure. Dans le lointain, je pouvais voir une brume rosée flotter au-dessus de la métropole.

«Imagine habiter à Toronto, en dessous de ça, a dit Jude en montrant le brouillard.

— Je suppose qu'on pourrait juste continuer à rouler sans s'arrêter, ai-je répondu.

— On pourrait. Continuer tout droit jusqu'à la côte, hein? Imagine à quoi ça ressemble là-bas en ce moment. Je parie qu'on aurait encore de la neige jusqu'aux genoux. Ça ne me manque pas. Les longs hivers.»

Il s'est engagé dans une route plus petite qui disparaissait sous les arbres, sur le flanc de ce qui semblait une montagne basse.

«On est en train de grimper sur l'escarpement, a annoncé Jude. Il faudrait que tu voies cet endroit par une belle journée d'automne. Les couleurs… c'est comme un incendie partout autour. Mais ça fourmillerait de gens venus admirer le paysage. À ce temps-ci de l'année, il n'y aura pas trop de monde.»

Il n'y avait que quelques personnes ce jour-là, des couples âgés avec des chiens, quelques randonneurs solitaires. Des cordes tendues nouées à des arbres disparaissaient par-dessus le bord d'une haute falaise.

«Des varappeurs, a expliqué Jude. Ils s'exercent ici.» Il a pointé le doigt vers Bronte Creek et décrit les ruines d'un ancien village amérindien qui s'élevait non loin. «Deux bonnes heures de marche, sans lambiner. Nous reviendrons faire le sentier une autre fois.» Deux grands oiseaux planaient dans le ciel bleu pâle. «Des urubus à tête rouge! s'est-il exclamé d'un ton joyeux.

— Ils ressemblent à des faucons ou à des aigles, ai-je dit.

— Non. Ce sont seulement des vautours. Des charognards comme les autres… mais moins joliment nommés.» Il souriait. «Tout est une question de nom, pas vrai? Si on appelait un aigle autrement… ce ne serait plus un aigle, n'est-ce pas?»

Je me suis assis sur une grosse pierre, non loin du précipice.

«Vous savez quel est le secret de l'aigle? a-t-il demandé. Il ne nous laisse jamais le voir en train de se nourrir. On ne le voit que planer. Ou alors perché bien haut, hors d'atteinte. D'un air supérieur. Il est très discret pour tout ce qui a trait aux détails prosaïques, mortels. Comme la prêtrise l'était jadis. Hors d'atteinte. C'est plus facile à mythifier de la sorte, le prêtre aussi bien que l'aigle. »

Nous sommes restés silencieux un moment, à regarder les oiseaux qui planaient.

Jude s'est levé, étiré. « Il faut que j'aille au petit coin. Je sais qu'il y a un parc de stationnement pourvu de toilettes pas loin d'ici.

— Je vais rester une minute », ai-je dit.

Il y a eu un long silence à ce moment-là, troublé uniquement par la brise qui soupirait tranquillement. Au loin, je distinguais une clôture, une vaste prairie à l'avant-plan, des arbres suivant le contour des terres, disparaissant derrière une élévation pour ne laisser que le ciel.

Je me suis demandé si Brendan Bell avait jamais visité cet endroit. J'en doutais. Il ne me semblait pas du genre à pratiquer des activités extérieures. Mais je savais maintenant que le père Roddie avait occupé ce paysage. Orangeville se trouvait quelque part par là. S'était-il émerveillé de cette majesté, et de sa chance ?

J'ai entendu une voix et me suis rendu compte que c'était quelqu'un qui, accroché à une corde, était suspendu en contrebas sur le mur de la falaise. Je me suis levé et j'ai marché jusqu'au bord, essayant de jeter un coup d'œil plus bas, mais n'ai vu que les rochers au relief acéré.

J'ai été parcouru d'un frisson. Puis j'ai entendu la voix de nouveau. On aurait dit qu'elle émanait de la corde. Les mots étaient indistincts. La naissance n'est que le début du voyage. La vie n'est que passage. La mort n'est que la fin du commencement. J'ai senti une vague de peur et de chagrin. Ne pense à rien, semblait dire la voix. Crois en la Résurrection. Suis ta foi. La peur n'est que désir. Le désir d'être véritablement libre. L'éternité t'attend. La liberté éternelle. Il n'y a rien ici. Tu le sais maintenant.

Mais Jacinta ? J'ai promis.

Jacinta était un mensonge, un rêve.

Il n'y a pas d'avenir. L'avenir est une illusion. Il n'y a que le présent.

Je n'avais plus conscience du bord de la falaise, ni des rochers en contrebas, mais uniquement de la douce prairie et du ciel sans fin. Porté par un élan d'extase, je volais déjà. Le temps a fusionné, passé, présent et futur se sont unis, prairie et horizon – un seul continuum. J'étais sur le seuil de l'absolu.

Agis. Ne pense pas. Tu y es presque. J'ai pris une profonde inspiration. Fermé les yeux.

La main de Jude était légère sur mon épaule. «Je ne pourrais jamais faire ça, m'a-t-il confié en regardant devant moi. De l'escalade à même le roc… Il faut avoir envie de se casser le cou. Je dis toujours qu'ils ont le grain de la grimpe.»

Il parlait d'une voix douce, son rire était un grondement bas dans sa gorge, ses doigts se faisaient maintenant plus fermes et s'enfonçaient dans l'étoffe de mon veston, me tiraient en arrière, loin du précipice, vers lui.

«Il faut être prudent près du bord, a-t-il expliqué. Le surplomb est trompeur en certains endroits.»

J'ai tourné la tête en direction de sa voix, et il regardait d'un air rêveur, au-delà, dans le lointain.

Enfin, Danny s'éclaircit la gorge et articula lentement : «Mais vous ne croyez pas… si votre ami n'était pas arrivé?

— Je ne sais pas, avouai-je.

— On ne s'attendrait jamais à ce que quelqu'un dans votre domaine…»

Et je me suis entendu demander : «Quel est mon domaine? Que croyez-vous que devrait être mon domaine?»

Il avait l'air d'un enfant qui essaie de comprendre pourquoi on l'abandonne.

Aussi repris-je : «Danny… Laissez-moi vous dire ce que devrait être un prêtre, à mon avis. Je pense qu'un prêtre devrait, avant tout, être humain.»

Je ne m'étendis pas indûment. J'avais jadis eu un ami au Honduras. Un prêtre exemplaire, peut-être le seul que j'eusse jamais connu. Danny écouta, la mine grave, jusqu'à ce que j'aie fini, puis il resta immobile pendant un long moment.

Autour du silence soufflait le vent. Il toussa brièvement, s'éclaircit la gorge.

«Eh bien, eh bien, fit-il. Quelle histoire.»

L'horloge faisait son tic-tac.

«J'imagine qu'on ne sait jamais vraiment ce que les gens traînent avec eux.» Il secoua sa tête embroussaillée puis se leva.

«Excusez-moi une minute», dit-il, puis il descendit le couloir d'un pas lourd.

En revenant, il demanda : «Alors, qui a tué le pauvre gars, d'après vous ? Le prêtre. Votre ami.

— D'une certaine manière, c'est moi.»

†††

Il y avait près d'une semaine que la dépouille de notre Alfonso et Jacinta étaient partis. Maintenant les policiers étaient de retour. Calero et un homme plus jeune. Ils portaient l'uniforme, et l'un d'eux était muni d'une arme que l'on voit rarement dans les mains des policiers. C'était une mitrailleuse, courte et massive, d'où saillait un chargeur géant. Il gardait le doigt sur la détente par habitude. Le troisième homme était un civil, un Canadien. De l'ambassade, a-t-il dit.

«Nous avons une situation potentiellement embarrassante, a exposé celui-ci.

— Connaissiez-vous bien cette femme, Jacinta ? a demandé Calero.

— Assez bien.

— Savez-vous où elle se trouve maintenant ? »

J'ai haussé les épaules. «Au Salvador, j'imagine. C'est là qu'elle s'en allait.

— Vous savez où ?

— Aguilares, je pense. Ce n'est pas de là qu'était originaire le père Alfonso ?

— Oui. Mais ne venait-elle pas de Chalatenango ? Un village dans les montagnes ?

— Je l'ignore.

— A-t-elle pu se rendre là ?

— Je n'en ai aucune idée, et qu'est-ce que ça peut faire ? Elle n'a rien à voir avec le meurtre d'Alfonso.

— Peut-être, a dit Calero, mais nous aimerions lui parler.»

C'est à ce moment que le Canadien a pris la parole. On n'avait pas encore éclairci avec certitude le motif du meurtre d'Alfonso, a-t-il expliqué. «Les autorités locales ont fait certaines suppositions à l'époque, à cause des relations politiques de votre ami, de quelques-unes de ses activités passées. Le motif semblait évident. Peut-être était-il trop évident. Ils penchent maintenant vers une autre théorie. Des rumeurs, des racontars courent dans le voisinage. Jacinta avait une relation avec un prêtre. Il semblerait que ces rumeurs soient venues aux oreilles de son mari, dont elle était séparée. »

Étais-je au courant du fait que son mari était un officier dans l'armée ? Est-ce que je savais qu'il était major dans la FAES ?

J'avais entendu dire qu'elle avait pu être mariée. Mais je n'en avais jamais discuté avec elle.

« Je ne voudrais pas l'avoir pour ennemi, ce major Cienfuegos », a commenté le plus jeune des policiers.

Et après avoir silencieusement consulté les deux autres d'un regard entendu, Calero a annoncé : « Notre enquête sur la mort tragique de padre Alfonso a connu des développements significatifs.

« Nous avons arrêté un soldat du bataillon de son mari. Il tentait de traverser la frontière non loin de Colomoncagua. Soumis à un interrogatoire, le soldat a suggéré que l'assassinat du prêtre avait davantage à voir avec l'honneur qu'avec la politique. Il avoue avoir commis le meurtre. Mais nous ne sommes pas sûrs de l'identité de celui qu'il voulait tuer. Il faisait noir. Sa mission était de tuer "un rouge" qui était prêtre. Après s'être informé auprès des gens du coin, il a supposé qu'il s'agissait de padre Alfonso, dont l'appui aux communistes est bien connu.

« Mais nous croyons comprendre qu'on vous a surnommé ici padre Pelirrojo… Vos cheveux, j'imagine ?

— C'est comme ça qu'ils m'appellent.

— Il nous faut considérer la possibilité qu'il a peut-être abattu… le mauvais rouge. Pouvez-vous nous être de quelque utilité à cet égard ?

— J'en doute fort, ai-je répondu sèchement.

— Oui, bien sûr, a acquiescé Calero en examinant ses mains.

— Nous vous suggérons de ne pas prendre de risque, est intervenu le diplomate canadien d'un ton aigre. Nous avons mené nos propres enquêtes. Nous avons contacté votre évêque et il est d'accord. La vie et la mort ne tiennent parfois qu'aux perceptions dans ce coin-ci du monde. »

Ils avaient pris des dispositions. Je quitterais le pays le jour même pour rentrer au Canada.

Ils n'avaient rien laissé au hasard. J'ai fait mes bagages en vitesse. Une voiture de l'ambassade attendait à la porte. Nous nous sommes tous serré la main.

Je me rendis compte à la fin de mon récit que Danny s'était penché au-dessus de la table et que sa grande main était posée, légèrement, sur la mienne.

«Pas une saprée chance que ç'ait été de votre faute, dit-il d'un air atterré. Pas une maudite.

— Merci, répondis-je.

— Il faut que vous commenciez à le croire.»

Je hochai la tête.

«Je voudrais bien pouvoir vous offrir un verre, ajouta-t-il.

— Ça va, je comprends.»

Le trente-neuvième jour, Jude et moi avons fait notre dernière promenade ensemble. Assis sur le petit banc baigné de soleil, il m'a demandé de but en blanc si je croyais avoir retiré quelque chose de mon séjour à Braecrest.

«Un bon repos», ai-je répondu. Et je le pense sincèrement aujourd'hui, comme je crois qu'il est important d'être en bonne forme physique. En songeant à Stella, et au tennis qui recommencerait bientôt. En me languissant du rivage. «Avez-vous des amies femmes? ai-je demandé.

— Oooh ho ho. C'est une question piège.

— Désolé, ai-je dit rapidement.

— Ça va. Je n'ai jamais essayé d'avoir des amies femmes. Pas depuis mon ordination. Mais j'ai passé du temps dans des monastères, et à enseigner. J'ai eu quelques collègues professeurs qui étaient des femmes.

— Dans des monastères?

— Je suis augustin. Nous avons une paroisse à Ottawa. Laquelle a été ma perte. Trop de liberté dans une paroisse. Nous étions trop proches du casino.»

Nous avons regardé dans le lointain pendant un moment. Des oiseaux printaniers voletaient parmi les branches couvertes de bourgeons et une brise tiède soufflait. J'ai songé à Creignish et au vent froid du nord-ouest qui déferlait depuis le golfe à ce temps de l'année, assénant de temps en temps une tempête de neige tel un défi aux habitants qui se terraient chez eux. Les pluies encore âpres et glaciales.

«La foi, a-t-il dit. Quelle puissance, quand on y pense. Saint Paul. Saint Augustin. Luther. Pascal. Mon Dieu. Cette idée qu'il nous suffit de croire en l'éternité pour en faire partie – j'arriverais moi-même à y croire si seulement elle ne se soldait pas par la dévaluation de ceci.» Il a étendu les bras comme pour embrasser le vaste spectacle qui se déployait devant nous.

«Paul aux Romains, ai-je soufflé en souriant. Tout est là, j'imagine.»

Il s'est levé brusquement et s'est retourné à demi. «Savez-vous ce que faisait Luther quand il a eu cette idée de la justification par la foi?»

J'ai haussé les épaules.

«Il était en train de chier. Assis à la selle, en train de lire l'épître de Paul aux Romains. Et ça l'a frappé comme la foudre. Comme ça. Une idée qui changerait le monde à jamais.» Il s'est rassis. «Vous ne trouvez pas que c'est absolument parfait?

— Alors, que faites-vous de la foi?

— Regardez-moi ça, a-t-il répondu en montrant l'escarpement. Je sais qu'elle est là. Je la vois. Les jours les plus difficiles? Je pense à l'escarpement, c'est tout. Ou bien je lève les yeux vers l'univers. La plupart du temps, ça suffit. Et puis, bien sûr… je veux plus. Je fonce vers les tables de jeu, en quête de la véritable immortalité.

— Qu'allez-vous faire maintenant?

— Plus de tables de jeu. Plus de pilules.» Il hochait la tête, se convainquant de sa propre certitude. «Fuis dans vos montagnes, comme un oiseau», a-t-il dit.

Je l'ai regardé sans comprendre.

«Le onzième psaume. Je lis les psaumes pour la poésie.» Il a regardé dans le lointain. «"Car voici, les méchants bandent l'arc, ils ajustent leur flèche sur la corde, pour tirer dans l'ombre sur ceux dont le cœur est droit", ou quelque chose comme ça. Je pense prendre cinq semaines et marcher de Queenston à Tobermory. Je pense que je suis capable de le faire, en en profitant pour explorer l'escarpement et la foi en chemin. En évitant les méchants, leurs arcs et leurs flèches.»

Tout à coup, je me suis senti envieux et seul.

«Et vous? m'a-t-il demandé gaiement.

— J'ai l'intention de passer une semaine à Toronto.

— C'est bien.

— J'ai quelques affaires à régler là-bas.

— Et après cela?

— Nous verrons comment ça se passe à Toronto.»

Une mouette solitaire est sortie de nulle part et est passée devant nous en voletant.

«Les premiers jours qu'on passe seul sont les pires, a-t-il déclaré avec un soupir.

— On dirait que vous savez de quoi vous parlez.

— Ah, a-t-il lancé. C'est mon troisième séjour ici.»

«Voici ce que je vais faire, m'annonça Danny après une longue pause. Je vais arrêter de me regarder le nombril et je vais commencer à penser aux autres pour faire changement. Voilà ce que je vais faire.» À ce moment, il avait les mains sur mes épaules, le visage proche, les yeux brillants, les vapeurs d'alcool étaient puissantes. «C'est le temps que je m'y mette. Et vous savez quoi? Je commence avec vous.

— Moi? demandai-je en riant.

— Eh bien… pour commencer, je vais appeler ma femme.

— Où est-elle?

— Chez Stella. Ça fait une semaine qu'elle est là. Elle a dit qu'elle ne pouvait plus supporter de rester ici, à cause de mon comportement.

— Je l'ignorais.

— C'est sans importance. Demain, je vais vous montrer comment piloter le *Jacinta* comme il faut. D'accord? J'ai remarqué qu'on fait des commentaires sur la côte, sur l'habitude que vous avez de heurter des choses. On a la risée facile, dans le coin. On va leur fermer le clapet.» Il se rassit. «Dès demain. Vous allez apprendre à piloter le bateau.

— Peut-être qu'on devrait attendre que le bateau soit à l'eau.»

Il étudia mon visage avec attention. Je souris.

«Bien vu», fit-il.

Tandis que nous marchions pour revenir, Jude a dit: «C'est toujours une erreur que de s'identifier trop étroitement à une institution.

C'est peut-être ce qui a causé notre perte. Nous dissoudre dans l'immensité de notre sainte mère l'Église, oubliant qui nous sommes en tant qu'hommes… notre caractère unique personnel.»

J'ai dû avoir l'air étonné.

«Les institutions sont amorales, a-t-il repris. Nous ne devrions jamais perdre de vue notre individualité. Une fois qu'on perd cela, on perd de vue l'essentiel. Où sont le bien et le mal. J'ai besoin de croire que nous sommes conditionnés à faire le bien, en tant qu'individus. Mais pas en tant qu'institutions. Une institution ne connaît pas la moralité. Ce n'est qu'une chose.»

Je me suis arrêté. «Vous avez déjà mentionné que vous pourriez avoir un numéro de téléphone à Toronto où joindre Brendan Bell.

— Oui. Je l'ai effectivement. Je vais aller vous le chercher. Je sais que vous en userez avec discrétion.

— Certainement.

— Il serait sans doute préférable qu'il ne sache pas que c'est moi qui vous l'ai donné, en supposant qu'il se souvienne de moi.

— Bien sûr. Mais pourquoi cette discrétion?

— Eh bien, a-t-il commencé, en proie à un malaise évident. Il y a quelques années, on m'a approché en rapport avec une affaire plutôt délicate impliquant le jeune Brendan. Je ne voudrais pas trop en dire dans les circonstances. Mais certaines personnes haut placées de chez nous étaient d'avis que ce serait une bonne idée que Brendan aille passer quelque temps à Ottawa. À mon école secondaire là-bas. C'est une école catholique réservée aux garçons. On souhaitait que j'arrange quelque chose pour lui, un poste d'enseignant temporaire. Je devais l'avoir à l'œil, vous voyez.

— Je vois. Vous rappelez-vous quand c'était?

— Oh, mon Dieu. Il y a cinq ou six ans, je dirais. J'ai dû leur répondre que ça ne me semblait pas une bonne idée, que Brendan enseigne dans une école pour garçons. Quoi qu'il en soit, ils m'ont remercié et ont dit qu'ils s'arrangeraient autrement.

— Et savez-vous où ils ont fini par… le mettre?

— Je n'en ai pas la moindre idée.»

Un corbeau a croassé en abandonnant un arbre voisin.

«Pour vous dire vrai, je n'ai pas eu de ses nouvelles depuis. Juste les cancans… qu'il avait quitté la prêtrise, qu'il avait réussi en affaires.

Mais j'ai encore le numéro de téléphone qu'ils m'ont donné à l'époque. Je pense que c'est celui d'un parent à lui.»

Après un nouvel interlude de marche silencieuse, il a ajouté : «Je devrais vous donner mon numéro aussi. Pour que vous puissiez me raconter comment ça s'est passé avec lui.

— Sans faute, ai-je promis. Je vous tiendrai au courant.»

Sachant évidemment fort bien, même à ce moment-là, que je n'en ferais rien.

28

Effie attendait au volant de sa voiture dans l'entrée en demi-cercle devant la réception. Des jardiniers plantaient des annuelles et taillaient dans les arbustes les branches mortes pendant l'hiver. Les résidents se promenaient plus loin sur la pelouse. Plongée dans la lecture d'un livre épais, elle ne m'a pas vu passer la porte d'entrée. J'ai gratté à sa fenêtre et elle m'a souri, puis elle a fait un signe du menton en direction du siège du passager. Une fois que j'ai été installé, elle s'est penchée vers moi et m'a présenté sa joue, que j'ai effleurée. J'ai éprouvé une panique momentanée à être de nouveau en contact avec la réalité de mon histoire.

«Et comment ça s'est passé? a-t-elle demandé avec vivacité.

— C'était une expérience qui valait la peine d'être vécue.

— J'aurais bien voulu être un petit oiseau quand tu t'es répandu en confidences.

— Tes oreilles ont dû tinter», ai-je plaisanté.

Elle a tendu le bras et pris ma main. «Sérieusement, comment te sens-tu?

— Bien. Un peu désorienté. Mais bien.

— J'ai hâte de pouvoir vraiment passer du temps avec toi. Mon Dieu, il y a des années qu'on n'a pas passé de temps ensemble.

— Je ne suis pas sûr que ce soit jamais arrivé.

— J'ai un visiteur, a-t-elle annoncé, mais il part demain.»

Son visiteur était à l'université. Ils seraient tous deux de retour à l'heure du souper, m'a-t-elle dit.

«Quelqu'un de célèbre», ai-je suggéré.

Elle a ri. «Ce n'est que William, d'Hawthorne. Je l'ai fait venir pour une conférence.

— Willie? De quelle sorte de conférence s'agit-il?

— William, a-t-elle corrigé. Et ne sois pas trop prompt à juger. Tu ne connais pas toute l'histoire. Tu ignores quel atout est vraiment notre William.

—Vraiment. Je n'en ai pas la moindre idée.

— Il est une anomalie. Nous avons sans doute côtoyé des dizaines de personnes comme lui quand nous étions enfants. Mais il est l'un des derniers… l'un de ces êtres isolés qui conservent un pan de notre histoire dans son esprit. Intact. Dans son cas, ce sont la vieille poésie et le folklore des pionniers, transmis oralement. Il est assez étonnant.

— De la poésie?

— Je ne m'attends pas à ce que tu comprennes. Mais j'accueille des universitaires d'Irlande et d'Écosse, et certains d'entre eux voulaient l'enregistrer, alors je suis allée le déposer chez eux avant de venir te chercher.

— Et qu'est-ce que Willie Hawthorne pense du fait qu'il est une… anomalie?

— Il adore ça.»

J'ai ri. «Je suppose qu'il a pris mon lit.

— Tu as la chambre d'amis. J'ai installé William au rez-de-chaussée, dans la salle de jeux.»

Ma sœur habite le genre de maison que j'associe à l'autorité. Construite en granit, elle est dotée de coins et de saillies qui la font paraître plus grande qu'elle ne l'est en réalité une fois que vous êtes à l'intérieur. L'entrée est pavée d'un asphalte noir qui semble toujours frais. Les voisins possèdent des garages devant lesquels sont garés des véhicules utilitaires sport massifs et des petites voitures solides ayant des chiffres pour noms. Même si l'on n'était qu'en mai, les érables, les chênes et quelques ormes verdoyaient déjà en leur feuillage estival. Les pelouses avaient été tondues. C'est une rue où il est difficile d'imaginer la misère.

La chambre d'amis était peu meublée et bien nette, avec une commode et une bibliothèque pleine de vieux livres de poche et d'anciens manuels scolaires. Des gravures impressionnistes embrouillées sur les murs. J'ai remarqué un crucifix au-dessus du lit et je me suis rendu compte qu'il y avait des semaines que je n'avais pas eu envie de prier. Je me suis assis au bord du lit et j'ai glissé la main dans la poche de ma veste, où j'ai trouvé les grains ronds et réconfortants. On est vendredi, ai-je songé. Les mystères douloureux. J'ai laissé mes yeux errer sur les rayons de livres. Rien ne m'intéressait. Je me suis appuyé sur le lit moelleux, coincé encore une fois entre vérité et compréhension, en me rappelant le sanctuaire de la foi. Puis je me suis redressé, tout à coup mal à l'aise. J'ai regardé de l'autre côté de la chambre, où je m'attendais presque à voir le lit bien fait de Jude, et j'ai ressenti un étrange pincement d'angoisse.

Debout à la fenêtre, j'espérais découvrir quelque chose de plus vaste et de plus rassurant qu'un quartier urbain, fût-il bâti de granit, de brique et de calcaire. De l'autre côté de la rue, une jolie adolescente fronçait les sourcils en parlant dans un téléphone sans fil, assise sur le seuil de sa maison, un bras entourant ses genoux. Une grosse branche d'arbre tremblait devant moi, juste devant la fenêtre, dissimulant ma présence. J'ai étudié la jeune fille, son visage d'enfant tordu par des angoisses d'adulte. *Est-ce qu'on me remarque? Est-ce qu'on m'aime? Est-ce que j'ai de l'importance? Est-ce que je suis en sécurité?*

Elle était habillée de façon qu'on la remarque, portait un petit pull serré qui s'arrêtait juste au-dessus du nombril. Sa pose, les coudes perchés sur les genoux, faisait qu'un bourrelet de graisse de bébé débordait de ses jeans à taille basse. La porte derrière elle s'est ouverte lentement. Un garçon en a émergé, est resté debout derrière elle puis lui a tiré les cheveux. Elle l'a chassé de sa main libre sans même tourner la tête. Il a ri, a fait un petit bond pour qu'elle ne puisse l'atteindre avant de rentrer dans la maison.

J'ai songé à Bell. Dans un moment identique à celui-ci, il vaque à ses occupations quelque part.

Je suis descendu au rez-de-chaussée, où j'ai trouvé un annuaire du téléphone. Il devait y avoir une centaine de B. Bell. J'ai comparé chaque numéro avec celui que m'avait donné Jude. Pas un ne coïncidait. J'ai composé quand même.

La sonnerie a retenti six fois avant qu'on décroche. Un homme a répondu d'une voix hésitante. J'ai demandé si Brendan Bell était là.

«Non. C'est de la part de qui?

— Un vieil ami, ai-je dit.

— Eh bien, il n'est pas ici.

— Est-ce que vous l'attendez?

— Non », a-t-il répondu. Puis, avec un soupçon d'hostilité : « Brendan n'habite plus ici.

— Oh. Je suis désolé de vous déranger.

— Si vous êtes un ami, vous devez être au courant... il est marié maintenant...

— Oui, je suis au courant. Est-ce que vous sauriez...

— Je ne peux pas vous aider », a-t-il déclaré. Et puis il a raccroché.

J'étais debout, le combiné silencieux à la main, quand Cassie est arrivée. J'ai failli ne pas la reconnaître. Chaque fois que je l'ai vue, de loin en loin, j'ai été étonné de constater qu'elle – qui est, après ma sœur, ma parente la plus proche – est quasiment une étrangère. C'est une femme maintenant, aux cheveux noirs et aux yeux noirs hérités de ses ancêtres Gillis.

« Eh bien, regardez donc qui est là », a-t-elle lancé en se débarrassant de son sac à main, de sa veste et de son journal et en se glissant vers moi.

Cassie travaille comme journaliste.

« Tu as une mine superbe, a-t-elle dit. Tout mince, tout beau, l'œil clair. Quel gaspillage. » Elle a ri du même rire que sa mère. « Je connais une demi-douzaine de femmes qui essaieraient de te croquer tout rond. »

J'ai senti le rouge me monter aux joues.

« Et comment c'était, l'asile? »

Tandis qu'elle m'assénait sans ménagement une série de questions, j'ai senti la morosité se dissiper. « Des vacances pour pas cher, ai-je répliqué. Je le recommande chaudement. Je me suis mis à la marche en forêt.

— Le golf peut-il être loin derrière? De toute façon, j'espère que tu vas passer un peu de temps avec nous.

— Quelques jours. Le temps de me réajuster.

— Il va falloir que je t'emmène sortir en ville.

— Je dois m'occuper d'une petite affaire. Il faut que je retrouve quelqu'un pendant que je suis ici.

— Oh. Quelqu'un qu'on connaît?

— J'en doute. Juste une connaissance.

— Si je peux faire quoi que ce soit pour t'aider. »

Je me suis souvenu à ce moment qu'on avait mentionné son nom aux nouvelles. « Peut-être. »

Effie et Willie sont arrivés peu après, discutant bruyamment en gaélique en entrant. Cassie et moi étions dans la cuisine.

Effie est allée droit vers l'armoire où elle rangeait l'alcool. Cassie a quitté la pièce.

Willie s'est tu quand nous nous sommes retrouvés seuls, évitant de croiser mon regard. Je lui ai demandé, dans mon gaélique maladroit et à demi oublié, comment il trouvait la ville. *Ciamar a chordadh am baile mor*… Effie lui a tendu un verre au fond duquel un liquide ambré formait une petite flaque.

« Eh bien, a répondu Willie en anglais d'une voix douce. C'est un endroit très animé, pas de doute.

— C'est un grand voyage pour une première fois », ai-je fait remarquer.

Il a rougi. Pris une petite gorgée à son verre. « Je n'ai pas l'habitude, a-t-il dit d'un air coupable. Juste de temps en temps. Quand il y a des occasions spéciales.

— Je comprends. Toute chose en modération, pas vrai ?

— Je suppose.

— Alors, que pensez-vous de Toronto ?

— Ce sera bien de revenir chez moi.

— Et comment va tante Peggy ?

— Bien. Bien. Elle est avec Stella.

— Stella, ai-je répété, étonné par la réaction qu'avait suscitée son prénom, une brusque envie de rentrer à la maison.

— C'est vrai. Vous connaissez Stella.

— Oui. »

Effie m'a tendu un verre de jus d'orange.

Le souper s'est déroulé tranquillement. Après, Cassie a emmené Willie au cinéma. « Nous allons voir *Braveheart*, a-t-elle annoncé.

— C'est à prendre avec un grain de sel », a prévenu Effie.

« Qu'est-ce qui t'a fait te décider, pour Braecrest ? a-t-elle demandé après leur départ. Tu n'as jamais été un buveur.

— Peut-être que tu ne me connais pas aussi bien que tu le penses »,
ai-je rétorqué.

Elle m'a dévisagé, l'air interrogateur, alors j'ai changé le sujet.
« Willie a l'air de bien s'acclimater à la ville.

— Il est adorable.

— Quel âge a-t-il, au juste ?

— Il n'est pas beaucoup plus vieux que nous. Mais il a grandi dans
une sorte de bulle. Un peu comme nous. » Elle a souri. « Ce n'était pas
tout à fait… normal, pas vrai ? La manière dont nous vivions.

— Qu'est-ce qui est normal ? Qui savait ce qu'était la normalité, à
l'époque ? Avant la télé ?

— C'est vrai, a-t-elle dit.

— *Normal*. Quel mot. » J'avais envie d'un verre.

« Penses-tu souvent à eux ? a-t-elle demandé tout à coup.

— À qui ?

— À notre papa. À Sandy. À ce pauvre Jack.

— C'est bizarre, que tu l'appelles "notre papa". Quand est-ce que
tu as commencé ?

— Mais est-ce que ce n'est pas… normal ? D'appeler son père
"mon papa" ?

— Quand on a neuf ans. »

Elle s'est détournée et le silence est tombé comme il le fait toujours.
Après environ une minute, elle s'est lentement rendue à l'armoire et a
de nouveau versé de l'alcool dans son verre.

« Ça explique peut-être ta fascination pour Willie », ai-je dit.

Elle a froncé les sourcils.

« Il te rappelle… "ton papa".

— Pour l'amour de Dieu.

— Penses-y. »

Elle m'a regardé pendant un moment, verre à la main, les yeux
inquisiteurs. « Jésus-Christ, a-t-elle fini par dire. J'espère que ce n'est
pas ce que Braecrest fait aux gens.

— J'ai l'impression qu'il ne m'aime pas », ai-je répondu.

Elle a ri. « Écoutez-le !

— Je le trouve bizarroïde.

— Je vais me coucher », a-t-elle annoncé.

Samedi matin, Willie était parti avant que je me lève. Effie l'a conduit à l'aéroport. Quand elle est revenue, elle m'a dit qu'il était déçu de n'avoir pas passé plus de temps avec moi, mais qu'il lui démangeait de rentrer chez lui. J'ai répondu que j'étais navré de l'avoir raté ; il y avait certaines choses dont nous aurions pu parler.

« Oh, a-t-elle soupiré, soulagée.

— Le jeune MacKay. Danny. Tu te rappelles, à Noël, il y a deux ans. Willie devait l'avoir bien connu. Ils étaient parents. »

Elle a froncé les sourcils. « Je pense avoir entendu parler de quelque chose. N'est-il pas mort ?

— Oui. L'automne dernier. Il s'est suicidé.

— Oh ? C'est horrible.

— La dernière fois que j'ai vu ton William, en fait, c'était aux funérailles. Il était là avec sa mère. La vieille dame à qui tu as parlé, Peggy.

— Il n'en a jamais fait mention tout le temps qu'il est resté ici. »

† † †

Le samedi après-midi, j'ai entrepris de téléphoner à tous les B. Bell de l'annuaire. Rendu au sixième, j'ai constaté que c'était une tâche impossible. Trois d'entre eux étaient des femmes. L'un avait l'air trop jeune sur le message désinvolte de son répondeur. Les deux derniers assuraient n'avoir aucun lien avec Terre-Neuve.

Ce soir-là, Effie nous a emmenés souper au centre-ville, Cassie et moi, dans un restaurant bruyant à l'éclairage tamisé. Nous avons bavardé de choses et d'autres. Surtout du travail de Cassie.

« Au fait, a annoncé celle-ci, quelqu'un va te téléphoner. »

Effie était surprise. Me téléphoner à quel sujet ?

« Rien d'important, ai-je dit. Une personne que je cherchais à retrouver pendant que j'étais ici. Cassie m'a donné un coup de main.

— Oh. Quelqu'un que je connais ?

— J'en doute.

— Tu m'intrigues.

— Juste un ancien prêtre.

— Aha. »

Le souper était agréable et les lumières de la ville avaient quelque chose de grisant, mais j'étais incapable de goûter la plus grande partie de cette excitation. Une épaisse couche d'effroi m'isolait du plaisir.

Nous avons assisté à la messe ensemble dimanche, dans une vaste église aux airs de cathédrale dotée d'une chorale enthousiaste, et où quatre enfants de chœur assistaient les deux prêtres. Lors de grandes occasions, c'est comme ça qu'on faisait les choses à l'université. Et les jours saints dans les paroisses plus importantes. Théâtral, ai-je songé.

«Comment est-ce qu'on fait pour vivre ici?» ai-je demandé à Effie après le service.

Elle s'est contentée de rire.

«J'ai hâte de rentrer, ai-je dit. Je pense que je sais comment Willie se sentait.»

† † †

Au milieu de la matinée de lundi, j'ai répondu au téléphone et un homme m'a demandé si j'étais le père MacAskill. J'ai confirmé, et il a expliqué qu'il avait entendu dire que je cherchais des informations sur Brendan Bell. Il a dit qu'il était chroniqueur financier, collègue de Cassie. Je lui ai raconté que j'avais déjà eu affaire à Bell, mais que j'avais perdu contact avec lui.

«Vous n'êtes pas le seul.» Il m'a confié que Bell passait ses hivers à l'extérieur du pays. Il possédait une maison dans les Caraïbes, où il brassait aussi pas mal d'affaires ces jours-ci.

Les Caraïbes?

«Vous êtes l'oncle de Cassie?

— Oui.

— Parce que vous êtes l'oncle de Cassie, je vais vous donner un nom et un numéro. Mais ne dites pas d'où vous les tenez, d'accord?

— Très bien.

— Je serais intéressé par tout ce que vous pourrez apprendre. Appelez à ce numéro et demandez Eddie Sudac. Il est l'un des plus haut placés de la HREU.

— De la quoi?

— La HREU. C'est un syndicat.

— Un syndicat?

— Des gens qui travaillent dans les hôtels et les restaurants. Sudac vous expliquera.» Il m'a ensuite donné un numéro de téléphone à Toronto.

Eddie Sudac avait un visage amical et une poignée de main ferme. Nous nous sommes retrouvés dans un bar sportif de Front Street, juste à l'ouest d'Union Station.

«Je suis moi-même catholique, m'a-t-il expliqué. De descendance croate. Mais il y a un moment que je n'ai pas rempli mes obligations.»

J'ai haussé les épaules et lui ai rendu son sourire. Il a commandé une bière, j'ai demandé un Coke.

«Il faut que je vous dise que c'est à cause de types comme Brendan que des tas de catholiques dans mon genre délaissent l'Église. Voilà un gars qui vous oblige à vous poser des questions. Comment l'avez-vous connu?»

Quand il était actif dans la prêtrise, ai-je répondu, je l'avais brièvement côtoyé. Nos relations étaient du domaine religieux. Je souhaitais tirer deux ou trois choses au clair.

Il a fait une mine expressive. «Je comprends parfaitement ce que vous voulez dire.

— On m'a dit que vous saviez où le trouver?

— Oh, oui. J'en aurais long à dire sur Brendan.»

Nous avons parlé pendant une heure. J'ai quitté le bar en proie à une confusion totale, essayant de me rappeler une foule de détails relatifs à des politiciens et à des syndicats, à de l'argent des syndicats et à des hôtels, à des querelles de juridiction, à des rafles, des poursuites judiciaires, de l'intimidation, des accusations de détournement de fonds et de blanchiment d'argent. D'une manière ou d'une autre, Brendan Bell était au milieu de tout ça. Et cela remontait à une affaire louche à Terre-Neuve du temps où il était prêtre.

«Il était l'un des escrocs, apparemment, suggéra Eddie d'une voix tranquille. Du moins, si j'en crois certaines de nos connaissances de Terre-Neuve.»

Je lui ai dit que je n'étais pas libre de discuter de ce que je savais et que j'étais sûr qu'il comprendrait.

Il comprenait tout à fait, a-t-il assuré.

Selon lui, Bell était lié à des gens importants à Terre-Neuve, et ceux-ci l'avaient aidé à disparaître quand il s'était mis dans le pétrin.

S'ils l'avaient aidé, c'est qu'il était en mesure d'incriminer certains d'entre eux, syndicalistes et politiciens trempant dans leurs propres magouilles.

« C'est assez dégueulasse quand on connaît toute l'affaire. » Il avait l'air un peu dégoûté. Je lui ai signifié que je n'avais pas besoin des détails scabreux.

Il a expliqué que, lorsqu'il avait décidé de quitter la prêtrise, Bell n'avait eu qu'à contacter certains de ses anciens acolytes qui étaient devenus de grosses légumes en politique et dans l'establishment syndical international. Ils contrôlaient des millions en fonds de pension et, du jour au lendemain, Bell s'était transformé en « homme d'affaires ».

« Ça doit être chouette, hein ? Avoir une telle influence ? » Il a failli cracher. « Un homme de paille, ce serait un terme plus juste, pour une – pardonnez-moi – foutue gang de bandits et d'hypocrites. Ils prennent l'argent des syndicats pour acheter des hôtels. Et puis ils concoctent aussitôt des moyens de remplacer notre syndicat par un tas de femmelettes qui ne sont rien d'autre qu'une façade pour des briseurs de grève. Tout à coup les hôtels deviennent profitables, aux dépens de vous savez qui.

— J'ai cru comprendre qu'il vivait quelque part dans les Caraïbes, ai-je fini par dire.

— Pendant l'hiver. Il réapparaît quand le temps se réchauffe. »

Et il m'a appris que Bell possédait un condominium à deux pâtés de maison de l'endroit où nous étions assis. Cette proximité inattendue avec Bell était troublante. Qu'est-ce que j'étais en train de faire ?

L'arrière de la maison d'Effie donne sur un ravin, aussi me suis-je enfoncé dans une sorte de jungle urbaine afin de réfléchir à la suite des événements. Il avait plu la veille et un brouillard menaçant flottait près du sol humide. Je dois savoir et n'ose pas savoir. La voix chuchotant dans le confessionnal revient. Une voix qui n'est pas familière, une voix déformée par l'indignation, la haine ou les deux. Absolument certaine dans sa condamnation. *Demandez à ce Brenton Bell.* Je dois arracher à Bell l'aveu de sa culpabilité. Je dois l'entendre reconnaître sa responsabilité comme je reconnais la mienne. Les MacKay doivent nous entendre tous les deux. Nous irons ensemble, dans une contrition commune. Je suis aussi mauvais que lui. Nous supplierons qu'on nous accorde l'absolution.

Je revois le visage souriant et les manières détendues de Bell. Un homme que rien ne trouble. Et je me souviens de tous les hommes troublés que j'ai connus, des hommes lentement broyés par le fardeau de leurs obligations ou de leur culpabilité.

Comme d'habitude, Effie comprend tout et rien à la fois. «Tu as fait une petite dépression. Tu étais dû depuis longtemps.»

Vraiment.

«Il te faut quelqu'un, a-t-elle dit. Tu as passé trop de temps seul. Qu'est-ce que Stella pense de tout ça?»

J'ai soudain senti une vague de lassitude proche de l'irritation. Assez. «Et toi? ai-je demandé.

— Quoi, moi?

— Tu ne l'as jamais appelé "mon papa", même quand tu étais petite. Tu as même refusé d'aller à ses funérailles.

— Oh, ça», a-t-elle soufflé, puis elle a poussé un soupir. Son froncement de sourcils a cédé la place à un sourire. Elle s'est levée, est allée jusqu'au comptoir de cuisine, où elle est restée debout. «Les gens agissent mal pour des raisons complexes. Mais personne n'est essentiellement mauvais. Pas vrai? Le mal est rare. Il nous faut croire cela, sans quoi la mémoire devient un bassin empoisonné.

— Peut-être que c'est toi qui aurais dû être prêtre.»

Elle a ri et levé les mains dans les airs.

«C'est pas demain la veille.»

La voix de la femme était agréable quand elle m'a donné le numéro de l'appartement et indiqué de tourner à gauche en sortant de l'ascenseur. Elle connaissait mon nom, a-t-elle dit. Brendan avait déjà parlé de moi. Il n'était pas là, mais elle m'a invité à monter quand même.

Elle attendait dans le couloir, souriant chaleureusement. Elle avait des cheveux d'un brun riche et des yeux gris sérieux, une silhouette mince. Elle m'a prié d'entrer, de m'asseoir. M'a offert un café.

Elle ressemble à un joli garçon, ai-je songé.

Je lui ai expliqué que j'étais de passage en ville, que j'avais vu Brendan brièvement l'été dernier et que j'avais décidé de prendre de ses nouvelles.

«Je vous attendais, a-t-elle répondu.

— Oh?

— Un de ses amis a laissé un message sur le répondeur. Un ancien colocataire. Il a dit que quelqu'un qu'il avait connu dans le passé essayait d'entrer en contact avec lui. Je suis soulagée que ce soit vous. Brendan m'a beaucoup parlé de vous.

— Eh bien, ai-je fait pour dissimuler ma surprise.

— J'ai cru comprendre que vous l'aviez aidé à traverser une période difficile, autrefois.

— Je n'ai pas fait grand-chose.

— Il aime beaucoup l'île du Cap-Breton. Il parle même d'y acheter une propriété. Peut-être une maison d'été. Il adore les gens, la culture, la musique, surtout. Je n'y suis jamais allée, mais ç'a l'air magnifique, à l'entendre parler.»

Je lui ai répondu par quelques banalités sur le fait que la familiarité avec un lieu en masque les qualités.

«Eh bien, Brendan garde tout un souvenir du temps qu'il a passé là-bas. Il est au Cap-Breton aujourd'hui même, d'ailleurs.

— Oh?

— Oui. Il a pris l'avion il y a deux jours, en disant qu'il lui restait des affaires à boucler là-bas.»

Elle n'avait aucune idée de ce qu'il entendait par «affaires à boucler». Mais il est vrai qu'une grande partie des activités que menait Brendan en tant qu'homme d'affaires lui étaient un mystère.

La cuisine d'Effie est blanche, moderne et suffisamment vaste pour accueillir une table paysanne de bonne dimension. Le dernier soir, elle s'activait à la cuisinière tandis que Cassie et moi étions assis à discuter. Une sorte de cuiseur à riz fumait sur le comptoir et une cocotte exhalait de riches effluves dans le four. Par la grande porte-fenêtre, je pouvais voir le jardin verdoyant.

Effie a demandé si elle pouvait ouvrir une bouteille de vin et j'ai dit que ça ne me gênait pas. Elle a sorti une bouteille de l'armoire. «Allons, a-t-elle proposé. Juste un verre. Vis dangereusement. On ne mangera pas avant une demi-heure.»

J'ai secoué la tête. Pas maintenant. Pas encore.

Cassie m'a demandé de faire quelques pas avec elle dans le jardin. Elle me tenait par la main.

Dehors, elle a lancé: «J'espère que j'ai pu t'être utile.

— Tu l'as été. J'ai trouvé mon homme.

— Ah. Super. Et comment ça s'est passé ?

— Il est à l'extérieur de la ville, ai-je répondu en riant. Mais maintenant que je sais… je me reprendrai une autre fois. »

À ce moment-là, elle s'est tournée pour me faire face. « Dis-moi ce que tu penses de ce William.

— Je ne comprends pas ce que tu veux dire.

— Il ne te donne pas la chair de poule ?

— Ça dépend.

— Je jurerais qu'il rôdait près de la porte de ma chambre le dernier soir qu'il a passé ici.

— J'espère que tu te trompes.

— Je ne crois pas. Le soir où nous sommes allés au cinéma, il ne semblait pas le moins du monde intéressé. Et après, il y avait quelque chose de bizarre. Les sujets qu'il essayait d'aborder… Je ne sais pas, mais j'étais impatiente qu'il reprenne l'avion. »

Nous avons marché encore un peu en silence.

« Je veux te demander quelque chose.

— Bien sûr.

— Ça me dérange de ne rien savoir de notre côté de la famille, les MacAskill. Ça semble être un tel trou noir. Votre mère, votre père. On dirait qu'il y a tellement de mystère.

— Il n'y a pas de grand mystère. Notre mère était une femme de soldat qui est morte quand ta mère n'avait que quatre ou cinq ans. Nous l'avons à peine connue. Notre père était… un homme très abîmé par la vie. C'était compliqué.

— C'est ce que je veux savoir. Abîmé comment ? »

J'ai ri. Comment cela se mesure-t-il ?

« Allons, a-t-elle dit d'un ton impatient. Tu sais de quoi je veux parler.

— Je l'ignore, vraiment.

— Est-ce que maman a été agressée ? »

Je pense que je me suis contenté de la regarder.

« Je veux savoir, a-t-elle insisté. Ça expliquerait des choses. »

J'ai senti un soudain élan d'impatience. Ça expliquerait des choses ?

« Pendant la plus grande partie de ma vie, nous avons été toutes seules, maman et moi. Petite, je me suis souvent demandé… Elle n'est pas comme les autres mères. Et elle dit des trucs sur sa propre enfance. Et sur le fait que son père était brisé, et qu'il n'y avait pas de femme dans la maison. C'est difficile de ne pas se poser la question.

— Parfois, il n'y a pas d'explication simple à ce que nous sommes, ai-je énoncé. Parfois, nous sommes, c'est tout. Des produits d'un million de petits éléments.

— Tu ne me réponds pas, a-t-elle maugréé en s'éloignant de moi et en croisant les bras.

— Très bien. Pose-moi une question simple et je vais te donner une réponse simple.

— Est-ce que le père de maman l'a agressée sexuellement?

— Non.»

Elle avait le visage assombri par les questions toujours en suspens, mais s'est contentée de dire: «D'accord.» Puis: «Merci.»

Une fois le souper terminé, la vaisselle lavée et Cassie installée à son ordinateur, j'ai demandé à Effie ce qui l'avait attirée chez Sextus, des années plus tôt, quand elle était encore mariée à John.

Elle a soupiré en examinant sa tasse de thé vide. «C'était le seul être que je connaissais qui était content d'être exactement ce qu'il était.

— Le seul? Vraiment?

— Le seul, a-t-elle répété.

— Alors pourquoi est-ce que tu ne te cases pas pour de bon avec M. Content-d'être-ce-qu'il-est?

— Parce que vient un moment où je suis incapable de supporter celui-qu'il-est-content-d'être.

— Ce n'est pas l'impression que tu donnais l'été dernier.

— Eh bien, quand on arrive à mon âge, un tiens vaut mieux que deux tu l'auras… *et cetera*.

— Il y a pourtant bon nombre de "tu l'auras" parmi lesquels choisir.

— Mais certains sont plus rigolos que d'autres.»

À l'aéroport, Effie a fait remarquer que mon séjour avait été particulier et, d'une certaine façon, enrichissant. Elle me tenait à nouveau la main. Peut-être est-ce un deuxième commencement, a-t-elle dit. Le début de la plus belle partie de nos vies. Elle a assuré qu'elle se ferait un point d'honneur de me voir plus souvent, et qu'elle voulait que Cassie apprenne à mieux me connaître maintenant que les choses semblaient se placer pour nous tous.

« C'était bizarre de parler de notre père, a-t-elle ajouté.

— Il y a bien longtemps, je pensais que tu le détestais.

— Il y a bien longtemps, a-t-elle répondu, je le détestais sans doute.

— Cassie m'a demandé hier soir si tu avais été agressée sexuellement.

— Wow.

— Elle m'a posé la question de but en blanc.

— Et que lui as-tu répondu?

— Je lui ai répondu que non.

— Merci. » Elle a regardé droit devant pendant un moment. « Tu as dit que tu n'avais pas d'affection pour lui... jadis.

— Peut-être.

— Est-ce que c'était à cause de moi?

— Oui. Non. Je ne sais pas.

— Tu peux faire mieux que ça.

— Je l'ai déjà frappé. Et il est tombé. Il m'a laissé avec une grande culpabilité, et je l'ai entièrement retournée contre lui. Est-ce que tu comprends?

— Pas vraiment.

— J'ai eu le dessus sur lui, révélant du coup mon impuissance fondamentale. C'est le mieux que je puisse faire pour expliquer.

— Tu as eu le dessus sur pas mal de monde dans le temps, *a ghraidh*. La plupart du temps à cause de moi.

— Jamais après ce jour-là.

— Je suis heureuse de l'apprendre. Ç'aura eu quelque chose de bon. »

Les mots me manquaient. J'ai regardé la foule de gens sortant leurs sacs et leurs valises de taxis, de voitures et d'autobus, tout à coup conscient de tous les gestes intimes accompagnant la séparation. Légers baisers, mains serrées. Un homme à la barbe longue et un adolescent élancé parlaient à voix basse. Puis ils se sont serrés dans leurs bras. Le garçon a rapidement embrassé l'homme sur la joue puis il s'est retourné et s'est dirigé vers les portes automatiques. L'homme est resté debout un moment, l'air ébahi. Un agent de sécurité tenant à la main un épais calepin de billets d'infraction s'est approché de lui. Ils ont échangé quelques paroles.

J'ai ouvert la portière de l'auto et je suis sorti. J'ai extirpé ma valise posée sur la banquette arrière. L'agent s'est dirigé vers nous.

«Cet été, a dit Effie, on reprendra les choses où on les a laissées.»

J'ai hoché la tête même si je savais que nous n'en ferions rien. Le trajet menant à la compréhension est terminé, imparfaitement, comme toujours. Mais achevé.

D'un geste impatient, l'agent lui a ordonné de partir. Elle l'a ignoré.

«Je vais bientôt avoir cinquante ans, a-t-elle lancé. J'aurai besoin de conseils.» Elle m'a tendu une grande bouteille d'eau minérale. «Tiens. Pour la route.

— Qu'est-ce que je dis à Sextus?

— Dis-lui que je vais être quinquagénaire. Vois comment il réagit. Tu me diras s'il s'étouffe.» Elle a souri. Elle aurait pu passer pour une femme de trente ans.

J'ai attendu qu'elle en dise plus, mais elle a ri, m'a soufflé un baiser, et la voiture s'est ébranlée.

Je l'ai regardée partir. J'étais inquiet en entrant dans l'aéroport. Je rentrais à la maison seul encore une fois.

29

Bobby O'Brian est venu me chercher à Halifax. Le printemps était plus tardif ici, comme à l'habitude, des ciels gris moroses pesaient sur la terre noircie. Les gens à l'aéroport de Toronto portaient des chemises à manches courtes ; à Halifax, l'air était vif et piquant. Bob disait qu'il y avait eu de la neige à Creignish deux matins plus tôt. Nous avons roulé en silence pendant la plus grande partie du trajet. Les gens se sont ennuyés de toi, a-t-il dit à un moment.

Passé New Glasgow, à travers les arbres nus, je pouvais voir le détroit de Northumberland. La maison où je vivais était de l'autre côté de l'eau. J'ai éprouvé un trouble, à contempler la réalité devant moi. Fins et commencements. Bell est là, quelque part, selon sa femme.

À Antigonish, j'ai demandé si nous pouvions nous arrêter un moment à la chancellerie.

L'évêque a jeté ses bras autour de moi, appelant les gens dans le bureau afin qu'ils viennent me saluer. Vous ne croirez pas qui est là.

Même la secrétaire, Rita, semblait étonnée de le voir manifester tant d'enthousiasme.

Quand nous nous sommes retrouvés seuls, je lui ai demandé sans détour : « Et l'article de MacLeod ?

— Ha. Ils ont reculé. Pas un mot.

— Pourquoi ? Quelle est votre théorie ?

— Ce n'est pas une théorie, a-t-il reniflé. C'est un fait. Ils n'avaient pas la moindre preuve. Bien sûr, tu as appris la triste nouvelle.

— La triste nouvelle ?

— Le père Roddie.

— Qu'est-ce qui lui est arrivé ?

— Il est mort, Dieu ait son âme. Tu n'étais pas au courant ?

— Il n'y avait pas beaucoup de nouvelles de l'extérieur là où j'étais.

— Il me semblait que je te l'avais écrit. C'est arrivé subitement. Il y a trois semaines. Le stress, j'imagine. Que Dieu leur pardonne. »

J'ai étudié son visage, et sa perplexité semblait sincère.

« Quoi qu'il en soit, ç'a été l'événement décisif. Qui voudrait salir un mort, hein ? Surtout quand la preuve était mensongère. »

Je hochais la tête, incapable de calmer le malaise qui se levait en moi.

« Peu importe, a-t-il conclu en me tapant l'épaule, je suis content de te voir. Tu as rajeuni. Maintenant, allons, au boulot. »

Bobby a dit qu'il avait eu des nouvelles du jeune en Corée. L'endroit lui plaisait, mais il n'arrivait pas à se guérir du mal du pays. Il songeait peut-être s'essayer de nouveau à la prêtrise.

J'ai dit que je n'étais pas étonné.

Nous avons traversé la digue. Après avoir essuyé les assauts de plus de quarante hivers, elle semblait avoir toujours été là. Aussi naturelle dans le paysage que Cape Porcupine et les collines de Creignish. Est-ce là ce qui arrive ? Le temps et l'hiver travaillent de concert à créer l'uniformité, à ramener les choses à leurs justes proportions ?

« Je suis heureux de l'apprendre, ai-je ajouté. Je n'ai jamais douté de sa vocation. »

Bob regardait droit devant. « Je pense souvent à ce pauvre gamin MacKay. On ne peut jamais savoir. »

Une fois que nous fûmes arrivés à Creignish, il a insisté pour que je mange avec lui et sa femme, et je me suis efforcé de me montrer sociable. Je pouvais voir, de l'autre côté du champ, qu'il y avait de la lumière dans la dernière maison de la route de la montagne.

« Peut-être une couple de parties de cartes avant que vous partiez, suggéra Bobby.

— Non, je ferais mieux de rentrer. Je ne sais jamais ce qui m'attend là-bas. »

Il y avait un mot punaisé à ma porte : *J'ai entendu dire que tu essayais de me joindre. Je vais téléphoner. Brendan B.*

La maison avait été nettoyée. Il y avait des provisions et du lait frais au réfrigérateur. Manifestement, on avait organisé une corvée. Des fleurs fraîches avaient été disposées dans un vase que je n'avais jamais vu, au centre de la table de cuisine. J'ai reconnu des roses. Quelque chose de jaune. Des fougères vertes. Une petite carte disait : *Bon retour*. Elle était signée, simplement : *S*.

J'ai entendu des confessions le samedi et prononcé la messe le dimanche. On ne tarissait pas d'éloge sur mon apparence, et on avait raison, si j'en crois mon miroir. J'ai parlé du printemps qui se faisait attendre, dit qu'il ne fallait pas se laisser leurrer par son apparente indifférence. J'ai formulé de prudentes allusions à ma propre condition et remarqué un nombre inhabituel de sourires. Après, je suis resté assis dans la maison vide en me demandant que faire du reste de la journée. Étudiant de vieilles photographies, j'ai remarqué que, maintenant que j'avais perdu du poids, j'avais recommencé à ressembler à mon père mort depuis longtemps. L'angoisse a refait surface. Debout devant la rangée de journaux, j'en ai sorti un. J'ai tenté de lire, mais j'ai surtout dormi.

J'étais rentré depuis une semaine, et Stella se tenait dans l'embrasure, les mains profondément enfoncées dans les poches de son manteau, souriante. Sa chevelure a attiré mon attention.

Elle a dit qu'elle serait heureuse de m'entendre raconter mon voyage, quand je serais prêt à en parler. La chose l'intéressait d'un point de vue clinique, a-t-elle précisé.

« Bien sûr, ai-je répondu. J'essaie de faire une rentrée graduelle.

— Au fait, Danny en arrache. Je voudrais que tu ailles le voir.

— Oh. Je l'ai vu hier. Au bateau. »

Elle avait le regard suppliant. « Jessie est terriblement inquiète. »

Sextus était réservé au téléphone, s'informant de façon presque cérémonieuse au sujet de mon absence.

« J'ai cru comprendre qu'Effie et toi aviez discuté.

— Brièvement.

— C'est bien, a-t-il dit en se déridant. Régler ses comptes avec le passé comme ça, enfin.

— Je ne crois pas qu'on puisse si facilement se débarrasser du passé.

— Ce n'est pas faux. Quand te verrai-je ?

— Je ne sais pas. Je suis encore à m'ajuster.

— Je passerai peut-être faire un tour.

— Je serai ici. »

Le *Jacinta* se dresse seul maintenant sur le rivage. L'Américain a mis à l'eau ce qui était autrefois le *Lady Hawthorne* et l'a rebaptisé : *Sea Snake*, le Serpent de mer.

Je me demande ce que Danny en pense.

«Appelez-moi quand le bateau est prêt à être mis à l'eau, a-t-il dit quand je l'ai quitté. Je suis sérieux, pour les leçons de pilotage. Je vais faire un marin de vous. »

Juché sur la cabine miteuse du *Jacinta*, on aperçoit les îles, Henry et Port Hood. Henry Island abritait jadis un gardien de phare et sa famille, et Port Hood comptait une vibrante communauté de modestes pêcheurs. La grande majorité a déménagé aujourd'hui. Les phares sont partout automatisés, ou fermés et laissés à l'abandon, ou bien démolis. L'isolement constitue désormais une option qui s'offre aux riches ou aux excentriques. Un choix.

†††

Je l'ai reconnu à ses chaussures. D'allure coûteuse, elles étaient munies de minces glands de cuir, comme celles que portent les avocats. Elles détonnaient dans le sable et l'herbe drue. Puis il s'est penché et nos regards se sont croisés.

J'étais sous le bateau, armé d'une ponceuse à courroie, occupé à sabler la peinture qui s'écaillait. Je ne l'avais pas entendu arriver à cause du sifflement de l'outil, et ne l'avais évidemment pas entendu m'appeler. Puis j'ai vu les chaussures, et le visage.

J'ai roulé de côté pour émerger de sous le bateau et me suis levé en tapant ma salopette, libérant des nuages de peinture rouge. J'ai retiré mes lunettes de protection. Je n'étais pas prêt.

J'avais rejoué la conversation dans ma tête une dizaine de fois. Elle ne ressemblerait pas aux autres conversations. Calme. Ton neutre. Je ne suis pas là pour juger. Seulement pour comprendre. Je veux t'entendre parler de Danny MacKay. Je veux entendre son nom sortir de ta bouche. Et, dans ta voix, je veux entendre le remords. Je ne demanderai pas de détails sur votre relation. Ça n'a plus d'importance. Tout ce qui importe, désormais, c'est l'expiation.

Il avait les mains enfoncées dans les poches de son coupe-vent en cuir. Un signe de confiance. Son visage exprimait le trouble.

« J'ai entendu dire que tu étais dans les environs, ai-je annoncé en enlevant mes gants, pour gagner du temps, j'imagine.

— Oui. Lucy m'a dit que tu étais passé me voir au condo. Désolé qu'on se soit ratés. Je ne savais pas que tu étais en ville.

— Pour affaires personnelles.

— Tu t'es renseigné à mon sujet. » Il avait sorti les mains de ses poches et, doigts entrecroisés, les pliaient et les dépliaient, comme pour faire craquer ses jointures. Il avait une expression à la fois amusée et prudente.

Je me suis contenté de le regarder, attendant.

« Je ne savais pas qu'Eddie Sudac faisait partie de tes relations.

— Il n'en fait pas vraiment partie », ai-je répliqué. J'ai croisé les bras. Je ne suis pas certain de savoir pourquoi.

« C'est ce que je pensais. Il me semblait qu'il n'était pas ton genre.

— En fait, je ne sais rien de lui. »

Il a ri, a frappé le sable de la pointe de sa chaussure élégante. « Eddie. Quel numéro. Tu ne sais pas ce qu'il fait pour gagner sa vie ?

— Il est dans les syndicats, d'après ce que j'ai cru comprendre.

— C'est ce que dit sa carte. Son vrai boulot, c'est de faire du mal aux gens. Pour le syndicat, bien sûr.

— Faire du mal aux gens.

— Oui. Tu ne savais pas qu'il y avait des gens comme ça dans le monde ? »

Il s'exprimait maintenant avec une condescendance satisfaite, et j'ai senti la colère se lever en moi. Je n'ai rien dit.

« Sa spécialité consiste essentiellement à salir des réputations. À briser des relations. Des partenariats d'entreprises. D'autres syndicats. Mais il ne rechigne pas à briser des os. Et certaines rumeurs font état de pire encore. Voilà Eddie, en un mot.

— Intéressant.

— Il s'est empressé de me le faire savoir… Un prêtre vient le voir, pose des questions, *sur moi*. Il dit que vous avez eu une conversation fort intéressante sur mon passé. Il n'arrivait pas à se rappeler ton nom, mais j'ai vite deviné quand Lucy m'a dit que tu étais passé au condo. Alors je suis foutument curieux de savoir ce qui t'a amené à parler de moi à un salopard de la trempe d'Eddie Sudac.» Toute trace d'ironie avait disparu, remplacée par une colère sourde et menaçante.

«En fait, ai-je dit après une longue pause, je voulais simplement savoir où tu étais. Je ne te trouvais pas dans l'annuaire.

— Oh. Et qu'y avait-il de suffisamment urgent pour que tu te retrouves à lui parler?

— Quelqu'un m'a dit de lui téléphoner.

— Qui ça, quelqu'un?»

J'ai éprouvé une étrange sensation dans la main, une tension a grimpé à travers mes épaules jusque dans mon cou. Et une colonne d'indignation s'est dressée le long de mon échine.

«Ça ne change rien, pas vrai? Tu te fiches bien de savoir qui, non?» Je me suis efforcé de sourire.

Son visage avait blêmi, et il s'est approché. «Et pourquoi est-ce que tu voulais me trouver… maintenant que tu as toute mon attention?»

Son accent avait régressé d'au moins une génération, pour rejoindre quelque lieu parmi les rochers qui l'avaient vu naître.

J'ai hésité, mais une seconde seulement. «Je veux t'emmener quelque part.

— Oh?

— Si tu m'accordes juste un moment pour nettoyer… Il y a quelqu'un que nous devrions aller voir.

— Il se trouve que je suis un peu pressé.

— Ce ne sera pas long.

— Peut-être peux-tu me donner un petit indice…

— Nous allons à Hawthorne… C'est à dix minutes seulement.

— Oh. Et pour quoi faire, je te prie?

— Nous allons rendre visite aux MacKay.

— Eh bien, si ce n'est pas une coïncidence, a-t-il dit.

— Pourquoi est-ce une coïncidence?

— J'en viens justement.»

30

Je pouvais voir la voiture de Stella s'engager dans la route de la montagne, aussi ai-je continué passé l'église, tourné derrière elle, et je l'ai suivie jusqu'à la maison, où je me suis garé. Nous avons gardé le silence pendant un moment, nous dévisageant l'un l'autre. Puis je suis allé à elle d'un pas incertain. Elle a tendu la main.

« J'ai oublié de te le dire l'autre jour : tu as bonne mine, a-t-elle remarqué doucement.

— Merci. Toi aussi. »

Elle a ri et s'est tapoté la tête. « Tu dirais cela de toute façon.

— Tu as fait quelque chose à tes cheveux.

— Non », a-t-elle dit, légèrement sur la défensive.

Nouveau silence.

« Je t'inviterais bien à entrer…

— Non, non, l'ai-je interrompue. Regarde-moi. Je reviens tout juste du bateau. J'ai grand besoin d'une douche.

— Peut-être plus tard. Viens prendre un verre. Ou une tasse de thé, ou autre chose.

— Je viendrai peut-être.

— J'ai cru comprendre que Danny et toi aviez parlé.

— Oui.

— Je suis contente. Je ne sais pas ce que tu lui as dit… mais on dirait qu'il se radoucit. »

J'ai haussé les épaules. « En vérité, je n'ai pas dit grand-chose.

— Parfois, il ne faut qu'un peu d'écoute.

— Peut-être. »

Et nous sommes restés debout là quelque temps. À écouter.

«Est-ce que Jessie est toujours chez toi? ai-je demandé.

— Non, elle est retournée chez elle hier.»

Dimanche, c'était jour de première communion pour les petits. Les enseignants catholiques de l'école en ville s'étaient chargés du travail en mon absence, inculquant aux enfants les principes sur lesquels ériger une vague théologie. Samedi, je les ai interrogés. Qui t'a créé? Dieu m'a créé. Pourquoi Dieu t'a-t-il créé? Questions innocentes dissimulant un difficile objectif. Réponses simples, suffisantes pour l'instant. J'ai entendu leurs premières confessions et j'ai remarqué qu'un nombre étonnant avait déjà eu des pensées impures. La télévision, je suppose. J'ai marmonné des absolutions dénuées de sens. Distribué des pénitences symboliques. Trois *Je vous salue, Marie* et dis quelque chose de gentil sur une personne pour qui tu n'as pas beaucoup d'amitié.

Oui, mon père.

«… Je t'absous de tes péchés au nom du Père, du Fils et du Saint-Esprit.»

Merci, mon père.

Et maintenant ils sont venus accompagnés de leurs parents pour la sainte eucharistie. Ils sont neuf. Les répons roulent facilement sur leurs lèvres. Sur leurs visages, je vois ce que la foi devrait toujours être. Ils y sont à leur aise maintenant, ai-je songé, elle leur laisse de la place pour grandir. Elle ne leur semblera pas toujours aussi confortable. Je voulais les prévenir de la pression qui accompagne le progrès, du fait qu'ils ne porteront jamais plus la foi si facilement. Le cruel paradoxe de la foi: chaque sacrement s'accompagne de nouvelles questions et de réponses de plus en plus rares. Croissance et curiosité, les éléments de crise.

Le dimanche soir, j'ai roulé jusqu'au Long Stretch. J'ai déverrouillé la grille, je suis entré dans la cour et suis resté assis dans la voiture un long moment, à regarder la vieille maison. Un entrepôt à souvenirs, mauvais pour la grande majorité. Chaque génération devrait démolir les habitations de celle qui l'a précédée. Faire une purge de toutes les traces de la corruption passée. Les mouches mortes, la merde de chauve-souris, la poussière et les souvenirs. Se purger de tout cela. Permettre à l'imagination de remplir les trous avec du sentiment. Qu'a-t-on à reprocher au sentiment ? Qu'a-t-on à reprocher à la mythologie ? Tous les deux sont des substituts acceptables à la réalité.

J'ai tout repassé en détail, chaque nuance dans l'expression, chaque interprétation possible de chaque mot. « Maintenant que je ne peux plus te blâmer, je me blâme moi-même, ai-je fini par dire. J'aurais dû être capable de lui venir en aide. »

Le visage de Brendan exprimait le chagrin. « Comment penses-tu que je me sens ? Je connaissais ce gamin. Il me faisait confiance. Nous parlions dans le confessionnal. Il se sentait plus en sécurité là-dedans. Il m'a tout raconté. Peux-tu t'imaginer ? Moi, assis là, à l'écouter, qui me retrouvais tout à coup à être une source de réconfort pour lui ? De confiance ? Mais je ne pouvais rien faire, juste essayer de le rassurer. » Il a secoué la tête, observant ses chaussures munies de glands, les mains de nouveau enfoncées dans les poches de son manteau.

« Qu'as-tu dit à ses parents ?

— Rien. L'un d'entre eux sait déjà ce qu'il y a à savoir. Il pourra le révéler à l'autre quand il sera prêt.

— Mais il y a quelqu'un… quelqu'un qui… ?

— Je sais ce que tu veux savoir et ce que son père veut savoir. Mais j'ai appris tout cela sous le double sceau de la confiance et du sacrement de pénitence.

— Votre relation n'allait pas plus loin ? »

Il m'a dévisagé pendant un long, long moment. « Non, a-t-il dit enfin. Bien sûr que non.

— Il fallait que je pose la question. »

Il a hoché la tête.

Tandis qu'il se retournait, s'apprêtant à partir, il a interrompu son mouvement, comme s'il était en train de décider de quelque question d'importance. « Je ne te dois pas d'explications, ni à personne. Le gamin et moi avions davantage de choses en commun que tu pourras jamais le comprendre, ou qui que ce soit d'autre. Il le savait, c'est tout. Il pouvait voir sur mon visage mes propres souvenirs misérables. Les êtres brisés se reconnaissent entre eux. Ils voient les traces de dommages là où les experts en sont incapables. Il me faisait confiance à cause de ça. »

J'ai observé ses yeux, qui semblaient appeler la sympathie.

«Je n'arrive pas à le chasser de mon esprit. Je me suis dit que peut-être… en rendant visite à ses parents. Mais ça n'a aidé aucun d'entre nous. Ça ne l'a pas ramené. Pas vrai?»

Il avait le visage hagard, ravagé, d'un homme plus vieux. Nous nous sommes regardés pendant un long moment. Jusqu'à ce que je ressente un premier élan de compréhension.

«Toi?» ai-je demandé.

Il a hoché la tête. «La mémoire est étrange. On refoule, mais on n'oublie jamais. C'est pourquoi je n'avais pas l'impression de lui être d'une grande aide. Je m'apitoyais sur mon propre sort. Essaie d'imaginer que tu es à la fois une victime et un bourreau, enfermé avec toi-même. Tu n'es pas obligé de me croire. Essaie seulement d'imaginer.»

Il est allé jusqu'à sa voiture et a ouvert la portière. Puis il a posé un bras sur le toit et il a ajouté : «Si ça importe vraiment… à supposer qu'il existe bien un coupable dans des situations comme celle-ci, alors tu devrais regarder plus près de chez toi. Je ne devrais pas avoir besoin de te dire ça… tu aurais pu le trouver tout seul. C'est classique.»

Je l'ai regardé s'éloigner.

Je n'avais qu'une pensée à l'esprit. C'est fini. Mais je n'éprouvais pas le moindre soulagement.

31

Les samedis après-midi emmenaient toujours au moins un pécheur. Un adolescent alarmé ou un mari coupable. Au minimum, deux ou trois vieilles femmes, prises de remords à la pensée de quelque petit geste malicieux ou d'une réflexion peu charitable. Il y a toujours quelqu'un à la confesse le samedi. Mais pas ce samedi. Une seule personne aurait fait une différence.

Bell est parti en emportant avec lui son funeste secret. Regarde plus près de chez toi, avait-il suggéré. Et on aurait dit qu'une porte s'était refermée. C'est fini. Le chez-soi est toujours impénétrable. Cela, je le sais.

Je devrais être soulagé. Bell est lavé de tout soupçon. Le père Roddie est mort, et fait face au seul système judiciaire qui ait de l'importance.

J'ai reçu un appel de MacLeod, mais je l'ai à peine écouté. Il était en colère. Je m'en fichais.

«C'est loin d'être fini. Ces choses-là ne restent pas enterrées. L'histoire va éclater au grand jour. Ce qui est arrivé ne peut pas être défait. Vous entendez ce que je vous dis?

— Je vous entends.» Je suis en train d'apprendre la nouvelle langue de l'indifférence. «Vous avez un boulot à faire. Je vais attendre.

— Vous pouvez y compter», a-t-il dit avant de raccrocher.

Qu'importe.

À seize heures moins cinq, j'ai rempli la tasse à café thermos et j'ai traversé l'entrée jusqu'à l'église. Je me suis assis sur un banc près du confessionnal, attendant d'entendre le moteur des voitures dehors, le bruit que ferait quelqu'un à la porte, le signal m'indiquant d'entrer dans la boîte privée d'air. Attendant le murmure rituel de l'autre côté, la récitation de leurs petites histoires mesquines. Bénissez-moi, mon père, car j'ai péché.

Autrefois, je n'approchais jamais le confessionnal qu'avec crainte, certain que c'était là que mes lacunes en tant que prêtre se feraient jour. Mon mépris pour la faiblesse, ma haine de l'échec, mon refus d'accorder un pardon facile. Combien de temps s'était-il écoulé depuis que j'avais entendu une vraie confession? Combien de temps depuis que j'en avais prononcé une?

L'air était immobile, comme c'est souvent le cas quand il est lourd d'humidité. Il faisait ce temps-là depuis deux jours. Le printemps avait fini par arriver après la dernière bouffée d'hiver de l'Atlantique nord, et la saison était chaude et humide. Un samedi du mois de juin. Deux jours plus tôt, le brouillard arrivait du large et s'installait. On pouvait le voir avancer, mur lent et moelleux se dirigeant vers le nord, débouchant du détroit. La veille, j'avais mis le *Jacinta* à l'eau. Aujourd'hui, j'avais espéré qu'il ferait soleil. Du salon du presbytère, je pouvais voir une nappe d'eau noire et lisse au-delà de la route, juste en dessous du brouillard suspendu.

Danny Ban avait réservé la remorque à bateau. Son propriétaire et un gamin s'étaient présentés de bonne heure. Quand je suis arrivé, ils étaient occupés à ajuster le long engin sur roues sous le *Jacinta* et autour des flancs du bateau. Une fois qu'il a été fixé solidement à la plate-forme, ils ont reculé celle-ci avec prudence dans le port. Danny était à bord, debout à la barre, et il a fait démarrer le moteur dans un rugissement juste avant qu'ils ne le libèrent. Il a reculé jusqu'au centre du port, de la fumée bleue s'élevant de la poupe, une eau huileuse jaillissant des intestins du bateau, puis il s'est dirigé doucement vers le quai.

«S'il y a du soleil demain... nous sortirons», a-t-il dit.

Mais la journée était baignée d'un épais brouillard.

Il était seize heures quinze. Toujours personne.

Je suis passé à un cheveu de poser la question à Danny Ban sans détour. Un prêtre plus vieux, plus sage, à l'époque où nous disposions d'une autorité sans limites, n'aurait pas hésité. D'un geste paternel, il aurait posé le bras autour de ces grandes épaules et aurait parlé comme s'il s'adressait à un enfant.

« Nous devrions explorer le passé pour y trouver des indices… »

Peut-être demain, ai-je songé. Quand le soleil brillera. Quand nous serons sur l'eau, proches de notre unité primitive.

« Peut-être, ai-je dit à haute voix à seize heures trente, que je devrais aller au port. Juste pour jeter un coup d'œil. Il est peut-être là. »

J'ai enlevé mon étole, l'ai pliée et glissée dans ma poche, et je suis parti.

Sextus prétend à la blague que ce coin de pays a une personnalité bipolaire. Au soleil, il apparaît communicatif, charmeur et rassurant. Plongé dans le brouillard, ou sous les nuages bas qui occupent le ciel pendant de longues périodes, il devient morne et mélancolique. En roulant vers le nord, la mer était étale et noire, le ciel de plomb pesait jusqu'à presque toucher l'eau.

Il était près de dix-sept heures quand je suis arrivé au port, qui était désert à l'exception d'une camionnette bosselée. Il semblait n'y avoir personne aux alentours. La marée était inhabituellement basse, et l'on voyait à peine la cabine du *Jacinta* au-dessus du quai.

« C'est un nom intéressant, il n'y a pas à dire. »

Me retournant, j'ai découvert, avec une inexplicable irritation, que Willie Hawthorne était appuyé contre un mur. Quand il s'est avancé vers moi, il semblait avoir le pas hésitant. Il puait l'alcool éventé.

« Étranger, d'après moi.

— Espagnol, ai-je précisé. C'est une fleur. Une jacinthe.

— Il a survécu à l'hiver sans trop de dommages.

— Comme nous tous, j'imagine.

— Je suppose que la dernière fois que je vous ai vu, c'était dans la grande ville. C'était quelque chose, pas vrai ?

— J'ai entendu dire que vous êtes une vedette là-bas. »

Il a ri.

Comme je ne trouvais rien à ajouter, je me suis mis à tirer sur l'amarre pour rapprocher le bateau du quai afin de monter à bord.

« Le propriétaire de celui-là a dû courir en ville pour se procurer quelque chose, a-t-il dit en montrant du menton ce qui avait été le *Lady Hawthorne*. Vous avez appris que l'Américain l'avait acheté ? Il lui a donné tout un nom, hein ? Le *Sea Snake*.

— C'est différent, ai-je fait.

— Ça lui va bien. »

Quelque chose dans sa voix m'a poussé à me tourner vers lui. Un étrange sourire entendu flottait sur ses lèvres.

« Je suppose que vous ne voulez pas prendre une goutte, a-t-il dit en sortant une flasque de sa poche, après vous être donné tout ce mal pour arrêter. »

De la main, j'ai fait un geste de refus et me suis tourné vers le cordage.

« C'était un vrai serpent, pour sûr, le gars de Danny Ban, et c'est certain qu'il allait bousiller ce bateau-là, pardonnez mon langage. La façon qu'il le conduisait. Ç'aurait été dommage. Un beau bateau comme ça. » Il a examiné sa bouteille. « Je n'arrête pas d'oublier que vous êtes curé. Désolé.

— Ne vous en faites pas.

— Non, le jeune s'en allait dans le mauvais chemin de toute façon. Ça n'a pas été une grosse surprise quand il s'est tué, vu la manière dont il était. »

Je me suis immobilisé, l'oreille tendue, maintenant captif de ses paroles.

« Pas une grosse surprise. Loin de là. » Il regardait à travers moi, dans le lointain, comme s'il pouvait voir quelque chose d'important se passer là. Il mâchouillait l'intérieur de la commissure de ses lèvres. « Je sais certaines choses que personne ne sait.

— J'ignore de quoi vous voulez parler, ai-je dit en reportant mon attention vers mon bateau.

— J'ai entendu parler de tout ce qui s'est passé à Creignish. Il a traité ce jeune de Creignish de tapette. Pensez-y donc. Alors qu'il était bien pire.

— Écoutez, je ne veux pas… »

Mais il ne s'adressait à personne et j'avais du mal à comprendre ce qu'il disait. Un torrent de paroles non sollicitées jaillissait de ses lèvres. « Il était tordu dès le début, pour sûr. Je l'ai constaté de première main. Et puis ce prêtre débarque, ce Brenton Bell. Un autre comme lui. N'allez pas croire que je ne le savais pas. Un de ces maudits pervers de Terre-Neuve. On peut les reconnaître à un mille à la ronde.»

Je me suis rendu compte que je m'étais retourné pour lui faire face. *Demandez à ce prêtre, à ce Brenton Bell qu'ils ont envoyé ici.*

«Dès qu'il a eu neuf ou dix ans, je pouvais voir ça en lui, aussi vrai que je suis ici aujourd'hui.» Il hochait la tête avec vigueur.

«Bouclez-la», ai-je fini par ordonner. Mais on aurait dit qu'il ne m'entendait pas.

«Pour sûr, je l'ai constaté de première main, ce qu'il était, ce petit Danny.

— La ferme!

— De première main. Ils viennent vous voir quand vous êtes faible. C'est comme ça qu'ils s'y prennent. Il savait quand j'avais bu. Je suis humain, c'est tout.

— Fermez votre foutue gueule.

— Je lui donnais de l'argent.»

Je me suis approché, mais il regardait au loin, en direction de la rue. «J'attends simplement que cet Américain revienne de la ville. Je vais lui raconter toute l'histoire. Il a dit qu'il allait l'écrire. Peut-être la mettre dans un livre. Au sujet de ce prêtre et de ce qu'il a fait. Ce Brenton Bell.»

J'ai essayé, jusqu'à maintenant sans succès, de me rappeler les instants qui ont suivi, de reconstruire précisément la séquence d'événements mentaux et physiques qui se sont déroulés par la suite. J'ai même songé à prendre des médicaments ou à avoir recours à l'hypnose car, lorsque je suis rongé de doutes sur moi-même, il m'apparaît crucial de savoir exactement ce qui s'est passé sur ce quai. Quelque chose bloque immanquablement le souvenir et m'empêche de le distinguer clairement. Et je me demande : Est-ce la peur ? Est-ce la peur de cette puissance inconnue qui s'empare de la raison quand notre foi en la miséricorde nous déserte ? Est-ce la peur face à notre capacité d'autodestruction ?

Dans ma lutte pour atteindre à l'objectivité, je me revois, agenouillé, la tête baissée, prenant appui sur mes bras raidis, les jointures rigides sur le quai en ciment. Mes épaules se voûtent, mes poumons cherchent l'air, de ma gorge montent des sanglots hachés. Des nuages bas planent au-dessus des bateaux alignés le long du quai. Je suis le seul être vivant. Où est William ?

Je lève la tête et regarde autour de moi. Mais il n'y a personne en vue.

Une mouette solitaire entre dans le cadre, atterrit avec ce qui me paraît être une sorte d'urgence au bord du quai.

J'entends un son primitif, un faible gémissement qui n'est pas sans rappeler la plainte du vent. Debout près de la mouette fascinée, je baisse les yeux. Et à ce moment se dessine une certitude que je préférerais ignorer : des images que je tente de concilier avec l'idée que je m'étais toujours faite de l'homme que je suis, du prêtre, défenseur de l'espoir et de la réconciliation.

William était étendu près d'une écoutille ouverte, le corps tordu. L'une de ses jambes était manifestement cassée. Il tentait de bouger un bras, essayait de parler. Du sang s'écoulait de sa cuisse, là où la flasque s'était brisée lors de sa chute. Sa bouche se crispait, mais pas un mot n'en sortait, qu'un gargouillis. Puis une main s'est agitée légèrement en un geste impossible à confondre. Un mouvement silencieux, un appel à l'aide.

Plongeant ma main ensanglantée dans une poche à la recherche de réconfort, j'y ai rencontré un doux tissu satiné, l'étole du confessionnal, symbole de ma capacité à adoucir le caractère irrévocable de la mort et, ce faisant, à calmer la terreur qu'elle suscitait. Le regard de William ne quittait pas le mien, il luttait pour que ses lèvres parviennent à produire un son jusqu'à ce que, enfin, un faible mot s'en échappe.

« Père ? »

La bouche humide lutta encore. Puis, le même mot. *Père*.

Et puis : « Aidez-moi, mon père… »

Je me souviens d'avoir eu les yeux baissés vers lui, en proie à une horrible, formidable révulsion. Et puis je me suis détourné, et je suis parti.

En quittant le quai en voiture, j'ai songé à Mullins et mis le cap vers le nord. En montant la longue côte près de chez les MacDougall, j'ai croisé une voiture que je ne reconnaissais pas, puis j'ai vu l'Américain au volant. De terribles paroles de jugement résonnaient dans ma mémoire… *Ce jour-là doit être jour de colère, jour de calamité et de misère, jour mémorable et très amer quand tu viendras éprouver le monde par le feu.*

J'avais le pouvoir d'atténuer la colère et la calamité. J'avais l'obligation de chasser la misère. Je me suis rapidement rangé sur l'accotement. J'ai entrepris de faire demi-tour. Mais je savais qu'il ne servait à rien de retourner d'où je venais. On ne peut jamais retourner d'où l'on vient.

Les minutes passaient comme des heures. Ou bien étaient-ce les heures qui passaient comme des minutes? Je suis revenu à la raison une fois de plus quand un camion de pompier tonitruant est passé près de moi, moteur rugissant, lumières clignotant. Une ambulance, sirènes hurlantes, suivait non loin derrière.

J'ai fait demi-tour et les ai suivis vers le bord de l'eau.

Une demi-douzaine de curieux se tenaient au bord du quai, les yeux baissés vers mon bateau. Une femme agenouillée, sa tête blonde près du visage couleur de cendre de Willie, cherchait à déceler des signes vitaux. À travers l'agitation, je me suis éloigné sans qu'on me remarque. Deux pompiers ont disparu par-dessus le bord du quai. Un troisième a sorti du camion ce qui ressemblait à une planche à repasser géante, munie de courroies en Velcro, et la leur a tendue. Deux assistants ambulanciers avaient préparé une civière.

Seul l'Américain a paru s'apercevoir de ma présence. «Vous êtes le prêtre, non? MacAskill?»

Je me suis contenté de hocher la tête.

«Je m'appelle Dave Martin», a-t-il dit en tendant la main. Son expression semblait demander: Ne devriez-vous pas être en bas, vous aussi?

Mais il n'a pas ajouté un mot et s'est éloigné.

Une voiture de police est arrivée au moment où les ambulanciers soulevaient Willie par-dessus le bord du bateau, transférant son corps immobile sur la civière. L'agent de la Gendarmerie royale s'est approché du groupe. Il y a eu une discussion que je ne pouvais entendre, puis il s'est retourné et a fixé les yeux sur moi, la mémoire lui revenant tout à coup. Il a souri et est venu à moi.

«C'est votre bateau?

— Oui.»

Il a sorti un calepin et un crayon. «Vous avez l'air en forme, a-t-il constaté.

— Merci.

— Vous connaissez ce type ?

— Il vient d'Hawthorne, ai-je dit, et j'ai épelé le nom. William. Beaton, je pense. »

Il a noté soigneusement.

« Il vit avec sa mère.

— Avez-vous une idée de ce qui s'est passé ?

— Nous étions en train de parler…

— À quel moment étiez-vous en train de parler ?

— Juste avant.

— Qu'est-ce qui est arrivé à votre main ?

— Je n'en suis pas sûr. Il était ivre. Assez hystérique. Je dois avoir détourné les yeux un moment.

— Attendez ici. » Il est allé jusqu'à l'ambulance, a grimpé à l'arrière, est ressorti quelques instants plus tard. « De quoi est-ce que vous parliez ?

— D'affaires personnelles », ai-je répondu.

Le policier m'a étudié d'un air soupçonneux. « Personnelles ?

— Je le connais. Nous avons des connaissances en commun. Honnêtement, je ne me rappelle rien en ce moment. De ce qui est arrivé.

— Avez-vous bu, mon père ?

— Non, ai-je répondu, d'un ton peut-être un peu trop cassant.

— Il fallait que je vous pose la question. Je n'insinuais rien. J'ai entendu dire que vous vous êtes absenté quelque temps.

— Oui.

— C'était une bonne chose. De partir. Vous avez raté un peu d'action. Ou peut-être une absence d'action. Je crois que vous avez parlé à MacLeod, ce journaliste. » Il souriait.

J'ai fait signe que oui.

« Sale affaire », a-t-il dit en secouant la tête.

L'ambulance s'est ébranlée lentement, les lumières colorées tournoyant en silence. Elle s'est arrêtée un instant à la route, puis a mis le cap vers le nord.

« Est-ce qu'ils ne devraient pas aller plus vite ? ai-je demandé.

— Ça ne sert à rien, a répondu le policier.

— On ne le sait pas, ai-je protesté, luttant contre le désespoir.

— Il y a un médecin sur les lieux.

« — Où ça, un médecin ?

— Elle, a-t-il dit en indiquant du geste la femme qui s'était accroupie près de Willie pour chercher des signes vitaux. Il s'est brisé le cou en tombant. Où pouvons-nous vous trouver ?

— Vous savez où, ai-je répondu.

— D'accord. Je vais rester ici un moment, pour examiner votre bateau. Vous n'y voyez pas d'objection ?

— Aucune.

— Peut-être quand nous parlerons… pourrons-nous… faire le point sur un certain nombre de choses.

— Peut-être. »

Beaucoup plus tard, après que le policier fut venu et reparti, il est important de me rappeler le moment précis où j'ai compris que ma vie était finie. La séquence d'événements m'apparaît clairement maintenant, conservée dans ma mémoire avec une netteté extraordinaire. J'étais dans mon bureau. Une lumière bronze coulait par l'embrasure de la porte, illuminant une portion de mur. Je me suis retourné pour regarder en direction de la fenêtre panoramique du salon. Le brouillard s'était levé. Le ciel était d'un bleu profond. C'était un jour nouveau. J'ai reporté mon attention vers mon bureau.

En plus des journaux que j'y avais empilés près d'une boîte en carton, j'avais posé la photographie de mon père et de ses amis, Sandy, Jack… trois jeunes hommes, leur optimisme éphémère préservé par la caméra pour l'éternité. Deux soldats en uniforme de l'armée tout neuf, Jack dans ses vieux vêtements de travail. Et le chevreuil mort étendu sur le pare-chocs du camion. Seule la face du chevreuil semble refléter la gravité de ce qu'ils sont, la conscience de ce qui les attend. Chasseurs et chassés. Impossibles à distinguer, au bout du compte.

Photos et journaux me parlaient d'échec, des tragédies qui sont le produit de nos lacunes. Un individu, le fils de Dieu qui était lui aussi Dieu, a promis la rédemption des conséquences de nos échecs inévitables. C'est si clair, maintenant. La promesse de rédemption est aussi un mythe.

J'ai été envahi d'une sensation étrange. Et je me suis demandé : Est-ce que c'est ce qu'a éprouvé Sandy Gillis ? Et Danny ? Est-ce là ce que le diable a voulu me dire sur l'escarpement du Niagara ? Que la foi et l'espoir sont des illusions? Se peut-il que ce soit vrai? Ma foi n'est qu'une autre culture?

J'avais connu un homme qui avait vécu et qui était mort pour la foi et la justice. Et je croyais que son sacrifice avait donné espoir à ceux qui avaient la foi.

Pourrais-je jamais être cet homme?

Puis je me suis souvenu: C'est dimanche.

J'ai pris un calepin et un stylo. J'ai écrit: *Pas de messe aujourd'hui.*

J'ai traversé l'entrée pour punaiser la note à la porte de l'église. Dans l'air frais et humide flottaient les premiers parfums de l'été, l'odeur des jeunes pousses et de la terre qui émerge de son sommeil. La large baie bleue respirait doucement.

Je suis retourné à mon bureau, j'ai étudié la pile de journaux pendant encore un moment.

Puis je les ai déposés dans la boîte. Tous, sauf deux. Les deux années au Honduras. Il est encore un secret que je ne peux partager.

Stella a téléphoné. «Je viens juste d'apprendre la nouvelle, a-t-elle annoncé.

— Je suis navré.

— Non. Tu n'as pas besoin de dire ça.» Sa voix était ferme. «Peux-tu passer?

— Non. Je dois aller voir tante Peggy.

— Bien sûr.

— Demain, peut-être.

— Je comprends.

— Ça va?

— Je pense que oui.

— Tiens bon.»

Le dimanche après-midi, le policier de la Gendarmerie royale est revenu.

«Il y avait un témoin, a-t-il déclaré.

— Oh?

— Le témoin affirme qu'elle l'a vu agiter les bras devant vous et avancer en titubant. Il avait un taux d'alcoolémie de .31. Il était plein comme un œuf. Il y a eu une bousculade. D'abord, elle a cru que c'était une bagarre. Vous avez bougé si vite qu'elle ne pouvait dire si vous tentiez de l'empêcher de tomber… ou autre chose. Je suppose qu'elle n'est pas trop sûre de ce qu'elle a vu. » Il m'a étudié, guettant ma réaction.

J'ai soutenu son regard. « Qui était le témoin ?

— Ce médecin. Elle est avec le type qui est propriétaire du bateau derrière le vôtre. Cet auteur de New York. C'était la blonde, celle qui a constaté le décès du gars sur place.

— Et son mari… l'auteur ?… Est-ce qu'il savait quelque chose ?

— Rien du tout. Il n'était pas là. Mais il confirme que le vieux Willie était pas mal bourré, et qu'il débitait des bêtises plus tôt. »

En se préparant à partir, le policier m'a dit que je n'avais pas de raison de m'inquiéter.

« Vous avez peut-être le temps de prendre un café, ai-je offert.

— J'ai tout le temps du monde. » Il est revenu dans la pièce, s'est assis.

J'ai examiné l'insigne sur sa veste. *Cpl L. Roberts.*

« Le L est l'initiale de quoi ? ai-je demandé.

— Leo.

— Je devine que vous êtes catholique.

— Bien vu. Même si je ne suis pas un très bon catholique.

— J'imagine que vous savez vos prières. L'acte de contrition.

— Je connais celle-là, a-t-il dit en souriant. Pourquoi toutes ces questions ?

— J'avais un ami, jadis, un prêtre, qui prétendait que l'acte de contrition n'était qu'un ramassis de paroles. De bonnes paroles, bien sûr. Mais pas un acte de quoi que ce soit. Il était partisan de l'action, mon ami.

— Je suppose que dire qu'on regrette, quand on est sincère, c'est une sorte d'acte. Je parle en tant que catholique non pratiquant.

— C'est exactement ce que je lui répondais. Mais il était têtu. Le seul véritable acte de contrition est un geste qui implique une forme de sacrifice.

— C'est plutôt extrême, a commenté Leo en levant sa tasse de café.

— Mon ami disait que la contrition est censée entraîner un changement du comportement. Et rien ne change sans action, parfois une action violente.

— Assez radical, a-t-il renchéri en secouant la tête tristement. Où est votre ami maintenant ? Ou peut-être que je ne devrais pas poser la question. » Il a souri.

« C'est une longue histoire », ai-je répondu en me rappelant l'échappatoire préférée de mon père.

La boîte pleine de journaux était posée entre nous. J'ai hésité pendant une seconde, puis je les ai poussés vers lui.

« Je ne pense plus en avoir besoin. »

† † †

L'évêque a téléphoné quelques minutes après avoir reçu ma lettre.

« Je ne crois pas un mot de ces sottises. Tout ça, c'est causé par le stress. Il te faut une sabbatique entière. Prends un an. Va en Terre sainte. Étudie. On va t'envoyer à Rome. Ou bien contente-toi de ne rien faire pendant un moment. »

Je l'ai remercié. J'ai dit que j'y penserais.

« Quoi qu'il en soit, je veux que tu saches que je suis en train de déchirer cette lettre en petits morceaux. Je ne l'ai jamais reçue. Tu m'entends ?

— Je vous entends.

— Je connais toute l'histoire. J'ai mes sources. À toute chose, malheur est bon. »

Stella a traversé le champ à pied, est rentrée par-derrière.

« C'est privé, a-t-elle dit. Mais il faut que tu saches. J'ai confiance que ça ne sortira pas d'ici. »

J'ai acquiescé.

Seules sa sœur et elle étaient au courant. « Danny Ban ne doit jamais savoir.

— Willie blâmait le gamin, ai-je dit.

— Le gamin avait neuf ans, pour l'amour de Dieu. »

Stella avait été la première à faire la paix avec ce qui était arrivé. Elle avait adopté une position professionnelle, persuadé sa sœur que cela devait demeurer leur secret, par considération pour tante Peggy.

« Je suis sûre que tu comprends », a-t-elle fait valoir. Que serait-il arrivé à tante Peggy si elles avaient dénoncé Willie ? Même s'il avait réussi à échapper à la prison, Danny Ban l'aurait tué. Alors elles avaient convenu de se taire, pour Peggy. Personne ne saurait jamais, hormis Stella, Jessie et, bien sûr, le jeune Danny. «Ce n'est pas si rare dans les familles tricotées serrées», a-t-elle ajouté.

J'étais d'accord. Toutes les familles ont des secrets. Mais pourquoi, tant d'années plus tard, le gamin avait-il fait cela?

Elle a haussé les épaules. «Il s'est lié d'amitié avec un jeune prêtre de Terre-Neuve. Ils parlaient beaucoup. Et puis les rumeurs ont commencé. Sans doute à cause des scandales qui éclataient là-bas, d'où il venait. Tu sais comment sont les gens. Je sais que les rumeurs troublaient Danny. Je pense que, d'une certaine façon, il se sentait menacé par elles.

— D'où crois-tu que venaient ces rumeurs?

— Personne ne le sait.» Elle s'est tue un moment. «J'imagine que c'est tout ce qu'il y a à dire. Il me semblait qu'il fallait que tu le saches, pour ta propre tranquillité d'esprit.

— Merci, ai-je dit. C'est un gros secret à porter… pour Jessie et toi.»

Elle a souri. «Je suis sûre que tu connais bien le fardeau des gros secrets.

— Une fois, tu as mentionné une certaine maison en République dominicaine.

— Oui.

— Je vais peut-être te prendre au mot.

— Tu n'as qu'à me le dire.»

J'ai hésité. «Tu pourrais peut-être venir aussi.

— Peut-être. Mais d'un autre côté…

— D'un autre côté?»

Elle a posé une main fraîche sur ma joue. «Je fais un piètre substitut. Je l'ai appris à la dure, il y a bien longtemps de cela.

— Un substitut à quoi? ai-je demandé faiblement.

— Je pense que tu le sais.»

Je n'ai pu que hocher la tête en silence.

«Je passerai déposer les clefs de la maison de Puerto Plata, et le nom de la femme qui s'en occupe pour moi.

— D'accord.»

Danny Ban était en train de traverser le terrain de stationnement du centre commercial en ville quand il m'a aperçu. J'espérais qu'il ne me verrait pas. Il y avait trop à expliquer. Trop à dissimuler. Mais il se dirigeait lentement dans ma direction, marchant en s'aidant de deux cannes maintenant.

«Hé, a-t-il fait. Je m'attendais un peu à recevoir un appel dimanche matin. Et puis ils ont prié pour ce pauvre Willie à la messe. Je me suis dit que vous seriez trop occupé pour aller faire du bateau.

— Un de ces jours, ai-je répondu.

— J'ai entendu dire que vous partiez quelque temps.

— Oui. Je venais justement acheter quelques effets.

— D'accord.

— Je serai parti au moins un mois.» Je lui ai confié que je devais réfléchir à beaucoup de choses. Peut-être le temps était-il venu que je donne une nouvelle direction à ma vie.

«Ce serait dommage, a-t-il dit.

— Rien n'est décidé.

— Mais vous allez revenir, pas vrai?

— Oui.

— Ne vous en faites pas pour le bateau. Je vais m'en occuper pour vous. J'ai de bons souvenirs de ce bateau.»

Je l'ai remercié.

Son visage tout à coup exprimait une grande tristesse. «Qu'est-ce qui se passe dans leur tête, d'après vous? a-t-il demandé.

— On ne peut jamais savoir. On ne peut que supposer. Qu'il y avait un moment à la fin… une sorte de paix.»

Il a hoché la tête.

«C'est dommage, que vous partiez. On a besoin de plus de curés dans votre genre, avec les pieds bien sur terre.»

J'ai ri.

«Je suis sérieux, a-t-il repris. C'est ce que les gens disent.

— Peu importe ce que je fais d'autre, je serai toujours prêtre. Vous connaissez le dicton: curé un jour, curé toujours.

— Mais vous comprenez ce que je veux dire. Je ne parle pas de… théorie.

— Vous pouvez m'imaginer comme je suis maintenant. Je n'ai pas l'intention de changer beaucoup.»

Il a hoché la tête.

«Simplement, ne m'appelez plus "mon père".

— Ça va être dur, a-t-il dit. Je suis un peu vieux jeu pour ces choses-là.» D'un geste brusque, il a rassemblé ses deux cannes dans sa grande main gauche et m'a tendu la droite pour une poignée de main d'adieu. «Juste au cas où je ne vous reverrais pas.»

Impulsivement, j'ai fait un pas en avant, passé les bras autour de ses épaules voûtées et j'ai posé ma tête près de la sienne, là où il ne pouvait voir mes yeux.

Je me rappelle être resté ainsi un long moment, serrant sa grande charpente affaiblie, tandis qu'il me tapotait doucement le dos comme on réconforterait un enfant apeuré.

Et je me souviens des passants vaquant à leurs emplettes de fin de semaine qui, mal à l'aise, lançaient des œillades aux deux hommes d'âge mur s'étreignant au milieu d'un terrain de stationnement. Ils se demandaient ce qui pouvait bien se passer.

Remerciements

Je suis reconnaissant envers plusieurs amis et collègues des conseils et des avis qu'ils m'ont prodigués au fur et à mesure qu'évoluait cette histoire. Je tiens à remercier spécialement mes agents, Don Sedgwick et Shaun Bradley, d'avoir continué à croire au projet pendant de nombreuses années, et plus particulièrement Don, qui a lu différentes versions du manuscrit et formulé de précieuses critiques. Ma femme, Carol Off, qui tout au long du processus m'a fourni des encouragements en m'aidant à garder le cap, et notre ami Scott Sellers de Random House of Canada, ont su voir du mérite dans le projet presque achevé alors que je doutais encore de sa valeur. Mon éditrice, Anne Collins, a fait bénéficier l'histoire des tendres attentions et de la discipline éditoriale dont le livre avait besoin pour transcender mes nombreuses lacunes littéraires.

Suivez les Éditions Libre Expression sur le Web :
www.edlibreexpression.com

Cet ouvrage a été composé en Ehrhardt MT Std 11,5/14
et achevé d'imprimer en mars 2011 sur les presses de
Marquis imprimeur, Québec, Canada.

certifié   procédé   100 % post-   archives   énergie
   sans chlore   consommation   permanentes   biogaz

Imprimé sur du papier 100 % postconsommation,
traité sans chlore, accrédité Éco–Logo et fait à partir de biogaz.